清詩話全編

道光期八

張寅彭 編纂
張宇超 朱洪舉 點校

上海古籍出版社

第八册目次

昭昧詹言

昭昧詹言提要

《昭昧詹言》十卷續八卷續録二卷，據光緒十七年重刊本點校。撰者方東樹（一七七二—一八五一），字植之，號副墨子，安徽桐城人。諸生。有《漢學商兑》等。《清史稿》卷四八六有傳。方氏十試不第，五十歲始絶意仕進。師事姚鼐，與梅曾亮、管同、劉開合稱姚門四弟子。此書原爲王漁洋《古詩選》、姚惜抱《今體詩鈔》之批語，道光中彙編成書，初十卷五古，續八卷七律，續録二卷七古，凡三體，頗見次第。蓋王選原即精於五古，姚選則不録其五律，而七古則初唐以前及金元以後皆不録，僅取盛唐至南宋諸家，減併爲二卷，置之最末。（續録卷一總論七古）民國初武强賀氏刊二十一卷本置七古於七律前，似乎循王、姚原選前後之序，實未得方氏之旨也。有道光十九年自序，然生前一直未刊。「顧自以講解太絜，嫌近於陋，不欲播世，惟篤學好古之士傳抄而已」（方宗誠《校刊儀衛軒詩集後序》）。而方氏次年之跋，亦自言「雖陋而亦無可訴病者」，躊躇之意仍未之去。實則方氏於此書極具用心，其詩觀盡付其中，而非批語之簡單彙編而已。各體前作有通論，各家前列有總評，各家之評中每有勾貫前後詩人詩風比較之言，體例於王、姚二家之原選沿革有序。又頗存桐城諸老方苞、姚範、姚鼐之語，二姚之語多得自親炙，全書可謂桐城詩法之淵藪也。大要有二：一曰樹大家之範，一曰以文法説詩。其大家之謂者，必是能運文法者。漢魏六朝曹植、阮籍、陶淵明及鮑、謝之於五古，唐宋李、杜、韓、蘇、黄之於七古、七律，其中杜、韓兩家之五七言古體，杜、黄兩家之三體齊備，最當其法，「昭昧」而「詹言」之，尤在此三家。此份詩體、詩家名單，誠爲歷來格、法全備之嚴選者也。方氏挾桐城文派全盛之勢，以文法代詩法，以通否古文爲詩家之條件，「故嘗謂詩與古文一也」（卷一）。不解文事，必不能當詩家著録」（續卷一）。「字句文法，雖詩文末事，而欲求精其學，非先於此實下功夫不得」（卷一）。「讀阮公、陶公、杜、韓詩，須求其本領，兼取其文法」（卷四）。「杜、韓乃以《史》、《漢》爲之，幾與六經同工」（卷一）。「觀韓、歐、蘇三家，章法剪裁，純以古文之法行之，所以獨步千古。南宋以後古文之傳絶，七言古詩遂無大宗」（續録卷一）。放翁「不解古文，不能作古詩，所以不可人意也」（續録卷二）。謂七律有杜甫與王維二派，亦分别以太史公文與班孟堅文擬之（續卷四）。具體評詩亦著眼於文法，「杜《九日》用文章叙事體」（同上），「韓公《南溪始泛》三篇、《寄元協律》四篇、《送李翺》、《寄鄂岳李大夫》等，皆是文體白道，但序事而一往清切」（卷九）。易姜白石之理、意、想、自然之四「高妙」爲「用意高妙、興象高妙、文法高妙」（卷一）。按歷代言詩法，唐前大抵賦、比、興三法足矣；至宋人詳於字法、句法；而至方氏之「文法」，則又進於章法矣。其頓束離合、斷續向背，種種之法，莫不於起處、中間、末收佈置之。杜、韓、黄外，六朝之謝靈運，已當得章法之「正格」、「中鋒」，「謝公每一篇經營章法，其文法至深，頗不易識」（卷五），《廬陵王墓下作》、《登池上樓》諸作之謀篇佈局，俱爲細繹之。方氏非惟不滿嚴滄浪反對「以文爲詩」之立場，其説竟至於「以詩爲文」矣。稍前翁覃溪「肌理」説亦好析紋理脈絡，然猶謹守詩法，不越雷池。方氏説法條辯，較之覃溪堅確，實則詩趣大損矣。兩家皆從漁洋入，

(方氏本就漁洋之選立論,姚選亦自謂「盡漁洋之遺志」。)又皆從漁洋出,然漁洋於翁氏猶不失爲大家,於方氏則降爲名家矣。一專於詩,一泛於法,遂有此異。方氏重「文法」,又不如同時之《養一齋詩話》重「質實」能得本朝詩之趣味。以其重「文法」之立場,而斥「袁簡齋、錢蘀石、趙甌北俗派」(續録二),不免失之眉睫矣。蓋簡齋詩文並擅,蘀石以文爲詩,皆有重名於當時也。總之,此書未能盡善,撰者亦終未能自信。末附方氏選諸家詩話二百餘則,小序不忘引謝榛「古人論詩舉其大要,未嘗喋喋以洩真機,恐人小其道也」云云,而自嘲「余此所纂陋矣」,似終未能自安也。此書又有方宗誠輯《節録》四卷,藏安慶市圖書館,鈔本未刊。

昭昧詹言述指

昔張衡稱立事有三，言爲下列。下列且不可庶矣，奚冀其二哉！性喜文字，亦好深思，利害之際，信古求真。商榷前藻，證之不遠；雖百家爽籟，吹萬自已，古之人與其不可傳者死矣，求得與不得，曷益損乎？顧念朝華已謝，夕秀方衰，鑿椒矯蕙，以爲春日之糗糧焉。勤恁微明，庶彼炳燭，且令昭昧之情，無閒今昔云爾。道光己亥八月副墨子。

此書纚記臆見，未嘗敢以示人。今年自粤返里，偶出以示吾友。吾友意以古人稱金鍼不度，似此和盤托出用意，爲體太陋，大雅所不出也。余聞而深契之，甚自媿悔。竊以行年七十而知六十九年之非，皆賴吾友之德，直欲悲涕自捫，豈止三日耳聾已也。亟擬焚棄，以掩吾醜。既而反心審思，釋氏有教、乘兩門，教者講經家也；教固不如乘之超詣，然大乘之人未有不通教者。如天台智大師，先習教，後乃教乘雙修。在吾儒，若漢人訓詁，教也；宋儒發明義理，身體而實踐，乘也。然使語言文字之未知，作者年歷行誼之未詳，而謾謂吾能得其用意之精微，立言之甘辛，以大乘自處，而卒之謬誤百出，捫燭扣槃，盲猜臆説，誣古人，誤來學，吾誰欺乎！千百年除李、杜、韓、歐數公外，得真人真知者寥闊少見，則何如求通其詞、求通其意之確有依憑也。吾觀古今才高意廣、自矜大雅，而心粗意浮、蔽於虚妄，卒不登作者之堂，當作者之錄者如牛毛，則余此書雖陋，而亦無可詬病者。使言之失當而有誤，不可以質古作者，斯當詬病耳。嘗論殷浩焚經，方爲不仁；成物之智，聖人不廢也。庚子五月初二日再記。

唐劉捷卿不以所著示人，高懷遠抱，卓見過人，而羊叔子又不免嗜名過甚，二者皆屬私妄。君子立德、立功、立言，欲以覺世，救世明道，期有益於人而已。傳不傳，於己何與焉？嘗論殷浩焚經，方爲不仁，由今觀之，其所見亦甚鄙小。不思聖爲天口，六經皆集驗良方，而聖人曷嘗秘惜之，不以傳於人邪？若鄭所南之沈井，謝皋羽之殉葬，又别有傷心之故。全謝山云：「司空表聖、韓致光雖忠，然不讀《一鳴集》、《翰林集》，無以知立言之功，所以枉三不朽也。」壬寅九月又記。

昭昧詹言卷弟一

副墨子闇解

通論

傳曰：「詩人感而有思，思而積，積而滿，滿而作。言之不足，故長言之；長言之不足，故嗟歎詠歌之。」愚按：以此意求詩，蓻《三百篇》與《離騷》及漢、魏人作自見。夫論詩之教，以「興、觀、群、怨」爲用。言中有物，故聞之足感，味之彌旨，傳之愈久而常新。臣子之於君父、夫婦、兄弟、朋友、天時、物理、人事之感，無古今一也，故曰：詩之爲學，性情而已。

思積而滿，乃有異觀，溢出爲奇。若弟彊索爲之，終不得滿量。所謂滿者，非意滿、情滿即景滿，否則有得於古作家，文法變化滿。以朱子《三峽橋》詩與東坡較，僅能詞足盡意，終不得滿，無有奇觀，矧不及朱子此詩者邪？

朱子曰：「文章要有本領，此存乎識與道理。有源頭則自然著實，否則没要緊。」又曰：「須靠實，説得有條理，不要架空細巧。」論議明白，曉然可知。愚謂詩亦然。否則没要緊，無歸宿，何關有無。

古人皆於本領上用工夫，故文字有氣骨。今人只於枝葉上粉飾，下稍又並枝葉亦没了。文字成，不見作者面目，則其文可有可無。詩亦然。

詩文與行己，非有二事。以此爲學道格物中之一功，則求通其詞，求通其意，自不容已。天不假易，豈輕心以掉，旦夕速化之所能也？《大學傳》曰：「君子無所不用其極。」

詩以言志。如無志可言，彊學他人説話，開口即脱節，此謂言之無物，不立誠。若又不解文法變化、精神措注之妙，非不達意，即成語録腐談，是謂言之無文無序。若夫有物有序矣，而德非其人，又不免鸚鵡、猩猩之誚。莊子曰：「真者精誠之至也。」不精不誠，不能動人。嘗讀相如、蔡邕文，了無所動於心。屈子則淵淵理窟，與《風》、《雅》同其精藴。陶公、杜公、韓公亦然。可見最要是一誠，不誠無物。誠身修辭，非有二道。試觀杜公，凡贈寄之作，無不情真意摯，至今讀之，猶爲感動。無他，誠焉耳。彼以料語妝點敷衍門面，何曾動題秋毫之末？

修詞立誠，未有無本而能立言者。且學無止境，道無終極。凡居身居學，纔有一毫僞意，即不實；纔有一毫盈滿意，便止而不長進。勤勤不息，自然不同。故曰：其用功深者，其收名也遠。

嘗論凡著一書，必使無一理之不具，否則偏隘，此孟子所謂「觀水之瀾，容光必照」。自然發露，非鋪陳賣弄，使盡見也。凡著一書，必有宗旨，否則淺陋無本，一望絶潢斷港、黄茅白葦而已。此二義作詩亦然。然須妙會其旨，不可執著。若執著，必將高張土梗，稗販腥腐，豈惟不可當著書，抑於斯文真脈遠矣。

昔人言《六經》以外無文章，謂其理、其詞、其法皆備，但人不肯用心求之耳。苟用力於《六經》，兼取秦、漢人之文，求通其意，求通其詞，何患不獨有千古？惜余悟之晚，精力已衰，不能精誦矣。韓公一生只用得此功，故獨步千古。

姚薑塢先生論黄梨洲文曰：「流覽多愛，浸淫於後代文集而不自振。亦由其才思不奇，識尤卑凡，好易而畏難故也。」竊謂今人所以不及古者，悉坐此病。地醜德齊，自謂雄長，卒莫相尚。韓公非三代、兩漢之書不敢觀，謝茂秦不許用唐以後事，皆恐狃於近而不振也。

大約今學者，非在流俗裏打交滚，即在鬼窟中作活計，高者又在古人勝境中作優孟衣冠。求其卓然自立，冥心孤詣，信而好古，敏以求之，洗清面目，與天下相見者，其人不數遘也。以《三百篇》、《離騷》、漢、魏爲本，爲體，以杜、韓爲面目，以謝、鮑、黄爲作用，三者皆以脱盡凡情爲聖境。

以《六經》較《莊子》，覺《莊子》意新奇佻巧。以《六經》較屈子，覺屈子詞膚費繁縟。然而一則醒豁呈露，一則沈鬱深痛，皆天地之至文也。所以併驅《六經》中，獨立千載後。

莊以放曠，屈以窮愁，古今詩人不出此二大派，進之則爲經矣。漢代諸遺篇，陳思、仲宣，意思沈痛，文法奇縱，字句堅實，皆去經不遠。阮公似屈，兼似經。淵明似莊，兼似道。此皆不得僅以詩人目之。其後惟杜公本《小雅》、屈子之志，集古今之大成，而全渾其迹。韓公後出，原本《六經》，根本盛大，包孕衆多，巍然自開一世界。東坡横截古今，使後人不知有古，其不可及在此，然遂開後人作滑俗詩、不求復古亦在此。太白亦奄有古今，而迹未全化，亦覺真實處微不及阮、陶、杜、韓。蘇子由論太白，一生所得，如浮花浪蘂，好事喜名，不知義理之所在。今觀其詩，似有然者。要之皆天生不再之才矣。南宋以來詩家，無有出李、杜、韓、蘇四公境界，更不向上求，故亦無復有如四公者。一一深學，即能避李、蘇，亦止追尋到杜、韓而止。乃若其才既非天授，又不知杜、韓之導源《經》、《騷》，津逮漢、魏，奄有鮑、謝處，故終亦不能到杜、韓也。

古人用意深微含蓄，文法精嚴密邃，如《十九首》、漢、魏、阮公諸賢之作，皆深不可識。後世淺士，未嘗苦心研説，於詞且未通，安能索解？此猶言其當篇用意也。若夫古人所處之時，所值之事，及作詩之歲月，必合前後攷之，而始可見。如阮公、陶公、謝公，苟不知其世，不攷其次，則於其語句之妙，反若曼羨無謂，何由得其義、知其味、會其精神之妙乎！故吾於陶公、謝公，皆依事大概，移易前後題目編次，俾其語意諸事明曉，而後得以領其妙。及其語言之次弟。如「首夏猶清和」，「猶」字承《南亭》「朱明」句來。「客程倦水宿」承《初往桐廬》、《富春渚》、《七里瀧》、《道路憶山中》來。否則此「倦」字不著力，無精神，信手填湊，若今人所爲矣。姑舉此以隅反可也。

孟子曰：「誦其詩，讀其書，不知其人可乎？是以論其世也。」此爲學詩最初之本事，即以意逆志之教也。若王阮亭論詩，止於掇章稱詠而已，徒賞其一二佳篇佳句，不論其人爲何如，又安問其志爲何如，此何與於詩教也？

古人文字淵奥，非精思冥會，不能遽通。思之既通，則見其情文併合，詞理扼要，變化曲折，甘苦難易之分齊，愜心滿志。直是可歌可泣，可興可觀，可群可怨，可以事父與君，可以勵志風世，味之彌旨而不可厭。僻者學之，非淺則僞。深隱則如設覆射謎；矜露爲奇，則如牛鬼蛇神，全失蘊韵。其氣骨輕浮而粗硬，其意味短淺而不通。

求通其詞，求通其意也。求通其意，必論世以知其懷抱，然後再研其語句之工拙、得失所在，及其所以然，以別高下、決從違。而其所以學之功，則在講求文、理、義。此學詩之正軌也。又有文、理、義皆得，而不必求其意，論其世，弟如鳥獸好音之過耳，亦爲人所愛賞而不欲廢者，如齊、梁人及唐韋、柳、王維是也。此禪家別傳，無關志持者耳。

李習之云：「文、理、義三者兼併，乃能獨立於一時，而不泯於後代。」習之學於韓公，故其言精審如此，乃法言也、微言也。

文者，詞也。其法萬變，而大要在必去陳言。理者，所陳事理、物理、義理也。見理未周，不賅不備，體物未亮，狀之不工，道思不深，性識不超，則終於羸淺凡近而已。義者，法也。古人不可及，只是文法高妙，無定而有定，不可執著，不可告語，妙運從心，隨手多變，有法則體成，無法則傖荒。率爾操觚，縱有佳意佳語，而安置布放不得其所，退之所以譏六朝人爲亂雜無章也。

非淹貫墳籍，不能取詞。非深思格物、體道躬行，不能陳理。若徒向他人借口，縱説得端的，亦只勦説常談。彊哀者無涕，彊笑者無歡，不能動物也。非數十年深究古人，精思妙悟，不解義法。

大抵筆懦力薄，不足以自達其意，或有才筆矣，而又羸獷，此皆詞上事；若氣體輕浮，寡要不歸，不能持論，是理上事。貫乎二者，詞理俱得，而文法不妙，亦猶夫凡俗而已。其要歸於學識。

有文通而理不通者，是學上事。有理通而文不通者，是才上事。文與理俱清通，而平滯無奇妙高古驚人，是法上事。然徒講義法，而不解精神氣脈，則於古人之妙，終未有領會悟入處，是識上事。

朱子曰：「學文學詩，須看得一家文字熟，向後看他人亦易知。」姬傳先生云：「凡學詩文，且當就此一家用功，良久盡其能。真有所得，然後舍而之他。不然，未有不失於孟浪者。」

李習之曰「創意遣詞，皆不相師。故其讀《春秋》也，如未嘗有《詩》云云。竊謂此所謂入簷蔔之林，不齅餘香者。當其讀時學時，先須具此意識，以專取之。既造微有得，然後更徙而之他。如曹、阮、陶、謝、鮑、杜、韓、蘇、黄諸家，一一用功，實見各開門户，獨有千古者，方有得力處。否則，優孟笑嘑，皆僞也。

古人得法帖數行，專精學之，便足名家。歐公得舊本韓文，終身學之。此即宗杲「寸鐵殺人」之指。孟子謂「深造之以道，欲其自得之也。資深居安，則取之左右逢其原」。古人之進德修業，未有不如此者也。右軍云：「使寡人耽之若此，未必謝之。」

讀萬卷書，又深解古人文法，而其氣懦弱，其詞平緩無奇者，陸士衡是也。豈真患才之多與？抑人之得天者，固各有所限也。如荀子義理本領豈不足，而文乃不如李斯。故知詩文雖貴本領義理，而其工妙，又别有能事在。

凡學詩之法，一曰創意艱苦，避凡俗淺近習熟迂腐常談，凡人意中所有。二曰造言，其忌避亦同創意，及常人筆下皆同者，必别造一番言語，却又非以艱深文淺陋，大約皆刻意求與古人遠。三曰選字，必避舊熟，亦不可僻。以謝、鮑爲法，用字必典。用典又避熟典，須换生。又虚字不可隨手輕用，須老而古法。四曰隸事避陳言，須如韓公翻新用。五曰文法，以斷爲貴。逆攝突起，峥嶸飛動倒輓，不許一筆平順挨接。入不言，出不辭。離合虛實，參差伸縮。六曰章法。章法有見於起處，有見於中間，有見於末收。或以二句頓上起下，或以二句橫截。然此皆麤淺之迹，如大謝如此。若漢、魏、陶公，上及《風》、《騷》，無不變化入妙，不可執著。鮑及小謝，若有若無，間有之，亦甚短淺，然自成章。齊、梁以下，有句無章。迨於杜、韓，乃以《史》、《漢》爲之，幾與《六經》同工。歐、蘇、黄、王，章法尤顯。此所以爲復古也。

朱子論文，忌意凡思緩、歐《六一居士傳》。軟弱、没緊要、不仔細、詞意一直無餘、浮淺、不穩、絮、說理要精細，却不要絮。巧、東坡時傷巧。昧晦、荆公、子固。不足、歐公。輕、薄、冗。南豐改後山文一事可思。愚謂此雖論文，皆可通之於詩。

文字精深在法與意，華妙在興象與詞。漢、魏、阮公、陶公、杜、韓，皆全是自道己意，而筆力彊，文法妙，言皆有本。尋其意緒，皆一綫明白，有歸宿，令人了然。其餘名家，多不免客氣假象，並非從自家胸臆性真流出。如醴陵《雜擬》、陸士衡等擬古，吾不知其何爲而作也。惟大家學有本源，故説自己本分話，雖一滴一勺，一卷一撮，皆足見其本。孟子所謂「容光水瀾」也。如是方合於「興、觀、群、怨」六義之旨。

古人詩文無不通篇一意到底者。此是微言，須深思玄悟，毋忽。

屈子之詞與意，已爲昔人用熟，至今日皆成陳言，故《選》體詩不可再學，當縣以爲戒。無知學究，盜襲坌集，自以爲古意，令人憎厭。故貴必有以易之，令見自家面目。否則人人可用，處處可移。此杜、韓、蘇、黄所以不肯隨人作計，必自成一家，誠百世師也。大約古人讀書深，胸襟高，皆各有自家英旨，而非徒取諸人。夫屈子幾於經，淺者昧其道而襲其詞，安得不取憎於人。朱子論柳宗元《對天問》，以爲學未聞道，而誇多衒巧之意，猶有雜乎其間。柳此文乃以正屈子者，而猶然，況不及柳者乎？

屈子、杜公時出見道語、經濟語，然惟於旁見側出，忽然露出乃妙。若實用於正面，則似傳注語録而腐矣。或即古人指點，或即事指點，或即物指點，愈不倫不類，愈見妙遠不測。苦語亦然，不宜自己正述，恐失之卑儉蹇乞，若説則索興説之，須是悲壯蒼涼沈痛，令人感動心脾，如《奉先》、《述懷》等作。固貴立意，然古人只似帶出，似借指點，或借證明，而措語又必新警，從無正衍實説。此當於《十九首》、漢、魏、阮公求之。若袁宏《詠史》，謇滯吃吶，叔夜《贈二郭》，鋪陳平鈍，皆無足取。今世詩人，詠懷擬古，祇解辦此而已。

但從詩作詩，而詩外無餘境道理，則祇成爲詩人而已。古人所以必言之有物，自己有真懷抱。故曰「乃知君子心，用才文章境」。又曰「詩罷地有餘，篇中發清省」，又曰「高懷見物理，詩家一標準」，「清詩近道要，識子用心苦」，「情窮造化理，學貫天人際」。若但從古人句格尋求，而不得其意用，非落窠臼，即成模擬形似。或能造真理，詩外有餘境矣，而才力不雄，句法不妙，不快人意，又成鈍根。

意已經前人説過，切忌襲用。或借作證，或借指點作慨歎。如魏武帝用微子、《東山》詩，劉越石用太公諸人，而自己行文以驅使之，則可。

凡作文與詩，有一題本分所當有者，有作者自己才學識襟抱之所有者。既自家有才有學識，又必深有得於古人真傳一脈，方爲作者。若僅於詞足盡題，奚有異觀。

用意高深，用法高深，而字句不典，不古，不堅老，仍不能脱凡近淺俗。故字句亦爲文家一大事。不知用意，則淺近。不知用法，則板俗。不知選字造語，則滑熟平易。

字句文法，雖詩文末事，而欲求精其學，非先於此實下功夫不得。此古人不傳之秘，謝、鮑、韓、黄屢以詔人，但淺人不察耳。

韓公云：「爲古文豈獨取其句讀不類於今者邪？思古人而不得見，學古道則欲兼通其詞。通其詞者，本志乎古道者也。」公之意以詞爲筌蹏。世論公爲「因文見道」，觀此則公實「因道求文」，而併得其文焉。顧求句讀不類於今，非學文之本，而已爲三昧秘密。田饒曰：「雞有五德，而君猶瀹而食之，以其所從來近也。」今欲學詩文，當審斯二義。

薑塢先生曰：「字句章法，文之淺者，然神氣體勢，皆因之而見。」又曰：「凡文字貴持重，不可太近颯灑，恐流於輕利快便之習。故文字輕便快利，便不入古。纔説仙才，便有此病。太白、東坡，皆有此患。」按：此皆精識造微之論。

又曰：「宋以後不講句字之奇，是一大病。」余謂獨南豐講之，而世人不之知。嘗論南豐字句極奇，而少鼓蕩之氣。又篇法少變換、斷斬、逆折、頓挫，無兀傲起落，故不及杜、韓。大約南豐學陶、謝、鮑、韓工夫到地，其失在不放，一字一句，有有車之用，無無車之用。然以句格求之，則其至者，直與謝、陶、鮑、韓並有千古，其次者，亦非宋以來詩家所夢及。惜乎世罕傳誦，遂令元文處幽，不得與六一、介甫、山谷並耀。豈其文盛而詩晦，亦有命存邪？公自言：「但取當時能託意，不論何代有知音。」公固不以世俗之知縈其曠遠之高致矣。

朱子曰：「韓子爲文，雖以力去陳言爲務，而又必以文從字順各識其職爲貴。」此言乃指出文章利害，旨要深趣，貫精麤而不二者矣。淺俗之輩，指前相襲，一題至前，一種鄙淺凡近公家作料之意與詞，充塞胸中喉吻筆端，任意支給，雅俗莫辨，頃刻可以成章，全不知有所謂格律品藻之説，迷悶迎拒之艱。萬手雷同，爲傖俗可鄙，爲浮淺無物，爲麤獷可賤，爲纖巧可憎，爲凡近無奇，爲滑易不留，爲平順寡要，爲遺詞散漫無警，爲用意膚泛無當，凡此皆不知去陳言之病也。又有一種浮淺俗士，未嘗深究古人文律，貫序無統，僻晦翳昧，顛倒脱節，尋其意緒，不得明了。或輕重失類，或急突無序，或比儗不倫，或疏密離合，浮切不分，調乖聲啞，或思不周到，或事義多漏，或贅疣否隔，爲駢拇枝指，或下字懦，又不切不確不典，凡此皆爲不知文從字順各識其職之病。

祇是一熟字不用，以避陳言，然却不是求僻，乃是博觀而選用之，非可以餖飣外鑠也。至於興寄用意尤忌熟，亦非外鑠客氣假象所能辦。若中無所有，向他人借口，祇開口便被識者所笑。二者既得，又須實下深苦功夫，精思審辨古人行文用筆章法音響之變化同異，而真知之。須使後世讀其言，服其工妙，而又攷其人，論其世，皆本其生平性情行事而載之，乃能不朽。

以新意清詞易陳言熟意，惟明遠、退之最嚴，政如顏公變右軍書，爲古今一大界限。所謂詞必己出，不隨人作計。後來白石、山谷，又重申厲禁。無如世人若罔聞知。只坐詞熟，轉晦意新；而況意又未新邪？然纔洗此病，又入魔道。如近人某某隨口率意，蕩滅典則，風行流傳，使風雅之道幾於斷絶。而後一二贗古者，起而與之相持，而才又不能敵之。古今道德文章，不出此二界，而真統恒虚無人焉。

以謝、鮑、韓、黄深苦爲則，則凡漢、魏、六代、三唐之熟境、熟意、熟詞、熟字、熟調、熟貌，皆陳言不可用。非但此也，須知《六經》亦陳言不可襲用，如用之則必使入妙。

能多讀書，隸事有所迎拒，方能去陳出新入妙。否則，雖亦典切，而拘拘本事，無意外之奇，望而知爲中不足而求助於外，非熟則僻，多不當行。姬傳先生云：「阮亭四法，一『典』字中，有古體之典，有近體、絶句之典。近體、絶句之典，必不可入古詩。其『遠』、『諧』、『則』三字亦然。」可知非博必不能典。

韓、黄之學古人，皆求與之遠，故欲離而去之以自立。明以來詩家，皆求與人似，所以多成剽襲滑熟。

求與古人似，必求與俗人遠。若不先與俗人遠，則求似古人亦不可得矣。

姜白石擺落一切，冥心獨造。能如此，陳意陳言固去矣，又恐字句率滑，開傖荒一派。必須以謝、鮑、韓、黄爲之圭臬，於選字隸事，必典必切，必有來歷。如此固免於白腹杜撰矣，又恐撏撦稗販，平常習熟濫惡，則終於大雅無能悟入。又必須如謝、鮑之取生，韓公之翻新，乃始真解去陳言耳。

好用虚字承遞，此宋後時文體，最易軟弱。須横空盤硬，中間擺落斷翦多少軟弱詞意，自然高古。此惟杜、韓二公爲然，其用虚字必用之於逆折倒找，令人莫測。須於《三百篇》及杜、韓用虚字處，加意研揣。

謝、鮑、杜、韓，其於閒字語助，看似不經意，實則無不堅確老重成鍊者，無一懦字率字便文漫下者。此雖一小事，而最爲一大法門。苟不悟此，終不成作家。然却非雕飾細巧，只是穩重老辣耳。如太白豈非作祖不二，大機大用全備？世人不得其深苦之意，及文法用筆之險，作用之妙，而但襲其詞，率成滑易。此原不足爲太白病，但下流不可處，要當戒之。太白之後，真知太白，惟有歐陽公。其言太白用意用筆之險，曰：「回視蜀道如平川。」此語可謂真能學太白矣。

欲成面目，全在字句音節，尤在性情。使人千載下，如相接對。

作詩切忌議論，此最易近腐，近絮，近學究。

叙述情景，須得畫意，爲最上乘。

李太白言他人之語，爲春無草木，山無烟霞。可悟西崑諸公之句，即洞山禪所云「十成死句」也。郭景純云：「林無静樹，川無停流。」嵇中散云：「手揮五弦，目送飛鴻。」此皆所謂一喝不作一喝用也。可悟死句之無味。然專講之，又恐纖佻，爲鍾、譚惡習。

用事忌出一處一書，如既本昔人陳意，事詞又出一處，此最不可。姑舉某詩某句以「荆凡」對「臧穀」爲例。

薑塢先生曰：「大凡文字援據，雖有詳略，然必具見端末。」余謂作詩無援據之事，而必有序題。大凡變化恣肆，文法高古，超妙入神，全在此一事上講求。又曰：「昌黎於作序原由，能簡潔，而文法硬札高古。」余以此言移之於詩，如杜公、陶、謝皆然。而漢、魏、阮公，尤錯綜變化不見迹，及尋其意緒，又莫不有歸宿。每見小才説一事，非平鋪挨叙，冗絮可憎，即缺略無頭緒，尋其意脈，不得明了。

凡正發議正用事而又冗衍，無不墮陳腐學究無味鈍根者，然解用吾説，而誠不立，功不深，亦徒麤獷傖氣。言者心聲，未可彊而能也。

古人之妙，有著議論者，則石破天驚；有不著議論、盡得風流者。然此二派皆有流病，非真有得者，不知其故。

以議論起，易入陳腐散漫輕滑。以序事起，忌平鋪直衍冗絮迂緩。此惟謝、鮑、山谷最工。前人謂小謝工於發端，乃是一格耳，未足蔽一切法也。惟杜公峥嶸飛動之勢，遂爲古今弟一妙象。然專學之又有病，惟真好學深思者辨之。

讀古人詩文，當須賞其筆勢健拔雄快處，文法高古渾邁處，詞氣抑揚頓挫處，轉換用力處，精神非常處，清真動人處，運掉簡省、筆力嶄絶處，章法深妙、不可測識處。又須賞其興象逼真處：或疾雷怒濤，或淒風苦雨，或麗日春敷，或秋清皎潔，或玉佩瓊琚，或蕭慘寂寥。凡天地四時萬物之情狀，可悲可泣，一涉其筆，如見目前。而工拙高下，又存乎其文法之妙。至於義理淵深處，則存乎其人之所學所志、所造所養矣。

文字忌語雜氣輕，既無根柢，又無功力，尚不能深清雅潔，無論奇偉。

文字要奇偉，有精采，有英氣奇氣。《荀子》、《國語》皆委靡繁絮，不能振起。此亦非關世盛世衰。如變《風》、變《雅》、《離騷》，豈非衰世之文，而戰國、楚、漢尤爲亂世，其文奇偉，亘古莫及。但奇偉出之自然乃妙，若有意如此，又入於客氣矜張，僞體假象。此存乎其人讀書深、志氣偉耳。若專學詩文，不去讀聖賢書，培養本源，終費力不長進，如韓公便是百世師。

朱子論孟子説義理，精細明白，活潑潑地；荀子説了許多，令人對之如喫糙米飯。又論作文不可如秃筆寫字，全無鋒刃可觀。愚謂作詩文雖有本領，而如喫糙米飯，如秃筆寫字，皆無取。昔人議《聖教序》爲板俗，今如某公之文，某公之詩，便是如此。雖亦有本領，不得古人行文之妙，則皆無當於作。故本領固最要，而文法高妙，别有能事。

朱子曰：「行文要緊健，有氣勢，鋒刃快利，忌軟弱寬緩。」按此宋歐、蘇、曾、王皆能之，然嫌太流易，不如漢、唐人厚重，然却又非鍊局減字法，真知文者自解之。以詩言之，東坡則是氣勢緊健，鋒刃快利，但失之流易不厚重，以此不及杜、韓。在坡自得超妙，而陋才邕士，以猥庸才識學之，則但得其流易之失矣。

氣勢之説，如所云「筆所未到氣已吞」，「高屋建瓴」，「縣河洩海」，此蘇氏所擅場。但嫌太盡，一往無餘，故當濟以頓挫之法。頓挫之説，如所云「有往必收，無垂不縮」，「將軍欲以巧服人，盤馬彎弓惜不發」。此惟杜、韓最絶，太史公之文如此，《六經》、周、秦皆如此。

固須是用杜公混茫飛動氣勢爲上，然纔有一步滑，即散漫。

觀於人身及萬物動植，皆全是氣所鼓蕩。氣纔絶，即腐敗臭惡不可近。詩文亦然。

又有一種器物，有形無氣，雖亦供世用，而不可以例詩文。詩文者，生氣也。若滿紙如翦彩雕刻無生氣，乃應試館閣體耳，於作家無分。

氣之精者爲神。必至能神，方能不朽，而衣被後世。彼僞者，非氣骨輕浮，即腐敗臭穢而無靈氣者也。

用筆之妙，翩若驚鴻，宛若游龍。如百尺游絲宛轉；如落花迴風，將飛更舞，終不遽落；如慶雲在霄，舒展不定。此惟《十九首》、阮公、漢、魏諸賢最妙於此。若太史公《史記》年月表序尤妙，莊子則更滅其迹。杜公《奉先》、《述懷》，一起語勢浩然，凡十層十四换筆，何減史遷。《莊子·齊物論》起數節，尤入化。

漢、魏之人，無不飛行絶迹，精神超妙，奇恣變化，蕩漾不可執著，然自厚重不佻。纔一講馳驟，而不會古人深妙，則入於麤獷僞俗。

固是要厚重，然却非段落板滯，一片承遞，無變化法妙者。山谷學杜、韓，一字一步不敢滑，而於中又具參差章法變化之妙。以此類推，可悟詩家取法之意。孫過庭論書法遲疾，可參悟。

薑塢先生曰：「文字最忌低頭説話。」余謂大抵有一兩行五六句平衍駢説，即非古。如賈生文，句句逆接横接，杜詩亦然。韓公詩間有順叙者，文則無一挨筆。

行文必有奇稜，必有正汁，却不許挨衍。

題之正面，只宜指點帶出，不宜絮衍。

題面題緒，作恉歸宿，必交代清楚，又忌太分明。此是一大事，作者與庸手凡俗，所由判霄壓也。譬名手作畫，無不交代谿徑道路明白者。然既要清楚交代，又不許挨順平鋪直叙，駘蹇冗絮緩弱。漢、魏人大抵皆草蛇灰綫，神化不測，不令人見。苟尋繹而通之，無不血脈貫注生氣，天成如鑄，不容分毫移動。昔人譬之無縫天衣，又曰：「美人細意熨帖平，裁縫滅盡鍼綫迹。」此非解讀《六經》及秦、漢人文法，不能悟入。試取《詩》《書》及《大學》《中庸》經傳，沈潛翫味，自當有解悟處。

亦有平鋪直賦，而其氣體自高峻不可及。如《雅》《頌》諸作，豈必草蛇灰綫之引脈乎？《秦風・小戎》，典制閨情並舉而不相害，可以識古人之體例。大約古人之文，無不是直底，後人都要曲，曲則不能雄，但非直率無運轉耳。讀《小戎》詩可識横空盤硬，拉雜造創之法。

古人文法之妙，一言以蔽之曰：語不接而意接。血脈貫續，辭語高簡，《六經》之文皆是也。俗人接則平順駘蹇，不接則直是不通。韓公曰：「口前截斷第二句。」太白云：「雲台閣道連窈冥。」須於此會之。

詩文以瓌怪瑋麗爲奇，然非麤獷傖俗，客氣矜張，飣餖句字，而氣骨輕浮者，可貌襲也。薑塢先生曰：「柳州《論鍾乳書》從李斯《逐客書》來。然如中段設采奇麗處，李則隨意揮斥，不露圭角，而葩艷陸離；柳則似有意搜用奇怪，費氣力模擬，而筋骨呈露。」愚謂學者可即此意尋之，當有悟入處。又如韓、蘇《石鼓》，自然奇偉，而吴淵穎《觀秦丞相斯嶧山刻石墨本碑》則爲有意搜用字料，而傖俗飣餖，氣骨輕浮。至錢牧翁《西嶽華山碑》，益爲無取。

詩以豪宕奇恣爲貴，此惟李、杜、韓、蘇四公有之。前此則惟漢、魏、曹、阮、陶公、孔北海、劉越石數賢而已。謝、鮑已不能然。

讀古人詩，須觀其氣韵。氣者，氣味也；韵者，態度風致也。如對名花，其可愛處，必在形色之外。氣韵分雅俗，意象分大小高下，筆勢分彊弱，而古人妙處，十得六七矣。

詩文弟一筆力要彊，薑塢先生評韓公《紀夢》詩曰：「以峻嶒健倔之筆，叙狀情事，亦詩家所未有。」愚謂韓公筆力無非峻嶒健倔，學者姑即此一篇求之，如真有解悟，定自得力。此詩頗難解，不得其真詮，則引人入藞藷假象。

薑塢先生曰：「文法要莽蒼、硬札、高古。」又曰：「文須有『入不言兮出不辭』之意。」余謂又須知精氣入而麤穢除，否則入不言出不辭，恐成孟浪麤莽。

用意高妙，興象高妙，文法高妙，而非深解古人則不得。

大約古文及書、畫、詩，四者之理一也，其用法取境亦一。氣骨、間架、體勢之外，別有不可思議之妙。凡古人所爲品藻此四者之語，可聚觀而通證之也。

凡詩、文、書、畫，以精神爲主。精神者，氣之華也。有章法無氣，則成死形木偶。有氣無章法，則成麤俗莽夫。大約詩文以氣脈爲上。氣所以行也，脈絡章法而隱焉者也。章法形骸也，脈所以細束形骸者也。章法在外可見，脈不可見。氣脈之精妙，是爲神至矣。俗人先無句，進次無章法，進次無氣。數百年不得一作者，其在茲乎！

以杜、韓爲之歸，則足以盡習之論《六經》之語而無不包矣。韓公《畫記》云：「非一工人之所能運思，蓋聚集衆工人之長耳。」此語可見古人爲學，功力甚深，研求勤久，苦心深詣，萬水千山而後造之，非易易也。周櫟園因王右軍歷從人學書，謂古人成一藝，亦必脚下行數千里路，目中見古人手筆，乃始成名。今人習一師之言，不出鄉里，而執一己之見，遂以自大，此河伯、夜郎之智也。

曹子建、孫過庭皆曰：「家有南威之容，乃可論於淑媛；有龍泉之利，然後議於斷割。」以此意求之，如退之、子厚、習之、明允之論文，杜公之論詩，殆若孔、孟、曾、思、程、朱之講道説經，乃可謂以般若説般若者矣。其餘則不過知解宗徒，其所自造則未也，如陸士衡、劉彦和、鍾仲偉、司空表聖皆是。既非身有，則其言或出於揣摩，不免空花目翳，往往未諦。若夫宋以來詩話諸書，指陳偏隘，雅俗雜糅，任意抑揚，是非倒置，由己本未深詣精解也。

王厚齋云：「蘇子由評品文章，至佳者，輒云不帶聲色。」何義門云：「不帶聲色，則有得於經矣。」愚謂此二説有得有失，須善參之，否則徒高無當。如《唐書》論韓休之文，如太羹玄酒，有典則而薄滋味。竊謂經者道之腴也，其味無窮，何止但有典則；矧經亦自有極其聲色者在也。王、何皆非深於文事者，皮傅之論耳。

歷城周編修書昌論文章：「有所法而後能，有所變而後大。」世人坐先不能真信好古，不知其深妙而思取法，惟以面目相襲，浮淺雷同，何況於變。王禹卿論書曰：「勤於力者不能知，精於知者不能至。」此二語亦名言也。朱子曰：「李、杜、韓、柳，亦學《選》詩，然杜、韓變多，柳、李變少。」以朱子之言推之，蘇、黄承李、杜、韓之後，而又能變李、杜、韓故意，離而去之，所以爲自立也。自此以外，千餘年詩家，除大曆、長慶、温、李、西崑諸小乘蒴記不論，其餘名家，無不爲李、杜、韓、蘇、黄五家嗣法派者。至於漢、魏、阮、陶、謝、鮑，皆成絶響。故後世詩人只可謂之學李、杜、韓、蘇、黄而不能變，不可謂能變《選》詩也。如放翁之於坡，青丘之於太白，空同之於少陵是也。

姚姬傳先生嘗教樹曰：「大凡初學詩文，必先知古人迷悶難似。否則，其人必終於此事無望矣。」先生之教，但言求合之難如此，矧其變也。蓋合可言也，變不可言也。近世有一二庸妄鉅子，未嘗至合，而輒矜求變。其所以爲變，但糅以市井諧諢，優伶科白，童孺婦媪淺鄙凡近惡劣之言，而濟之以雜博，餖飣故事，蕩滅典則，欺誣後生，遂令古法全亡，大雅殄絶。則又不如且求合之，爲猶存古法也。

漢、魏、曹、阮、杜、韓，非但陳義高深，意脈明白，而又無不文法高古硬札。其起處雄闊，闢頭湧來，不可端倪。其接處横絶，恣肆變化，忽來忽止，不可執著，所以爲雄。康樂似犯騃蹇滯病，而實則經營苦思，凝厚頓折，深不可測，高不可及。

子建、阮公，皆雄渾高古，而阮公精神文法，蟠空恣肆，神化無方，尤奇。子建莊重，直似《六經》。

阮公似史遷、莊子。

薑塢先生曰：「公幹緊而狹；仲宣局面闊大。」

陶公別是一種，自然清深，去《三百篇》未遠。

謝公厚重沈深，明遠雖俊逸獨出，似猶遜之。

大約陶、阮諸公，皆不自學詩來，惟鮑、謝始有意作詩耳。

惟陶公則全是胸臆自流出，不學人而自成，無意爲詩而已。至東坡亦如是，固是天生不再之賢。雖杜、韓猶是先學人而後自成家。如杜《同谷七歌》從《胡笳十八拍》來，韓《南山》詩從《京都賦》來。

鮑、謝作詩，用力勤苦如彼，今居然可見。

段落明白，始於東漢，如班叔皮《王命論》等作。昔賢以此爲文章之衰。然詩猶未爾。如《十九首》及孔北海、曹氏父子、劉、阮、陶公、劉琨，皆魏晉人作，而高古如彼。不特此也，如謝、鮑之參差，猶存古法；但短淺耳。俗士尚不解鮑、謝，何況漢、魏之天衣無縫者邪？

詩文須神氣渾涵，不露圭角。漢、魏以下，惟陶公能爾。大謝以人巧肖天工，已自遜之，是根本不逮，然猶自渾厚。

子建渾邁，猶是漢人。阮公高邁，以去漢未遠也。

謝、鮑根本雖不深，然皆自見真，不作客氣假象，此所以能爲一大宗。後來如宋代山谷、放翁，時不免客氣假象，而放翁尤多。至明代空同輩，則全是客氣假象。

昔休文以子建「函京」、仲宣「灞岸」、子荆「零雨」、正長「朔風」並稱。蕫塢先生云：「此沈所云以音律調韵，取高前式者也。」又云：「古人賞好去取之旨，亦所未喻。」余按仲宣「灞岸」，誠爲冠古獨步。「函京」篇非子建極作，而高深嚴重，故非凡子所及。正長「朔風」，原本《風》、《雅》，韵律似《十九首》，然無甚警妙。若子荆「零雨」，非所知也。姚先生云：「子荆以喪妻而歸，故其詞云爾。」余謂即如是，而篇中無一言交代明白。「三命」十句，與起處詞意全不相貫接，何足取乎？

蕫塢先生云：「士衡《擬古》，蒙所未喻。其於前人章句，想倍誦有餘，何嘗詣深妙也。往時錢受之詆李、何諸人，形模漢、魏，而舉陸十二首，爲善學古人。其徒馮班復云：『士衡《十九首》，如捕龍蛇，搏虎豹，急與之角而力不暇。』一師一弟，率皆盲語瞎贊。」愚謂錢、馮所論，誠如姚所譏。竊謂醴陵三十首，真可謂「捕龍蛇，搏虎豹，急與之角而力不暇」者矣，然實亦無謂。非特此也，凡後人作詩，其題有所謂擬古者，皆吾所不知也。擬古而自有託意，如曹氏父子，用樂府題而自叙述時事，自是一體。太白《古風》、曲江《感遇》，自述懷抱，同於詠史，亦可也。擬古而自無所託意，特文人自多其能，導人以作僞詩而已。東坡和陶，雖自有題，亦覺無味，殆與士衡同一才多之患邪！

淵明《擬古》，是用古人格，作自家詩。

景純《游仙》，本屈子《遠游》之旨，而撮其意，遂成此製。鍾記室云：「《游仙》之作，詞多慷慨，乖遠玄宗。而云『奈何虎豹姿』，又云『戢翼棲榛梗』，按此篇昭明未選。乃是坎壈詠懷，非列仙之趣也。」李善云：「文多自叙，雖志狹中區，而詞多俗累，見非前識，有以哉！」何義門云：「景純之《游仙》，即屈子之《遠游》也。章句之士，何足以知之。」余謂屈子以時俗迫阨，沈濁汙穢，不足與語，託言己欲輕舉遠游，脱屣人群，而求與古真人爲侶，乃夷、齊《西山之歌》，《小雅》病俗之旨，孔子浮海之志，非真欲服食求長生也。至其所陳道要，司馬相如《大人賦》且不能至，何論景純。若景純此詩，正道其本事，鍾、李乃譏之，誤也。義門更失之矣。

謝宣遠《子房詩》，鋪陳典贍，當時以爲冠，此特應制好手耳。以康樂《述祖德》比之，則氣格之高峻，文詞之雄傑，章法之深曲，皆非宣遠所及矣。然康樂此詩，余亦不取，以其意稍矜夸過量也。

歡虞之詞難工。如小謝所處之境，本無甚逆，因欲寄雅懷於詩，特地尋出「懷歸無宦情」及別離等意，以作詩本。其實，口中不要富貴，而身戀之不舍。《朝雨》之篇，自供結狀。豈能如陶公之至性恬淡，懷抱如洗也。又其於君臣之際，經世之志，泛泛若浮苴漂木，太無情愫。故鮑及小謝，除寫景之外，無一語能動人。但其情文併合，氣韵芳藹，不媿大雅。其餘諸人，又併鮑、謝這點識本家貲俱無，但向句法模擬，泛泊嗷嗷，於作家風旨，益渺然矣。

叔夜《贈二郭詩》，陳義甚高，然文平事緐，以詩論之，無可取則。以比劉太尉《贈盧諶》，居然有靈蠢之殊。吾嘗論古人雅言，入今人則皆爲陳言，如叔夜此詩是已。阮公諸篇全是此恉，而筆勢飛動，文法高妙，勝叔夜遠矣。故知詩文別有能事在，不關義理也。

贈婦詩，如秦嘉可也。陸士龍乃爲他人作之，是亦不可以已乎？

張曲江以風雅之道，興寄爲上，故一篇一詠，莫非興寄，此意是矣。然僻者爲之，則又入於空泛，捕風捉影，似是而非。夫六義，風、雅、頌、賦、比、興兼之，奈何獨主風與興二端乎？大約天下義理及古今載籍文字，惟變所適，無所不備，但用各有當耳。不能觀其會通，而偏提一端，即爲病痛。知味者鮮，所以末流多歧也。

丘壑萬狀，惟有杜公，古今一人而已。

韓公縱横變化，若不及杜公，而丘壑亦多，蓋是特地變，不欲似杜，非不能也。坡公亦縱横變化，丘壑亦多。山谷之似杜、韓，在句格，至縱横變化則無之。

王厚齋曰：「李義山謂昌黎文若元氣。荆公謂少陵詩與元氣侔。以元氣論詩文，又非奇偉精采云云所可盡。」

《北征》、《南山》，體格不侔。昔人評論，以爲《南山》可不作者，滯論也。論詩文政不當如此比較。《南山》蓋以《京都賦》體而移之於詩也。《北征》是《小雅》、《九章》之比。

讀《北征》、《南山》，可得滿象，並可悟元氣。

昔人論李北海《六公詩》，以爲莊麗警拔，感憤而作，氣激於中，而横發於外。今此詩不傳於世。吾以爲如杜公《八哀》嚴武、李邕二篇，以此意求之，亦可得其概也。劉琨《贈盧諶》亦可見。謝、鮑無之。小謝《還都寄西府同僚》具此概。

漢、魏、阮公、陶公，皆出之自然天成。惟大謝以人巧奪天工。太白文法全同漢、魏，渾化不可測。杜、韓短篇皆然，惟五言長篇不免有傷多之病，而氣脈筆勢壯闊，亦非漢、魏人所能及。

唐之名家，皆從漢、魏、六代人出。杜、韓更遠溯《經》、《騷》。宋以後人皆止於唐。惟蘇公自我作祖，一切離而去之。然使人於古人深苦奥密之旨遂不復聞，亦公之故也。

薑塢先生曰：「筆瘦多奇，然自是小。如《穀梁》文、孟郊詩是也。大家不然。」孟東野出於鮑明遠，以《園中秋散》等篇觀之可見。但東野思深而才小，篇幅枯隘，氣促節短，苦多而甘少耳。

東野、山谷、白石，皆嫌太露圭角。

韋公之學陶，多得其興象秀傑之句，而其中無物也，譬如空花禪悦而已，故阮亭獨喜之。陶公豈僅如是而已哉！

東坡下筆，擺脱一切，空諸依傍，直是前無古人，後無來者，所以能爲一大宗。然滑易之病，末流不可處。故今須以韓、黄藥之。放翁多客氣假象，自家却有面目，然不能出坡境界。

東坡《石鼓》，飛動奇縱，有不可一世之概，故自佳。然似有意使才，又貪使事，不及韓氣體肅穆沈重。海峰謂蘇勝韓，非篤論也。以余較之，坡《石鼓》不如韓，韓《石鼓》又不如杜《李潮八分小篆歌》，文法縱横，高古奇妙。要之此三詩更古今天壤，如華嶽三峰矣。至義山《韓碑》，前輩謂足匹韓，愚謂此詩雖句法雄傑，而氣窒勢平，所以然者，韓深於古文，義山僅以駢儷體作用之，但加精鍊琢造，句法老成已耳。

南渡以後，冗長纖瑣。姜白石《自叙》獨主於擺落一切，冥心獨造，此與山谷同恉。今觀其詩，誠不負所言。然間有近快利輕便之病，此自宋人習氣，時代使然。如《昔游》詩，如「飛鵝車礮」四語，已開俗派，須分別之以爲戒。然較之陳後山之鈍拙，則才氣縱横跌宕，峥嵘飛動，相去遠矣。蓋幾與東坡相近，惜篇什不富，不能開宗耳。

山谷不能出杜境界，却有自家面目。

宋、元、明以來有一等詩家，如《西游記》傳奇所説諸色妖魔，竊取真仙寶貝一二件，自據一山洞作狡獪，尋常兵力頗難收伏，而終非上真正道，其寶貝之來歷作用源頭，彼皆不足以知之。如阮公《詠懷》，太沖《詠史》，景純《游仙》，陶公田園，康樂山水，太白仙酒，杜公忠主憫時，皆爲妖魔所竊，而其真用皆不存也。非但詩也，文字亦然，道德、政事亦然。

薑塢先生云：「空同五言，多學大謝。倣其形似，略彼神明，天韵既非，則句格皆失研矣。」余謂昧其所用而彊學其句格，如王朗之學華歆，在形骸之外，去之所以更遠。王介甫「月映林塘静」，僅一句興象，便自謂相似，何足以知大謝？真所謂見驥一毛，安能窺其神駿？

昭明《文選序》平鈍卑庸如彼，令人憎賤。歸熙甫自言不能爲八代語，斯言真韓徒哉！《陶淵明傳》真所謂亂雜無章。此雖指文言之，而詩亦多如此。

阮亭標舉神韵，固爲雅言，然亦由才氣局拘，不能包羅，故不喜《中州集》。此杜公所譏「未掣鯨魚碧海中」者也。

阮亭多料語，不免向人借口，隸事殊多不切。所取情景語象，多與題之所指人地時物不相應。既乏性情，不關痛癢，即是陳言。以自名家亦可，以爲足與古今文事則未也。阮亭、竹垞，多用料語襯帖門面，膚濫不精，苟以衒博而已。乍看已無過人處，入而索之，了無真情勝槪，所謂「使君肥如瓠而内實虆」者也。大約其用心浮淺，氣骨實輕。學者且從謝、鮑、韓三家深苦用功，久之自見。

作詩必用本題故典及字句作料，乃是鈍根。王阮亭乃一生不悟。

阮亭用事，多出餖飣，與讀書有得，溢出爲奇者迥不侔。翫李、杜、韓、蘇所讀之書，博贍精熟，故其使事取字，密切贍給，如數家珍。今人未嘗讀一書，而徒恃販買餖飣，故多不切不確；切矣確矣，往往又薾薾不合。雖山谷不免此病。

近代真知詩文，無如鄉先輩劉海峰、姚薑塢、惜抱三先生者。薑塢所論，極超詣深微，可謂得三昧真詮，直與古作者通魂授意，但其所自造，猶是凡響塵境。惜翁才不逮海峰，故其奇姿縱横，鋒刃雄健，皆不能及，而清深諧則，無客氣假象，能造古人之室，而得其潔韵真意，轉在海峰之上。海峰能得古人超妙，但本源不深，徒恃才敏，輕心以掉，速化剽襲，不免有詩無人。故不能成家開宗、衣被百世也。

海峰才自高，筆勢縱横闊大，取意取境無不雅。吾鄉前後諸賢，無一能望其項背，誠不世之才。然其情不能令人感動，寫景不能變易人耳目，陳義不深而多詖激。此由其本源不深，意識浮虚，而其詞又習熟滑易，多襲古人形貌。古人皆甘苦並見，海峰但有甘而無苦，由其才高，亦性情之爲也。

詩文以避熟創造爲奇，而海峰不免太似古人。以海峰之才而更能苦思創造，豈近世諸詩家可及哉！愚嘗論方、劉、姚三家，各得才學識之一。望溪之學，海峰之才，惜翁之識，使能合之，則直與韓、歐並轡矣。

海峰才勝阮亭，而功力不及。阮亭頗有功力，但自處大曆，不敢一窺李、杜、韓，無論《經》、《騷》矣。此是阮亭自量才分，其識又勝於不量力者，故亦足名家。

學古而真有得，即有敗筆，必不遠倍於大雅，其本不二也。嘗見後世詩文家，亦頗有似古人處，而其他篇、或一篇中，忽又入以極凡近卑陋語。則其人心中，於古人必無真知、真好，故不能真見雅俗之辨。譬如王、謝子弟，雖遭顛沛造次，決不作市井乞兒相。以此推之，則海峰之全似古人而無不雅者，政不易到。蓋其本領已同於古，但未及變耳。以古文言之，震川無不雅，荊川則時露凡俗，其餘更不足譏。

錢牧齋極服王簡棲《頭陀寺碑》，故其作詩多用禪典，最俗而可憎厭。其病亦沿於東坡，而源於輞川。王爲釋氏作文，不得不爾，非所以概施之也。

閻百詩於文章之事無與，然其言有精當可取者。如云：「古文宜本色，而牧齋則點染矣。宜單行，而牧齋則排偶矣。」此言亦可通之於詩。詩可以點染排偶矣，然循而爲之，則入卑俗。

古人詩格詩境，無不備矣。若不能自開一境，便與古人全似，亦只是牀上安牀，屋上架屋耳，空同是也。

嘗論唐、宋以前詩人，雖亦學人，無不各自成家。彼雖多見古人變態風格，然不屑向他人借口，爲客氣假象。近人乃有不克自立，己無所有，而假助於人。於是不但偷意偷境，又且偷句。欲求本作者面目，了無所見，直同穿窬之醜也。韓公《樊宗師銘》言文，可以移之論詩。

大約真學者，則能見古人之不可到，如龍蛇之不可搏，天路險艱之不可升，迷悶畏苦，欲罷不能，竭力卓爾。否則無不以古人易與，動筆即擬，自以爲似，究之只是撏撦法耳，優孟法耳。試執優伶，而問以所演扮之古人，其志意懷抱，與夫才情因宜，時發適變而不可執之故，豈有及哉？

大約俗士不解傾心，勝流爲之刮目者，上也。反之而無德者眩，有德者厭，下也。

大約學人好爲高論，而不求真知，盡客氣也。

聖人論學曰：「博學審問，慎思明辨。」辨之不明，則已無由識真。古人不感其知己，後人不享其教思。愚無所知，而於論學、論文，好刻酷求真，語無隱賸。偶出示人，皆嫌憎之，以爲不當詆訐前賢。或又以爲詞氣激直，不能淵雅，失儒者氣象。是皆藥石矣。然思惟求保一己美善之名，而無公天下、開來學之切意，函胡顢頇，使至理不明。歷觀孔、孟、程、朱之言無是也，韓、歐、蘇、黄之言無是也。君子取人貴恕，及論學術，則不得不嚴。大聲疾呼，人猶不應，况於騎牆兩可，輕行浮彈以掣鯨魚，褒衣博帶以赴敵場，菖陽甘草以救沈寒火熱之疾乎？

潛丘言：「講學問經濟，隨地可以及物，詩不中用。」此言可警心。韓公所以言「餘事作詩人」也。

昭昧詹言卷弟二

副墨子闇解

漢魏

五言詩以漢、魏爲宗，用意古厚，氣體高渾，蓋去《三百篇》未遠。雖不必盡賢人君子之詞，而措意立言，未乖風雅。惟其興寄遥深，文法高妙，後人不能盡識，往往味其本解，而徒摭其句格面目，遞相倣效，遂成熟濫可厭。李空同、何大復輩且蔽於此，況其他乎？雖然，嘗欲通其蔽。以爲捧心學步者誠失矣，而並西子、邯鄲絶之，非徒使正色絶響，亦恐無以待天下豪傑之士。即如李、杜之於漢、魏，豈不升其堂，嚌其胾，而又發揮旁達，益拓其疆宇乎？古今作者之心原本流，通萬世而無閒，亦在好學者之立志苦研耳。方今且溯源於《六經》、《三百篇》、屈原、宋玉之所爲，而顧謂漢、魏如天之絶人以升躋也，不幾於因噎廢食與？

昔人稱漢、魏詩曰：「天衣無縫。」又曰：「一字千金，驚心動魄。」此二語最説得好。今當即此二語深求，而解悟其所以然，自然有得力處。《唐書》稱王昌齡詩「緒密而思清」，此誠勝境。然此只可對麤才爲説，若漢、魏文法高妙，詎止此邪？

古人各道其胸臆，今人無其胸臆，而彊學其詞，所以爲客氣假象。漢、魏最高而難知，而其詞又學者所其習誦。以易襲之熟詞，步難知之高境，欲不爲客氣假象也得乎？

夫人亦孰不各有其胸臆，而不學則率皆凡鄙淺俗。或嘗學矣，而不深究古人文法之妙，則其成詞，又率皆凡近淺劣。有其胸臆，又稍知文法，而立志不純，用功不深，終不能求合古人，而泯然離其迹也。

漢、魏詩陳義古，用心厚，文法高妙渾融，變化奇恣雄俊，用筆離合轉換，深不可測，古今學人多不識。如顏延之、沈休文之解阮公，尚多誤會亂道，何況流俗！

漢、魏人用筆，斷截離合，倒裝逆轉，參差變化，一波三折，空中轉換搏捖，無一滯筆，平順迂緩駁蹇，謝、鮑已不能知。後來惟李、杜、韓、蘇四家，能盡其變勢。

鮑俊逸生峭，澀固奇警。謝渾厚精融，而不能如漢、魏之豪宕縱恣，飛動剽忽也。

漢、魏人如龍跳虎卧，雄渾一氣，觸手變化，而歸於重厚。不似後人尚氣勢，騁馳驟，詞意筆勢，或傷太盡，轉致筋弛脈散，通篇無含蓄留人處也。

先人嘗教不肖，毋輕學漢、魏，蓋誠知其難到，恐未喻其深妙，而出骨蒙皮，如明何、李輩所爲耳。今不肖年長，用力稍深，漸有所悟，然後知先人之言，有至慈存焉。

《十九首》須識其「天衣無縫」處，「一字千金，驚心動魄」處，「冷水澆背，卓然一驚」處。此皆昔人甘苦論定之言，必真解了證悟，始得力。

《行行重行行》 此只是室思之詩。起六句追述始别，夾叙夾議，「道路」二句頓挫斷住。「胡馬」

二句，忽縱筆横插，振起一篇奇警，逆攝下游子不返，非徒設色也。「相去」四句，遥接起六句，反承「胡馬」、「越鳥」，將行者頓斷，然後再入己今日之思，與始别相應。「棄捐」二句，换筆换意，繞回作收，作自寬語。凡六换筆换勢，往復曲折。古人作書，有往必收，無垂不縮，翩若驚鴻，矯若游龍。以此求其文法，即以此通其詞意，然後知所謂如「無縫天衣」者如是，以其鍼綫密，不見段落裁縫之迹也。此詩用筆用法，精深細意如此，亦非獨此一篇爲然，凡漢、魏人、鮑、謝、杜、韓，無不精法。自趙宋後，文體詩盛，一片説去，信手拉雜，如寫揭帖相似，全不解古人順逆起伏，頓斷轉换，離合奇正，變化之妙矣。舊解云：首言「行行」遠也，次言「行行」久也；自起至「越鳥」八句言遠，完上「行行」二字。「相去」以下八句言久，完下「行行」二字。噫！無知陋劣，如此解詩，而世之盲士方且信而傳之，可歎也！

《青青河畔草》用法用筆極佳，而義乏興寄，無可取。此詩以叠字爲奇，凡三换勢。

《青青陵上柏》言人不如柏石之壽，宜及時行樂。極其筆力，寫到至足處。然今日已成陳言，後人多擬學之，無謂也。

《今日良宴會》起四句平叙。「令德」四句倒裝，豫攝通篇，精神入化矣。所謂「高言」「曲真」者，即上之新聲也，即下「人生」六句也。以求富貴爲「令德高言」，憤詎已極，而意若莊，所以爲妙。而布置章法，更深曲不測。言此心衆所同願，但未明言耳。今借令德高言以申之，而所申乃如下所云云，令人失笑而復感歎，轉若有味乎其言也。此即申上《青青陵上柏》一篇，而縹緲動盪，憑虚幻出，蜃樓海市，奇不可測。《莊子·盜跖篇》言不矯情傷生，以求聲名富貴，同此憤詎。

《西北有高樓》　此言知音難遇，而造境創言，虚者實證之，意象筆勢文法極奇，可謂精深華妙。一起無端，妙極。五六句叙歌聲。七八硬指實之，以爲色澤波瀾，是爲不測之妙。「清商」四句頓挫，於實中又實之，更奇。「不惜」二句，乃是本意交代，而反似從上文生出溢意，其妙如此。收句深致慨歎，即韓公《雙鳥》詩、《調張籍》「乞與飛霞佩」二句意也。此等文法，從《莊子》來。支、微、齊、佳、灰爲一部，於此可見。

《涉江采芙蓉》　節短而託意無窮，古今同慨。「涉江」「舊鄉」，意用屈子。遠道之人本與我同居舊鄉者也，今乃離居如此，所以終老憂傷也。

《明月皎夜光》　感時物之變，而傷交道之不終，所謂感而有思也。後半奇麗，從《大東》來。初以起處不過即時即目以起興耳，至「南箕北斗」句，方知「衆星」句之妙。古人文法意脈如此之密。漢之孟冬，今七月也。「秋蟬」喻友之得志居高，「玄鳥」興己失所，下四句點明之。「虚名」即指箕、斗、牛之名。

《冉冉孤生竹》　何義門曰：「孤竹是興，兔絲是比。」余謂此詩即孔子沽玉待賈、《孟子》「周霄問」章之恉。「兔絲生有時」二句，言兩美宜合。然古之人未嘗不欲仕，又惡不由其道，所謂「高節」也。二句頓斷。「思君」二句，爲一篇樞軸。「蕙蘭」喻中之喻，比而又比也。四句又頓斷。「君亮」二句，逆輓「會有宜」，結出「高節」，收束通篇。不言己執高節，却言君亮非不執高節，棄賢不用者，此等妙恉，皆得屈子用意之所以然。

《迢迢牽牛星》　此詩佳麗，只陳別思，指意明白。妙在收處四語，不著論議，而詠歎深致，託意高妙。鄭《箋》「東病而西不報，故不成章。」

《回車駕言邁》　此言人生不常，忽與草木同盡，疾没世而名不稱，意指極明白，而氣體高妙，語質而豪宕，更勝妍詞麗色。

《東城高且長》　局意與前篇相似，但此云「放志」，彼言「立名」，相反不同。《十九首》詩非一人所作，故各有歸趣也。「迴風動地」六句，與「東風摇百草」，各極其警動。陶公《飲酒》弟二、三章亦如此。

《燕趙多佳人》　斷爲另一首。「音響」以下，情詞警策遒緊。此篇興喻明白，同《迢迢牽牛星》，而此無甚精美。

《驅車上東門》　此詩意激於内，而氣奮於外，豪宕悲壯，一氣噴礴而下。前八句夾叙夾寫夾議，言死者。「浩浩」以下十句，言今生人。凡四轉，每轉愈妙，結出歸宿。漢、魏亦有尚氣勢者，如此詩及下二篇是也。與《行行重行行》等篇，又是一副筆墨。《西北有高樓》又另是一副筆墨。《十九首》非一人作也。此詩及下二篇，已開陶公。

《去者日已疏》　氣格略與上同。此歸宿在睹此當思息機，勿妄逐世味，但苦未能歸耳，意更悲痛。顔子「不遠復」，屈子「及行迷之未遠」，莊子惜「以有涯逐無涯」，去人愈遠，則不得歸矣。喻意逐世味者同歸於一死，而不知反身求道。只此二篇，古今之人不能出其意度之外矣。韓公擬之作《秋懷》。去者，死者也。疏，遠也。用《吕氏春秋》。末二句突轉勒住，如收下坡之駿。古人筆法高絶，後人不解久矣。

《生年不滿百》　萬古名言，即前《驅車》篇意。而皆重在飲酒，及時爲樂，是其志在曠達。漢、魏時人無明儒理者，故極其高志，止此而已。君子爲善，惟日不足，一息不懈，死而後已，固不可以是繩之耳。起四句奇情奇想，筆勢崢嶸飛動。收句逆接，倒捲反掉，另換氣换勢换筆。

《凛凛歲云暮》　前六句叙，因由游子念其夫也。「錦衾」句以宓妃自比，言其初與游子相結也。「同袍」句點别。「獨宿」二句章法，以一「夢」字攝下，頓叙交代。下六句接承説「夢」。「亮無」六句，因夢而思念深，杜公《夢李白》詩所從出。「眄睞」，尋夢也，即「落月照屋梁」意。不過思婦之詞，而深妙如此。

《孟冬寒氣至》　與前篇大略相同。「三五」二句，言日月易邁，以起下久要不忘。而後半即承此意，言誠素不忘久要，政與《明月皎夜光》篇虚名不固者相反。此孟冬，夏令也。

《客從遠方來》　此亦與前篇相似，即彤管之貽。韓公《寄崔立之》後言雙觥，亦此意。即「綺」借作雙關喻意，奇情奇想。「思」借作絲意。結句以正意結上喻物。「此」即指上喻物也。舊解非。「相去」二句，夾在此爲文法。後人必置此於「膠漆」句上，而文勢平盡無奇矣。

《明月何皎皎》　客子思歸之作，語意明白。見月起思，一出一入，情景如畫。以「客行」二句横著中間，爲主句歸宿，與前篇「相去萬餘里」二句同。後人必移此作結句，自以爲有餘音者，而不知其味反短也。

古詩《上山采蘼蕪》　此君臣之指，奇情奇想，奇詞奇勢，文法高妙至此，而陳義忠厚，有裨世教。「新人」以下，夫答也。「新人從門入」二句，横擔在中，追言前日新故相易之際，乃作者之詞。「素」非叶，古人四聲便讀。姝，好也，非指顔色，故下别言之。末二句以「素」「故」相叶。

《四座且莫諠》　此亦奇情奇文，古色而陳義古厚，與前綺被並工，而此文法變態更多也。言己雕飾之好，德音之美如是，而曾不能保其終好，與《橘柚》篇同，此皆奇麗非常。然在今儻不知而復學之，則爲陳言，不值一唾矣。故學又須識。「雕文」二句，言雕飾也。「朱火」二句，言德音也。以「誰能」二句，横束作章法。「從風」二句，言新交暫相賞也。「香風」二句，突轉勒住，换意换勢，餘音不盡，大指即鮑照《白頭吟》意也。

《穆穆清風至》　此詩詞恉俱未詳，不敢彊通。以意測之，言衣此袍以望所思。中間删去棄我不終一段情事。言美名愛賞，不可常保，久終空自竭耳。變色不敝席，寵臣不敝軒。

《橘柚垂華實》　此詩詞恉俱古。末言人儻有能知我，猶可作四皓爲羽翼。古人文法筆力，得斬截處即斬截也。「津梁山」三字著眼，言勢利交也，亦屈子餘恉。「因君」「君」字，不詳所指，未敢彊定。觀明遠所擬，大意亦言抱賢不終見棄。其所指「泫然」之「君」字，與此「因君」之「君」字皆不明。或即指上「好甘」之「君」，言因君用之而可爲羽翼也。

《十五從軍征》　此只是叙述本事，而狀亂離之景象，令人不堪想。此蓋《小雅》之遺響，後來杜公時學此。

《新樹蕙蘭花》　此即《涉江采芙蓉》、《橘柚》、《銅鑪》等意，在今爲熟濫陳言矣，不可再道。凡言

「遠」，皆指黃、農、虞、夏。

《步出城東門》　此詩未詳其意恉所在。「前日」二句，萬古清警，似是客中送客作。悲故人已去而己不得還，恐即衍《九辯》之恉也。「我欲渡河水」，言涉世險艱，故願還故鄉。

大抵古詩皆從《騷》出，比興多而質言少。及建安漸變爲質，至陶公乃一洗爲白道，此即所謂去陳言也。後來杜、韓遂宗之以立極，其實《三百篇》本體固如是也。

蘇、李諸篇，東坡辨其僞，而又以爲非曹、劉以下之人所能辦，須識此意。蓋與《十九首》同其高妙。

《骨肉緣枝葉》　一起十二句，賓主往復歷落，語勢浩然，用筆轉換頓挫，崢嶸飛動，後惟杜公有此。「昔爲」、「昔者」，以拙鈍重複，愈見樸厚。「鹿鳴」二句，横入振接，本非賓而可借喻賓矣。以其遠行，搴起下「尊酒」，筆勢文法，變換生動。此詩向來解者穿鑿彊説，皆不可通。題曰《古詩四首》耳，而必以前二首爲子卿初出使時，别兄弟，别妻子，後二首爲自匈奴回，别少卿，皆形似之論，影響之談。夫曰「我有一尊酒，欲以贈遠人」，遠人自指行者。而王元美謂是自稱，固不可通。何義門以爲指少卿，亦未諦。此只爲居者送行者之詞。觀次句三四句，則明指兄弟，賓主分明。「況我連枝樹」承上「四海兄弟」，言此密友親交，尚爲兄弟，況真兄弟乎？「願子留斟酌」，稍留而飲此酒，此祇餞飲事，意甚明白。

《結髮爲夫妻》　起四句總叙。次四句叙事。「行役」四句頓挫。以下情至語極如話。古人筆力必寫到十分極至處，此最見力量。沈鬱頓挫，後惟杜公有之。此爲行者贈居者之詞。

《黄鵠一遠别》　此似爲客中送客，非行者留别，乃居者送行者之詞，與《步出城東門》篇同，觀明遠《贈傅都曹别》可見。若如何屺瞻滯解，作别少卿，則末句「送子」語「送」字，終彊紐不通。

《燭燭晨明月》　明是在家送人，豈虜庭之景邪？況云江、漢，虜庭安得及之？善注太初改元改正，此十二月乃改正後也。何云：武以始元六年春至京師，則别在五年冬也。按始元上距太初二十三年，然李、何亦彊傅之於武耳。

李陵與蘇武詩三首　此亦是僞作，昭明不能鑒别。

《良時不再至》　四句叙題事。「仰視」八句，句句轉换，筆勢頓挫沈鬱，後惟杜公有之。然亦前一首精神最佳。

《攜手上河梁》　游子自謂，行人，指行者。「安知」二句，意極忽變，如驚鴻脱兔，矯尾掉首，乃政是古人用筆文法絶勝處，與子建「憂思疹疾」二句同。此不必泥作陵與武，其意自明。何義門謂此設爲武慰陵之詞，於意滯矣。「弦望」猶言圓缺，以喻會别耳。本言月而挾句言日，言安知不再有會時。「努力」二句，忽又放筆，作無可奈何哀慰之詞。蓋自悲無奈何，而祝故人以崇德，此情曷有極邪？

《嘉會難再遇》　此首止於詞足盡意，無甚精美。洪容齋據此「盈」字而斷其爲僞。然陵已降虜，即偶用惠帝諱，或亦有之，未足以儒理據爲確證。要之，此詩不必定爲少卿作，政不必據此一字爲斷耳。

無名氏《擬蘇李詩晨風鳴北林》　「明月」二句，似陵別武之詞。紅塵蔽天地　起六句發端突兀，蒼莽橫恣。此詩凡三層，皆空中轉換，不分明段落，真漢人之文也。龍翔鳳翥，豈止横空盤硬。「瀉水」四句，未詳其意，似武勉陵之詞，言埋身異域，修名不立，蓋勸之同歸也。然終費解，闕疑以俟知者。

孔文舉《雜詩》　起四句，止以勢位言之，喻操之盛。「昂昂」言己不移節。「吕望」以下十句，寄託非常。「由不慎小節」，言人不知我，謂我志大才疏耳，結出本旨。小節，即夷、齊苦身也。不爲夷、齊小節，亦不取吕之扶興，而取管仲，託意切至。「昂昂累世士」，本漢武帝詔「士有負俗之累者」。《古詩解》云「積幾世」，直是可笑。　此詩與劉琨《贈盧諶》同一激昂慨慷。嘗論劉琨此詩，一起一結，不知從何處來，何處去，所謂「入不言兮出不辭」。起二句空中下手，以比盧也。「惟彼」以下，歷舉建功業之人，皆欲諶與此諸人相比，以與己共功名耳。「中夜」二句頓挫束上，卻用倒結，文法伸縮變化，筆勢浩汗莽蒼。「吾衰」句倏轉，如神龍掉首，空中夭矯，言不得志，故獨憂悲，却用逆攝，而頓挫沈鬱，真如金石流，蛟龍僵。古人作書用墨，必有流珠處，此種是也，可謂極其回旋恣肆。「功業」八句稍緩，以疏其氣，疏密浮切之分也。一收詠歎無窮。此等用筆，前惟漢、魏、阮公，後惟杜公有之。

秦嘉《留郡贈婦詩》　此詩叙述清婉，開劉公幹、謝惠連。誦之久，自有一種旖旎蒽蒨之致。

古詞《相逢行》、《古八變歌》　皆太白詩體之所自出。而《焦仲卿》一首，惟弇州效之，獨妙千古矣。

魏武帝《薤露》　此用樂府題，叙漢末時事。所以然者，以所詠喪亡之哀，足當輓歌也。而《薤露》哀君，《蒿里》哀臣，亦有次弟，前人未有言之者。　此詩浩氣奮邁，古直悲涼，音節詞指，雄恣真樸。一起雄直高大，收悲痛哀遠。「猶豫」句結上「所任」，何進也。「因狩執君王」，張讓、段珪等也。「賊臣」，董卓也。　讀此知潘岳《關中》、謝瞻《張子房》之傷多而平弱。

《蒿里行》　此言袁紹初意本在王室，至軍合不齊，始與孫堅等相爭，而紹弟亦別自異心。「鎧甲」四句，極言亂傷之慘，而詩則真樸雄闊遠大。

《苦寒行》　不過從軍之作，而取境闊遠，寫景叙情，蒼涼悲壯，用筆沈鬱頓挫，比之《小雅》，更促數噍殺。　後來杜公往往學之。　大約武帝詩沈鬱直樸，氣直而逐層頓斷，不一順平放，時時提筆換氣換勢。　尋其意緒，無不明白；　翫其筆勢、文法，凝重屈蟠，誦之令人意滿。　後惟杜公有之。　起十句夾叙夾寫。「延頸」以下，始入己行旅之苦。　收句拓開遠抱，與前「微子」同。《樂府》以此爲文帝作，余以結句斷之，知爲武帝作。　子桓溺豢樂之犬豕耳，無此志意矣。　起四句以喻時世多艱，經營之難。「樹木」六句，寫亂離景象。「延頸」以下，始入自己，興懷思歸，即所謂欲歸射獵讀書而不得舍權者。「水深」以下，言亂益甚，迷惑不得自由，又不得已也。　收句隱然以周公自命。

文帝《芙蓉池》　首二句點題。　三四寫景如畫。「卑枝」二句，承「嘉木繞」。「驚風」句極寫人所道不出之景。　子建衍之，更極詳盡。「丹霞」四句，是人君語氣，有福禄深厚祥瑞氣象。　收四句義意亦本前人習語，然足以窺其全無道理整躬經遠之志，但極荒樂而已。　子建衍之，則人臣之語，宜也。　觀古人詩，須觀其氣象。此詩氣體用意，正聲中鋒，渾穆沈厚，精深華妙，似勝仲宣、公幹諸人，然終無多味。退之云：「歡娱之詞難工。」觀公讌諸詩信矣。公讌詩，子建就帝語衍爲頌祝，蓋不得不爾，須諒之。仲宣工於干諂，凡媚操無不極口頌揚，犯義而不顧，余生平最惡其人。昔人有言《魏公九錫》出於粲手，非潘元茂也。使粲此詩止於「含情欲待誰」，豈不雅音乎？公幹止於慕悦繁華。惟應瑒《建章臺》作，收句微存規意。必合此數詩而全觀之，乃見當日七子，各極其一時才情意思，可以覘其所藴蓄也。據《文選注》，仲宣此詩，侍曹操讌，非侍文帝《芙蓉池》比，則後半不可少。然粲以周公、文王聖武等語稱曹操，不一而足，豈謂非媚子哉！觀謝康樂之於宋公，其詞平帖，過仲宣遠矣。又如士衡之頌愍懷，宜也；以頌賈謐，則悖矣。顔延年之頌元凶雖失，然當日位在明兩，固不得豫探其凶而絶之也。君子論世，平情可也。要之，皆文士齷齪猥鄙所爲而已。以孔北海「結根在所固」言之，則仲宣爲無節。以「吕望老匹夫」句類之，則仲宣頌之曰「神武」、「聖君」，是爲無羞惡是非之心。豈余苛責之哉！

甄后《塘上行》　高邁雄恣，終是漢、魏人氣格，非晉、宋以下人所及。然以仁義自許，與卓文君之以皎月白雪自擬，皆無耻之言，其詩雖工，何足取哉！「莫以賢豪故」數語，何不以之思袁氏也。曹丕既篡，曰「舜、禹之事，吾知之矣」，政與甄氏同一彊顔。嘗見錢受之文集，其《上懷宗疏》，極以萬世名節自許，皆此類也。前志謂此武帝作者，必不然矣。此詩詞氣雌弱，臣妾之詞，武帝豈有是哉！但以此題爲《蒲生篇》，恐不誤。其「塘上行」三字，疑與子建《浮萍篇》互誤，昔人不暇深考耳。

陳思天質既高，抗懷忠義，又深以學問，遭遇閲歷，操心慮患，故發言忠悃，不詭於道，情至之語，千載下猶爲感激悲涕。此詩之正聲，獨有千古，不虚耳。同時惟仲宣，局面闊大，語意清警，差足相敵，偉長、公幹，輔佐之耳。

子建樂府諸篇，意厚詞贍，氣格渾雄。但被後人盗襲熟濫，幾成習見陳言，故在今日不容復擬，政與《古詩十九首》同成窠臼。究其真精妙藴，固分毫未損，亦分毫未昭。盱衡今昔，子美、退之而外，恐真知其所至之境者，不數覯也。

《鰕䱇篇》 䱇同鱓，市演切。今俗作鱔，魚之似蛇者。 此詩筆仗警句，後惟韓公常擬之。「上路」，即指富貴顯人。「讎高」，言酬答高厚也。「泛泊嗷嗷」，古今流俗凡夫皆若是，思之可歎。劉邵《人物志》稱爲風人，與此同義，言隨風轉逐，不能自止立也。觀子建胸次如此，亦是功名中人。當日武侯自擬，亦止及管、樂。古人慮材而供，量己而言，不似後人浮夸，而實用不酬也。吾故謂謝康樂以「道情」儞其祖爲浮夸也。

《箜篌引》 此不必拘《樂府解題》及詩内「久要」語，指爲結交當有終始義也。曹公父子，皆用樂府題自作詩耳。此詩大指，言人姑及時行樂，終歸一死耳。故己之謙謙自慎，只求保壽命而已。子建蓋有憂生之戚，常恐不保，而又不敢明言，故迷其詞。所謂寄託非常，豈淺士尋章摘句，所能索解邪？ 起十二句，以爲如此之歡洽，似可以萬年矣，而終恐不能保，故下以「久要」要之，而言己之小心敬慎，只求保性命而無他也。此四句乃本意，却作凭空突轉，爲前後過節。「驚風」六句，與上「萬年」作兩對。樂極則悲來，人之常理，況懷深感者邪？「先民」二句，忽收轉作自寬語，另换意换筆也。如此作詩，淺士豈知之邪？至其詩氣骨博厚，如成德之士，又當於简外求之。

《怨歌行》　起八句感慨沈痛，桓伊爲謝安誦之，安爲泣下，其感人深矣。惟後半衍周公事太多，雖陳思有託而然，而後人宜忌之。

《名都》、《美女》二篇　今皆爲習熟陳言，不得再擬。

《白馬篇》　此篇奇警。後來杜公《出塞》諸什，實脱胎於此。明遠《代出自薊北門》、《結客少年場》、《幽并重騎射》皆橅此。而實出自屈子《九歌・國殤》也。

《遠游篇》　氣體宏放，高妙恢闊，勝景純。景純警妙，而局面闊大不及此。大約陳思才大學富，力厚思周，每有一篇，如周公制作，不可更易，非如他家以小慧單美，取悦耳目也。「曲陵」、「時風」用字法，非餖飣所知。「金石」四句，總詠歎之，若繼《大人賦》而言。

《驅車篇》　此典禮大篇，同於《清廟》之頌，無可以爲悦耳目者。誦之久，自見一段古穆嚴重氣象。　起四句點題。「隆高」十句，説山。「王者」以下，言王者封禪之事。

《贈白馬王彪》　此詩氣體高峻雄深，直書見事，直書目前，直書胸臆，沈鬱頓挫，淋漓悲壯，與以上諸篇空論泛詠者不同，遂開杜公之宗。

「謁帝承明廬」　起點題，登路，交代明白。「伊洛」六句，叙次詳盡，一路如畫。頓斷，以清君臣之情與禮。古人言有序，識大體如此，從無鹵莽孟浪，脈縷不清者。因無梁而後泛舟，何等清晰次弟。後之小才，往往疏漏，否則冗絮，而尋其意脈，轉不得明了。「大谷」以下，乃及己艱苦怨路之情，而詞意警健雄深，噴薄而出。六首中以此爲弟一。

「玄黄猶能進」　起四句乃及彪，點題。「本圖」以下，叙述本事，詳盡明白，至痛無隱語。

「踟躕亦何留」　感物傷懷，自己明道之。

「太息將何爲」　此兼念任城之亡，以及存者，愈見深痛。

「心悲動吾神」　此傷痛無如何，轉作自寬語。收二句又倏轉回，言終不能寬，反覆回復，愈見悲痛。而解者謂此爲慰彪之詞，既於理紆曲，又不解用筆偏反轉折之勢。

「苦辛何慮思」　只是放聲長號，生離死別，盡此須臾，千載讀之，猶爲墮淚，何況當日。此真不媿《三百篇》興、觀、群、怨之教，雖聖人見之，亦必取之矣。「松子久吾欺」，定作「欺」字，乃此時急語。解者注者，乃易作「期」字，散漫無謂，是不識文勢矣。所謂「天命」，皆指丕意，君上之詞。

《送應氏》「步登北芒阪」　先寫本鄉亂離之慘，蒼涼悲壯，與武帝《苦寒行》、仲宣《七哀》同其極至。明遠、杜公皆嘗擬之。末二句乃逗將遠適之意，章法伸縮之妙，又以結束上文，換筆頓挫。「平常居」，託應自言所見。

「清時難屢得」　起五句言人生死離别，不可常保，故願得展情，乃空中下拳，與蘇、李諸作，同其高妙。「我友」三句，始實點「送」字。「中饋」四句，義深文曲，言不能答其深望，故以爲媿。「山川」四句，又致其款戀不忍離之忱。如此等深思曲致，高情遠勢，章法用筆，變化不可執著，鮑、謝且不能窺，後惟杜、韓二公有之耳。「願得展燕婉」句，所謂「口前截斷弟二句」也。

《三良詩》　一起空中先下二語。以章法言，已妙不可言，而筆勢又復往復頓挫曲折。「秦穆」二句，點。「生時」二句，承以實事，頓斷自殉意。此六句峥嶸飛動雄邁，浩然沛然。「誰言」二句，倏轉出餘意，以下但停蓄感歎，頓挫不盡。　此篇分兩段。古人用筆，最是截斷處、倏轉處，爲最見法力。子建立意又有苦心，不得不爾。　仲宣《三良詩》，起四句先言不應殺良臣。「結髪」以下，却轉出當殉意來，而以子建收處哀歎意置於此。「人生」以下，却以子建起句爲收，而加清警。通首文勢浩瀚，似猶勝子建作。其意亦本屈子。謝、鮑嘗擬其詞意，而氣格之高妙，則遠不逮矣。

《贈丁儀王粲》　此古今所謂「函(今)〔京〕」作也。詩老重高峻，似經，不可褻翫。無聲色可悦耳目，而足厭人之心，滿人之氣，與《贈徐幹》篇同。

贈丁儀　起寫潦年，以起丁之困。「在貴」四句，過接。此詩清警而自具沈雄，「微陰翳陽景」篇略同。　大約子建皆中鋒。學之不能得其厚重雄闊高峻，而得其陳意陳語陳句，則失之板實。

《芙蓉池公燕》　起句渾脱老成，此子建所獨擅。「清夜」二句，且點且叙。「明月」以下，正寫。收句頌體。「神飈」二句，神到之句，沈雄。　仲宣《公燕》，前十二句流美清警，「見眷」以下頌體。公幹、德璉二詩，大抵皆以清綺流美緊健爲佳。

《雜詩》　「高臺多悲風」二句，無限託意，横著頓住。「之子」四句，文勢與上忽離。「孤雁」二句横接。「翹思」句接「離思」。「形影」句，雙結雁與人作收。文法高妙，宋以後人不知此矣。此與《十九首》、阮公等同其神化。

《七哀》起八句，原題叙事。「君若清路塵」以下，語語緊健，轉轉入深，妙緒不窮。收句忽轉一意。古人收句，往往另换意换勢换筆，或兜轉，或放開，多留弦外之音，不盡之意。仲宣《七哀》，首篇起六句，點題交代耳。而沈雄闊大，氣象體勢，騫舉清惻。「出門」以下，又以中道所見言之，情詞酸楚，直書所見，至不忍聞。《小雅》傷亂，同此慘酷。「南登灞陵岸」以下，轉换振起，沈痛悲凉，寄哀終古。其莽蒼同武帝，而精融過之。其才氣噴薄，似猶勝子建。感憤而作，氣激於中，而横發於外，後惟杜公有之。次首起二句沈邁，文法雙綰。「冰雪」以下，實叙而皆虚矣。讀此乃知彼徒述邊地苦景，皆犯實面，癡矣。故文法高妙，别有能事。「邊城」六句，即以實叙論之，何等莽蒼雄闊，筆勢浩蕩。「登城」句迴轉抗墜，得畫意，筆勢飛鳴，後惟杜公有之。以上頓斷言地，以下言人，與陳思《送應氏》同局。「天下盡樂土」，忽逆轉頓挫，倒勒反掉。「蓼蟲」二句，忽又放下。本是怨悔之詞，却莊言之，悲恨尤深。此等詩直嗣《二雅》。昭明之《選》，乃佚此篇，可謂無目。何屺瞻云「仲宣最爲沈鬱頓挫，而鍾室以爲文秀而質羸，殆所未喻」。蒼涼悲慨，才力豪健，陳思而下，一人而已。

王仲宣《從軍五首》緊健處，杜公時效之，《出塞》諸作可見。但其鋪陳處，稍嫌繁縟，乃知杜公有傷盡太冗之病，亦自古人出。建安七子，除陳思，其餘略同，而仲宣爲偉，局面闊大。公幹氣緊，不如仲宣。

劉公幹《贈五官中郎將》四篇中，以「餘嬰沉痼疾」最佳。姜白石所謂「擺脱一切，直抒胸臆」，於此可會。而一切清警，情詞斐然，亦所謂「文雅縱横飛」者也。

《贈徐幹》　徐爲太子文學，故在西園。所云「北寺」，被刑輸作北寺署吏時作，故有「仰視白日」等語。觀公幹等作，清綺緊健，曹、劉並稱，有以哉！直書胸臆，一往清警，纏綿悱惻，此自是一體，故鮑亦嘗擬之。又不在講句法字法等義。要之，此體亦自《三百篇》出，如《載馳》、《氓》、《園有桃》、《陟岵》等，不用裝點，比興者也，而往復情至，令人心醉，所以可貴。屈子《九章・惜誦》亦是如此。然不善爲之，則如近世俗士，庸鄙率意，淺俗凡語，灌灌沓沓，若老夫邨媪之寒暄絮冗，又可憎可賤也。此體謝惠連獨工之。後來杜公、韓公有白道一種，亦從此出，而語加創造，以驚奇爲貴至矣。如韓《南谿始泛》、《贈别元十八》、《送李翺》、《人日城南登高》、《同冠峽》、《過南陽》，放翁《酬曾學士》、《送子龍赴吉州》，姜白石《昔游》，大約同一杼軸。而杜公此體尤多，集中似此居其大半，如《贈李十五丈》、《西枝邨尋草堂》、《寄贊上人》等尤可見，而夔詩全用此體。大約此體但用叙事，羌無故實，而所下句字，必樸質沈頓，感慨深至，不雕琢字法，所謂至寶不雕琢，而非老生常談，陳言習熟，愞懦凡近瑣冗之比。山谷全用此體。公幹此體雖佳，然以比陳思、阮公、陶公則卑矣。阮公、陶公託意非常，不止如此淺近而已。杜公、韓公自有大篇，故不嫌兼擅。若公幹則專止於此一體而已。

余嘗論曹操淩君逼上，天下不知有帝，其惡塞於天地。而王粲、劉楨輩，當此亂世，饕其豢養，昵比私門，諂媚竊容，苟以志士潔身守道之義如龐公諸人衡之，則羞役賤行也，是豈可以阮公、陶公、陳思、杜、韓並論哉！但取其一能，乃亦流傳不朽。文士之不足校人品也久矣。粲爲伯喈所賞，伯喈懷董，仲宣藉曹，名澆身毁，方以類聚而已。范史《馬融傳論》，言之詳矣。

昭昧詹言卷弟三

副墨子闇解

阮公

阮公於曹、王另爲一派，其意恉所及，昔賢皆怯言之。休文所解，粗略膚淺，毫無發明。顔延年曰：「阮在晉文代，常慮禍患，故發此詠。」又曰：「身仕亂朝，常恐罹謗遇禍，因兹發詠，故每有憂生之嗟。雖志在刺譏，而文多隱避，百代之下，難以情測。故粗明大意，略其幽恉。」延年之説當矣。而何義門謂顔説爲非，豈以其忠悃激發，痛心府朝，而不徒爲一己禍福生死也乎？姚薑塢先生譏何不當，一一舉其事以實之。夫誦其詩，則必知其人，論其世，求通其詞，求通其志，於讀阮詩尤切。何所解惟「徘徊蓬池上」及「王子年十五」二篇爲實。「王子」篇未喻，「蓬池」篇何解得之，但其後半猶言之未明耳。竊謂「無儔匹」指賈充、鍾會輩諸小人助惡篡弑貪功，而懷忠良執守綱常大義之君子無人，故己哀傷憔悴而著此詩，託言羈旅，延年所謂隱避也。此全從屈子《惜誦》「同極異路」、《九辨》「羈旅而無友生」等意出。大約不深解《離騷》，不足以讀阮詩。

何云：「阮公原出於《騷》，而鍾記室以爲出於《小雅》。」愚謂《騷》與《小雅》，特文體不同耳。其憫時病俗，憂傷之恉，豈有二哉？阮公之時與世，真《小雅》之時與世也，其心則屈子之心也。以爲《騷》，以爲《小雅》，皆無不可。而其文之宏放高邁，沈痛幽深，則於《騷》、《雅》皆近之。鍾、何之論，皆滯見也。

公詩八十一首，昭明選十七，阮亭選三十二。何義門云：「昭明所選，作者要恉已具。」姚薑塢先生云：「《詠懷》雖云歸趣難求，要其佳處，不過十餘首。阮亭所取，亦在可否之間。」

學《選》詩當避《選》體，此是微言密恉，杜、韓所以爲百世師也。不但避其詞與格，尤當避其意。蓋《選》詩之詞格與意，爲後人指襲，在今日已成習熟陳言。往者海峰先生好擬古人之意格，豈不爲客氣僞詩乎？今學漢、魏、阮公，當戢其文法高妙，氣體雄放，而避其詞意。原本前哲，直書即目，領略古法，而又不蹈襲，凡學古人皆然。且阮公尤不易學。必處阮公之遇，懷阮公之志與事，乃見其沈痛傷心。今既非其人，而於其詩，讀之尚未能通其詞，達其意，得其恉趣歸宿，毫無真得力處，而漫云吾學阮公，亦見其自謾而已。

太白胸襟超曠，其詩體格宏放，文法高妙，亦與阮公同。但氣格不相似，又無阮公之切憂深痛，故其沈至亦若不及之。然古人各有千古，政不必規似前人也。阮公爲人志氣宏放，其語亦宏放，求之古今，惟太白與之匹，故合論之。

聖人但惡不義之富貴耳，非樂枯槁也。觀阮公「炎光萬里」篇，詞恉雄傑分明，自謂非莊周言，道其本實如此。非若世士，但學古人，僞爲高言夸語，而攷其立身，貪汙鄙下，言與行違也。讀阮公詩，可以窺其立身行意本末表裏。陶公、杜公、韓公亦然，其餘不過詞人而已。

古人著書，皆自見其心胸面目。聖賢不論矣。如屈子、莊子、史遷、阮公、陶公、杜公、韓公皆然。僞者作詩文另是一人，作人又另是一人；雖其著書，大帙重編，而攷其人之本末，另是一物。此書文所以愈多而愈不足重也。以予觀之，如相如、子雲、蔡邕，皆是修詞不立誠。世人皆恕子雲《劇秦美新》，以爲谷子雲作。至於《反騷》、《法言》，則不可謂爲僞誤。《反騷》之悖，朱子論之詳矣。《法言·孝至》篇末云：「周公以來，未有漢公之懿也，勤勞則過於阿衡。漢興二百一十載而中天，其庶矣乎！」此殆天奪其魄，使之自著於篇末，喪心無恥之極。而云：「《法言》平心論之，非先王之法言不敢言。」此何等言而言之如此。司馬温公獨取之，亦其蔽也。《論衡》言子雲著《法言》，蜀富人齎錢十萬，願載於書，子雲不聽，謂其不爲財動。由今觀之，是舍簞食豆羹之義也。

「夜中不能寐」 此是八十一首發端，不過總言所以詠懷不能已於言之故，而情景融會，含蓄不盡，意味無窮。雖其詞意已爲後人勦襲熟濫，幾成陳言可憎，若代阮公思之，則其興象如新也。

「二妃游江濱」 如顔、沈解，殊顢頇，不能顯出其真情，發露其真味。竊意此即「初既與子成言，後悔遁而有他」、「交不忠者怨長」之指，然不知其爲何人而發。公必不苟爲空言泛語，勦襲屈子也。

「嘉樹下成蹊」 此以桃李比曹爽，言榮華不久，將爲司馬氏所滅。「繁華」二句，頓住上文，見其必然，而先憂之。「驅馬」以下，始入自己，言急欲上西山以避之，即亂邦不居之義。否則嚴霜歲暮，「一身且不保」矣。二句倒裝，此疑初辭曹爽辟時，故用西山，言不食其粟也。其後李豐等果不保其妻子。

「天馬出西北」　言世間萬事無常，以興盛衰之不常。「春秋」代謝義。「清露」二句，即履霜堅冰意。此與上桃李，皆言其危亡在即，決幾之言也。而此首尤隱，止「富貴」一句露。

「平生少年時」　此言爲人之失，與失路同。疑是以己託諷曹爽，不可荒淫失道，雖若裕如，而禍患忽來，雖悔失路，無如何也。顔延年、楊用修、何義門等，争致「趙、李」，固可不必。姚薑塢先生以此爲阮公自言實事，或亦有然。阮陳留人，魏都鄴，此言望三河反歸，借指家國，雙關譎言之耳。義門解非。此殆指鄴都，而隱避託言之也。「黄金」二句倒句。

「昔聞東陵瓜」　此言爽溺富貴將亡，不能如邵平之猶能退保布衣也。指意宏遠，迷藏隱避，而用筆回轉頓挫，變化無端。起六句先寫瓜，極誇美，寫至十分詞足。「膏火」二句，凭空横來，與上全不接。「布衣」句倏又截斷，遥接前六句種瓜之安樂。「寵禄」句倒接「膏火」、「多財」，以二句分結。如此章法，豈非奇觀。休文解殊陋。

「灼灼西隤日」　言將亡不久，以比爽也。「當路」、「黄鵠」，言其黨與，謂何、鄧輩也。天寒，蟲鳥尚知因依，求免顛撲，而彼昏不知，惟知進趨忘歸，而己不肯從彼，非矜誇名譽，乃重生，恐俱焦耳，故憔悴興悲。凡分四層，章法筆勢，奇矯浩邁。此亦疑辭爽辟之時作。

「步出上東門」　因亂極而思首陽以寄慨。起四句爲一意，言止此處人地兩佳。「良辰」六句，空中發歎，起下二句，言太平必不可冀，而盛時將歇，結明上所以思首陽也。「素質」結上六句，詠歎言之。

「北里多奇舞」　亦言爽之荒淫，不可久長，却緩言之，言除非得仙術乃可耳。用意深遠，其詞愈緩，太史公妙恉也。先言無仙，復思延年，開合入妙。

「湛湛長江水」　此借楚王之荒淫無道將亡，以比今日之曹爽。不知司馬氏之同於穰侯，將以爾調酸鹹也。此篇文法高妙，而血脈灌輸。一起蒼茫無端，興象無窮，原本前哲，直書即目。三四言亂象已成，而方馳騖爲荒淫不已。五句將一「望」字束上四句，又起下悲感。當春而悲，無時不悲矣。所悲爲何？悲彼相與荒淫耳。「朱華」正説荒淫。「高蔡」三句，借楚事爲證。筆勢雄遠曲宕，通身用比，而意在言外。其事則如義門、蕫塢所解，謂但指爽、晏，非謂明帝也。此詩全用《招魂》意，而公所處之時，情事亦相準，蓋自比靈均矣。　起四句寫春意，有岌岌殆哉可悲之象。凡人日即於荒淫，雖盛年亦有死之象，雖貴盛亦有敗亡之象，身家與國皆一理。故雖春時，亦有人消物盡之象，由於失民生在勤之理。《招魂》篇末即此意，阮公此詩，其知道乎。「遠望」六句，筆筆倒捲，一層申一層。「一爲黃雀哀」二句，另自詠收。

「昔年十四五」　起四句，求榮名也。「開軒」四句，「榮名安所之」也。却以二句橫接頓住，乃悟爲仙人所笑另結。夷猶詠歎，文勢文法，於壯闊浩邁中，一一倒捲，截斷逆順之勢，惟阮公最神化於此。凡文法，先順後必逆，「平生少年時」篇略同。此與儒者通六藝，皆言己非不知儒術，特以遭亂世，不得已有託，而逃於放達，以保性命，非真慕神仙也。莊子亦同。此詩同陶《述酒》。何義門解勝沈約。

「徘徊蓬池上」　此詩何義門解得之。起十句，一氣噴薄而出，筆勢混茫，蒼涼激蕩，如大海揚波，風雲變色。「垠巖剷崩豁，乾坤擺雷硠。」蓋寫蒼鷹擊殿、白虹貫日之變，感憤而作，氣激於中，而橫發於外，其神變，其氣變，其筆勢亦隨之俱變。「是時」二句倒煞，有鼻頭出火之概。《春秋》筆法。「朔風」二句乃中堅，正説實寫，力透紙背，與「蕭索人所悲」同。「大梁」借指王室也。「小人計功」二語，用《荀子》「天有常道，人有常體，君子道其常，小人計其功。」公蓋曰：君臣常道，終不可改。惜小人逆節貪功，爲亂臣賊子，己豈能與彼爲匹哉！此詩蓋同淵明《述酒》，必非惜一己之憔悴也。沈解陋。

「縣車在西南」此只是「朝陽不再盛」一句意耳。「朝爲」二句用逆筆，追憶盛時，皆受其榮，及大命將盡，無論窮達，與之同盡。「桃李」句隨手指證，是行文恣肆處。「朝爲」二句用法不過倒輓，用意最沈痛，即「去此若俯仰」意也。

「西方有佳人」此亦屈子《九歌》之意。然屈子指君，此不知其何指。若爲懷古聖賢，則爲泛言，然不可確知矣。詩可不選。

「楊朱泣歧路」起二句言毫釐千里，存亡幾希。揖讓交好也，而不可保，一別離後，豈徒交絶而已，存亡實有焉。「蕭索」二句，言已見其禍釁必然而不可保，而爲之悲。彼之交好於我，愈甘愈苦，如趙以女媚中山耳。「蕭索」二句，中堅實説，力透紙背。「趙女」二句，亦是倒煞，筆勢同「視彼桃李花」。「嗟嗟」二句，申言禍釁之必然，而不可保，痛極長言悲號。此蓋專指曹、馬之交，危機如此，而爽不悟權一失即滅亡也。文法深曲妙細，血脈灌輸。起二句横空設一影作案。「揖讓」四句承明，而用筆横空頓挫。「蕭索」二句忽换勢頓住。「趙女」二句倒繳酣恣。「嗟嗟」二句重著申明。用筆往復頓挫，一波三折。

「於心懷寸陰」 日月逾邁，當勵志自立，勿逐近觀小善。

「夏后乘靈輿」 言世人逐無涯而無成，不如學仙。 然未必如此之泛淺，竟不解其指意所在。 末二句語意亦未詳。

「東南有射山」 託言仙人不游人間，以比己不甘逐凡俗。

「朝登洪坡顛」 言己如鸞鳳，塵世無可託足。 凡此諸篇，往復一意，皆古人之雅言，而在今日，則皆爲陳言。《古詩十九首》中，亦多此等意指。 據此諸篇，皆非因魏、晉易代而發，只自詠懷耳，其詩在可選不選之間，予皆去之。 非乙阮公，爲學者畫鴻溝耳。

「駕言發魏都」 借梁王以陳殷鑒，而文筆雄邁沈鬱，意厚詞醇。 言魏將亡於司馬氏耳，文義最爲明白。

「朝陽不再盛」 前十二句爲一段。「願登太華」二句，入己頓斷。「漁父」另抽出一意，作文外曲致，指點入妙。 以「朝陽」興魏，言「去此纔俯仰」，猶言其亡也忽焉。 人生易盡，天道悠遠，此二句感慨頓挫，先將蹙國本指，交代斷住。「齊景」四句，歷引古人感逝之歎，文勢宏放，用意隱避。「去者」二句，即屈子之指。「吾不留」，言我不留也，不我留，言來者倏又將過也。 仙人、漁父，皆世外避患者，却折作兩層，行文變化，故使人迷。 言漁父且知之，而況余乎？ 杜、韓變體，力去陳言，固矣。 而不善學者，又恐窘慤迫促。 故又須解此種，間架宏敞，規矩明整，可謂正格。 「晨露」誤「塵」，《箋》妄解。

「炎光延萬里」　此以高明遠大自許，狹小河、岳，言己本欲建功業，非無意於世者，今之所以望首陽，登太華，願從仙人、漁父以避世患者，不得已耳，豈莊生枯槁比哉！所謂宏放也。其實莊子、屈子、陶公皆同此意。而此詩語勢壯浪，氣體高峻，有包舉六合氣象，與孔北海相似。

「壯士何慷慨」　此即「炎光」篇而申之，原本《九歌》、《國殤》，詞旨雄傑壯闊，自是漢、魏人氣格。按此等語，古人已造極至，不容更擬，可合子建《白馬篇》同誦，皆有爲言之。至明遠「羽檄起邊庭」、「幽并重騎射」，詩雖極佳，已覺有詩無人，漸欲少味，矧後世乎！杜、韓所以變體爲之，原本前哲，而直書即目，直書胸臆，如前後《出塞》可見。然不解古人用意行文深妙旨趣，則其擬杜、韓也，猶之擬漢、魏，同失也。此是微言，今我不述，後生何聞哉！

「天網迷四野」　此篇直書胸臆，即屈子《遠游》意，所謂心煩意亂也。杜公蓋從此種出，而語更加質耳。此詩章法佳，一起一結，相爲呼應。中分兩種人，「榮名」二句，承「隨波」四句，「采藥」二句，承「列仙」四句。收語原本《卜居》，杜公「疑誤此二柄」，語意不同。阮公賢乎哉！六朝人學識旨趣，陶公外，未有及此者矣。彼康樂、玄暉，皆未嘗真發肯心者也，況欲戰勝乎？如莊、屈、陶公、阮公，其知道乎！

「王業須良輔」　此即承上「天網」篇而審言之。功名關乎遭際，虞、周不可見矣，今不幸遭亂世，賢人皆當隱，安可慕寵耀。己之志蓋如此，但當堅持雅操，勿敗晚節耳。「上世士」即指園、綺、伯陽，能克終者耳。

「鷽鳩飛桑榆」　謙言己小才，只好如是，即前「寧與燕雀翔」意。詩意明盡，而可不選。

「清露爲凝霜」　凡此等篇，不必不佳，然無深妙，即不必選。

「河上有丈人」　古之智士，審利害得失如彼，世事逐逐，忽然没世而名無稱，己鑒此而志決也。

「儒者通六藝」　十三句説儒者，一句結收，章法絶奇。言外見己非不知儒術，但己之道不同耳。

古人詩文，無不一意到底。然如此又恐平鈍，故貴妙有章法。此兩説皆學詩微言也，學者毋忽。

「木槿」篇章法略同此，然詞與意皆無奇，可以不選。

「塞門不可出」　起二句，言既不能如孟嘗之出關，又不如田横之蹈海。「朱明」以下，言忽然竟死而失勢。「黄雀」用《莊子》語意。觀以《桑林》自比，則「塞門」謂己不能效狗盜雞鳴，「海水」謂不能作田横客耳。　此必爽已死後詩，而氣體之高，活潑潑地，過康樂《廬陵王墓》詩百倍矣。康樂此詩，以此篇校之，如牛負物行深泥中，直經營地上語耳。

「秋駕安可學」　起二句，往復開合作一段。「綸深」二句，横空盤硬。先言不輕以身入世，「泛泛」四句衍承之，正喻夾行。「都冶」以下，乃入己正意。「兹年在松喬」，進一層結。言東野不解御之深理，而妄言能學秋駕，故以致敗。以喻人不知道術而游於世，逐妄致殃悔。能不以身輕入，則可以保生，而年比松喬也。「未央」，言甚長。此詩文法高古，意接而語不接，直與經同，所謂宏放也。後惟杜、韓有之，謝、鮑輩皆不夢見。叔夜《贈二郭》意亦同此，而文法平鈍。中散以龍性被誅，阮公爲司馬所保，其迹不同，而人品無異。以詩論之，似嵇不如阮耳。

昭昧詹言卷弟四

副墨子闇解

陶公

學詩當從《三百篇》來，以屈子、漢、魏、阮公、淵明嗣之，如此方見吟詠之本。所謂「感而有思，思而積，積而滿，滿而作」，及其成章，使人諷之，自得於興、觀、群、怨之指。至於文詞句法工拙高下，特其餘事耳。

有德者必有言，詩雖吟詠短章，足當箸書，可以覘其人之德性、學識、操持之本末，古今不過數人而已，阮公、陶公、杜、韓也。

讀陶公詩，須知其直書即目，直書胸臆，逼真而皆道腴，乃得之。質之六經、孔、孟，義理詞指，皆無倍焉，斯與之同流矣，否則，止不過詩人文士之流。

讀阮公、陶公、杜、韓詩，須求其本領，兼取其文法，蓋義理與文詞合焉者也。謝、鮑但取其創言造句及律法之嚴，謝又優於鮑。若小謝、小庾，不過句法清新，非但本領義理未深，即文法亦無甚深妙。

讀陶公詩，專取其真，事真景真，情真理真，不煩繩削而自合。謝、鮑則專事繩削，而其佳處，則在以繩削而造於真。

如阮公、陶公，曷嘗有意於爲詩，内性既充，率其胸臆而發爲德音耳。鍾嶸乃謂陶公出於應璩，又處之以弟七品，何其陋哉！宜乎葉石林之闢之也。

阮公、陶公，自爾深人無淺語，不當以詩人求之。

陶公詩，於聖人所言詩教皆得，然無經制大篇，則於《雅》、《頌》之義爲缺，故不及杜、韓之爲備體，奄有六藝之全也。

觀昭明選詩及分類，真乃無所知，然其論陶詩，却有見。如云：「人言陶詩篇篇有酒，吾觀其意不在酒，亦寄酒爲迹者也。」又曰：「其文章不群，詞采精拔，跌宕昭彰，獨超衆類，抑揚爽朗，莫之與京。語事理則指而可想，論懷抱則曠而具真。貞志不休，安道苦節，自非大賢篤志，與道汙隆，孰能如此！」讀陶詩者，宜繹會此言。

《詩品》謂陶詩出於應璩，此語固甚陋。然其曰：「文體省静，殆無長語，篤意真古，詞興婉愜。每觀其文，想其人德，世歎其質直。如『歡言酌春酒，日暮天無雲』，風華清靡，豈直爲田家語邪？」此論陶最篤，讀陶詩者，宜繹會之。

山谷云：「謝、鮑諸人，鑪錘之巧，不遺餘力，有意於工拙也。淵明直寄焉耳。」

湯漢臣《序陶詩》曰：「陶公不仕異代之節，與子房爲韓義同。既不爲狙擊之舉，又無漢高可託以行其志，故每寄情於首陽、易水之間。又以荆軻繼二疏、三良而發詠，所謂『撫己有深懷，履運增慨然』者。」按此論亦形似影響，殊不得真。陶公本量，不在此數詩，讀《歸去來詞》及《形》、《神》等詩自見。

《形》、《影》、《神》三詩，用莊子之理，見人生賢愚貴賤，窮通壽夭，莫非天定。人當委運任化，無爲欣戚喜懼於其中，以作庸人無益之擾。即有意於醉酒立善，皆非達道之自然。後來佛學，實地如是。此誠足解拘牽役形之累，然似不如屈子《九歌・司命》之有下落。至於康樂，見亦如此，而一歸之於寄情山水，尤爲没下梢，於聖人大中至正盡人理之學，皆未有達。此雒、閩以前人，其學識到此而止。由今觀之，杜公悲天憫人，忠君愛國，而不責子之賢愚，其識抱校陶公更篤實正大也。記此與後之知道者詳之。

前人説陶詩者甚衆，然多迹論常解，無關微言勝理，今皆不取。

《始作鎮軍參軍經曲阿作》　此安帝隆安四年庚子事，公時年三十六歲。此詩就本題本詩解之，不過前言不求仕，今乃暫仕，「眇眇」略寫行塗，只叙始終不願仕而終將歸，此意明白，人人皆喻。惟以公志求之，則言外事外，别見高懷本量，非石隱激訐，亦非求富貴利達，並非如沈約、蕭統所言，忠義介節，的然較然，不可浼也。蓋仕非公所樂，而不妨仕。其曰：「時來苟冥會，聊且凭化遷。」事時偶合，適當如此，便且如此，隨運化而遷轉，不立己以違時，此孔子「仕止久速，無可無不可」之義。究竟不害道，亦未爲失己失義。此境此見，古今不數覯，可不表而出之乎？蓋當平時，無難處矣。當危疑之際，庸人非作巢幕豖蝨，即鷹犬爪牙。一種高人，見幾行遯。一種仁人，殉國立節。公於前二等不屑爲，人知之。公於後二等亦不求同，則非人所知。沈約、蕭統，智不足以識公，强爲傅會，轉失之誣。「化遷」言隨時遷化，素志也。天運歲時，息息遷化，聖人亦委運任化。此與浮沈詭隨，及燕雀搶榆枋者，迹同事同，而其道不同，非大賢以上莫能及。公自比「雲無心而出岫，鳥倦飛以知還」是也。此鎮軍，非劉裕也。公於庚子仕，乙巳歸，詩題明白，而攷之史文全不合，未可彊説。按史安帝隆安四年庚子，桓玄都督荆、江八州軍事。五年辛丑，劉裕猶爲劉毅參軍，八月爲下邳太守。元興二年，加彭城内史。三年甲辰，從徐、兖刺史桓修來朝，與何無忌、劉毅謀起兵，劉毅猶稱之曰劉下邳。是年五月，誅桓玄，帝反正於江陵。明年乙巳，改義熙元年，始除拜裕都督十六州軍事，出鎮京口。三年丁未，始爲揚州，録尚書事。五年己酉，北伐南燕。六年庚戌，還至建康，始爲太尉。十二年，加都督十二州諸軍事，十二月，加相國、揚州牧，封宋公。十三年丁巳，北伐滅秦，取關中，還。十四年戊午，受相國宋公九錫命。恭帝元熙二年庚申，禪晉受命。按之本紀，大約皆同。而陶公詩庚子始作鎮軍參軍，未言何人。前人謂臧榮緒《晉書》以爲劉裕。按辛丑假歸，七月赴假還江陵，義興元年乙巳歲三月，爲建威參軍，使都，經錢谿，皆不言爲誰。是秋爲彭澤令，冬還舊居，自是不出，皆見自序。公自序詩必不誤，俱不言鎮軍、建威爲何人，要之確非劉裕也。題曰「經曲阿」，或之京口鎮，或經過，不可知。明年庚子，自江陵假還家，復還江陵，是時桓玄在江陵，此鎮軍亦非桓玄也。凡此皆不可攷。又彭澤之仕，《南史》言執事者，公自云「家叔所用」，亦不知何人。古今事隔，史文多缺，不能一一據以爲攷。要之沈、蕭兩傳及《南史》所言事迹皆不明，不必附和穿鑿，而公之面目自可見於萬世。餘詳後公《世系攷》。

《游斜川》　此游詩正格，準平繩直無奇妙，而清真自不可及。

《五月旦作和戴主簿》　此與《斜川》同，而氣勢較遒。「虛舟」二句，喻也。　此皆是請假回作。　辛丑，安帝隆安五年，公時三十七歲，作鎮軍參軍。

《赴假還江陵夜行塗中作》　此與前作《鎮軍參軍》，後與《弟敬遠》詩合誦，公之仕味如此，全量可知矣。　此在五月游斜川後，直書胸臆與即目，而清腴有穆如清風之味。

《癸卯歲始春懷古田舍》　是年公三十九歲，猶爲鎮軍參軍，故曰「懷」也。　每首中間正寫田舍數語，末交代出古之兩人，而以己懷緯其事。　惟未得歸，故作羨慕詠歎，所謂「懷」也。　「在昔」二句，言己。「屢空」以下，言古人之事田園者，而以「植杖」倒點，收以己懷。

次首　起四句飛動。　弟三句折轉，言不能不憂，故勤農，而以「先師」高一層起。「秉耒」八句，就順入田舍，又以「問津」倒煞。　收四句，再四詠羨之。

《癸卯十二月中作與從弟敬遠》　此晉安帝年而書甲子，可見沈約、蕭統所云「義熙以前，書晉年號，永和以來，惟書甲子」爲妄説。　此詠雪詩，而平生本末俱備，無一毫因易代抗節意，而解者多妄説。　公善用虛字，最雅令清則，無軟弱率易之病，如「簞瓢」等句可愛。　「平津苟不由」，此設揣之詞，於枯木寒巖無暖氣中，求出彊自寬來，即屈子《卜居》意。「苟」字「詎」字，開合相應。　一直叙去，而時時頓挫開合，筆勢起跌，無平直病。　按：是詩似是不仕已歸語，則非癸卯。或是癸丑，或是乙卯，後人傳寫錯誤，無人與校。　若是作鎮軍參軍時，暫假還時作，翫詩語氣不似。　若此爲元嘉丁卯，則是歲爲公殁之年，又不當曰「平津苟不由」矣。

《歸園田》五首　公以義熙元年乙巳冬自彭澤歸，自是終身不再出，時年四十一歲。其仕以三十六，首尾共止六年耳。所云「三十年」，指已去之年，舉其大數，對今四十言之，若曰「前此三十尚未能立，今而四十，乃得決計」耳。意蓋如此，勿以詞害可也。蓋三十九以前，仍繫以三十耳。姑解之如此，以俟通賢。　此詩縱横浩蕩，汪茫溢滿，而元氣磅礴，大含細入，精氣入而麤穢除，奄有漢、魏，包孕衆勝，後來惟杜公有之。韓公較之，猶覺圭角鑱露，其餘不足論矣。　「少無適俗」八句，當一篇大序文，而氣勢浩邁，跌宕飛動，頓挫沈鬱。「羈鳥」二句，於大氣馳縱之中，回鞭彈鞚，顧盼回旋，所謂頓挫也。　「方宅」十句，不過寫田園耳，而筆勢騫舉，情景即目，得一幅畫意，而音節鏗鏘，措詞秀韵，均非塵世喫烟火食人語。「久在」二句接起處，换筆另收。　公以義熙冬歸，此言「桑麻長」、「種豆」、「濯足」，皆非冬景，詩不必定爲是年作也。

「野外罕人事」　此既安居以後事。　起六句，由静而之動。「相見」二句，爲一篇正面實面。「桑麻日以長」以下，乃申續餘意耳。只就「桑麻」言，恐其「零落」，方見真意實在田園，非喻己也。

「種豆南山下」　此又就弟二首繼續而詳言之，而真景真味真意，如化工元氣，自然縣象著明。末二句另换意。古人之妙，只是能斷能續，能逆能倒找，能回曲頓挫，從無平鋪直衍。

「久去山澤游」　此又追叙今昔，是題中「歸」字汁漿。　前半叙事。「一世」四句，論歎作收，此章法同一篇文字也。鮑《代東武吟》、《結客少年場》，皆同此境。但鮑説他人，仍客氣假象，無真意動人。惟杜公《草堂》、《四松》等，乃與陶繼其聲耳。韓《城南聯句》中有一段，亦同此境。序分三段。

「悵悵獨策還」　此首言還，不特章法完整，直是一幅畫圖，一篇記序。余嘗言《詩》「采采芣苢」，只换數字，而備成一幅畫圖，言外又見聖世風俗，太平歡樂之象，真非晚周以下文字所能及。而崽士妄人，猶以諢語譏之，可謂不識好惡，仰面唾天矣。　此五詩衣被後來，各大家無不受其孕育者，當與《三百篇》同爲經，豈徒詩人云爾哉！「悵悵」二字，承上「昔人死無餘」意來。首四句，還路未至。「漉酒」四句，既還後，以至「明燭」至「旭」。古人言之有序，只是立誠耳。此等文理，皆與六經同。

《移居》二首　只是一往清真，而吐屬雅令，句法高秀。戊申六月遇火，移居必在是耳。

《庚戌歲九月中於西田穫早稻》　公乙巳年歸，至是六年矣。　起四句，一氣舒放，見筆氣文勢。後惟杜公每如此，具峥嶸飛動之勢。鮑、謝則不敢如此，必凝之固之，不使一步滑易。學者若不先從鮑、謝入手，而便學此，未有不失之滑淺庸近，如今凡俗所爲者也。此一大公案宗恉，前人未有明言之者。

「人生歸有道」，言人之生理固有常道。「開春」以下，照常叙説，只争句法秀出耳。　以鮑《觀圃人藝植》詩相比，可見學陶公必如彼工苦，乃爲善學。如顔公書法之變右軍，出全力以敵龍虎，急與之角而力不敢暇，僅能成得自己一面目，留於天壤耳。若執筆便擬陶公，是黄口孺子，輕學老成宿德，舉止風軌縱似之，亦可鄙笑，不惟優孟衣冠，抑且滑熟無力。觀鮑公如輓千鈞，以全神全力將之，僅乃自立耳。坡公和陶，真是倚其才大，學之易似耳，而皆非其佳，世亦無誦習之者。夫以坡公且如此，況末士之無知者哉！鮑詩起處六句，畢竟鈍，且客氣通身，以元氣求之，去陶終遠。此中得失，學者微參之。

《與殷晉安別》　序則真序，情則真情。　此人公不重之以爲道義交，所謂「故者無失其爲故」也。　一語不假借，亦無諷譏輕慢，青天白日，分寸不溢，公所以爲修詞立誠，爲有道之言也。　情詞芊緜真摯，後惟韓、杜二公有之。「益復」頂「一遇」來，言之有序如此。　「語默」二句分寸。

《贈羊長史》　此劉裕將篡之機，正公所憂懼，然於時事則不可明言，又於此人之前，尤不可明露。若侈頌功德固不可，徒作送行詩又無謂。　然則此題直難著筆，公却於空中託意非常，開首提出「念黃虞」，言黃、虞没而己安適歸。　後又幻出商山四皓，與己作照。　言四皓清謡，久結我之心曲，但運乖，不得一見其人。　結句言今我遭亂變，而不能如四皓之爲功以安漢，故「意不舒」也。　與起句相應，雙結。　此丁巳年公五十二歲作。　關、洛平後二年，裕即篡。　此題難於劉太尉《贈盧諶》。　彼可以明目張膽正説，故雄傑宏放。　此不能明説，故伊鬱隱迷。　其文法之妙，與太史公《六國表》同工。　覺顔《北使洛》如嚼蠟，如牛負物行深泥費力，而索然無復生氣。　陶詩當以此爲冠卷。　柳子厚《論揚雄文》，遺言措意，頗短局滯澀。　不若退之猖狂恣睢，肆意有所作。　余謂顔比陶亦然。　「中都」不必獃數典，此即指關中耳。　此上承黃、虞，下伏四皓，草蛇灰綫過脈。　若云君當往事佐命，吾當爲四皓以避亂耳，却借如此指出，毫不見正意痕迹，其妙如此。　前後惟阮公、杜公有之。　韓公亦能之。　坡前罕見此矣，何況餘人。　「路若經商山」，以筆勢論，亦是蹴起陡勢，神來氣來之筆。　「紫芝誰復采」，正言我將繼之也。　「貰患」即貰禍也。

《桃花源》　此詩叙一大事，本末曲折具備，而章法布置，抵一篇文字，句法老潔，抵史筆，議論精卓，抵論贊。起四句作一總叙，而筆勢籠罩，原委昭明，峥嶸壯浪。「往迹」以下，夾叙夾寫。「奇蹤」以下又總結。「借問」四句，收入自己，何等神完氣足。以視小謝《孫權故城》彼爲板實無法，而没奈何矣。　古人文之高妙，無不艱苦者。但阮公、陶公艱在用意用筆，謝、鮑艱在造語下字。初學人不先從鮑、謝用功，而便學阮、陶，未有不凡近淺率，終身無所知。以此求之，數千年不得數人，紛紛俗士，不足譏矣。

《形贈影》　形主必死言，而但勸飲酒以爲解，此尚没把鼻初意也。　以天地草木陪説，筆勢恣横。「我」，形自謂；「君」，指影也。「奚覺無一人」，言死去不足爲有無也。

《影答形》　立名始有把鼻，乃正理也。　起言既不能存，又無保之之術，又昧成仙之道，必然死耳。中言我憫爾空死，不得不效忠告，惟有立善留名不朽耳。中間正還「影」字題面，古人無不如是，所謂入木三分。

《神釋》　神，運形、影者也。前八句，神。「三皇」以下，釋。此用《莊子》之理。賢者過之，反以委運任化爲極。「三皇」六句釋死。「日醉」四句分釋飲酒立名。「甚念」以下正意也。以任化爲正，終是没把鼻。仍自以立善爲正，但不必求人譽耳。　立善誰譽，今及之而後知非口頭語，乃傷心語。孔子亦歎知我其天，即此意也。然只有如此，並無别路。　陶公所以不得與於傳道之統者，墮莊、老也。其失在縱浪大化，有放肆意，非聖人獨立不懼，君子不憂不惑不懼之道。聖人是盡性至命，此是放肆也。不憂不懼，是今日居身循道大主腦。莊周、陶公，處以委運任化，殊無下梢。聖人則踐之以内省不疚，是何等脚踏實地。

《飲酒》二十首　據序亦是雜詩，直書胸臆，直書即事，借飲酒爲題耳，非詠飲酒也。阮公《詠懷》，杜公《秦川雜詩》，退之《秋懷》，皆同此例，即所謂遣興也。　人有興物生感，而言以遣之，是必有名理名言，奇情奇懷奇句，而後同於著書。不拘一事，不拘一物、一時、一地、一人，悲愉辛苦，雜然而陳，而各有性情，各有本色，各有天懷學識才力，要必各自有其千古，而後爲至者也。

「衰榮無定在」　言不必攖情無常無定之衰榮，惟知其古今皆若此，故但飲酒可也。以衰爲主，以榮陪説，其理乃顯。　起筆勢崢嶸飛動，後四句明明正説。　昔人云：「讀杜詩，當作一部小經書讀。」余謂陶詩亦然，但何必云「小」也。

「積善云有報」　言不必計善惡之報爽，但以固窮守道爲正。求仁得仁，同一窮死，不如留名没世。　一起四語，偏反飛動。收二句，語勢尤勁折，無一平直淺滯順滑之筆。　上言其爽而空言詰之，作波瀾，以起下百世之傳，折出一榮公，文法變化如此。以福報則爽，以名報則應，文法變化。

「道喪向千載」　言由於不悟大道，故惜情顧名，而不肯任真，不敢縱飲，不知即時行樂。此即「身後名不如生前一杯酒」，與上篇似相背，然惟其能固窮，是以能忘憂而飲酒，固是一串意，非相背也，不可以文害義也。　此即《神釋》之意。注説及何義門解皆失之滯，書生之見，取於歸一，詩人之指，惟意所之，左右逢源，皆道腴也。　「鼎鼎」言方來之年，甚速如流電，吾人僅此百年之内，何足恃乎？注非。

「棲棲失群鳥」　此首分兩半看。前六句未歸，後言即得歸，即「今是昨非」之意。「勁風」句，言天下皆亂，無樂土，即《采薇》歌意。收句要之以固守，永不更違，幾於右軍《誓墓》，所謂「致虛極，守靜篤」。後來如某某不保晚節，復出失身，不能如陶公之剛決也。

「結廬在人境」　此但書即目即事，而高致高懷可見。起四句言地非偏僻，而吾心既遠，則地隨之。境既閒寂，景物復佳，然非心遠，則不能領其真意味。既領於心，而豈待言，所謂「造適不及笑，獻笑不及言」，有曾點之意。後六句即「心遠地偏」之實事。

「行行千萬端」　本《齊物論》。　言心不遠者，但見是非紛紜，而不能已於言，此承上文「忘言」，而足之如此。

「秋菊有佳色」　就菊言，所謂即物即事。

「青松在東園」　不過歲寒後凋之指，而説來如新聞。

「清晨聞叩門」　又幻出人來，較之就物言，更易託懷抱矣。此詩夾叙夾議，託爲問答，屈子《漁父》之指。注謂時必有人勸公出仕者是也，收句完好。

「在昔曾遠游」　言恐失固窮之名，直書胸臆，無一字客氣。

「顔生倆爲仁」　起六句，將枯槁與名並説足，以下解之，雙承。名亦不知，枯槁亦不知，但貴稱心耳。苟能稱心，即裸葬猶可，又何生前枯槁足恨。

「長公曾一仕」　此與前皆借古人而緯以己意。首叙二人，一伸一縮。「一往」以下言己。「久相歎」，言僞爲無宦情之言，而戀官不肯去位也。

「有客常同止」　此忽然慨世庸愚之人，可憐而不悟，而吐屬温雅蘊藉，氣象淵懿。　此即陳遵同張竦之恉，子雲《酒箴》之文。

「故人賞我趣」　此首正説飲酒。　「父老」四句，説醉後之趣，情景意識，真汁漿坌涌。　留，止也，即指酒。

「貧居乏人工」　此前四句，衹作即事興體，與下不相貫。　以後卻從空曠中得晤本趣。　言若不委窮達，則多憂懼，是擾其素抱，爲無益鄙懷，豈不可惜。　然後知其以一「窮」字綰起四句。「灌木荒宅」以下，是貧居境象。「宇宙」句放筆，向空中接。

「少年罕人事」　感歎己情事與境如此，惟宜飲酒以遣之，惜不得陳遵之人，共陶此情。　翳，蔽也，言不能豁也。　韓公《秋懷》時倫此境。

「幽蘭生前庭」　此必爲時事而發。　然自古及今，聖賢所以立身涉世之全量，不過如此。

「子雲性嗜酒」　言止可飲酒，不可及世事，當深心接物。　可知雖與王、顔相往還，而不入之，不可得而雜也。　此見公沈毅剛勇，不忤俗，不隨俗，非一味爲高致。　彼飾僞沽名以爲利者，固無論；　即石隱者流，亦豈足與於斯？　引子雲，借古人以爲比，言不失顯默，在當用心。　而諸爲爪牙鷹犬，希佐命以釁國者，其不仁可知也，卻以己不忍相和爲仁，言外分明，而歸於飲酒，以載醪問奇引入，何等親切。

「疇昔苦長飢」　言己幾誤託足於仕路之歧途，而幸得返。　末二句以仕歸飲酒，用疏廣典，親切。

輓合題目，自然恰好。按公以三十五六出仕，四十一歲歸田，至此五十二三矣。

「羲農去我久」　此首收束二十篇，而末二句又收足題面，章法完整，蒙上言仕歸飲酒不得已也。昔孔子不用而歸，則删定六經，己今亦欲如是，但述而不作，好而親之，以繼微響而已。此與揚雲、仲淹之僭作者，已不同矣。　不言己之好，但言人之不好，亦避直取曲，以虚形實也。　少真，謂皆從於苟妄也。　舉世習非，不得一真，欲彌縫之，道在六經。　崇尚乎此，庶可以反性情，美風教，成治化，箴誡去僞，返樸還純。　無如世境無一人問津，此其可痛可恨，而己之所懷，則願學孔子，從事如此，亦欲彌縫斯世，而有志不獲，惟有飲酒遣此悲憤也。　以用意論，極其恍惚；　以文法論，極其恣肆奇妙不測。　經所以載道也，達道則無苟妄，而無不任真矣，故歸宿孔子及諸儒。　言己非徒獨自任真，亦欲彌縫斯世，此陶公絶大本量處，非他詩人所能及。　故此篇義理可以冠集，《羊長史》篇文法可以冠集。　陸桴亭云：「翫其詞意，上叙孔子，下述六經，皆言願學之意，但終以飲酒之語亂之，使人不覺耳。」又言：「所行不無過差，不能盡於六經，由於好飲之故，亦躬行未之有得意。」樹謂明以來諸儒，皆以講學爲門户，其實無甚學問，皆鮮實得，若使用之，必不能彌縫使純，而却居之不疑，不如陶公之任真矣。　此二十首，篇篇具奇指曠趣，名理名言，非常恣肆，皆道腴也。

《讀山海經》　衹言讀書情景，略一點題耳。

《詠貧士》　中多名理名言。

「萬族各有託」　「孤雲」，比。「衆鳥」，興。「量力」以下入己，賦也。　此所謂「知音」者，亦謂黄、農、虞、夏耳。「已矣」，即「安適歸矣」之指。「何時見餘暉」，與末「已矣」相呼應。

「淒厲歲云暮」 前八句説貧。「傾壺」二句樸真。後來孟郊、虞集俱從此脱換出。然如「虛豆兼冰崇」等，語益奇而氣象終失之雕鎪，不渾成。「閑居」四句方帖己之處貧，跌宕往復，闊大精融。「賴古多此賢」句，貫下三首，古人章法之奇如此。

「榮叟老帶索」 「重華」二句，闊大横絶，含蓋古今，非小儒胸臆所有。「敝襟」二句，又遥接帶索納履。「豈忘」四句跌宕轉折，總結二古人。 此與下二首，皆先引古人，後以己讚之、斷之、論之、詠歎之、發明之爲章法。

「安貧守賤者」 六句古人。「豈不」以下，入己之論讚。

「仲蔚愛窮居」 前六句古人。「此士」以下，入己之論讚。「人事」二句，公自言願從仲蔚也。「翳然」，言自蔽匿，不與世同。「罕所同」，言世人罕能知之。

《九日閑居》 起四句，解「九日」題義，典而新警。「露淒」四句寫景，以下借酒菊引入情。收四句敷衍閑居。

《於王撫軍座送客》 此僅於詞足盡意，而緜邈清綺，一往真味，景與情俱帶畫意。起四句叙題，「寒氣」四句地，「瞻夕」四句時，收四句情。

《歲暮和張常侍》 大致因歲暮而感流年之速，己之將老死也，而精深沈至，不淺滑平顯，一起一結尤深。起言人代易速，觀於市朝，而見舊人之多亡，其速如驟驥之趨於悲泉，以下句形上句，爲歲暮起端也。今又當暮，則已又將速亡。「素顔」、「闊哉」，虛實反正，開合言之。「向夕」四句，正寫歲暮。「民生」遥接，而以闕酒爲題之正實，其味彌深。又就無酒轉下，言窮通憔悴，死皆不惜，但别有慨耳。「撫己」雙收，言本自有深懷，而觸歲暮，又增慨耳。試思其言意下落，用意精深，章法文法，曲折頓挫，變化不可執著。徒以白道爲學陶者，豈足知之！

《有會而作》　正言菽粟不足，却以甘肥爲襯，則意深而曲，有味矣。「常善」四句，與謝公「平生疑若人」四句同。本言己慕此人，却反言以非之，則局勢曲而變化矣。「斯濫」二句解上文，言彼寧死不肯濫，則余今日亦止有固窮甘餒而死，正以師昔人也。讀此乃見公用筆之變，用意之深曲，文法妙不測。後人學陶，意腐語直，勢平筆鈍，安能夢見。

《連雨獨飲》　不過言人生必死，世無仙人，不如飲酒，而用意用筆，俱回曲深峻。天者自然，而己任真，則亦同於天，曰「忘」，曰「無所先」，皆筆之曲也。「天豈去此」，言天非遠，即吾心是，但任真即天矣。「雲鶴」，仙也，雖可羡而吾不願，顧獨抱任真自然之心，久與天忘，乃衍上文意，不必求仙也。起四句本是古人陳言，看他折洗翻用入妙。

《和劉柴桑》　此以劉能歸爲指。一起八句，著筆用意，全在此。「荒塗」二句，以他人不歸者相比。「茅茨」以下，言初歸修治田宅，直至「歲月共疏」方説足。「棲棲」二句頓挫，以寬文勢，若無此則氣促。「耕織」四句，又於題後題外，繞回詠言，往復三折。「弱女」句，或劉本無男，乃見真妙，而沈德潛以爲喻酒之薄，無論陶公無此險薄輕儇筆意，而於詩亦氣脈情景俱澆漓矣。起四句，注言劉招公入社，而公不往，甚淺而陋，此皆謂劉初仕而今還也。「親故」二句，是貫下「還」字，用意通身指劉。猶康樂《池上樓》，上言思歸，下言始寧之親故耳。

《酬劉柴桑》　一起四句，跌宕，前言劉，此言己。余今旅處，亦罕人事，方知「忘運」之語真也。

《和郭主簿》　此二首與《酬劉柴桑》皆閒居詩正格。一味本色真味，直書胸臆。前首夏景，次首秋景。「爾」即指幽人也，解者謂指松菊，則於下文勢不通矣，因松菊以興起幽人耳。前首望雲懷古，次銜觴念幽人也。「檢素不獲展」，言不通訊問也，康樂擬之曰：「頤阿竟何端。」

《擬輓歌詞》「有生必有死」　一起凝結。言死一耳，但早終非有促短之殊，曠怡妙義空古今。「魂氣」八句叙足。結句收轉，倒具奇趣。

「荒草何茫茫」　且叙且寫，有畫意。「幽室」八句，入議論，真情真理。另收緩結。此詩氣格筆勢，横恣游行自在，與《三百篇》同曠，而又全具興、觀、群、怨，杜公且遜之。

《諸人共游周家墓》　此雖一小詩，而可以摹習成一體格。

《雜詩》十二首，阮亭止選「白日淪西河」一篇。此篇亦無奇，但白描情景，空明澂澈，氣韵清高，非庸俗摹習所及。

《擬古》「榮榮窗下蘭」　此亦仍是屈子及《十九首》、阮公等意。前四句，始合。「出門」六句，終乖。「多謝」四句，詠言反覆作收。

「辭家夙嚴駕」　此只詠田子春耳。起四句，故爲曲折。收句結出託意。

「日暮天無雲」　清韻，情景交融，盛唐人所自出。

「種桑長江邊」　此尚氣之作，在公集中似成别調。

《責子》　此詩無可學，亦無可説。

《乞食》　此與《責子》等篇，皆無可學，而此首音詞，有足動人深感者。

《詠荆軻》　次叙高簡，託意深微，而章法明整。起四句言丹。「君子」六句言軻。「飲餞」八句叙事。「心知」二句頓挫，以離爲章法。「登車」六句，續接叙事。「惜哉」四句入己，託意作收。

昭昧詹言卷弟五

副墨子闇解

大謝

謝公蔚然成一祖，衣被萬世，獨有千古，後世不能祧，不敢抗，雖李、杜甚重之，稱爲「謝公」，豈假借之哉！且諸謝翼翼，如叔原、宣遠，體格俱相似，而康樂獨稱宗，即惠連固且遜之，政可於此深惟其故。

唐初詩人及盛唐人，於唐以前諸名家，皆嘗深知而慕效之，其上者能變，次者猶或得其一節，惟大謝無嗣音。皎然之論，亦只空識其句法興象而已，不能深究其作用措注之精微也。攷謝公卒於宋元嘉十年癸酉，到今一千四百餘年，中間除杜、韓二公外，竟未見一人有能知之者。明代李空同號爲學大謝，觀其氣骨輕浮，皮傅麤粗，即剽其句法，尚屬影響，無論神明意藴矣。弇州、倦圃徒事推崇，漫爲膚論，於是謝公竟成絶響。非特此也，吾觀醴陵所擬，竄句籍詞，全屬皮傅影響，可笑也。

讀謝公能識其經營慘澹，迷悶深苦，而又元氣結譔，斯得之矣。醴陵、空同求之皮外，豈得爲能知大謝者哉！

大約謝公清曠，有似陶公，而氣之騫舉，詞之奔會，造化天全，皆不逮，固由其根底源頭本領不逮矣，而出之以雕縟、堅凝、老重，實能别開一宗。《南史》本傳云：「縱横俊發過顔延之，而深密不如。」此非知言，謝公政自深密耳。

謝公思深氣沈，無一字率意漫下。學者當先求觀於此。較之退之、山谷尤嚴。此實一大宗門也。古人不經意字句，似出己意，便文白道，而實有典，此亦大法門，惟鮑、謝兩家尤深嚴於此。後人淺陋，無復知此，但率語耳。

如謝公，乃是學者之詩，可謂精深華妙。但學人不得其精深，而浮貪其華妙，則亦終歸於詞怡膚僞，氣骨輕浮，如李空同輩而已。

曹洞禪不犯正位，切忌死語。康樂貌似犯此，似沈滯平鈍，氣勢不起，其實竟體空靈邁往，曲折頓挫，非静對久之，不能深解其妙。

謝公氣韵沈酣，精嚴法律，力透紙背，似顔魯公書。

謝公全用《小雅》、《離騷》意境字句，而氣格緊健沈鬱。

謝公不過言山水烟霞丘壑之美，己志在此，賞心無與同耳，千篇一律。惟其思深氣沈，風格凝重，造語工妙，興象宛然，人自不能及。

陶公説不要富貴，是真不要。康樂本以憤惋，而詩中故作恬淡，以比陶公，則探其深淺遠近，居然有湖江澗沚之别。

古人處變革之際，其立言皆可覘其志性。如孔北海、阮公，固激發忠憤，情見乎詞。陶公淡而忘之，猶有《荊軻》等作。康樂仕不得志，却自以脱屣富貴，模山範水，流連光景，言之不一而足，如是而已，其志無先朝思也。「韓亡、秦帝」之詩，作於有罪之後，但枝拄門面耳，何謂「忠義動君子」也。當日廬陵王論曰：「靈運空疏，延之隘薄，鮮能以名節自立。」可謂知言矣。

古人作詩，各有其本領，心志所結，動輒及之不自覺，所謂雅言也。如阮公之痛心府朝，憂生慮患；杜公之繫心君國，哀時憫人；韓公修業明道，語關世教，言言有物；太白胸中蓄理至多，逐事而發，無不有興、觀、群、怨之恉。是皆於《三百篇》、騷人未遠也。謝公功力、學問、天分，皆可謂登峰造極，雖道思本領未深，不如陶，而其痼疾烟霞，亦實自胸中流出，不似後人客氣假象，自己道不得，却向他人借口也。

謝公每一篇，經營章法，措注虛實，高下淺深，其文法至深，頗不易識。其造句天然渾成，興象不可思議執著，均非他家所及。此所以能成一大宗碩師，百世不祧也。今學謝詩，且當求觀此等處。然余之閲之也，恒昔昭而今昧，故今一一記之。

陶公不煩繩削，謝則全由繩削。一天事，一人功也。

史言靈運居永嘉西堂，思詩竟日不就，又與顔延之受詔擬樂府，久之乃就，可見其得之苦艱不易也。今之詩人，摇筆轉吻，頃刻滿篇，不知有所謂難，何由能及古人。

謝詩力厚思深，語足氣完，字典句渾，法密機圓，氣韻沈酣。

求通其詞，求通其意者也，固學詩學文之要恉，而於謝詩，尤宜依此二語用功。

謝詩用事，如「樵隱俱在山」、「妙善冀能同」、「亂流趨正絶」、「來人忘新術」、「執戟一以疲」、「和樂隆所缺」，似此凡數十百處，暫見似白道，而實皆用典。此是一大法門，古人無不然。當先求觀此等，乃不敢率易下語，有同傖父，牽率驅使故事，寡情不歸。

謝詩看似有滯晦，不能快亮緊健，非也，乃正其用意深曲，沈厚不佻，不可及處，須細意抽繹翫索乃知。杜子美作用多出此等。凡謝詩前面、正面、後面，按部就班，無一亂者，所以爲老成深重。每層中有中鋒煞料語。姑即《登池上樓》一首求之，亦可見。又如《九日送孔令過廬陵王墓》，叙述有序，步驟安閒，中鋒煞料，一往精深，如吮而出。

謝公造句極巧，而出之不覺，但見其渾成，巧之至也，以人巧造天工。

杜公山水造句，多自謝、鮑出。

謝詩以「緑水芙蓉，天然去雕飾」爲佳。又有一種常滯語，如《初出郡》、《擬古》等，不必不佳，然無得學之，恐成習氣皮毛，搔癢不著，似是而非，爲無當耳。學者取謝、鮑奇警句法，而仍須自加以神明作用乃妙。深觀杜、韓，則謝之爲謝，杜、韓之爲善學，而妙皆自見矣。蓋杜、韓能兼鮑、謝，謝不能有杜、韓也。

杜公能兼大謝，而實駕出其上。空同自以能學杜，而不能夢見大謝。以此推之，則學者有本無本、真僞之别，居然見矣。太白亦能兼大謝，而宏放實勝之。

謝之比於杜、韓，則謝似班固，杜、韓似史遷。顔比於謝，則虎賁之似中郎，神期不同矣。

觀康樂詩，純是功力。如輓彊弩，規矩步武，寸步不失。如養木雞，伏伺不輕動一步。自命意顧題，布局選字，下語如香象渡河，直沈水底。又如累碁，如都盧尋橦，如痀瘻承蜩，一口氣不敢出，恐矗也。又如造淩風臺，稱停材木，分毫不得偏畸。及其成功，如偃師之爲像人，人巧奪天工，力足以赴巧，智足以彌失，皆同一深造自得。又怪康樂作詩，用意静細縝密如此，其所潤《涅槃經》，亦莊、列精言。而其行身披猖悖誕如彼，而卒以殺身，可歎也。乃知其言而不能行，全無克己内反之功。「得道不行，咎殃立致」，謝之謂矣。

謝公起處，有凝對者，亦似鮑；有極緊健，亦有平叙不甚警者，亦有峥嶸飛動之勢者，但力自厚而不流，與杜公筆力雄快馳驟者不同，須分别之。如能合陶、杜、漢、魏而兼其勝，乃可俯視謝、鮑，而豈易得此人乎？

杜牧之稱元、白，「向無佛處稱尊」，此最中俗人輕妄之病。若見得古人深苦如此，則豈敢妄自侈大。故今且以鮑、謝、韓、黄爲之祈嚮，可以已輕率滑便之病。

謝詩起結順逆，離合插補，慘淡經營，用法用意極深。然究不及漢、魏、阮公、杜、韓者，以邊幅拘隘，無長江大河，渾灝流轉，華嶽、滄海之觀，能變易人之神志。此存乎義理本原，及文法高妙，非關篇什長短也。試觀阮公可見，然今切不可以此便生輕忽謝、鮑之見，蓋其至處，非餘人可及也。

太鍊則傷氣。謝、鮑兩家若不善學，則恐不免峭促不舒之病，不如《三百篇》、漢、魏、阮公以及杜、韓混茫浩然一氣也。

謝、鮑元氣渾淪，流注於篇内，但不怒張馳驟，呈露於外耳。非無氣也，乃故凝之、固之、抑遏之，如篋劍光，柙虎兕。

謝詩用意沈厚酣恣，可以窺其天懷學力，讀之久，令人不能釋。杜公詩有學大謝體者，如《次晚洲》、《空靈岸》、《花石戍》等可見。又按謝有「插槿當列墉」句，杜公蓋用此字。而董采評直亂道，其於杜公並文義未能通，而徒拾學究頭巾唾餘，盲論瞽談，全無發明，彊作解事，以誑惑無知之後生耳。近日紀氏評蘇亦然。

姚薑塢先生曰：「康樂詩頗多六代彊造之句，其音響作澀，亦杜、韓所自出。」

又曰：「惠休所云『初日芙渠』，皎然所云『風流自賞』，正未易識取。而何義門以《還舊園作》、《見顔范二中書》篇當之，似非謝公所允耳。」愚謂何固不深解詩者，此篇阮亭未入選，甚有見。但二釋所云，「初日芙渠」，即是「風流自賞」，蓋言其葩艷天然，不俟雕飾，必欲釋之亦不難。如「潛虬媚幽姿」、「猿鳴誠知曙」、「昏旦變氣候」、「首夏猶清和」、「池塘生春草」、「明月照積雪」等句，亦未嘗不可想見。但此乃指一句一語言之，恐二釋所品，皆止言其華妙，而未及其精深。今兹苦索之，而謝詩之精深始顯。要之，精深猶可以學力，至華妙，則其才之得於天分者，不可及也。華妙而不精深，固爲浮艷；精深而乏華妙，則有同嚼蠟，雖巧如偃師，亦止象人而已，如顔延之是已。

謝、鮑、杜、韓造語，皆極奇險深曲，却皆出以穩老，不傷巧。小才效之即不穩，或傷巧而輕，或晦不解。

康樂無一字不穩老，無一字不典重，無一字不沈厚深密，如成德之士，求幾微之過而不得，實勝明遠。但其本領不過莊、佛，無多變境。不逮杜、韓，如長江大河，含茹古今，擺動宇宙也。

康樂《擬鄴詩》及《擬古》諸作，不必不佳，然實無謂。阮亭不取，頗見鑒裁之善。

讀《莊子》熟，則知康樂所發，全是莊理。

翫謝、鮑、玄暉所讀書，亦不甚多，但能精熟浹洽，故用來穩切，異於後人之撏撦飣餖也。看來康樂全得力一部《莊》理。其於此書，用功甚深，兼熟郭注。古人有一部得力書，一生用之不窮，尺捶也。

觀康樂之所言，即其所潤《涅般經》也，故當非餘人所及。

讀古人詩，其用意須會之於意言之表，方可云善繼其志。

《述祖德》「達人貴自我」　輕置「濟物」，重在「達人」，命意高人一等，故是文章占地步身分處，亦是文法虛實輕重、賓主易位法。以視平鋪實叙，冗絮而不可了者，靈蠢全別矣。「段生」四句，歷引古人以證之。「臨組」四句，申明歎美以頓束之。「苕苕」四句，遞入本題。「委講」四句，申叙正言之。委講改服，不得已而出濟物也。「委講綴道論」，如五臣注「委棄講藝」，語殊未明。《荀子·成相》：「春申道輟」，「輟」作「綴」，此或亦作「輟」，義與委講改服同一義，與太白「君平綴論」者不同。姑存疑以俟知者。　一起四句，得力。以下如水之浮物，隨勢曲注，皆極其自然而止。

「中原昔喪亂」　前首虛含，此首始實叙。起六句叙時事，語壯闊該簡有氣，稱題，爲弟一段。「萬邦」六句，承遞入題，次弟精實，全篇中權正位，爲弟二段。「賢相」以下，收轉「達人」、「高情」，以結述德之指，見歸宿。要之，此亦虚美。謝元雖云「勳參微管」，然非有道德之人，受封公爵，何嘗辭賞，足比於段、展四子哉！「秦趙」云云，不歸美君相，而攘以私其先祖，亦非立言之體。統觀康樂詩，以此爲最矜浮。雖不若《魯頌》之掠虛，而固殊《衛銘》之勿伐。然以詩論，則經營布置，稱停稠密，可謂極工，筆亦簡老，視宣遠《子房詩》、潘岳《關中》詩，皆凡製矣。

《九日從宋公戲馬臺集送孔令》起四句，從九日起。「良辰」四句叙宋公集送。「餞燕」四句，將宋公之餞送説足，然後入孔，入己送。「歸客」六句，叙孔。「豈伊」以下始入己之送。《周易》「有孚於飲酒」，言時將可以有爲，而自信自養以俟命，此朱子義也。而康樂云云，似亦此意。至「在宥」二語，歸美君上，能容他歸，得遂自己讀羊里切，音以，止也。之性，闊大精實，義理周足，他人所不能到。當日共推宣遠作，昭明亦並登於《選》。然彼於起處，叙九日太多，章法偏厭，後半叙本事詞意未滿，大不及康樂。古今濫吹，誰差比而真知之也。康樂之詩，衹是言有序，按部就班，一毫不漏，一字不蔓，不迂絮平弱，而造語精好，如精金在鎔，無一點礦氣、烟氣躍冶之意。於此篇亦可見。「弭棹」二句，次弟不苟。「河流」二句，水程、陸程均到。此皆他人所易麤忽，而獨從容細意，不可及處。後惟杜、韓，同此律細也。

《廬陵王墓下作》起八句，次弟叙題，直至作詩，爲弟一段。「神期」四句，正申悲涼，頓住。「延州」四句，借賓陪託，以避平衍實説。「平生」四句，忽掉轉，馳驟剽曶，如神龍夭矯，忽起忽落，用筆行文至妙處，神情俱動。「脆促」四句遥接「松柏」句下。「舉聲」二句遥接「淒」「淚」，沈痛悲涼意。「連罔」用典不苟如此，淺學安知。敘述一大事，言簡事明，本末無不該悉，而仍從容文法，範我馳驅。他人指陳冗絮，轉不得要領，心忙語亂，不暇論文法，然後知作者擅場。杜、韓所以傾心，豈苟然哉！廬陵歿時年十八。謝晦論廬陵德輕於才，而己之德乃更輕，班固所謂目睫也。

《鄰里相送至方山》　起六句次弟敘題，事實情景，三者交代分明。「含情」六句入作恉，開合往復順逆，而以「永此」頓束，十分說足。「各勉」二句，另換氣換筆作收，周旋鄰里題面。古人不略題字，不出題外，其謹嚴如此。此少帝初立，出靈運爲永嘉時。方山在江寧。

《過始寧墅》　起八句言己入仕塗之迹。「剖竹」六句入題，過墅之由，兼述塗中之景。「白雲」四句正寫墅。「揮手」以下約誓還山，完題緒。古人言有序如此。凡四層。　此與陶《歸田園》比之，則陶爲元氣揮斥，此微有斧鑿痕；而真摯、沈厚，耐人吟詠。

《晚出西射堂》　首句點題。次句以一「望」字貫下四句景。「節往」二句一頓，故爲離合章法，以避一氣直下之平順，其法與《石門新營所住》同。「羈雌」四句，本與嶂翠楓嵐爲望中一類物，忽另拈出，託以自興，則實者皆空，蠢者亦靈。以章法言，又極變化，是爲奇妙不測。「撫鏡」二句遙接「感念」，逆接「離賞」。「安排」二句，故爲一折。蓋從來不肯使一直筆，行一步滑，若劉公幹體。末流猶恐有滑順之病。　此與《過白岸亭》，皆不過尋常題之景物情事，一入曲思，便幻出如許奇觀靈境。可悟文心文境之聖凡，祇存乎其人之淺深。讀康樂詩宜於此等究之，乃見與傷巧入輕纖者不同。

《齋中讀書》　起四句，不過逼入題，而開合闊遠，崢嶸飛動。「虛館」六句交代正面，而措句勁急，下字選切，皆無一率漫。「沮溺」四句，題後繞補，詞意筆勢寬博，文法銜承謹密，使事精覈。收句結束全篇。所謂「達生」，取知足知止義。杜公「取適事莫並」，又「古來達士志，幽貞媿雙全」，同此用義。

《登池上樓》起二句横空突寫，兼興比。三、四即借引入己。五、六又申所以媿怍。凡六句，三層承遞，爲弟一段。「徇禄」六句，入題凡三層交代，正位實面。「傾耳」二句，承上。「褰開窺臨」，頓足，又起下也。爲弟二段。「初景」四句，正寫登樓窺眺之景，爲弟三段。「祁祁」四句，言思歸乃登樓之情。凡兩層申叙，爲弟四段。「持操」二句，總收通篇媿怍思歸之意。持操，即持無悶之操也。徵今，即徵古持之操也。　康樂詩，章法脈縷銜遞整比完密如此，此正格中鋒也。視同時諸他名家，皆不免鹵莽疏略，精力不能到此。此寫病起登樓，滿懷鬱抑。「褰開」以下，乃寫久病初起，風景一變如畫。「祁祁」二語，皆取歸字爲義。少帝出靈運，非美除，故感而思歸。「索居」二句，遠承前《過始寧墅》鄉曲之人言之。故讀詩者不知世，編詩者不攷其語句，皆若曼羨無謂，何能得其意，知其味之指也。阮亭蓋猶未知此。　初景之革，即革故陰也。新陽之改，即改緒風也。二句互文。　自「衾枕」以下寫正位，十分滿足。「池塘」句，公自謂有神助，非人力。竊謂學者必真能知此句之妙不易得，乃有語分。「進德」二句，承上言所以媿怍，起下所以徇禄。然康樂之所謂進德，亦祇作隱居潛退意，即景純進保龍見，非謂進不能輔世長民也。宋以後如陸放翁等學杜，喜爲門面，客氣矜張，以自占身分，無其實而自張不怍，最爲客氣假象，可憎厭，康樂尚無是也。　康樂陳郡人，以祖父先墓在始興，移籍會稽，故自稱越客。「反窮海」者，反，歸也。　謝詩多取陶意，如此起二語，即「望雲慚高鳥，臨水媿游魚」也。

《游南亭》　自病起登池上樓，遂游南亭，繼之以赤石帆海，又繼以登江中孤嶼，皆一時漸歷之迹。故此數詩，必合誦之，乃見其一時情事及語言之次弟。「時竟」據前後詩意，乃是春時竟也。起四句叙時兼寫景。「久痗」六句，追叙，入題交代，並著時令。「戚戚」二句，頓挫，起下六句思歸作結。「藥餌」定作「樂餌」，用《老子》，指官禄世味言。世味雖情所溺，而無如衰疾已及，故將俟秋而歸。四句用筆馳驟，開合往復，文情最妙。注家泥下「衰疾」字，解作此藥物，則詞興意皆駮蹇死笨，而且不可通矣。「昏墊」言久雨也。「息景」即二載爲期意，言歸始寧也。「良知」，五臣以爲友，是也，而未盡。此言知己同志者耳，非概指友也。

《游赤石進帆海》　起句從前《游南亭》篇「朱明」句來，不過叙時令，而萬古不磨，則琢句興象之妙也。「水宿」二句，迤邐叙入，而必兼帶興象，不肯作一率漫泛句，杜公所謂「語不驚人死不休」也。「周覽」二句，入題交代，何等次弟細密。未帆海，先用壖，可謂體物不遺，却又非庸手絮漫。「川后」六句，正賦帆海，而句法非常傑特，華妙壯闊，復次弟不亂也。「仲連」以下入己情。謝詩篇篇如此，蓋無此則無歸宿。「矜名」二句，亦開合法，杜公「知歸俗可忽」同此。任公之言，萬古真常。余閲世之久，覯閔受悔，皆由揭己，乃悟此爲至理名言。如退之《秋懷》，亦多是斂退意。古之達人皆如此，聖人之次也。

《登江中孤嶼》　起四句承前《帆海》等篇來，次弟有味。「亂流」二句，點題交代，不作常語。「雲日」二句景。「表靈」二句歎惜，四句是正位。「想像」四句，因孤嶼且暮賞莫傳，則崑山更遠，故欲託此逃世，以與安期游矣。不知屈子《遠遊》，不知此意所謂。「表靈」二語，令人慨然。亡友管異之嘗贈余詩曰：「爲同子未甘，表靈衆誰識。」誦之感愴。康樂固富學術，而於《莊子》郭注及屈子尤熟，其取用多出此。至其調度運用，安章琢句，必殫精苦思，自具鑪錘，非若他人掇拾餖飣，苟以充給，客氣假象爲陳言也。大約謝詩顧題交代，則如髮之就櫛，毫末不差，其成句老重，屹如山嶽之奠，不可動摇，取象則如化工。明遠遜其度，惠連謝其華，玄暉讓其堅，延之比之，如碔砆耳。「緬邈區中緣」字用《大人賦》。

《過白岸亭》　起二句交代「過」字。「近澗」四句正賦景，而句法新造，文法銜承，極其精妙。「援蘿」六句，次弟引出奇情奇境，陳者新，蠢者靈，死者活，近者遠，較《西射堂》「羈雌」倍妙。即物致思，反覆長言，寫至十分滿足。下以「榮悴」二句，就上收轉，精理道心，乃有於昭昭之多，而見日月星辰萬物無窮之覆者，豈非奇觀。收句就此勒轉，用筆如屈鐵轉丸。「去來」者天運定命，「休戚」者人情所感，兩句遞説，承上「黄鳥」、「鹿鳴」。其用「抱朴」字，是撮取少私寡欲義，猶之用「沈冥」只取九幽不改操義，用「達生」只取知足義。庸俗不明古人深趣，弟撏撦餖飣，雜湊亂填，以衒典博，可哀矣。「黄」「鹿」借對尤妙，既富學術，又美才思。下文「榮悴」二語，皆有根而非泛設。詩明用秦詩「人百哀」，注家因「止栩」二字，乃引《小雅・祈父》什詩序云：「刺宣王不親親。」失之矣。　翫此詩奇妙如此，始覺惠連「頹魄不再圓」四語，泛理常談死境，凡夫皆能爲之矣。

《登永寧緑嶂山》　前十二句叙題，迤邐而入，且叙且寫，平趨緩步，最爲正格。「蠱上」六句，題後繞補，言己所以能盡此游，如上所云，由叶於幽人之步，雖音詞不接，而奇抱則一。一者，同也，注家以「抱一」連文解，誤也。　起四句叙。「澹瀲」二句寫。「澗委」二句又叙。句法皆勁峭，無凡庸平常率漫。「眷西」四句，於叙中寫，奇警異常，詞理俱勝。奄，忽也，盡也，言既踐夕，又忽盡昏以至曙，非信手填湊用字也。　「恬知」結上幽人作收。　務寧静寡欲，不逐無涯之知，是謂恬養知。既知此理，而依此用功，愈以造於定静，是謂知養恬。　恬知交相養，自古聖賢莫不皆然。自莊子拈出，後來佛學祕爲密指，曰「心如牆壁」，曰「止念」，皆此功夫。及既見光景，則呼之爲性。世人既莫知其誤認之失，即並其誤用之功夫，亦未嘗問津，未嘗夢見，故無能見之及之矣。蓋自程、朱未出之先，認性皆以莊、佛爲密諦，又何責於康樂邪？固不暇與辨耳。　《史記》東越王都東甌，徐廣曰，今永寧也。　晉、宋人好談名理，不出《老》、《莊》、小品，故以此等爲至道所止，每以此入詩爲精旨，而康樂似所得爲深。然康樂自許早能成佛，而行身博而無檢，奢泰縱恣，多愆禮度，有取死之法，與其所言皆不應實，安在其能繕性也？得道不行，咎殃立至，卒以殺身，由其自掇，非真能知道者。知道則必能踐行。觀康樂持操，殆亦所謂喜怒失位，居處無常，思慮不自得，中道不成章，何暇安其性命之情者。烏呼，曩生竟夭天年，不如宣遠量己保身矣。宣遠年三十五，玄暉三十六，康樂四十九，惠連三十七。　王孝伯作人無長物而反畔，政與靈運同。

《從斤竹澗越嶺谿行》　起四句寫早景，興象湧見，爲題作圓光。「逶迤」四句，點題交代，使題中

「從」字、「越」字、「行」字、「嶺」字、「澗」字、「谿」字，一字不漏，而句字勁拔，無一庸熟。韓公《山石》七言起句似之。「川渚」四句，分寫谿行；「企石」四句，分寫越嶺；而每層必有非常華妙二語。「握蘭」以下，以無從賞之人作歸宿作結。凡游詩，前用叙寫，後以情寄作結，一定篇法，然各有細意新意不同。「握蘭」二句，頓結上文。「情用」四句，又轉入自己本情。凡賞即爲美，亦羊棗之獨嗜，不必人人之炙，此理可以喻大，凡即詩文道術亦有之。言己之固僻在此，人或以我爲蔽，而實昧於獨賞爲美之理而不能辨。若悟此理，則獨往自適其性，而凡餘物衆理，縱爲人所共趨，而皆可遺可遺，而無容慮矣。此詩華妙精深，幾於壓卷。李空同麤淺皮傅，徒竄句籍詞，而自謂學謝，其何足以知之？非特空同，即王介甫之邃於學，而自矜「月映林塘幽」一句，以爲似謝，此亦驥之一毛耳，豈驥之全哉！

《登石門最高頂》　此題是登山，而詩所言棲息久止事，疑在《石門新營所住》後，與《夜宿石門》一類，皆永嘉石門。而王阮亭彊分《新營所住》爲廬山石門，而譏桑喬《廬山記事》只取此首而遺《新營》爲失。愚按靈運在臨川，日月雖無攷，然時實不久，未必有營居事。細翫此三詩，皆無確證，闕其事可也。

此詩首二句交代題面，以下皆言息夕事。「疏峰」十句，總寫石門山房之景，意極工。「沈冥」以下八句情，寄歸宿。「沈冥」雖用二字面，意取守道而不改其操義。下四句正申言此意，言心契於道，游翫爲寄耳，却以「九秋幹」、「三春荑」字面故亂迷之。「居常」二句，又申此二句。「居常」也，「處順」也，「安排」也，皆委運任化之義，言安於推排也。靈運深於佛理，此即推實之義。收句另換意，回輓結上，筆勢縱送，反折出「登」字，奇絶，豈尋常率漫敷衍苟爾作結者所及。《列子注》：「雲梯可以淩虛。」五臣注：「仙者因雲而升。」「抗館」是主，「對嶺」、「臨谿」、「羅林」、「撫石」，皆爲「館」言之。「塞路」、「迷徑」、「忘術」、「惑蹊」，皆爲「登」字言之。

《石門新營所住四面高山回谿石瀨修竹茂林》此詩疑與前詩互相見。此只點一「築」字，以下便全説卧居情事，而於題中十六字新營功用，一不及之，而反見於前詩。可知不得分爲永嘉、廬山二地也。　起六句，言己今居。「美人」六句，言無同賞。「結念」二句頓斷。「俯濯」六句，續接起六句寫景。「感往」六句，續接「孤景莫與諼」下。此詩只用一斷續離合法，古人文多如此。「美人游不還」一段，幽憂怨慕悽涼之意，全得屈子餘韵。吾嘗以商榷前藻之意況之，且爲低徊，況於懷曠遠之遐思者哉！「感往」二句，余時時死生於此，非用功久而親履之，豈知其言之指哉！與「榮悴疊去來，窮通成休戚」、「遭物悼遷斥，存期得要妙」、「矜名道不足，適己物可忽」、「慮淡物自輕，意愜理無違」、「含情易爲盈，遇物難可歇」、「得性非外求，自己爲誰纂」，皆一類見道語。莊子、屈子、賈生多有之，杜公、韓公亦多有此，皆根柢性識中所發，非襲而取之可冒有也。　「日車」言終日長如此優悠無爲，用郭注。此所云「美人」，即前共登雲梯同懷之「客」。

《夜宿石門》　起不過點題，於宿前補一筆作引則有根，避直法也。而措語興象，真如緑水芙蕖，謂於至澄明清静中見出華妙也。「鳥鳴」四句平寫宿景。「異音」、「殊響」即承「鳥」、「風」，與「石横水分流」同，康樂慣用此法。「妙物莫爲賞」五字，作兩層兩段。「妙物」二字，總結上文「蘭」、「月」、「鳥」、

「風」四項；「莫爲賞」三字一頓，如水之浮舟，又將「莫賞」攝起「美人不來」。收句取屈子語倒裝用之，倍覺沈鬱頓挫。

《田南樹園激流植援》　起借事引入，而用一「不同」字折入，脈縷親切細密，乃異於藞苴不合者。「中園」十句細，還題。「卜室」二句，樹園也。「激澗」，激流也。「插槿」，植援也。「群木」四句總寫景。「寡欲」二句，總結「樹」字、「激」字、「植」字，頓住。「惟開」以下，情寄歸宿，總收「賞心」。收「卜室」題實。「妙善」收「蔣徑」。「能同」者，同於蔣也。　謝玄有田居在太康湖。

《於南山往北山經湖中瞻眺》　《山居賦》原注：「大小巫湖，中隔一山，欲往北山，經巫湖中過。」又「南北兩居」注：「南山是開創卜居之處。」　起六句叙題，於題中「南」字、「北」字、「往」字、「經」字、「湖」字、「山」字、「眺」字，一一交代分明。「俯視」十句，實發瞻眺，步步銜承。「石横」承「大壑」。「林密」承「喬木」。「解作」六句，又因眺而廣及泛指之。而興象華妙，冠絶古今，上嗣楚《騷》，絶殊浮艷。「海鷗」二句，一湖一山，一見一聞，細帖。「撫化」二句頓住，總束上文爲章法。蓋「解作」、「升長苞」、「含戲弄」，皆化也，而「篁」、「蒲」、「鷗」、「雞」皆物也。　將題實寫得十分充滿，故後止用反折虚情作收，意彌足也。「不惜」四句，反掉勁折，分四層遞出。「孤游」二句，又從「莫與同」轉出此語，可借喻商榷前藻。　此詩精魄之厚，脈縷之密，精深華妙，元氣充溢。　柳記謝詩，造化機緘在手，獨有千古，雖杜、韓無以過之。

《石壁精舍還湖中作》　此體與詩，皆略同前《南山》作，而此詩精神全著意一「還」字，可窺古人顧題，不肯疏忽處，然亦推大謝獨嚴。　起四句爲「還」字前補一層，與《夜宿石門》同。　言欲還而因戀清輝，故遲至夕也。「出谷」二句點題。「林壑」二句，乃正就歸時夕景寫。「芰荷」二句寫湖。「披拂」二句歸途及既歸情景，以上了題事。「慮淡」四句，情寄作收。　此詩興象全得畫意，後惟杜公有之。　凡言黄昏曛黄，皆向晚也。

《南樓中望所遲客》　此詩無甚緊竅，但字句厚密耳。

《酬從弟惠連》　此與惠連詩，即效惠連體，古人皆然。　一往清綺，真味至情，緊健親切，密澀遲留，一字不率，一步不滑，頓挫芊緜，銜承一片，醒耳饜心，惠連所長也。　一章言初得見。二章言相聚。三章言别及寄詩。　四章正酬來詩中語意。　五章望歸。　細校之，畢竟勝惠連，以魄力厚密也。

《登臨海嶠初發疆中作與從弟惠連可見羊何共和之》　此亦效惠連體，緜邈真至，情味無窮，上嗣公幹，下掩惠連。　阮亭分四章是，《集》與《選》作一章非。　一章叙始别。二章至臨海。三章正寫思憶，兼及時物。　四章發疆中後情事。　「分慮」，舊歡今歎也。「悲端」，善曰：「謂秋。」是也，即下二句。

無一字不用力，宿留遲頓，故真味彌永，百讀仍乍。　常調不過寫二句秋令，此却特做出，而後入之。「況乃」二字勁折有力，可想見用思下筆，不令一步滑也。　起「行不近」三字，同此用意。

《初往新安桐廬口》　起二句從時令起，兼帶興象。「感節」四句遞入題，轉换曲折。「往」字千鈞，音響鏗鏘，如庖丁解牛，莫不中肯，合於桑林之舞，乃中經首之會。「遠協」四句，「往」字正面。「江山」四句寫景。　收無甚警妙，以著意在前路也。　「千里棹」不專指桐廬。「懷古」即指向子、許生也。

「思」字亦用典，乃非常所測。可悟古人無率意趁句趁韻之事。　此與《富春渚》、《七里瀧》、《道路憶山中》、《初入彭蠡》皆一時之作，而《入華子岡》當亦在此時。攷靈運初之永嘉，在郡一周，稱疾去職，歸始寧。由家彊徵，起爲朝官。復賜假東歸，多愆法禁，爲孟顗所奏，乃馳詣闕自明。帝不欲令其東歸，授臨川内史。此《初往桐廬》之所以作也。恥言爲孟顗所檢，故此云「懷古」。《富春渚》詩云「自欲干禄」，《彭蠡口》曰「千念」、「萬感」，而《道路憶山中》尤極致其憤懣焉。不攷此迹，則於此數詩，皆不知其所言爲何矣。阮亭編陶、謝詩，皆不攷其時事，而前後雜亂倒厠，何由解其詞意。無尋論之功，徒浮掇其篇什，則於其篇什句意，亦安能曉了，而有真得於古人也。　又按：靈運穿池植援種樹，皆在家居時事，故作《山居賦》以自言其事。而《南史》本傳系之於再出爲朝官，在都下時，則其事皆不應。雖無關要義，而文不別白，亦足貽誤後人，何以爲史。亦可見李延壽等之不克稱惇史也。　又按：靈運以初秋自都赴臨川，直至明年春晚，始入彭蠡，則其肆意遨游，傲命慢職，亦可見焉。

《富春渚》　起二句交代點題。「定山」六句，敘行旅經由地所見景物，次弟銜承，非特語句奇警，而文理接續，血脈貫通，深淺始終，至爲精密。蓋惟無停泊故遡急，而「伯昏」句承圻岸，「吕梁」句承驚流，雙頂結束也。「洊至」二句，就上山水引入情緒，自然脱卸，巧不費力。「平生」以下，述己情抱。諱言爲孟顗所檢，而自以久欲干禄，其詞雖彊自排，實則正其伊鬱不堪處也，千年無人代爲尋究。「淪躓困微弱」，言己不能介然執持堅操以自彊，如屈子「理弱媒拙」之弱。古人此等處，下字著語，皆有成處，滴滴有下落，不似今人依稀影響，率意填湊，信手支給，憒泛杜撰，不切不典不確也。五臣注顛頇不分明。屈子曰：「抑心而自彊。」又曰：「萬變其情而不可。」蓋康樂、玄暉皆知及而仁不能守，此言亦自供招狀也。

《七里瀨》起句承前諸篇來，與《初入彭蠡口》同。彼渾雄，此峭拗，各因勢以爲姿，而此十字故澀留遲鍊，可以藥率滑之病。前八句叙題，兼寫景，乃尋常泛境常調。後半，心目中借一嚴陵，與己作指點比照，興象情文湧見，栩栩然蝶也，而已化爲周矣，是爲神到之作。而中間以「遭物」二句，由上事境引入，横鎖爲章法，以逼出己情。古人作詩，自己有事，因題發興，故脱手欲活。後人自己胸次本無詩，偶值一題，先已忙亂，没奈他何，因苦向題索故事，支給發付，敷衍成詩。其能者只了題而已，於己無涉。試掩作者名氏，則一部姓族譜中，人人皆可承冒爲其所作。其不能者，則並題不能了。且如此題，亦古今之恒題耳，惟此詩乃是謝公過此而作也。此時康樂若非真遭遷斥，則雖能爲此二句，亦屬陳言泛賸語矣。欲作詩，先須洗清面目，與天下相見，此豈尋常所及哉！「奔峭」言江岸，《彭蠡口》詩同。

《道路憶山中》起蓋託於怨者必言，勞者必歌，故以古歌曲起，即結句「殷勤」、「慷慨」也。再次以鍾儀陪入，次弟折入題。「追尋」八句，實寫「憶」字正位。「懷故」接入今日現在情事。「悽悽」四句，應起處，言今日亦寄此歌曲也。「訴危柱」言琴，承「《廣陵散》」。「命急管」言笛，承「《明月吹》」。莊、佛之所謂性，求其本來面目，謂自然也。康樂之解，亦不出此。已，讀羊里切，止也，取足自止。善注謝詩，此字之解，勝憨山注《莊》。「懷故」即指山中也。束上「含悲」句，起下。

《入彭蠡湖口》　起八句承前諸篇來，筆勢局陳同《七里瀨》。「千念」二句横斷頓住，作章法，沈鬱悲壯。「攀巖」二句遥接上，再頓。「三江」六句，寄慨弔古。大約古人游歷之地，求古蹟不存，往往寄情以爲感，故以「徒作千里曲」而無以消憂解煩念也。豫章出黄金，見《前書・地里志》。「水碧輟流温」，據朱子則謂温湯也。善注非是。　初讀「三江」二句不解，然心知其非死句臢語，久乃悟，以起下文耳。

《入華子岡是麻源弟三谷》　入山見桂樹澗泉，因借《騷》句爲興象作起，甚妙。「隱淪」二句，謂華子也。次弟交代，爲弟一段。「險徑」四句，交代「入」字。「羽人」六句，實從華子入議。古人顧題如此。「且申」以下，乃入己今游情，言非爲慕古之輕天下者，尊而效之，以爲名也。然遂以此俄頃之用，致爲叛逆，悖矣。　華子岡，注家引《一統志》，以爲在建昌，故今以列於《彭蠡》之後。然已見於《山居圖》，則恐仍爲越地。又王維《輞川》諸詩，亦有華子岡，不必建昌獨有也。

附謝惠連

《泛南湖至石帆》　章法斷斬，字句清峭，興象華妙，節短韵長，一往清綺，耐人尋味，惠連所長也，似勝劉公幹。此詩起句初讀似拙，然可見古人造句堅勁，可以藥庸俗輕便滑利之病。「連漪」四語寫景，句法雖俊逸而不入妙，鮑明遠多此等。「登陟」二句語意深洽，杜公衍之，常出奇觀，則古人高詞，未易忽也。「即翫」二句，奇偉高古，筆力開退之。

《西陵遇風獻康樂》　直書即事胸臆，無一字客詞裝飾，一往清綺，又步步留遲，真味無窮，亦古今絶境也。

「我行指孟春」　起四句，故爲頓挫往復，以避輕便滑利順直無留步之病。「成裝」二句，還他中堅部位。「瞻塗」二句，以對句爲厚。此八句詩耳，而分明四層，各有疆部，章法精深如此。

「哲兄感仳別」　起四句爲一層。五六句中堅。「回塘」二句，换筆换意作收。

「靡靡即長路」　承前篇以起二句爲中堅。三、四折洗頓挫以束之。「行行」二句衍。「昨發」二句又换筆换氣，提起作收。

「屯雲蔽曾嶺」　此篇八句，句句著力正寫，而情景刻露，一一得畫意。默會静思之，如人意中所欲出，筆力徑達，豈齊、梁以下，浮靡輕滑熟慣之可及哉！

「臨津不得濟」　起四句跌宕頓挫。「西瞻」二句中堅，衍叙。收句别出奇趣，情真韵古。

《秋懷》　起四句從「懷」入「秋」。「皎皎」四句，正寫秋。「寒商」四句，又從「秋」入「懷」。綺交脈注，芊緜不斷。「夷險」以下，正寫懷，而以「未知」二句頓束住。「賓至」四句，説遣此懷法。「頽魄」四句，申言所以當遣懷而不必常憂之故。收四句，蓋見時不我與，功名易歇，白首倏至，不如及時行樂。懷中商此至熟，故今以布告親串也。　何義門云：「一往清綺，不乏真味。」

附顔延之

顔詩凝厚典質，鈎深持重，力足氣完，差與康樂相埒。但功力有餘，天才不足，而奇觀意外之妙，不及謝精警，又不及明遠俊逸奇峭警拔，所謂詞足盡意而已。

顔詩以氣體魄力勝，崇竑典則，有海嶽殿閣氣象，足以讋寒儉山林之膽，此其長也。不善學者，但成死句，余終不取。然政當以此與鮑、謝同參，可以測古人優劣，而擇所從也。

本傳稱延之嘗問鮑照，己與謝優劣。照曰：「謝如初出芙蓉，自然可愛；君詩若鋪錦繡，亦雕縟滿眼。」今尋鮑恉，以顔傷縟而乏生活之妙，不及謝，明矣。顔當日蓋未喻鮑之貶己也。顔詩全在用字密，典則楷式，其實短淺。其所長在此，病亦在此。然學者用功，先從顔詩下手，可以藥傖父無學、率爾填砌之陋。

顔詩雖若傷密，不逮諸作者，然趙宋以後，輕滑颯灑便利輕快之體，久不識此古音古貌矣。

顔比於謝，幾於有「山無草木，樹無烟霞」之病。

朱子論荀子如喫糙米飯，顔詩實有此。不但不能活潑潑地，並不能如康樂之精深華妙。

昔人稱小謝工於發端。如顔延之每起莊重典則，横闊涵蓋，有冠冕制作體勢，興象固佳。但久恐有流弊，成爲裝點門面，可憎也，與小謝之妙象神會者不同。

《贈王僧達》　起八句以比體引入，在顔爲凝厚，然學之則入於客氣。「舒文」四句，美其名德。「側同幽人」六句，兼寫其居處。「静惟」四句，贊其情抱。「屬美」二句，收己贈詩。　此詩完密凝厚，可以爲贈詩之式，然不免方板，所謂「經營地上」語，全是凡響。　雖亦兼有陶、謝風格，終似皮厚，末流不可處。

「静惟浹窮化」，言静思周於群化，無不入於死者，用《莊子》「已化而生，又化而死」意，以見人生可悲。　韓公云：「浮生雖多途，趨死惟一軌。」此似美其守死善道。　是時風氣，以達生曠遠爲高，言皆若此。　孫子荆乃至於不倫不類，尤不可人意。

《車駕幸京侍游蒜山作》　起十二句，先説蒜山，典重宏闊，所用皆非常之典，幾可並子建《驅車篇》，典制大篇楷則也。「睿思」十句言宸游，語意宏闊，典重稱題。「《周南》」四句，了己侍游。　此詩完密，似勝明遠《登香爐峰》。

《北使洛》　起八句直書本事，然意卑詞迫，直是低頭説話，最引人不長進。「在昔」六句，在此篇爲振起一篇，扼要警策處。「王猷」二句，一句束上，一句起下，入己之使。「陰風」以下十句，言己情。　何義門云：「此擬士衡《赴洛》。」余謂士衡作本無取，此詩亦無取。　當日謝晦、傅亮賞之，昭明登之於《選》，阮亭、義門皆從而與之，吾以爲皆未深校，附和濫吹而已。　以用意論之，則較陶公《贈羊長史》作，此如蛣蜣轉糞矣。　且後半尤爲不稱。　此是何事何題，前既稱「期運」、「聖賢」以爲頌，後又如此悲慘，於題爲失體。　以爲亦有憂禪代意，則如此明箸，又足以致禍也，不如陶公之超然無迹矣。陽城在今鳳陽府宿州。　裕克關中，歸即篡矣，當日行道皆知，延之自是託此爲憂。　然其如身奉使命，故託以行旅爲苦，與後《還至梁城》同此意。然終無佳勝，且不合體要。

《還至梁城作》　何義門云：「此擬士衡《赴洛道中作》。」　此詩只託於行李之苦，盛衰之迹，意可知也。

《始安郡還都與張湘州登巴陵城樓作》　起四句從湘州起。「經途」二句，交代登城。「水國」六句，登後望中所見。「悽矣」以下，入已登眺之情。　「經途」句，言仍昔時道路也，善注非。《子虛賦》用江，此用河，皆挾句。　以規格求之，可謂奄有前則，豪髮無歉。以真味求之，衹是料語多，真味少。　雖典、遠、諧、則四法全備，而無引人入勝處，可於此判顔、謝之優劣。此詩家微恉奥義，學者能悉心細參，果真知其故，則於斯道，思過半矣。　始安，今廣西省桂林府。挾字疑誤。

《五君詠》　每篇有警策可取。

《秋湖詩》無奇，以傷平且冗也。如次篇「嚴駕」等語，何必秋胡爲然。此公家陳言，雖佳非切。

昭昧詹言卷弟六

副墨子闇解

鮑明遠

李、杜皆推服明遠，稱曰「俊逸」，蓋取其有氣，以洗茂先、休奕、二陸、三張之靡弱。今以士衡所擬樂府古詩與明遠相比可見。

阮亭云：「明遠篇體驚奇，在延年之上，與康樂可謂分路揚鑣。」姚薑塢先生云：「音響峭促，孟郊以下似之。」

鮑詩全在字句講求，而行之以逸氣，故無騃蹇緩弱平鈍、死句懈筆。他人輕率滑易則不留人，客氣假象則無真味動人。韓、杜常師其句格，衣被百世，豈徒然哉！

明遠雖以俊逸有氣爲獨妙，而字字鍊，步步留，以澀爲厚，無一步滑。凡太鍊澀則傷氣，明遠獨俊逸，又時出奇警，所以獨步千秋。

讀鮑詩，於去陳言之法尤嚴，只是一熟字不用。然使但易之以生而不典，則空疏杜撰亦能之，徒用典而不切，無真境真味，則又如嚼蠟、喫糙米飯。既取真境，又加奇警，所以爲至。

鮑詩面目，以澀鍊典實，沈奥創生爲佳，足以藥輕浮滑率淺易之病。然其至處，乃在逸氣沈響警奇也。

鮑不及漢、魏、阮公之渾浩流轉，然故約之鍊之，如制馬駒，使就羈勒，一步不肯放縱，故成此體。故謝、鮑兩家，皆能作祖。若杜、韓則是就漢、魏極力開拓，而又能包有鮑、謝，極古今之正變，不可以尋常詩家相例。

杜、韓皆常取鮑句格，是其才力能兼之。孟東野、曾南豐專息駕於此，豈曰非工，然門徑狹矣。

南豐學鮑學韓，可謂工極，但體平而無其勢，轉似不逮東野。

南豐學鮑學韓，句句字字與之同工，無一字不著力，而不如鮑與韓者，只是平漫無勢。知南豐之失，則知學詩之利病矣。

南豐似專在句字學，而未深講篇體。陸士衡頗講篇體，而於字句又失之流易。然而南豐不可及，其於鮑、韓爲嫡派矣。

姜白石冥心獨造，擺落一切，直書即目，誠爲獨造，然終是宋體文體，後人學之，恐有流病。不典而淺易，則空疏人弄筆便能之。故不如明遠，字字典，字字鍊，步步留境象，深固奥澀，語重法密，氣往勢留，響沈句峭，可爲楷式。

明遠句法工妙，唐、宋大家常橅擬之。

謝、鮑兩家起句，多千錘百鍊，秀絶寰區。山谷常學之，而恒不逮。

細繹鮑詩，其交代章法，已遠不逮謝公之明確，往往一片不分，無頓束離合，斷續向背之法。乃知習之之所謂文法，甚難匪易。後惟韓最精細不苟，愈看愈分明。

明遠有精純清鍊、一往沈厚一種，如《東武吟》、《薊北門行》，杜公常擬之。又如「霞石觸峰起」、「窮跨負天石」，句法峭秀，杜公所擬也。「淚竹感湘別」，則韓公所擬也。

作詩固是貴有本領，而字句率滑，不典不固，終無以自拔於流俗。今以鮑、謝兩家爲之的，於謝取其華妙章法，一字不率苟隨意。於鮑取其生峭澀奥，字字鍊，步步留，而又一往俊逸。

鮑每於一字上見生熟，此一大公案。

作詩，本領是一事，氣格、體勢、文法是一事，句法、字法是一事。

薑塢先生曰：「昭明所選鮑樂府八首，阮亭只取三首，《放歌行》亦不録，蒙所未喻。」愚謂《放歌行》或尚可去，若不取《白頭吟》，真是不知子都之姣矣。

欲學明遠，須自廬山四詩入，且辨清門徑面目，引入作澀一路，專事鍊字、鍊句、鍊意，驚創、奇警、生奥，無一筆涉習熟常境。杜、韓於此，亦所取法。然非三反静對，不知其味。濬發心思，益人神智。

鮑不如漢、魏，阮公文法高妙，筆勢縱恣横溢不費力，亦不如杜、韓豪宕變化，然氣體堅實，驚心動魄，要亦百世師也。

鮑、謝兩雄並峙，難分優劣。謝之本領，名理境界，肅穆沈重，似稍勝之；然俊逸活潑，亦不逮明遠。作詩文者，能尋求作者未盡之長，引而伸之，以益吾短，於鮑、謝兩家尤宜，觀之杜公可見。又明遠時似有不亮之句，及冗賸語，康樂無之。

《南史》明遠附臨川王道規傳，東海人。其仕當文帝元嘉時。初與袁淑、陸展、何長瑜等在江州，爲義王佐史，尋擢爲國侍郎，甚見知賞。遷秣陵令，文帝以爲中書舍人。及孝武時，臨海王子頊爲荆州，照爲前軍參軍，掌書記。子頊敗，爲亂兵所殺。

《登廬山》　起二句交代題。「千巖」以下十四句，皆實寫。雖造句奇警，非尋常凡手所能問津，但一片板實，無款竅章法，又不必定爲廬山之景，此恐亦足取後人亂雜無章，作僞體泛詩之病，故不及康樂之精深切題也。曾南豐多似此，豈受其末流之病故邪？「乘此」四句，方接起句，入己作收，然亦是泛語。此不必定見爲廬山詩，又不必定見爲鮑照所作也。換一人，換一山，皆可施用，前人未有見及而言之者也。然則今曷取乎？曰取其造句奇峭生創耳。大抵游山固以寫情爲本，然必有叙，有興寄，否則不知作者爲何人，游爲何時何地何情，與此地故事，交代不明，則爲死詩無人，明遠此詩是也。然又須知叙忌冗絮，興寄忌淺，寫景忌平熟。今明遠但有一寫景耳，雖字句生創，然不及康樂之華妙自然現前也。不切固泛，須知太求切，又成俗人所爲。學者深思其義，乃有語分。

《登廬山望石門》　起四句叙題「登」字。「高岑」以下十二句，正寫。「回互」二句束。「傾聽」二句興寄。明遠興託，不過以遇仙爲言，其恉甚淺。「松桂」二句，言廬山甚近，何城市之人，甘穢濁而不至此，以與仙人游乎？游山詩，以山中有仙人，興寄偶及之亦可，小謝《敬亭》是也，然已爲泛聲。若此詩起二句，意似特爲尋仙者，則於題尤爲無著。康樂《華子岡》爲華子言之，故妙切有味，此則無謂甚矣，所謂賸語不切陳言也。但中間句法好，杜公常擬之。「靈士」，用《嵇康贊》。

《從登香爐峰》　起句蓋用宋玉高唐事爲切題，注家不知。次句用「皛」、「繹」，則於登游爲不比切。三四句更全無脈理，而筆勢甚平。五六句帖題「從」字，「御風」四句，正寫宸游，甚精切。「青冥」以下十四句，正寫景。收句結「從」字。此詩起處，不能如康樂之一語無泛設，故當遜之。而余必明辨之者，以爲學者式法古今，不可沿其失而踵其誤，以爲藉口也。大約此病，李、杜、韓、蘇皆無之，漢、魏、阮、陶亦無之，此猶爲才小之故。

《從庾中郎游園山石室》　此首篇法完好，而收句未佳。「旋淵」只言倒景，非言高也，注非。

《遇銅山掘黄精》　起六句，從黄精起，逆入「掘」字。「羊角」六句，寫銅山。「蹀蹀」四句，寫掘時之景，甚妙。「空守」四句，自述作意，晦而未亮。大、小銅山在揚州府儀徵縣。「中經」，必用《山海經・中山經》，注家引荀勖《中經簿》，昧甚。而明遠割《中山經》稱《中經》，似杜撰，不可法。東漢以《七緯》爲内學，此服黄精，或出緯書。羊公有《服黄精法》，然以爲内策，亦牽率不典。「風門磴」，注家引《武陵記》，按《廣東通志》：「韶州府乳源縣，北行出風門，度梯上下諸嶺，磴道嶮巇，尺寸陡絶。」「天井壁」，亦未詳，注引陸機詩，以爲星象，恐非。又題「遇」字，疑作「過」。

《園中秋散》　起二句，先寫愁思，爲「散」字伏根，甚佳。「氣交」四句，寫園中之景。「月户」二句，逼取「散」字。「流枕」四句，正寫「散」字，散之而不能散也。收結言能得賞音，我豈不能彈古調乎，則思散矣。「晨衿」，猶云初心、宿心耳。此直書胸臆即目，而情景交融，字句清警，真孟郊之所祖也。但郊才小，時見迫窘之形，明遠意象才調，自流暢也。

《觀圃人藝植》　起二句，以賈宦陪起。「遠養」四句，分承賈宦。「居無」四句，逼入題。「春畦」以下八句，正面。「抱鍤」二句，所謂俊逸，此明遠勝場。「遠養」用《酒誥》，注非是。「軺」、「壚」頂巧宦，而「當壚」縱用《食貨志》，非用卓文君，終不切不確，康樂必不然。此詩章法平正，可謂文從字順言有序，然後人學之，則又爲順衍板實。康樂於此，必爲之離合斷續。杜、韓皆是文法高妙。此是微言，數百年無人解悟。要之，鮑詩只可師其句法一端而已。

《秋夜》　起二句，交代作指題事。「荒徑」十二句，寫田園之景，直書即目，全得畫意；而興象華妙，詞氣寬博，非孟郊所及矣。「傾暉」六句，言情歸宿。「華幕」，言朝旭也，謂流光迅速，不可常。起弟二句「貨農」，「貨」定是「貸」字之誤，用《詩》「代食」意，代、貸古字通；注家引《亢倉子》「農攻食，賈攻貨」，非是，此下並無「攻貨」語意。

《和王丞》　起六句逆入。「還山」、「遯迹」二句，交代點明，結上。「夜聽」四句，言歸後園林之樂。「性好」四句收足。　按《南史》不載僧綽爲始興王秘書丞，與沈約《宋書》詳略不同。僧綽仕迹，非能歸退之人，此當是以虛志相期望，故後云「必齊遂」云者，祝願之詞也。「限生」二句，即「人生不滿百」意，陶公衍之爲五字，更言簡意足。此二句雖再衍，而但見親妙，不見其襲。可悟造言之妙在人也。　「秋」、「春」二句，即承上「長意無已」，所謂「古願」、「高賢」，即指下管、龐二人也。

《還都道中》　直書即事，起峭促緊健，後來山谷常擬之。以下皆直書即目，直書胸臆，所謂俊逸也。但一片説下，無章法縈簸，但取其句法警妙，亦足爲式。

《上潯陽還都道中作》　五臣注：「照爲臨海王參軍，從荆州還。」按《南史》，照初爲臨川王佐史，在江州，擢國臣，在文帝時。及孝武時，爲臨海王子頊前軍掌書記，在荆州。明帝立，子頊拒命，頊敗，爲亂兵所殺。此何云還都也？若云亂兵所殺者子頊，則《子頊傳》云：「頊事敗，賜死，年十一。」且子頊以拒命死，其幕僚尚敢還都乎？五臣之注，昧於事理矣。此蓋從義慶在江州擢國侍郎時也。按漢潯陽在黄州、蘄州。東晉潯陽，在今九江府德化縣，桓温所移。明遠自江州還，正由此。五臣云：「由荆州，亦由潯陽。」但臨海死，明遠遂死，不還也。　起六句叙題，交代明白。「鱗鱗」四句寫景，興象甚妙，杜公行役詩所常擬也。「登艫」二句束頓。「絶目」四句，次弟遞承眺望。「未嘗」四句，與次篇「偕萃」、「宏易」，皆未詳何謂。注家謂明遠從荆州還，當時必有爲之副者，故曰「偕萃」。按子頊以大明五年九月封，泰始二年八月誅，凡六年。明遠在荆州，與同禍。其無偕萃從容還都，可知也。何云：「字字清新，句句奇。」「崩波」二句，善注甚明。此詩及小謝《還都》，各極其情文之盛妙，可謂異曲同工。　此非樊口，「蘆州」注誤。五臣注：「『掩泣望荆流』，憶臨海王也。」亦誤執「荆流」二字。竊意「荆流」、「淮甸」，特泛指潯陽地勢耳。所以云「掩泣」，即下思鄉耳。

《還都至三山望石城》　前十四句，總叙望景，而分三層：首四句寫江上早景，「兩江」二句點題交代，「南帆」二句「望」字旁意。「關扃」六句，正寫石城；「征夫」六句，入己歸情，句如梭織。收二句，史所謂故爲鄙文累句者邪？注家彊爲之解，徒蔽惑耳。　首二句不過言江平無波，而措語新特。此詩可比顔延之《蒜山》，而勝沈約《鍾山》，不及小謝《登三山望京邑》及《之宣城出新林浦》。

《發後渚》　起六句，從時令起叙題，不過常法，而直書即目，直書即事，興象甚妙，又親切不泛。「涼埃」四句，正寫景。「塗隨」四句，叙情，而造句警妙。收句泛意凡語。　此與下《岐陽守風》等，皆不得其事之本末，弟以爲行役之什可耳。

《岐陽守風》　直書即目興象，華妙清警開小謝，沈鬱緊健開杜公。「飛雲」四句，言情歸宿。　此詩韓公且若不能爲，無論餘人。　此詩説「洲風」、「江霧」、「楚越」，其非冀州之岐甚明。而注家不覺，猶引《毛詩》、《説文》，蔽惑甚矣。

《吴興黄浦亭庾中郎别》　起四句，直書即目，寫景起，而起十字，興象尤妙，小謝斂手。其後山谷常擬此作題。「旅雁」四句，交代叙題。「奔景」四句，正叙别。「温念」六句，統述彼此之情。此是客中送歸，故贊彼不渝素志，感已不得相從，而欲奮飛也。收二句，注言：「别時庾必有慰藉之言，故云藏爲韋佩耳。」此收乃爲親切，不同泛意客氣假象。　此與《上潯陽還都》，後來杜公行役贈送詩，竟不能出此境界。

《登黄鶴磯》　起二句，寫時令之景。次二句，叙登臨之情。「適郢」六句，正寫望情事景物。收言己情，應前「斷弦」、「悲謳」。凡分四段。　起句興象，清風萬古，可比「洞庭波兮木葉下」。孟公「木落雁南渡，北風江上寒」，全脱化此句，可悟造句之法。若云：「秋風送雁還」，「寒風送秋雁」，「木落秋雁還」，皆不及此妙。如孟郊「客衣飄飄秋，葛花零落風」，雖若不詞，然若作「零落葛花風」，則句雖佳而嫌平矣。　「臨流」二語，互文一意。絶弦由於急張，急張由於悲切也。　「適郢」二叠句一意，言望郢與夏，皆在西耳，注誤解，非是。按郢固在武昌之西，夏亦在武昌西，而黄鶴磯在武昌，故望郢、夏皆在西。東坡《赤壁賦》曰：「東望夏口，西望武昌。」赤壁若在嘉魚、蒲圻，則「東望夏口」是也；武昌在夏口東，不當曰「西望武昌」，豈避複字而然耶？則不如明遠此二句措語之工矣，柰何解者復迷之。

「三巖」字注不解，須檢字。　「淚竹」二句，韓公擬之曰：「斑竹嗁舜婦，清湘沉楚臣。」　「樂餌」用《老子》，此同康樂詩，皆爲俗人誤加「草」，又爲妄注也。杜公「樂餌駐修軫」，錢箋亦妄加「草」。

《送别王宣城》　起二句，興也。以言興體，爲興。此真合於朱子論興所云云也。「青春」二句，始入題時令。「廣望」四句，叙送别。「潁陰」四句，陪宣城。　起二句，教人作詩之法，用興之法，分明道出。　此詩章法明整，可謂贈送之則。

《登雲陽九里埭》　此是空詠懷，感不遇知音作，於題全不相蒙，康樂無此也。起二句，直書胸臆情抱，頓住。三、四句順承，而用筆跌宕，再頓住。言宿心不遂，而流年衰疾，乖分易感，悲緒紛來。五、六憑空折旋，换勢入題，扃作意，中堅正位，用「王好竽而鼓瑟」，注非。七、八意順承而勢逆折，用筆往復。既絶鼓弦，豈能知我妙音乎？收足悲緒。八句詩，分兩半四段，如精金在鎔。後來韓公短篇多倣此，而小謝《銅雀臺》用法更妙。　「縈弦」二句，用陸士衡。

《贈傅都曹别》　「鴻」比傅，「雁」比己。前四句合，中四句分。「落日」四句，正面送别。　韓公《送陳羽》，同皆短篇，而用筆回復曲折，離合頓逆，不使一直筆。

《蜀四賢詠》　此詩明白，只句字生新，是即秘法。如「君平因世閒」甚妙，若作「與世棄」，則陳言習熟，人皆有之矣。「蟲篆憂散樂」，按「散樂」二字未詳，向來無注者，思之歷年未得。後讀《禮記》「齋者不樂」注：「樂則散。」乃知此言子雲覃思《太玄》，恐蟲篆散其其志慮，故不爲也。陸氏《釋文》音「落」，而陳可大《郊特牲》「二日伐鼓」下，以爲不聽樂，竊意二義皆可通，而此當從「落」音。

《代東門行》　此擬古叙別之作耳。起八句説將別之情。「一息」二句頓住，最沈痛。「遥遥」以下六句，寫既別以後，情景兼至，杜、韓、蘇皆常擬之。「食梅」以下總收，情文筆勢，回折頓挫，一唱三歎，此皆爲行者之言。

《代陳思王京洛篇》　起十二句，極寫先盛。「但懼」六句，言衰歇。「古來」二句倒捲，收束全篇。「春吹」二句，言可以回景，可以召秋。此篇非常奇麗，然終是氣骨俊逸不可及，非同齊、梁靡弱無氣，雖小庾亦不能具此氣骨，時代爲之也。

《代東武吟》　此勞卒怨恩薄之詩，《小雅・杕杜》，先王勞旋役之什，所以爲忠厚也。後世恩薄，不能念此，故詩人詠之，亦所以爲諷諫，此所以爲原本古義。用張騫、李蔡，倣詩人南仲、方叔耳。前十二句抵一篇叙文。「時事」二句頓挫。古人無不斷之章法，斷則必頓挫。「少壯」四句，叙今現在情事。「昔如」八句，反覆自申，詠歎淫液，筆勢回旋，跌宕頓挫。

《代出自薊北門行》　此從軍出塞之作，薊北多烈士，故託言之。起四句叙題有原委。凡文字援據，雖有詳略，必具端委，詩叙事述情亦然，必具端末，使人易了。但不得冗絮纖瑣迂緩，反令人不明了。如此起邊師，救朔方，皆分明交代題事。「嚴秋」十二句，寫邊塞戰場情景，激壯蒼涼悲慨，使人神魂飛越。「時危」四句，收作歸宿，爲豪宕，不爲淒涼，以解爲悲，從屈子來。陳思、杜公皆同。本集「幽并重騎射」等篇亦然。　孟康云：「廣武在滎陽敖倉西三室山上。」蓋古聚兵之所。

《結客少年場》　此詩用意稍浮，無甚精深，而詞氣壯麗。　起六句，追敘少時豪俠之失。「去鄉」二句，結上起下，頓束。「升高」以下，爲盱豫之悔，亦所以爲諷。

《苦熱行》《東武》言旋卒，此言旋帥，擬《出車》，亦以諷恩薄也。　寫炎方地險艱，字句奇峭。「生軀」以下歸宿。

《白頭吟》　此統言君臣、朋友、夫婦之情難常保，即屈子「恩不甚者輕絶」之意，而古人屢以寄慨，蓋此世情，古今天下恒如斯也。　收句分明言之。　起句比而兼興也，三、四句跌宕入題。「人情」十句，説情事，名理奔赴，觸處悟道，可當格言，而阮亭乃不見取，殊不知其何説。　又按此詩固非常清警，然以杜公《佳人》比之，則此猶爲循行數墨「經營地上」陳言，居然有死活仙凡之分。　可悟杜公才氣之大，非徒脱换神妙。

《升天行》　此即屈子《遠游》、景純《游仙》之意，而其佳轉在起八句，直書即事，無一字客氣假象陳言。「窮途」以下，正説升天。

《放歌行》　此詩極言富貴，斥譏蓼蟲。　蓋憤懣反言，故曰「放歌」。《十九首》中《今日良宴會》即此意也。

《擬古》「魯客事楚王」　言守節，前以勢位人相形。

「十五諷詩書」不過言己文武足備，與太沖意略同。此等在今日皆爲習意陳言，不可再擬，擬則爲客氣假象。至杜公《贈韋濟》，乃大破藩籬。

「幽并重騎射」承次篇來，言己騎射之工，足以封侯，而句格俊逸奇警。杜公所倆，政在此等。

「鑿井北陵隈」起四句從前「迷方」生來，言積學成材，不得貴顯，然何必專守一塗。悔其專苦，不知改計。「輕年」，不惜陰也，言今改計也，起下放游。「放駕」以下，言己所以改計，由觀古二亡國，乃知賢愚同盡，臧、穀同亡，彊生分別何爲乎？此篇語既奇警，義又深遠，猶有漢、魏人筆意。與顔延之《北使洛》語同而意不同。

「東薪幽篁裏」極賤隸之卑辱，以寄慨不得展志大用於世也。而詩之警妙，皆杜、韓所取則，亦開柳州。

「河畔草未黄」又託閨婦思遠，以寄其羈旅之苦。「宿昔」二句，指客隴之人。「念此」四句，始自言也。

「蜀漢多奇山」又即所客居之地，以申前篇之憂，而意晦不明，不知「君」爲若指也。

《紹古詞》皆託言離别之情。

「橘生湘水側」即紹「橘柚垂華實」篇，皆從屈子來。「三川」以下，言奪寵之多競進。收句自申，言覩我之翰，君當泫然。

「昔與君别時」言勿以離而相忘，而詞句清警。

「瑟瑟涼海風」　此篇止收句清警。

「開黛覩容顔」　叙寫春思清警。　起四句交代。「星隱隅」，因夜久而感流年也。

「暖歲節物早」　起六句感春起興，兼寫節物。「怨咽」以下，入感春之情，字字清新，而通篇造語生辣。　此用「契闊」，與《詩》異意，言有生常是離别也。　此詩開孟東野。

《學劉公幹體》　前四句叙題。後四句兩轉，峭促緊健，此皆孟郊所祖法。　梁鍾記室評公幹云：「仗氣愛奇，動多振絶，但氣過於詞，雕潤恨少。」明遠在鍾前，而詩體仗氣，極似公幹，特雕潤過公幹矣。

昭昧詹言卷弟七

小謝

玄暉别具一副筆墨，開齊、梁而冠乎齊、梁，不弟獨步齊、梁，直是獨步千古。蓋前乎此，後乎此，未有若此者也。本傳以「清麗」稱之，休文以「奇響」推之，而詳著之曰：「調與金石諧，思逐風雲上。」太白稱其「清發」、「驚人」。玄暉自云：「圓美流暢如彈丸。」以此數者求之，其於謝詩思過半矣。

玄暉詩如花之初放，月之初盈，駘蕩之情，圓滿之輝，令人魂醉。祇是思深，語意含蓄，不肯説煞説盡，至其音響亦然。

大抵下字必典，而不空率；造語必新，而不襲熟；凝重有法，思清文明，而不爲輕便滑易。同一用事，而尤必擇其新切者；同一感寄，而恒含蓄；同一寫景，而必清新。古之作者皆同，而玄暉尤極意芊緜蒨麗。其於曹公之蒼涼悲壯，子建之質厚高古，蘇、李、阮公之激蕩僄忽，淵明之脱口自然，仲宣之跌宕壯闊，公幹之緊健親切，康樂、明遠之工巧驚奇，皆不一襲似，故爾克自成一家。退之所謂力去陳言如是。然玄暉於公幹、康樂、明遠三家，時相出入，緜情纏緜似公幹，琢句似鮑、謝。

昔人稱小謝工於發端，此是一大法門。古人皆然，而康樂、明遠、顔延之尤可見。大抵蓄意高遠深曲，自無平率，然如顏延之特地有意，久之又成裝點客氣可憎，故又須兼取公幹之脱口如白話，緊健親切，然不善學之，又成平率。惟康樂、惠連、玄暉兼二美，無二病。至於陶公之無容心於修詞琢句，杜公之崢嶸飛動，元氣渾運，聖矣，不可以此例論。

阮亭標典、遠、諧、則四法，求之小謝，可謂盡之。然使專求之四法，而略彼神明，亦終是作僞詩、死詩而已。阮亭蓋未能證是也。

玄暉卒年三十六，自宋入齊時，纔十五六許，故集中多少作。

玄暉不尚氣而用意雕句，亦以雕句故傷氣也，然有典有句而思新。故自千古後，惟王摩詰能繼其聲，然浮而不質，不如玄暉氣韵沈著。若既無氣又無句，又淺率無深思，乃爲俗人之詩矣。

韓公掃齊、梁，以爲亂雜而無章。而小謝猶自有章，未可慨斥。小庾不讓小謝，而謝體校高。

小謝情優於鮑，令人如或遇之。而明遠有氣體，較又高於小謝。

《江上曲》　此冶游詩。起四句，以二地陪起楚南，而句節參差入妙。「願子」二句，求與之同舟，即《越人歌》之意。「千里」二句，既得許後；「江上」二句，收作本題，有延年千秋之意。此篇初未詳其特用易、淇二水之故，思之歷年不得，徧詢雅博者，亦不能知。後讀枚乘《菟園賦》曰：「晚春早夏，邯鄲襄國，易陽之容，麗人燕飾。」予乃悟古人以此地多游冶，故與淇上並偁之。孟康《史記注》以江陵爲南楚，秦拔郢置南郡地。此詩比而賦也。

《芳樹》　此題本賦《鼓吹曲》，故用賦體。起四句説盛，後四句説衰，而遲莫衆芳歇，言外有比興。所以説桂，猶之銅鑪橘柚，此切樹言之，若曰不爲世用，無人訪生死矣。結謂密陰連結。

《臨高臺》此因登高臨望而思鄉也。起二句先點題情，得勢倒點題面。以下四句，皆登望中之景。而景中皆有情，景亦活矣，非同死寫景。此古人用法用意之深妙處。收句敷衍，結首句，章法奇而完密。「綺翼」即綺陌，如云田塍刻縷耳，注非。

《同謝諮議詠銅爵臺》每二句一斷，一换意、换筆、换勢。詩止八句，而分四層，順逆離合，夾叙夾寫，筆筆轉，反覆詠歎，令人悽斷。後惟杜、韓短篇，時有此章法、文法。「繐帷」二句，叙也，而二句中用意用筆，已具有往復。「鬱鬱」二句，議也，即反承上二句逆折。「芳襟」二句，順叙也，而二句用意用筆，折斷作兩層頓挫，自歎自憐。「玉座」二句，忽放聲極口明言，而用筆仍作兩層折换，仍復含蓄不盡。古人獨步千古，豈偶然哉！彼韋、柳但得其面目耳，而於其作用措注之精微，似未解也。不然，何以求似此者而不可得也。此詩八句，换四層意，作四轉勢，幾於每句作一色筆法。所謂一波三折，驚鴻游龍，殆盡之矣。何仲言、王子安皆不能過此。杜《玉華宫》脱化此，但變用散體陽調耳。《離夜篇》章法宏放，縱蕩汪洋，皆短篇極則。此諮議乃超宗也，而舊注作璟，《南史》謝氏無名璟者，或是「顥」字誤耳。姚薑塢先生曰：「朓與超宗乃祖免從父子，而稱其姓。」

《游敬亭山》前十二句山，「我行」八句，游山之情，章法分明。大致亦同康樂、明遠，但音節易之以和耳。精警似遜之。起二句叙。「上干」八句寫景。「隱淪」二語亦同康樂。然此爲泛聲，説見鮑《登廬山》。「皇恩已矣」，言已被出，不復望寵近眷顧。「兹理」即上「追奇」二句，分收完密。

《將游湘水尋句谿》 起以黄山、桂水二事陪。「辰哉」二句，承上脱卸，束住入題。「瑟汩」六句正寫。「暮秋」六句述情，兼著時令。「予」「君」皆自指。「懷抱」二句，倒裝句法，言山川不改，而人不能久常，當及兹暢懷抱也。 此湘水必指其流經宣城郡者。 觀《之宣城郡出新林向板橋》注引《水經》「江水經三山，又湘浦出焉」，是此湘矣。 注引零陵湘水，非是。 只言未遂仙隱，且作兹游，因即寫其景，著筆甚輕。

《游東田》 起四句迆邐平叙。「遠樹」四句，寫景華妙，千古如新。收結首二句。善曰云云是也。絶不矜奇，而人自不能及。 善曰：「朓有莊，在鍾山東。」何屺瞻以爲此文惠太子東田，是也。

《暫使下都夜發新林至京邑贈西府同僚》 此在荆州隨王府被讒敕回，與康樂之被讒出爲永嘉臨川内史情事略同。 亦與明遠之從荆州回京，上潯陽道望京邑情事相同，詩亦似之。 一起興象千古，非徒工起調云爾也。 若云悲之未央，似江流無已時，比而興也，互文也。 三、四叙題，交代分明，而慷慨頓挫。「秋河」六句寫景，交代「夜」字、「京邑」字，題緒既分明，而寫景復華妙。「驅車」二句束上起下，用法嚴密，綺交脈注，交代分明，康樂、明遠多用此法。「馳暉」四句，承「昭丘」，叙西府，筆勢騫舉，又極沈鬱頓挫，真所謂「調與金石諧，思逐風雲上」者。「常恐」四句，著筆題外，正得題中，乃作怡本意也。 何云：「壓卷。」愚謂極才思情文之壯，縱横跌宕，悲慨淋漓，空絶前後，太白、杜、韓無以尚之。 然但厚藩王而無親君之義，古人真處在此，失處不復顧。 宋以後人，能彌縫此失，而又往往入以假象僞情客氣。 求之唐以前詩，惟有陳思、阮、陶、杜、韓，文義與理兼備，故能嗣經、《騷》，得詩教之正，玄暉未及此也。

《之宣城郡出新林浦向板橋》　一起以寫題爲叙題，興象如畫，渾轉瀏浰。宣城在京邑西南，江以入海爲歸，故曰「歸流」。此言已行逆江，而回望東北。古人字不苟下，與明遠《登黄鶴磯》「適郢無東轅」二句同工。「天際」二句，則明遠無之矣。「旅思」以下言己懷。「歡禄」句及「我行雖紆組」語，皆與康樂意同。休文「紛吾隔囂滓」，何義門云：「自言此去隔在泥塗也，無斥京師爲囂滓之理。」余謂如玄暉此語分明，前又云京、洛緇塵，要不可謂非失義。何説言儒者正義耳。何又云：「結句以廉節自厲。收『之郡』，使事無迹。」余謂此即「資此永幽棲」意，借隱豹爲興象耳。玄暉固未必貪賄，而厲志之意，非玄暉胸中所有也。

《晚登三山還望京邑》　起二句爲一段，借賓陪起。何云：「可作使事之法。」「白日」六句，正寫京邑題面，興象華妙，千古如新。「去矣」以下，述懷歸之情，雖仕大郡，而志切懷歸，亦徒作雅言耳。以爲不得志而然與？高懷而然與？厭濁世亂邦而欲去之與？若仕承平盛時，則足以基讒禍也。何云：「三山在京邑西，故西日轉明。」

《休沐重還丹陽道中》　起四句，休沐。「灞池」二句，重還。「汀葭」六句，丹陽道中景。「征徒」以下，述作恉歸宿。十句一片清綺，似劉公幹。何云：「『還邛』二句，義取家徒四壁，而無袁紹之兼輛。」此言得之。注泛引，非是。「灞池」用枚乘，「伊川」亦必使事，而注不能詳。「汀葭」六句寫景，韋、柳所撫，多在此等而已。古人皆以叙題交代爲本分，無闌入泛賸長語，求之謝、鮑皆然。至韋、柳乃不見此典型，但一味空象浮虛，尋其事緒，髣髴而已，了無實際。觀玄暉自言，見其胸中殊無決志，非徒智及而仁不能守，安在其能戰勝哉！此豈足與陶公同歲而語。「恩甚戀閨闈」，饕榮之飾詞耳。

《新亭渚别范零陵雲》 起四句先從零陵起，語似有神助。何云：「『雲去』句，既有興象，兼之故實。」「停驂」二句清題，綺交脈注。「廣平」以下，承上雙結。後人習用羊元保宣城，是詩則用鄭袤廣平。《魏志》鄭渾爲陽平，注誤作平陽。「心事已矣」意未詳。玄暉兩用「已矣」，而此尤未亮。

《酬王晉安》 起四句，對面從王所處起，寫秋景神妙，同《别范》，善曰：「鴻雁不至晉安，故曰『寧知』也。」「拂霧」四句言己。「春草」四句，雙結王與己。按《南史·王僧孺傳》，齊文惠太子薨，僧孺出爲晉安郡丞，姚薑塢先生據此，謂爲僧孺也。然晉安今泉州也，僧孺東海郯人，不當曰「西歸」。注又引《毛詩》「西歸」，尤爲假借無理。本集曰王德元，是也。

《和宋記室省中》 姚薑塢先生云：「此『宋』字當是『宗』誤，宗夬爲鬱林王記室參軍，及爲皇太孫，仍爲記室。」起四句先叙省中之景。「懷歸」四句，述宗之情。宗詩中必有思歸之意也，故本其情以爲言，則「清揚」、「秘職」，正道其悶瞀，注家以爲榮之者，失之矣。按宗南陽人，故收以伊水言之。

《新治北窗和何從事》 起四句，新治北窗。「泱泱」六句寫景，如遇諸目前。「自來」四句，言何來贈詩。「不見」四句，似是何即别去。此八句一往清警，似公幹。

《和劉中書》 此劉繪，有《入琵琶峽望積布磯》詩呈玄暉，玄暉和之也。起四句追叙已昔曾游，分兩層交代。「圖南」二句頓束，言劉今方仕此，不比己之息翰。下四句，因及己移疾得詩，叙次交代，分明清警。「頳紫」以下十句，述劉詩中所言峽景，以承「殊觀」。「江潭」二句，緊承劉之詩，以感起己之昔游，收束一片。末句另出一層，言己苟即死，無重游之期，而淹留於此，則永絶此巖畔之游，文情最妙。

《冬緒羈懷示蕭諮議虞田曹劉江二常侍》　此係爲隨王府文學時作。起言出常思歸，今遠適荆州，仍滯城闕，言志不樂仕，故曰「羈懷」也。「寒燈」以下十二句，實叙一「羈」字。「疲驂」以下八句述懷，言己所以羈此，非戀禄，乃感恩，然終不欲久留。　此詩序述委婉，情文斐亹，一往情深，似劉公幹。

《直中書省》　前八句寫中書省，非徒宏麗，尤細意分帖，「紅藥」承「宏敞」，「蒼苔」承「陰陰」也。「鳳池」八句「直」字内意。用鳳池事，妙切中書，不似後人漫泛，雜亂填湊。　何云：「結語學公幹。」「信美非吾室」語，非所宜言。此何地何官，豈可與仲宣客地登樓同怨？全無事主之誠，致身圖報之意，豈得以陶公高節不樂仕爲藉口邪？

《高齋視事》　不及《直中書省》華妙奇艷，而句勢用意略同。

《宣城郡内登望》　何云：「起句逼出登望。」又曰：「『晦翁賞『寒城』十字，以爲有力。」「山積」六句，承上「眺」字，皆寫眺中之景。「悵望」句束上，「惆悦」句起下，此二句爲一篇頓挫，際斷前後，以爲章法。「結髮」六句述懷。「匪直望舒圓」，截四五字，則意未足。張協詩：「下車如昨日，望舒四五圓。」

《觀朝雨》　起六句朝雨。「平明」以下十句，皆「觀」字内意。何云：「『戢翼』四語是『戰』，所謂『貧賤而思富貴，富貴又履危機』者也。」又云：「玄暉之言如此，而卒不免『暴鰓』者，蓋清雨曉涼，能戰勝於俄頃，而不覺旋感於富貴。行之維艱，亦可悲矣。」

《冬日晚郡事隙》　起句點題。次句「觀」字，串下「颯颯」六句之景。「已惕」二句頓束，承上起下。「風霜」以下述懷，章法同前。山谷《快閣》一首，括取此意，移之七言，可悟爲詩之理。

《郡内高齋閒坐答吕法曹》　起八句叙高齋閒坐。「非君」六句，乃答吕遺贈詩。結言見詩如親晤，而措語甚妙。

《落日悵望》　前八句叙題。「已傷」二句一頓。「情嗜」四句言情。章法同前而無妙。自《直中書省》至此七篇，情事詩境略同。

《離夜》　起寫離夜之景，由遠及近，三、四兼叙，共爲一段。五、六入别情，却以「翻潮」句横空逆折一筆，文勢文情，俱曲宕奇警。「山川」二句，又另换筆意作結，言遠涉已足愁煩，況兼懷戀故人之餞。此詩通身爲行者自述之詞，短篇極則。

《和王中丞聞琴》　先寫二句，聞琴時之景，弟三句一墊，四句點題，共爲一段，章法與《離夜》同。北斗七星，弟五曰玉衡，玉衡北兩星曰玉繩。「蕭瑟」二句，正面寫「聞」字。收句始入聞琴之情，而借以慰王。

《和江丞北戍瑯琊城》　自南北戍，所以先寫京城，次言漸遠江，漸驅馬，一路層次交代。「京洛」二句，實言所以須戍之故，爲一段。「撫劍」入己，另一意，然「惜哉無輕舟」句意不明。收句勉江，語自明。

《和沈右率諸君餞文學》　起句叙餞文學，兼補時令。次句點明，係之官，非餞歸，亦非仕京邑，所謂交代分明也。三、四句，就弟二句「復爲客」意頓挫詠歎，言此身如水，東流無停，思念故鄉陌，將如之何也。以上爲一段。「重樹」二句寫景。收句入己餞之情。此文學必之荆州爲王府官屬也。

《與江水曹至千濱戲》　起二句叙題，兼著地與時。「遠山」二句言水中山景。「花枝」二句寫岸山。總四句寫景，語甚新妙。「别後」二句收，用意用筆，深曲有味，又緊承上四句景及山月清尊言之，思此景此情也。

《送江兵曹檀主簿朱孝廉還上國》　起二句先叙題面，著「攜手」二字，以表三人也。三、四句言三人不念己之不得歸也。「香風」二句，寫山中之情。留「送」字收。此篇無甚佳勝。

《送江水曹還遠館》　此似江祏過謁，而館去城遠，玄暉餞之作此，又似挈眷在館者，故三、四句及之。此詩先叙遠館並景。收二句，言餞送不能久留。自《離夜》至此七篇，情事詩景相似。

《往敬亭路中聯句》　此詩全見齊、梁人句法。

《和王著作融八公山》　起二句陪起。前十二句言其地與景。「戎州」六句，述本事。「道峻」二句，頓挫。「平生」以下入己情。結言己欲，收暮景。何云：「孟諸在睢陽，乃今歸德府，八公山在今壽州。」實在西，善注誤。此詩但盡題意，不出齊、梁靡弱，平鋪無奇。姚薑塢先生云：「元長爲著作，必是齊初，此朓少作也。」

《和伏武昌登孫權故城》　起十八句，叙孫氏之盛。「三光」二句承上起下，作轉勢。「參差」以下七句，言今日之衰。弟八句入伏作詩。「幽客」六句，言己得詩和詩。收句以期往游此另結。何云：「無句不妙，然比之前人，意味力量自殊。退之所以並掃齊、梁也。」愚謂此與《八公山》皆典制大題，宜用杜、韓，方能勝任，否則子建亦可。此詩傷平，然興象力量，似勝仲宣《行經孫氏陵》。

《移病還園示親屬》　此詩甚平，但句法清新而已。「涼蒹乘暮晰。」「晰」讀如「明星晢晢」之「晢」，言當晚暮而仍見秋花，月下如空也。此二句寫月光實妙。通身寫園中景，而棲沖不脱疾。起句收句，「移」字「還」字。

《和何議曹郊游》　次首起四句，叙何江游。「靃靡」二句寫景。「寄語」四句，述何情，言其老而懷歸，反來仕日下，雖對勝景而憂不解，有如屈子之浮夏。不知其仕亂世而不得已邪？抑玄暉之雅言邪？

《懷故人》　一往清綺，然傷平，無奇處。

《治宅》　起二句叙題。「迢遞」六句，寫東都。收結。玄暉多此調，此亦無勝。

《秋夜》　起四句叙。「北窗」四句景，而五、六又於景中見情，甚妙。收句敷衍耳。

《和徐都曹》　「日華川上動」二句，千古如新。阮亭不取，失之矣。自《移疾》至此六首，非全美，姑類存之。

昭昧詹言卷第八

副墨子闇解

杜公

論杜詩者，前人備矣，而以元微之、韓公之語爲最得實。　又如聖人説興、觀、群、怨，及李習之論《六經》之指與詞，惟杜公、韓公詩足以當之。

杜公包括宇宙，含茹古今，全是元氣，迥如江河之挾衆流，以朝宗於海矣。

錢牧翁譏山谷爲不善學杜，以爲未能得杜真氣脈，其言似也。　但杜之真氣脈，錢亦未能知耳。　觀於空同之生吞活剥，方知山谷真爲善學，錢不足以知之。　但山谷所得於杜，專取其苦澀慘澹、律脈嚴峭一種，以易夫向來一切意浮功淺、皮傅無真意者耳，其於巨刃摩天、乾坤擺盪者，實未能也。　然此種自是不容輕學。　意山谷未必不知，但以各有性情、學問、力量，不欲隨人作計，而假象客氣，而反後之耳。不然，如空同似得杜真氣脈者，而何以又失之邪？平心而論，山谷之學杜、韓，所得甚深，非空同、牧翁之摭取聲音笑貌者所及知也。

觀《選》詩造語奇巧，已極其至，但無大氣脈變化。　杜公以《六經》、《史》、《漢》作用行之，空前後作者，古今一人而已。　韓公家法亦同此，而文體爲多，氣格段落章法，較杜爲露圭角，然造語去陳言，獨立千古。至於蘇公，全以豪宕疏古之氣，騁其筆勢，一片滚去，無復古人矜慎凝重，此亦是一大變，亦爲古今無二之境，但末流易開俗人滑易甘多苦少之病。今欲矯世人學蘇之失，當反之於杜、韓；然欲學杜、韓而不得其氣脈作用，則又徒爲陳腐學究皮毛，及兒童彊作解事，令人嘔噦而已。

杜、韓之真氣脈作用，在讀聖賢古人書，義理、志氣、胸襟原頭本領上。今以猥鄙不學淺士，徒向紙上求之，曰「吾學杜，吾學韓」，是奚足辨其塗轍，窺其深際！

杜、韓盡讀萬卷書，其志氣以稷、契、周、孔爲心，又於古人詩文變態萬方，無不融會於胸中，而以其不世出之筆力，變化出之，此豈尋常齷齪之士所能辨哉！

山谷之學杜、韓，在於解創意造言不肯似之，政以離而去之爲難能。空同、牧翁於此尚未解，又方以似之爲能，是尚不足以知山谷，又安知杜、韓。

微之曰：「壯浪縱恣，擺去拘束，模寫物象。」此語最好。然余謂此三言，蘇公亦能之。退之云：「巨刃摩天揚，巖垠劃崩豁，乾坤擺雷硠」、「光燄萬丈」，「百怪入腸」，此惟李、杜、韓、蘇四公獨有千古，而李差不如杜，亦誠如微之所云也。

大約飛揚聿兀之氣，峥嶸飛動之勢，一氣噴薄，真味盎然，沈鬱頓挫，蒼涼悲壯，隨意下筆而皆具元氣，讀之而無不感動心脾者，杜公也。

杜公詩境，盡於《自序公孫劍器》數語，學者於此求之，思過半矣。退之云：「口前截斷弟二句。」又曰：「盤馬彎弓惜不發。」此皆古人不傳秘密。東坡「筆所未到氣已吞」，自是絶境，而有流病。孫過庭論書曰：「未悟淹留，偏迫勁疾，不能迅速，翻效遲重。夫勁速者超逸之機，遲留者賞會之致。將反其速，行臻會美之方；專溺於遲，終爽絕倫之妙。能速不速，所謂淹留；因遲就遲，詎名賞會？」此語杜、韓外，千餘年無人知得。徐鼎臣曰：「文速則意思敏壯，緩則體勢疏漫。」猶迹論也。

欲學杜、韓，須先知義法麤胚，今列其統例於左，如創意；去浮淺俗陋。造言；忌平顯習熟。選字；與造語同，同去陳熟。章法；有奇有正，無一定之形。起法；有破空橫空而來，有快刃劈下，有巨筆重壓，有勇猛湧現，有往復跌宕，有峥嶸飛動。從鮑、謝來者，多是凝對，山谷多用此體，以避迂緩平亢。轉接；多用横、逆、難三法，斷無順接、正接。氣脈；草蛇灰綫，多即用之以爲章法者。筆力截止；恐冗絮，説不盡也。不經意助語閒字；必堅老生穩。倒截逆輓不測；豫吞；此最是精神旺處，與一直下者不同，孟子、莊子多此法。離合；專言行文。伸縮；專言叙事。事外曲致；專言寫情景。意象大小遠近，皆令逼真；情真景真，能感人動人。頓挫；往往用之未轉接前。交代；題面，題之情事，歸宿意指。參差。專用之行文局陳叙情事。而其秘妙，尤在於聲響不肯馳驟，故用頓挫以回旋之；不肯全使氣勢，故用截止，以筆力斬截之；不肯平順説盡，故用離合、横截、逆提、倒補、插、遥接。至於意境高古雄深，則存乎其人之學問、道義、胸襟，所謂本領，不徒向文字上求也。

文法不過虚實順逆，離合伸縮，而以奇正用之入神，至使鬼神莫測。在詩，惟漢、魏、阮公、杜、韓有之，而韓於文神化，詩猶不及杜。

山谷隸事間，不免有彊拉硬入，按之本處語勢文理，否隔無情，非但語不安，亦使文氣與意藹薩不合。蓋山谷但解取生避熟與人遠，故寧不工不諧而不顧，致此大病。古人曾未有此，不得以山谷而恕之，使貽誤來學也。乃知韓公「排奡」而必曰「妥帖」，方爲無病。山谷直是有未妥帖耳。朱子亦謂韓文以「文從字順，各識其職」爲貴。凡如此等利害之説，摹習之輩，尚其慎諸！

長篇易知其鋪陳，氣勢警妙，人人易見。惟短篇意深而隱，言約而微，節短勢長，法變筆古，似莊實諷，似緩實迫，愈悲愈恢，如遠公[illegible]面，不可迫視，所謂「雲聚岫如複」者，而凡一切品藻之妙，又不足以語之矣。

篇短語無多，若截不斷，則相承一片，直滾順放。譬如乘馬下坡，前面又無多地，豈不迫促跼步，無駐足分，尚有何勢？尚有何奇？何處見用筆？將使題分不得盡，況求異觀。故短篇尤在有丘壑，截得斷。斷愈多，愈便用奇；愈斬峭，愈見筆力。斷而後接，用橫，用對面，用逆，用離，用側，用遥接。大放開，倏收轉，有先後，有正位，一毫也不歉不亂。蓋長篇用法不難，亦易見奇，惟短篇必須精用之，蓋有不得已者耳。凡如是等説，古人皆知之，而未之嘗言，以言則非真也。而余乃言之，甚慚淺躁矣。

世人徒慕公詩，無一求通公志，故不但不能及之，並求真知而解之亦罕見。如公在潭州入湖南時《詠懷》二首，此公將没時，迫以衰病，心志沈菀，語言陷滯，誠若不可人意。然苟求其志，則風調清深，豪氣自在。雖次弟無端由，要見一種感慨歎惜之情，終非他人所及。蓋公一生懷忠國濟時之志，至是老而將死，決知不能行所爲矣，故作此二詩。所謂「噭噭幽曠心，拳拳異平素」，又曰「意深陳苦詞」，不啻明訴之矣。是時遭臧玠之亂，軍儲困急，目擊悲憫，與《送韋諷上閬州》詩同意。而又方將遠適炎瘴，其意甚慘，鳴甚哀。乃自公没，至今千餘年，無一人尋及。然則作詩以貽後人，孰克知之，可爲拊心！朱子論屈子《九章》，以爲：「其詞大抵多直致，無潤色。而《惜往日》、《悲回風》，又其臨絶之音，以故顛倒重複，倔彊疏鹵，尤憤懣而極悲哀，讀之使人太息流涕而不能已。」愚謂杜公居夔、居潭諸詩，正是如此。後人不繹其志而哀其情，徒據語言之末，學究頭巾之智，嘵嘵然俱以朱子藉口，競訾短夔詩，以爲不工，所謂以尺蠖繩蛟龍也。《悲回風》曰：「吾怨往昔之所冀兮，悼來者之愁愁。」公之此詩，正是如此。朱子之論夔詩，猶其論《九章》耳，非必苦訾之也。乃劉辰翁評《歲晏行》曰：「子美晚年詩，多亂雜無次。山谷專主此等，流弊至不可讀。」夫山谷所主，特愛其生辣苦澀，風調清深，豪宕感激，亦菖歜之嗜耳，夫豈齷齪文士所知。又如《上水遣懷》：「篙工密逞巧」一段，政以篙工濟危險之灘，振觸時無賢傑，以濟艱屯，乃淵懷比興最深切處。而鄭少谷評曰「詩何得如是，此皆杜逗滯處，篇篇有之」云云。若爾則《説命》之舟楫，《正月》之輔車，皆逗滯邪？杜集、韓集皆可當一部經書讀。而僻儒以一孔之見，未窺底藴，浮情淺識，妄肆膚談，互相糾評，以爲能事，遂奮筆而著之説，亦烏足爲有亡哉！

杜公立志，許身稷、契，全與屈子同。讀《離騷》久，自見之。深觀康樂，終落弟二乘，不及杜、韓遠甚。蓋杜、韓能包康樂，康樂不能兼有杜、韓。非特杜、韓，即太白、子瞻縱宕横放，變化頓挫，壯浪恣肆飛越，終非鮑、謝所敢望。昔人論書，嫌《聖教序》板俗，謝詩蓋亦略如此，政以其精深密麗，無一敗筆，而恣肆超妙不可方物處少也。試觀《蘭亭》、《争坐帖》，塗抹潦草，而天機神化，非《聖教》可同觀矣。以詩論之，《三百篇》、《離騷》、漢、魏、李、杜、韓、蘇與文家莊子、史遷，同爲活潑潑地。謝詩於文似班固，於書似《聖教序》，其不可及在此，而其品終落弟二亦坐此。但世人尚未能窺謝、鮑之精深法律，而何能知李、杜、韓、蘇之根本盛大。後人須深繹吾言，否則以余爲罪爲謬誕也。

昭昧詹言卷弟九

韓公

讀杜、韓兩家，皆當以李習之論六經之語求之，乃見其全量本領作用。至其筆性選字，造語隸事，則各不同；而同於文法高古，奇恣變化，壯浪縱宕，橫跨古今。

《選》體造語極其奇變，但筆勢不能壯浪縱恣，又託興隱緩，自家胸襟面目不能呈露，固由其本領淺薄，亦由篇局短，筆力愞，氣魄小，發不出來。至杜、韓始極其揮斥，固是其胸襟高，本領高，實由讀書多，筆力彊，文法高古。而文法所以高古，由其立志高，取法高，用心苦，其奧密在力去陳言而已。去陳言，非止字句，先在去熟意：凡前人所已道過之意與詞，力禁不得襲用，於用意戒之，於取境戒之，於使勢戒之，於發調戒之，於選字戒之，於隸事戒之，凡經前人習熟，一概力禁之，所以苦也。

杜公如造化元氣，韓如六經，直書白話，皆道腴元氣。

韓公當知其「如潮」處：非但義理層見疊出，其筆勢湧出，讀之攔不住，望之不可極，測之來去無端涯，不可窮，不可竭。當思其腸胃繞萬象，精神驅五兵，奇崛戰鬭鬼神，而又無不文從字順，各職其職，所謂「妥帖力排奡」也。

韓公詩，文體多，而造境造言，精神兀傲，氣韵沈酣，筆勢馳驟，波瀾老成，意象曠達，句字奇警，獨步千古，與元氣侔。

韓、蘇並稱，然蘇公如祖師禪，入佛入魔，無不可者，吾不敢以爲宗，而獨取杜、韓。又李、杜、韓、蘇並稱，以其七言歌行，瑰詭縱蕩，窮態盡變，所以爲大家。至五言，則蘇未能與三家並立也。

韓公筆力彊，造語奇，取境闊，蓄勢遠，用法變化而深嚴，横跨古今，奄有百家，但間有長語漫勢，傷多成習氣。此病杜公亦有之。

杜、韓有一種真率樸直白道，不煩繩削而自合者。此必須先從艱苦怪變過來，然後乃得造此。若未曾用力，便擬此種，則枯短淺率而已。如公《南谿始泛》三篇、《寄元協律》四篇、《送李翺》、《寄鄂岳李大夫》等，皆是文體白道，但叙事而一往清切，愈樸愈真，耐人吟諷。山谷、後山專推此種，昔人譏其舍百牢而取一臠。余謂此詩實佳，但未有其道腴，而專學其貌，則必成流病，失之樸率陋淺，又開僞體矣。

《病中贈張十八》，創造奇險，山谷所憮。《醉贈張秘書》，句法精造，亦山谷所常憮。

《醉贈張秘書》與《贈無本》，特地做成局陣章法，參差迷離，讀者往往忽之不能覺也，然此等皆尚有迹可尋。

韓公去陳言之法，真是百世師，但其義精微，學者不易知。如云公詩無一字無來歷，夫有來歷皆陳言也，而何謂務去之也，則全在於反用翻用。故著手成新、化朽腐爲神奇也。非如小才淺學，剽剥餖飣、換用生僻之可厭，適見其内不足而求助於外，客兵又不服用，但覺齟齬不安而已。「原本前哲，却句句直書即目」，所以非蹈襲陳言。此是三昧微言，苟能於言下契悟，比於禪家參證，一霎直透三關矣。

既解此意，則直取真境，而脱樵擬之迹。故曰還他本等，不獵取近似之詞，然而不别創造一等語句，使必己出，自成一家，則仍是陳言，以熟詞晦其新意也。此山谷所以得自成一家，亦百世師也。

選字固非剽剥餖飣、換用生僻，求助於外，然亦不可不精擇。但讀書不博，縱欲擇之而無可擇，如寠人居室，什器無多，不得不將就用故物矣。

詩文以豪宕奇偉、有氣勢爲上，然又恐入於麤獷猛厲、骨節麤硬，故當深研詞理，務極精純，不得矜張，妄使客氣，庶不至氣骨麤浮，而成傖俗。

詩文貴有雄直之氣，但又恐太放，故當深求古法，倒折逆輓、截止横空、斷續離合諸勢，惟有得於經，則自臻其勝。

「高詞媲皇墳」，與「至寶不雕琢，神功謝鋤耘」是兩境：上言艱窮怪變，下言平淡。此公自述兼此二能，不拘一律也。

選字避陳熟固矣，而於不經意語助虚字，尤宜措意，必使堅重穩老，不同便文隨意帶使。此惟杜、韓二家最不苟，東坡則多率便矣。然要自穩老非庸愞比。

山谷、放翁猶時有客氣假象，陶公、李、杜、韓、蘇無之，六一亦時有客氣假象。

讀漢、魏、阮公、陶公、杜、韓，必求通其詞，求通其意。不獨詩也，凡讀古書皆然。鮑、謝意雖短淺，然亦必有其歸宿。古大家作者無不歸宿之意，此是微言，聖凡、正俗之分以此。

六一學韓，才氣不能奔放，而獨得其情韵與文法，此亦詩家深趣。自歐以後諸家，未有一人能成就似歐者，則亦豈易到也！

韓公亦是長篇易知。短篇用意深微，文法奇變，隱藏難識，尤莫如《秋懷》十一首矣。《秋懷》終是豪宕，非《選》體也。此元和十年，公由員外郎降爲國子博士時作，即作《進學解》之意也。有怨意，有斂退自策厲意，而直書目前，即事指點，惝恍迷離，似莊似諷。朱子言孟子説義理：「精細明白，活潑潑地」，可以狀此詩意境。

《秋懷》始於宋玉以摇落自比，此其本恉也。謝惠連作一往清綺，真味盎如，然猶未若韓公之奇恣，根本淵浩，無不包也。

昭昧詹言卷弟十

黄山谷

涪翁以驚一義、創一義，爲奇，意一事、格一事、境一事、句一事、選字一事、隸事一事、音節一事、著意與人遠，此即恪守韓公「去陳言」、「詞必己出」之教也。故不惟凡一醜、近一醜、淺一醜、俗一醜、氣骨輕浮一醜、不涉毫端句下，凡前人勝境，世所程式效慕者，尤不許一毫近似之，所以避陳言、羞雷同也。而於音節，尤別創一種兀傲奇崛之響，其神氣即隨此以見。杜、韓後，真用功深造，而自成一家，遂開古今一大法門，亦百世之師也。

山谷曰：「寧律不諧，而不使句弱；寧用字不工，而不使語俗。」觀此，則阮亭標四法，一諧字非至教矣。諧則易弱。又阮亭愛用好字求工，流弊不免入於俗矣。世士真知此意者少，將誰語乎！

山谷立意求與人遠，奈何今人動好自詡，吾詩似某代某家，而冒與爲近。又有一種傖父野士，魔鬼亦不肯學人，而隨口諢俗，衆陋畢集，以此傾動一世，坐使大雅淪亡。然後一二中才，又奉阮亭爲正法眼藏，以其學古而意思格律猶有本也。大約此二派互相勝厭，而真作者不世出久矣。山谷曰：「隨人作計終後人，自成一家始逼真。」而又曰：「領略古法生新奇。」未有不師古而孟浪鹵莽，如夜郎、河伯，向無佛處稱尊者也。

姚薑隖先生曰：「涪翁以驚創爲奇，其神兀傲，其氣崛奇，玄思瑰句，排斥冥筌，自得意表。翫誦之久，有一切厨饌腥螻而不可食之意。」又云：「《精華録》山谷所自定，凡阮亭選本所云《正集》者是也。然《别集》、《外集》殊多傑作，其去取之意，亦有不可解者。」又曰：「宋《藝文志》有陳逢寅注二十卷，而不及任淵、史容。」樹按，任注甚疏漏，史更劣。姚又曰：「魏泰《隱居詩話》極詆山谷。泰本不齒士類，而翻心眯目，敢於狂吠如此。近世馮班之徒，所見與泰不遠，而學者奉其盲論，過矣。」

山谷之不如韓、杜者，無巨刃摩天，乾坤擺盪，雄直揮斥，渾茫飛動，沛然浩然之氣，而沈頓鬱勃，深曲奇兀之致，亦所獨得，非意淺筆懦調弱者所可到也。今選五言，除海峰所取十篇，實具雄遠壯闊之意，益以薑隖補選二十餘篇，大略備矣。如《次韻伯氏》、《長蘆寺》、《勞坑》、《入前城》、《寄宗汝爲》、《過致仕屯田劉公隱廬》、《留王郎》、《餞薛樂道》等，皆至佳，海峰失之也。

學者須要胸襟高、識趣超、義理宏、筆力彊，此皆詩文本領，不可彊而能，不從學詩得也。

凡諸詩家，大抵語氣雌弱，境界隘小，氣骨輕浮，縱有佳句，不過前人熟徑，即有標新領異，又失之新巧傖俗。乃知作家之未易到也。

詩文句意忌巧，東坡時失之，此遂開俗人。故作者寧樸無巧。至於凡近習俗庸熟，不足議矣，要之惟學山谷能已諸病。故陳後山雖僅得其清鍊沈健、洗剥渺寂之一體，而終勝冶態凡響近境者也。

學黄必探原於杜、韓，而學杜、韓必以《經》、《騷》、漢、魏、阮、陶、謝、鮑爲之原。取境古，用筆鋭，造語樸，使氣奇，選字堅，神兀骨重，思沈意厚，此亦詩家極至之詣也。

惜抱論玉谿矯㪺滑易，用思太過，而僻晦之病又生。竊謂後山實爾，山谷無之。然山谷矯㪺滑熟，時有𦼮薩不合、枯促寡味處，杜、韓、蘇無之。杜、韓、蘇間有貪多弩末處，漢、魏、阮公、陶公、大謝、太白無之。

黄只是求與人遠。所謂遠者，合格、境、意、句、字、音響言之，此六者有一與人近，即爲習熟，非韓、黄宗恉矣。

又貴清，凡肥、濃，廚饌忌不用。

又貴奇，凡落想落筆，爲人人意中所能有能到者，忌不用。必出人意表，崛峭破空，不自人間來。

又貴截斷，必口前截斷弟二句，凡絜接、平接、衍叙、太明白、太傾盡者，忌之。

英筆奇氣，傑句高境，自成一家，則韓、黄其導師也。

黄詩秘密在隸事，下字之妙，拈來不測，然亦在貪使事、使字，每令氣脈緩隔。如《次韵時進叔》篇，此一利一病，皆可悟見，學者由此隅反可也。此詩「與」字、「雨」字、「腐」字三韵，節去則文意不足，讀之實牽彊未妥。於此乃知韓公押彊韵皆穩，不可及也。此病陳後山亦然，可悟人才性大小，不可彊能。

文從字順言有序，李、杜、韓、蘇皆然，黄則不能皆然。雖古人筆力貴斬截，起勢貴奇特，然如山谷過家起處亦太無序矣。

附論陳後山

姚薑塢先生曰：「後山云：『少好詩，老而不厭，按：後山與謝康樂卒年皆四十九而已。自云老，故不老矣。及見黃豫章，盡焚其稿而學焉，豫章謂譬之弈焉，弟子高師一著，僅能及之，争先則後之矣。』」樹按：此即「智過於師，乃堪傳法。智與師齊，減師半德」之指。以此繩後山，真減於黃一半也。

又云：「新城云：『後山詩反覆觀之，終落鈍根。』」按：此意不可不知。然新城雖不落鈍根，而深造孤詣，卓然自立，遠不逮後山。總不如杜公，不隨後生嗤點，亦不薄今，亦不愛古，惟清麗與鄰，《風》《騷》與親之爲正等正識也。

又云：「後山於詩，果未有悟入處。」按：此論後山誠然。但先生論詩文，妙悟燭照，可謂得無上正等正覺。而其所自造甚凡近，殊無奇特，遠不逮所知，豈知之易而才分有所限與？

又云：「後山自謂黃出，理實勝黃，其陳言妙語，乃可稱破萬卷者，然外貌枯槁，如息夫人，絶世一笑自難。」

又云：「後山之師杜，如穆、柳之徒學文於韓也。後山之祖子美，不識其混茫飛動，沈鬱頓挫，而溺其鈍澀迂拙以爲高。其師涪翁，不得其瑰瑋卓詭，天骨開張，而耽宗洗剥渺寂以爲奇。」

又云：「後山五、七古學杜、韓，其不可人意者，殆如桓宣武之似劉司空。其五古意境句格，森沈淡澀之致，於老杜亦虎賁之似，而無老杜之雄鬱混茫奇偉之境。其五、七律，清純沈健，一削冶態瘁音，亦未可輕蔑。」

薑隖先生論後山之學杜、學韓、黄不至處云云，愚嘗細商其故，此非學之不至得其麤似，而遺其神明精神之用云爾也，直由其天才不彊耳。任淵論後山詩如曹洞禪不犯正位，切忌死語。愚謂此亦非大乘之談。又後山用意求與人遠，但過深轉竭索無味，又時蕎蓙不合，此不可謂非山谷遺之病也。若大謝、杜、韓，用意極深曲，而句無不穩洽。

續昭昧詹言

曩余爲《昭昧詹言》十卷，論五言古詩，俾汝即此講讀得真詮解。又嘗有論七古若干卷，未經寫出，今復論七律及評録昔人詩話，汝可竝存翫，以爲學詩津逮。懼示學者以陋，弟藏之家塾可也。辛丑六月朔日書付淵如、龍光、濤三孫。

卷五

中唐諸家

卷六

李義山

卷七

蘇黄

卷八

附論諸家詩話

續昭昧詹言卷弟一

副墨子闇解

通論

世之文士，無人不作詩，無詩不七律，誠有如林子羽所譏者。不知詩之諸體，七律爲最難，尚在七言古詩之上。何則？七古以才氣爲主，而馳驟疾徐，短長高下，任我之意，以爲起訖。七律束於八句之中，以短篇而須具縱横奇恣、開闔陰陽之勢，而又必起結轉折，章法規矩井然，所以爲難，古人至配之書中小楷。古今止七家能工於此，可知非易也。

七律之詩，妙在講章法與句法。句法不成就，則隨手砌湊，軟弱平緩，神不旺，氣不壯，無雄奇傑特。章法不成就，則率漫複亂，無先後起結、銜承次弟、淺深開合、細大遠近虚實之分，令人對之昏昧，不得爽豁。故句法則須如鑄成，一字不可移易，又須有奇警華妙典貴，聲響律切高亮。章法則須一氣呵成，開合動蕩，首尾一綫貫注。

一題有一題本意本事，所謂安身立命處也，須交代點逗分明。大家冠絶古今，所以能嗣風騷，比於經者，全在此處。六代小名家已不足以知此，矧其下焉者乎。

歷觀小才，多是詞不能達意。尋其意緒，影響亂移，似是實非，不得明了。本不聞有此大法，又苦力弱，不得自由。故其下字、用事，必是不穩不切。其運思、用意，必是浮淺凡陋。其成詞、得句，必是稚率晦僻。其承接先後，必是亂雜無章，不能從順。間有成就可觀者，亦終不免氣骨輕浮。

固是要交代點逗分明，而敘述又須變化。切忌正説實説，平敘挨講，則成獃滯鈍根死氣。或總挈，或倒找，或横截，或補點，不出離合錯綜，草蛇灰綫，千頭萬緒，在乎一心之運化而已。故嘗謂詩與古文一也，不解文事，必不能當詩家著録。震川謂：「曉得文章掇頭，文字就可做了。」諦觀陶、謝、杜、韓諸大家，深嚴邃密，律法森然，無或苟且信手者也。一題數首，每首又各有主意、主句，須使讀者尋繹分明，一一拈得出，然後乃見其用意、用法，及行文變化之妙，合之又共成一大章法，如杜公《秋興》、《諸將》等是也。故欲自家詩好，必先在善讀古人，能識得古人，而後乃可言學。朱子《詩經序》言之詳矣。

詩人成詞，不出情、景二端。二端又各有虚實、遠近、大小、死活之殊，不可混淆，不可拘板。大約宜分寫，見界畫。或二句情，二句景；或前情後景，前景後情；或上下四字三字，互相形容。尤在情景交融，如在目前，使人津詠不置，乃妙。

起句須莊重，峰勢鎮壓含蓋，得一篇體勢。起忌用宋人輕側之筆，如放翁「早歲那知世事艱」，須以爲戒。而以「高館張鐙酒復清」、「風急天高猿嘯哀」、「玉露凋傷楓樹林」等爲法。震川論《史記》，起勢來得勇猛者圈。杜公多有之。杜又有一起四句，將題情緒敘盡，後半换筆、换意、换勢，或轉、或託開。大開大合，惟杜公有之，小才不能也。尋常五、六多作轉勢，不如仍挺起作揚勢更佳。結句大約别出一層，補完題蘊，須有不盡遠想。大概如此，不可執著。結句要出場，用意須高大、深遠、沈著，忌淺近、浮佻、凡俗。用字須典覈，忌熟，忌舊，却又忌生僻。隸事以蘇、黄爲極則，所謂「雲山經用始鮮明」也。以我用事，驅使得他爲我用乃妙。若使事重滯，見事不見我，如錢牧翁、王阮亭多有此病。韓公多翻用，使熟者皆生，化朽腐爲神奇，此一秘巧也。

謝茂秦戒用大曆以後事，雖拘，然不可不曉其意。但有一種題，若不用後世事，則不能成詞，以古事不給今用也。至佛典字宜戒用。杜公、輞川尚不覺，坡公已嫌太多。近日如錢牧翁，則但見習氣可憎，令人欲噦。

興會選色，須鮮明妍茂，忌衰颯黯淡。

音響最要緊。調高則響。大約即在所用之字平仄陰陽上講，須深明雙聲叠韵喜忌，以求沈約四聲之説。同一仄聲，而用入聲，用上、去聲，音響全别，今人都不講矣。

初唐章法、句法皆備，惟聲響色澤，猶帶齊、梁。盛唐而後，厥有二派，演爲七家。以此二派，登峰造極，幾於既聖，後人無能出其區宇，故遂爲宗。

何謂二派？一曰杜子美。如太史公文，以疏氣爲主，雄奇飛動，縱恣壯浪，淩跨古今，包舉天地，此爲極境。一曰王摩詰。如班孟堅文，以密字爲主，莊嚴妙好，備三十二相；瑶房絳闕，仙官儀仗，非復塵間色相。李東川次輔之，謂之王、李。

何謂七家？在唐爲李義山，實兼上二派；宋則山谷、放翁；明則空同、于鱗、卧子、牧齋。以爲惟七家力能舉之。而大曆十子、白傅、東坡，皆同莿記，不與傳鐙。此論雖未确，而昔人評品之嚴，亦可想見其高門貴格，不容混濫也。故王元美論七律曰：「七字爲句，字皆調美。八句爲篇，句皆穩暢。雖復盛唐，殆不數人，人不數首。古推子美，今或于鱗。驟似駭耳，久當論定。」賀黄公曰：「作詩雖不拘字句，然往往以字不工而害其句，句不工而害其篇。」

杜公所以冠絶古今諸家，只是沈鬱頓挫，奇横恣肆，起結承轉，曲折變化，窮極筆勢，迥不猶人。山谷專於此苦用心。

韓公云：「艱窮怪變得，往往造平淡。」後人只是出之容易。須是苦思，勿先趨平淡。七律句法，先須學堅峻用力，進以雄奇傑特，典貴警拔，惟其自然所出，總之「語不驚人死不休」也。最忌巧，巧則傷氣而輕卑矣，晚唐是已。

詩有用力不用力之分。然學詩先必用力，久之不見用力之痕，所謂炫爛之極，歸於平淡。此非易到，不可先從事於此，恐入於淺俗流易也。故謂學者先宜學鮑、謝，不可便先學陶公。七律宜先從王、李、義山、山谷入門，字字著力。但又恐費力有痕迹，入於撏撦餖飣，成西崑派，故又當以杜公從肺腑中流出，自然渾成者爲則。要之，此二派前人已分立門户，須善體之。七古宜從韓公入。

學一家而能尋求其未盡之美，引而伸之，以益吾短，則不致優孟衣冠、安牀架屋之病。如空同之於杜，青丘之於太白，雖盡其能事作用，終不免於吞剥撏撦太似之譏。必如韓公、山谷，方是自成一家，不隨人作計。古之作者，未有不如此而能立門户者也。

詩不可墮理趣，固也。然使非義豐理富，隨事得理，灼然見作詩之意，何以合於興、觀、群、怨，足以感人，而使千載下誦者流連諷詠而不置也。此如容光觀瀾，隨處觸發，而測之益深，自可窺其藴畜。惟多讀書有本者如是，非即此詩語句而作講義也。若乃無所欲語而彊爲之詞，盜襲勦竊，雷同百家，客意易雜，支離泛演，意既無真，詞復陳熟，何取也！

大約胸襟高、立志高、見地高，則命意自高。講論精、功力深，則自能崇格。讀書多、取材富，則能隸事。聞見廣、閱歷深，則能締情。要之尤貴於立誠，立誠則語真，自無客氣浮情、膚詞長語、寡情不歸之病。

初、盛諸公及杜公，隸事用字，無一不典不確，細按無不精巧穩妙，所以衣被千古。明何大復《武昌聞邊報》，結句「請纓誰爲繫樓蘭」，姚薑塢先生曰：「賈誼請繫單于頸，終軍請以長纓繫南越，無繫樓蘭事。且當時邊報，又無與西域也。」阮亭《祭告西嶽》有「著紫伽梨苦未能」句，姚云：「著紫伽梨者，所謂殿前賜紫號國師者也。欲蕭疏雲水之外，而取此爲喻，非也。」又「上游」見《漢書·項籍傳》，文穎曰：「游即流也。」則「上游」之「游」即讀爲「流」。孫蒉詩「上游」與「流」字並韵，非也。按此等不可勝指。可見後世詩人，無非浪莽麤才，其隸事似是而非，皆若此耳，是烏得當作家著録？

續昭昧詹言卷弟二

初唐諸家

沈雲卿《古意》　此詩只首句是作旨本義，安身立命正脈。蓋本爲蕩婦室思之什，而以盧家少婦實之，則令人迷，如《古詩》以西北高樓、杞梁妻實歌曲一樣筆意。本以燕之雙棲興少婦獨居，却以「鬱金堂」、「玳瑁梁」等字攢成異采，五色並馳，令人目眩。此得齊、梁之秘而加神妙者。三、四不過叙流年時景，而措語沈著重穩。五、六句分寫行者、居者，匀配完足，復以白狼、丹鳳攢染設色。收拓開一步，正是跌進一步，曲折圓轉，如彈丸脱手。遠包齊、梁，高振唐音。　持較楊慎《關山月》，則一起一收，説盡無味。中四句太多太滯，肥笨不能通靈。「分弓」二句不上題，似猜謎。「紫塞」二句亦不上題，由其章法，文理不通也。再取右丞、工部《櫻桃》較何大復《鰣魚》，皆可見明之詩人不如唐遠甚。

《興慶池侍宴應制》　起句破興慶池，次句破宴，皆帶興象。中二聯，兩大景、兩細景分寫。收侍宴應制。氣象高華渾罩，與右丞同工。

杜必簡《大酺》　此推廣皇恩之事，固宜極富贍繁華之美。但如賦六合，從何處説起？故以己所在所見之地爲主。則首句是作者正命脈，而又不可太黏致狹，故以次句拓開之。古人文律之細如此。

後世孱才，何足知之。三、四大景，略帖本地。五六、細景，收頌聖，闊大。

《春日京中有懷》京中秦也，杜家洛陽，通身命脈在「有懷」二字。首句點題面。次句破題意，「有懷」故「不當春」也。以下四句，切春，切京中，而各以一字作眼，以見「不當春」之意。曰「徒」、曰「漫」、曰「應」、曰「幾」，皆題眼也，而收句始結明之。文律如此之細，雖太史公、韓退之之作文，不過如此。乃知子美冠絶古今，本於家學有素也。李義山輩不足知此。

李巨山《奉和初春幸太平公主南莊應制》先將公主南莊點明，亦是定題位法，次句説「幸」乃有次弟。古人文法無不從順，後人只是倒亂矣。三、四寫「幸」，五、六既至燕樂。收切公主莊，而曰「辭」、曰「猶繞」，只是脈清意通。沈确士云：「初唐應制，多諛美之詞。況當武后、中宗朝，又天下穢濁時也。衆子雷同，有頌無規。」可謂的論。又曰：「唐初事多而寡用之，情多而簡出之。特每篇結句不無淺率之弊，爲風氣所關耳。」此亦不易之論也。學者當去短取長。

蘇廷碩《奉和春日幸望春宫應制》起實破「望春」名義與事，奇。三、四實寫望春之景，奇警切實。五、六帶説「幸」字。收頌美，歸愚所謂有頌無規也。

張道濟《幽州新歲作》起句襯一筆。次句點本題，而以梅雪爲興象，乃不枯質。三、四忽將首二句兜裹成一氣，而情詞流轉極圓美，誦之愜心不厭。五、六實寫幽州新歲，題中正位。收切新歲，頌聖得體，親切不膚。古人詩文，只是恰好如題便無事，不節外生枝，爲客氣溢語。

《灉湖山寺》姚云：「此燕公在岳州詩，所謂得江山之助者。」一、二句山，三、四句寺，五、六句灉湖景。收託意，正得山水之樂，不以遷謫自痛。姚云：「其意實憾，其詞反夸。本於小謝『我行雖紆組，兼得窮回谿。』」愚謂古人似此意句甚多，不止此也。此詩全在五、六句振起，不特篇章，即作意亦在此句得力。

宗楚客《奉和幸安樂公主山莊應制》　與李巨山章法悉同，而五、六句法雄健過之，收亦對句，稍闊不及李切。

續昭昧詹言卷弟三

副墨子闇解

盛唐諸家

王摩詰　輞川於詩，亦稱一祖。然比之杜公，真如維摩之於如來，确然别爲一派。尋其所至，只是以興象超遠，渾然元氣，爲後人所莫及；高華精警，極聲色之宗，而不落人間聲色，所以可貴。然愚乃不喜之，以其無血氣、無性情也。譬如絳闕仙官，非不尊貴，而於世無益。又如畫工，圖寫逼肖，終非實物，何以用之？稱詩而無當於興、觀、群、怨，失《風》、《騷》之旨，遠聖人之教，亦何取乎？政如司馬相如之文，使世間無此，殊無所損。但以資於館閣詞人，醖釀句法，以爲應制之用，誠爲好手耳。

輞川叙題細密不漏，又能設色取景，虚實布置，一一如今科舉作墨卷相似，誠萬選之技也。歷觀古今陋才，皆坐不能叙題從順，故率不通。

《奉和聖製從蓬萊向興慶閣道中留春雨中春望之作》　起二句，先以山川將長安宫闕大勢定其方位，此亦擒題之命脈法也。譬如畫大軸畫，先界輪廓；又如弈棊，先布勢子，以後乃好依其間架而次弟爲之。三、四帖題中「從蓬萊向興慶閣」。五、六帖「春望」，帖「雨中」。收「奉和應制」字。通篇只一，還題完密，而興象高華，稱臺閣體。

《敕借岐王九成宫避暑應制》　起二句破題甚細，不似鹵莽疏漏。帝子，岐王也；先安此句，次句「借」字乃有根。中四句突寫九成宫之景。收句乃合應制人頌聖口吻。　用字重複如此，古人不忌。

《和太常韋主簿五郎温湯寓目之作》　先叙明温湯地方，以原題立案，所謂鹽腦也。中四句寓目。收切主簿及和詩。　只是不脱題面，不抛漏題中應有事意。而古今小才陋士，率未能解，亦可怪也。

《敕賜百官櫻桃》　起亦是鹽題之腦。三、四在「賜」之前補二句，意思圓足。五、六「賜」字正位。收題後補義。　格律詳整明密。　觀此及杜公《櫻桃》，知何大復《鰣魚》不通也。

《酬郭給事》　給事是侍從官。　起句先出官署，亦爲題立案，尋主脈也。三、四所居之署，中有人在。五、六正寫給事本人。　收自己酬詩之意。

《出塞作》　此是古今弟一絶唱，只是聲調響入雲霄。　居延塞也，外則出矣。前四句目驗天驕之盛，後四句侈陳中國之武，寫得興高采烈，如火如錦，乃稱題。收賜有功得體。

《積雨輞川莊作》　此題命脈，在「積雨」二字。　起句叙題。三、四寫景極活現，萬古不磨之句。後四句，言己在莊上事與情如此。

《春日與裴迪過新昌里訪吕逸人不遇》　起先寫新昌里，亦是定題法，然後過訪乃有根。三、四「訪」字，警策入妙。五、六景。七、八人。

《送楊少府貶郴州》　直從楊貶起，留「送」字。三、四句正入己之送。五、六切郴州，收句應有之義，親切入妙，又切地切貶。　重複七地名不忌。

《過乘如禪師蕭居士嵩丘蘭若》　起帖乘如、居士二人。次破蘭若。三、四寫上人居此，境味警策入妙。五、六人地合寫。收作贊美歎羨。

《送方尊師歸嵩山》　起破題明切。中四分寫嵩山遠、近、大、小景，奇警入妙。收亦奇氣噴溢，筆勢宏放，響入雲霄。

李頎，于鱗以東川配輞川，姚先生以爲不允。東川視輞川，氣體渾厚，微不及之；而意興超遠則固相近。

《寄司勳盧員外》　河陽在唐屬河北道，漢河内郡，今懷慶府孟縣也。此似東川自指行歷。次句乃指長安，盧在朝也。「流澌」、「草色」，亦所謂興也。三、四因時令及盧。五句以郎署言之。六句切員外。收入干乞之意，唐人慣用。此詩只意興好，無大可取法處。

《寄綦毋三》　此詩姚先生解最詳，而曰：「往復頓挫，章法殊妙，當思其語，乃有得。」起二句叙事，已頓挫入妙。三、四復繞回首句，更加頓挫。弟四句含畜不説出，更妙。五、六大斷離開，遥接弟二句。七、八又從題後繞出。大約有往必收，無垂不縮，句句接，句句斷，一氣旋轉，而仍千回百折，所以謂之往復頓挫也。此爲正宗。若杜公、山谷，四句兀傲，一氣浩然者，亦當以此法求之，否則恐流於滑易，不得歸罪杜公、山谷也。

《送魏萬之京》　言昨夜微霜，游子今朝渡河耳，却鍊句入妙。中四情景交寫，而語有次弟。三、四送别之情；五、六漸次至京。收句勉其立身立名。　初唐人只以意興温婉輕輕赴題，不著豪情重語。杜公出,乃開雄奇快健、窮極筆勢耳。

《送李迴》 首二句,先點出司農本事,以下乃有根。三句司農。四句驪山。五、六詔幸,寫得興會,聲色俱壯,乃稱題。結句出作詩本旨。姚評盡之矣。

《題璿公山池》 起二句襯題面。中四山池與人合寫。收一句入自己。此等詩只是自在,不矜才使氣。然不可學,學之則恐軟弱疲漫,不能留人也。

《宿瑩公禪房聞梵》 起句點梵。次句寫宿時景。中四句實賦梵唄,中有「宿」字、「聞」字,造句警健縱横,足供吟詠。收衍題而已。

岑參《暮春虢州東亭送李司馬歸扶風别廬》 首二句細發「暮春」、「東亭」、「送歸」六字。三、四扶風。五、六歸後情事。收自己不得歸。

高達夫《夜别韋司士》 起句叙點,只是設色攢字,是一法門。起二句叙「夜」,爲「别」字傳神,亦用攢字設色。三句塾。四句點「别」。五、六别後情事。收世情而已。

《送前衛縣李寀少府》 先寫時景起。二、三句正點。四句輓回。五、六收,同前。常侍每工於發端,後半平常未奇也。高、岑二家,大概亦是尚興象,而氣勢比東川加健拔。

崔顥《黄鶴樓》 此千古擅名之作,只是以文筆行之,一氣轉折。五、六雖斷寫景,而氣亦直下噴溢。收亦然。所以可貴。太白《鸚鵡洲》格律工力悉敵,風格逼肖,未嘗有意學之而自似。此體不可再學,學則無味,亦不奇矣。

《行經華陰》 起二句破點，次句句法帶寫，加琢。三、四句寫景，有興象，故妙。五、六亦是寫，但有叙説而無象，故不妙也。收託意亦浮淺。 姚云：「三、四壯於嘉州『秦女』一聯。」愚謂詩意一般，只是字面有殊耳。「盡」字啞於「散」字，「低」字韵又啞，「胡公陂」又啞於「仙人掌」。於此可見七律用字須揀。同一興象，而高下縣絶，啞與響不侔也。故曰詩須讀好聽，然此自是初唐氣格。

崔曙《九日登望仙臺呈劉明府》 首二句「臺」字、「登」字。三、四「望」字。五、六「仙」字。七、八「劉明府」、「九日」。因九日及菊花，因菊花及陶，非泛及也。

祖詠《望薊門》 六句寫薊州之險，而以首句一「望」字包之。收託意，有澄清之志，豈是時范陽已有萌芽邪？

續昭昧詹言卷弟四

杜公

《秋興》八首　此代宗大曆二年，公五十七歲居夔作也。永泰元年乙巳，嚴武卒，公去幕府，居草堂。五月至戎州、渝州，六月至忠州雲安縣居之，自秋徂冬。大曆元年丙午春，自雲安至夔，寓西閣。及至二年春，還赤甲。三月遷瀼西。秋遷東屯，復歸瀼西。三年去夔出峽，至江陵。秋移居公安，復之岳州。四年自岳之潭。五年在潭遇臧玠亂，入衡州耒陽卒，年五十九歲。此詩言「叢菊兩開」，故知爲居夔之二年作也。夔在蜀省東一千七百里，南、東南、東北三面皆界湖北，東北界鄖陽府。夔州府東巫山縣，西忠州雲陽縣。

秋興者，因秋而發興也。謂之興者，言在於此，意寄於彼，隨指一處一事爲言，又在此而思他處也。而皆以己爲緯，以秋爲主，以哀傷爲骨。

此詩八首，前三首言己所在夔州本地，其下五首，皆思長安。而弟四首又爲長安總冒，其下分思宫闕、曲江、昆明池、渼陂四處。所謂「身在江湖，心殷魏闕」，古之忠愛者，其情皆如是也。第二首只是言見在夔州己所在地，而以每望京華爲言，隱逗後四篇意。錢箋以爲思「承平」、「陷没」、「自古」、

「昔游」，不思所思長安五首，皆從陷没後追思，何得獨以瞿塘一首當之也。弟四以弈棊比長安，言其迭盛迭衰，即下三四句所解，本鮑明遠《升天行》意。箋以爲如弈者之無定算，亦是邊見。

弟一首　起句秋。次句地，亦兼秋。三、四景，五、六情，情景交融，興會標舉。起句下字密重，不單側佻薄，可法，是宋人對治之藥。三、四沈雄壯闊，五、六哀痛。收别出一層，悽緊蕭瑟。艤舟以待出峽而歸，故曰「一繫故園心」。「他日」，前日也。孟子「而賦粟倍他日」，倍前日也。鍾甫云。

弟二首　正言在夔府情事。結句乃歎歲月蹉跎，又值秋辰，作驚惋之情，以致哀思，乃倒煞題「秋」字，收拾本篇，即從次句「每」字生來。「每」者，二年在此，常此悲思，而今不覺忽又值秋辰，翫末章末句可見。箋乃妄解，引皎然盲說，以次句爲截斷衆流。此詩詞意景物，皆主夔府言，不主長安，何謂截斷衆流也。惟「八月槎」句，蹈空没下落，久思之不得，豈虚言已無實效於國邪？公《客堂》詩曰：「主憂豈濟時，身遠彌曠職。」即此句意。或謂乘槎而反，未卜何時，故曰「虚」，恐未然，於「奉使」二字無著。五、六句情景尤湊泊。

弟三首　以「坐江樓」爲主，以下只是江樓所見所思。結句出場，興會陡入，如有神助。見漁人無所得，燕子不歸，因以二古人自興。不得意却以得意者反結，不測入妙，是爲作用。他人皆淺直，不能委折細入。

弟四首　思長安。自此以下，皆思長安。而此首又總冒。三、四近，五、六遠。結「秋」字陡入，悲壯。而「思」字又起下四章，章法入妙無痕。五句指隴西、關輔間。六句指吐蕃入，徵天下兵不至。此詩渾灝流轉，龍跳虎卧。

弟五首　思宫闕。高華典麗，氣象萬千。三、四遠，五、六近。結句忽跳開出場，歸宿自己，收拾全篇，蒼凉凄斷。此亂後追思，故極言富盛，一片承平瑞氣，而言外有餘悲，所以爲佳。後人當平盛時正用作頌美，則死句如嚼蠟矣。

弟六首　思曲江。他篇或末句結穴點「秋」字，或中間點「秋」字，此却易爲起處，横空突入，又復錯綜入妙。瞿塘，己所在地；曲江，所思長安地。却將弟二句回合入妙，點「秋」字，較「隔千里兮共明月」健漫縣絶。中四句虚寫曲江景物。末句兜回。無限低徊，所謂弦外之音。世俗作贈送詩，正用以爲稱美地方之句，靈蠢縣絶。

弟七首　思昆明池。中四句分寫兩大景，兩細景。收句結穴歸宿，言已落江湖，遠望弗及，氣激於中，横放於外，噴薄而出，却用倒煞，所謂文法高妙也。沈著悲壯，色色俱絶，此漁翁公自謂，乃本篇結穴。箋乃謂指信宿之漁人，成何文理！此借漢思唐，以昆明蹟本於武帝也。箋乃以爲思古長安，可謂説夢。試思「菰米」、「蓮房」，亦指漢物乎？

弟八首　思渼陂。起點明地方。三、四景。五、六追昔游，即指岑參兄弟也。末二句收本篇，兼收八首。

《登高》　前四句景。後四句情。一、二碎，三、四整，變化筆法。五、六接遞開合，兼叙點，一氣噴薄而出。此放翁所常擬之境也。收不覺爲對句。

《九日藍田崔氏莊》　起點題叙述。三、四情。五、六交代藍田題面。結句推宕，餘意不盡。按楊誠齋云：「首聯對起，方説悲，復説歡，頃刻變化。頷聯將一事翻作兩句，最得翻案妙法。人至此筆力多衰，復能雄傑健拔，振起一篇精神。結聯意味深長，悠然無盡。」

《九日》　此九日憶弟妹而作。通首八句，一氣夷猶，開合頓宕而出。但見性情，不覩文字。「殊方」二句，象中取義。結句點逗本事，所謂安身立命主意也。　諸篇結皆對句而不覺。

《返照》　章法明整，前景後情勻偁。點明地方，有歸宿。三、四分承「黄昏」、「過雨」，則一、二句又爲題透根也。後半句意，有韵味風格，不同平淡庸熟枯淺。

《閣夜》　起二句夜。三、四切閣夜，並切在蜀。東坡嘗賞此二句。此自寫景，錢以爲星摇民亂，不必如此解。五、六情。　先君云：「孔明廟在閣旁，公孫述白帝城亦與閣近，故云『躍馬』，非泛引。」樹按：《蜀都賦》「公孫躍馬而稱帝。」

《野望》　此詩起勢寫望而寓感慨。中四句題情。三、四遠。五、六近。收點題出場，創格。　先君云：「是時分劍南爲兩節度，而西山、三城列戍，百姓疲於調役。」公五言律云：「辛苦三城戍，長防萬里秋。」

《登樓》　起二句分點題面，各緯以情事，則不同平語。三、四寫景，乃從登樓所見如此言之，雄警闊大。五、六情，而措語深厚沈著。收出場，亦即所見以志感。　先君云：「言有賢臣則孱主可輔，傷時無葛相之才。」

《野老》　此即草堂也，寫景逼真，而有風格，不同庸淺。起二句點序兼寫，有畫意。三、四正寫景。五、六以下推開，愈推愈闊。公本色忠悃如此，他人學之，則成客氣習套，膚闊不歸。此在成都作，故以「片雲」自比。是時東郡尚爲思明所據。上元二年，令狐彰始以滑州歸朝。東郡即滑州也。惟兩京、南郡得稱城闕。末二句即所關心之實事也。言己在劍閣，關心東郡而悲也。

《宿府》　章法同登樓。亦是起二句分點，而以情景緯之。三、四寫宿，景中有情，萬古奇警。五、六情。收又顧「宿」字，此正格。

《恨别》　起四句先點一「别」字，以下極寫「恨」之事。收反「恨」作喜望語，所謂出場。起收雄渾直邁。五、六句，海峰先生評曰：「甚陋。以其造語凡近，似俗人。」又曰：「首尾浩然，終不能割棄。」

《聞官軍收河南河北》　此亦通篇一氣，而沈著激壯，與他篇曲折細緻者不同，題各有稱也。起四句沈著頓挫，從肺腑流出，故與流利輕滑者不同。後四句又是一氣，而不嫌直致者，用意真，措語重，章法斷結曲折也。先君曰：「公先爲襄陽人，祖徙河南，父徙杜陵。公生於杜陵，而田園在東京。東京洛陽也。從劍外聞信，欲歸洛陽，情事分明，而又皆虚擬，所以爲妙。後人則以實叙行歷爲能，有何味也！」

《諸將》五首　此詠時事，存爲詩史，公所擅場。大抵從《小雅》來，不離諷刺，而又不許訐直，致傷忠厚。總以吐屬高深，文法高妙，音調響切，采色古澤，旁見側出，不犯正實。情以悲憤爲主，句以朗俊爲宗。衣被千古，無能出其區蓋。　此統詠當時諸將，以見用皆不得其人，不專主一人一處一事也。

第一首　告長安諸將，以發陵責之。　起以漢比，點陵墓簡省。「昨日」、「早時」，言禄山之發也。五、六言可堪吐蕃復發乎？末言材官不能制涇、渭，乃吐蕃入寇之路。「莫破愁顔」，正可憂也。　「千秋」二字，言赤眉之禍又見。此「入關」，蕭關也。

第二首　告河北諸將，以張仁愿勉之，極言借助回紇之非。　何義門解之最當。　回紇傾國而至，異於太宗之用突厥。汾陽勳雖大，而此自爲非。他日回紇助史朝義内侵，至三城州縣皆爲丘墟，遂有輕唐之心。其後雖復助順，而所過抄掠一空。其後助僕固懷恩，侵至涇陽，雖聽汾陽擊吐蕃自贖，而唐之被侮亦極矣。公言肅、代之不如高祖、太宗也。箋皆失之。起四句大往大來，一開一合，所謂來得勇猛，乾坤擺雷硠也。五句宕接，六句繞回，筆勢宏放。收點明作意歸宿，作詩之人本意。此直如太史公一首年月表叙矣。

第三首　告洛陽諸將，東京之陷，秦關不守。　滄海指淄、青之先陷於禄山者。薊門則遍指河北三郡。天雄治魏州，朔方治靈州，范陽治幽州，平盧治營州。「朝廷」二句，蒙叟、義門皆混解。光聿原云：「時方鎮皆令僕，又各有軍資錢，皆取給度支，故云云。」按王縉領諸道節度，兼留守東京，請減軍資錢四十萬貫。箋以爲譏縉，非是。

第四首　此統斥楊思勖、吕太一、李輔國、魚朝恩，皆非忠良。　箋以爲指中官出將，是也。　李輔國爲兵部尚書，魚朝恩、程元振皆總戎。末句統南北而總收之。

弟五首　詩先興象聲律而後義意。此詩起二句，興象聲律極佳。以義意求之，則見於弟七句。以興易賦也。

此詩思嚴武以斥崔旰、柏茂林、李昌夔、楊子琳、杜鴻漸，皆非出群之才也。蒙箋得之。《通鑑攷異》云：「武無三鎮之事，新、舊《唐書》皆沿公詩而誤。或云武一鎮東川，兩鎮劍南，非也。」愚謂以閣百詩説三持節事，則以譏杜鴻漸不能斬崔旰，似也。但詩云「前後」，則實指武，非指杜，可知。「數舉杯」，以《八哀詩》證之，似言其節飲，以斥杜鴻漸之縱飲。

《詠懷古蹟》　凡詠古蹟，須以己爲主，却將題作賓，指點詠歎出之乃妙。若正面實賦，則死滯如嚼蠟，庸人俗手應試體矣。

弟一首　總寫身世，以庾信自比。結點明。大凡三事：遲暮一也，不歸二也，詞賦絶人三也。何云：「以奇才、國色、英雄皆不得志自比。」亦望文生意。何云：「《哀江南賦》：『誅茅宋玉之宅。』公誤以庾信亦居此，故及之。」樹按：庾信居宋玉宅，前人屢見之，杜不誤，此乃何説誤也。

此雖不及《秋興》備諸法妙，而淋漓頓挫，音響絶悽惋。或以後四篇爲平平無奇，要之風格老健，耐人吟翫。

弟二首　一意到底不换，而筆勢回旋往復有深韵。七律固以句法堅峻、壯麗高朗爲貴，又以機趣湊泊、本色自然天成者爲上乘。

弟四首　「古廟」二句，就事指點，以寓哀寂。山谷《樊侯廟》所出。

《蜀相廟》　此亦詠懷古蹟。起句叙述點題。三、四寫景。後半論議締情，人所同有，但無其雄傑明卓，及沈痛真至耳。

《贈田九判官》　此詩音響采色俱壯，明七子、二李諸家所宗法。然氣勢浩然，章法老成，二李終不逮也。此起四句，先及其主人及本事。後半始入題。田在哥舒翰幕中。天寶十三載，吐谷渾款塞，詔翰接援。

《送路六侍御入朝》　起叙述一氣曲折赴題。五、六景。結句就景中推出本意本事，繞回包束全篇，即所謂不分生憎也。

《寄章十侍御》　此亦尋常應酬詩，但三、四雄渾，五、六用事精切，他人不能也。收亦温婉。解見惜抱先生按語。

《送李八秘書赴杜相公幕》　此同前詩，而奇警過之。杜鴻漸平崔旰，以大曆二年六月入朝，表用秘書，故由益州赴之。或云菊潭在荆州，李由荆州上峽，故云「背指」，恐未然。此由益州出峽，「背指」言速也。三、四奇警。五、六叙點。收奇警。「南極」指李，「北斗」指長安，「三台」指杜也。時杜還朝，李從益州來赴京，訪公於夔，而公贈以詩也。

《公安送韋二少府》　起叙點題面。三、四忽拓出别後義意。後半乃入時事正面，略帶公安地方，然近於落套，不爲佳。此詩只三、四乃公所獨美耳。　逍遥公韋瓊，見《北史》。此與《贈曹霸》同例。

《送鄭十八虔貶台州司户》　此是白描如話，清空一氣，不著色象，不用典故一格。而風流駘蕩，真意彌滿，沈痛不忍讀。而銜接承遞一串，不傷直率，以筆筆頓挫也。

《送辛員外》　先寫地方及景。後四句一氣纏緜，沈著真至，公所獨擅，他人不能，勝於《送韋少府》遠矣。後惟東坡有此白描素地也。

《送韓十四江東省覲》　一起逆入，從天半跌落，皎然所謂「氣象氤氲，由深於體勢」也。五、六寫景平滯，而造句細。結句又兜轉，如回風舞絮，與前半相應。

《又作此奉衛王》　此是琢鍊用力之法。起句叙事明净。次句即用意著力，不作常語。三、四奇警，言樓之高，分天地之中，高寒無暑，又切楚都。五句用劉惔比。六句指嚴侍御。收句用《雪賦》梁王授簡於司馬大夫事。

《所思》　此詩妙極，全用虚寫，而以「苦憶」及弟六句「無使」爲綫索。結更妙，勢似直下，而情事曲折無窮。

《和裴迪登蜀州東亭送客逢早梅相憶見寄》　此詩細緻曲折，於題事一字不遺，可見古人不敢拋題目，無籠統麤略、膚闊不歸之病也。　東閣即東亭。次句比興，勢空而意親切。三、四細，還題交代題事。五、六妙遠空靈，出事意外，所謂意高妙也。收切實沈著，妙於出場。

《將赴荆南寄别李劍州弟》　起只叙述點題，而語意文勢，跌宕歷落。三、四妙切，猶明七子所能。五、六造語奇警，則義山、放翁且難之，勝《韓十四》五、六多矣。結句回轉宕蕩不窮。

《因許八寄江寧旻上人》　亦同《送鄭十八》詩格，只是頓挫，不直率聯接。五、六略作虚景虚想，即「好事」也，亦題中所應有情景，且以起收句入己。　大約詩章法，全在句句斷，筆筆斷，而真意貫注，一氣曲折頓挫，乃無直率、死句、合掌之病。按王阮亭云：「東坡、半山七律多祖此。」

《至日遣興奉寄北省舊閣老兩院故人》　追憶傷感。　此詩以「憶昨」二字爲章法骨子。　先君云：「儀物如故，欲見無由，『由來』、『只在』，想之詞。」　收大斷，又結穴。　與《秋興》、《蓬萊》篇同。

《曲江陪鄭八丈南史飲》　起二句先寫景，分外清新。　三、四入情，用筆盤旋曲注，與《九日崔氏莊》同。　五、六平叙。　結句拓轉作收。

《賓至》　叙事耳，而語意透徹朗俊，温醇得體，情韵纏綿，律度井然。

《客至》　筆勢較前加寬宕頓折，而大體亦相似，皆百讀不厭者也。

《南鄰》　此贈朱山人也。　皆向山人一邊寫，而情景各極親切清新，章法井然明白。　韓公《贈崔立之》五言長篇，許多言語始寫出，似不若此八句中面面俱到，爲尤佳也。　先君云：「角巾，用范通詣王濬事。」

《野人送櫻桃》　此小題也。　前半細則極其工細，後發大議論則極其壯闊，實爲後來各名家高曾規矩。　而後半妙處即在首句「也自」二字根出，所謂詩律也。　後人於此等處昧之。　觀何大復《鰣魚》雖佳，然但覺其骨節麤大，無序、無謂、無章，不但不及此，並不及右丞《敕賜櫻桃》章法明整也。

《紫宸殿退朝口號》　起突寫「朝」字。　三、四寫朝時之景，而造句工細典麗。　五、六拓開作寬勢。　結句還題「退朝」，而兼及掌故，所謂詩史也。　其事儀詳錢箋。

《省中題壁》　浦二田云：「前半想見省中清邃。　下四寫懷，純臣心事。」此等不出於寫景叙情，而作者清新真至，不入麤浮客氣，非人所能。

《九日》 用文章叙事體，一氣轉折，遒勁頓挫，不直致，不枯瘦。乃知嚴滄浪所譏「以文爲詩」之論非也。一結换意出場，尤見忠愛。按《杜臆》：天寶十四年冬，公自京師赴奉先，路經驪山。玄宗方幸華清宫，禄山反，然後回京。至此十年矣，所以憶之而腸斷也。

《暮歸》 起四句，情景交融，清新真至。後四句叙情，一氣頓折，曲盤瘦硬。而筆勢回旋，頓挫闊達，縱横如意，不流於直致，一往易盡。是乃所以爲古文妙境，百鍊鋼化爲繞指柔矣。

《白帝城最高樓》 此亦造句用力之法。 句法字字攢鍊。 起句促簇，次句疏直而闊步放縱，乃立命之根。中四句，二近景，二遠景，以下三字形上四字，句法已奇。五、六更出奇采，所謂意想高妙，與康樂「早聞夕飈急，晚見朝日暾」同其奇。於東見其西，於西見其東，極形高處所見之遠，出尋常想外，只完題「最高」二字。收句氣格歷落，用意疏豁，非是則收不住中四句之奇倔。如此奇險，尋其意脈，却文從字順，各識其職。

《灩澦》 此與前篇同格。起句似率而鍛鍊，語澀思苦。三、四渾成雄邁，流易中有烹鍊，他人極力不能道。全是寫景而中有情，字法句法如鑄。後四句亦與前同，固是彊弩之末，亦斷無通篇句句覓奇險之理。 此數詩，當以格力、氣象、興趣、音節、體製别求之，非可輕學。 凡詩中所謂「太陰」，皆似指夜黑。收即地以戒行險喪身也。

《崔氏東山草堂》 一起夾叙、夾議、夾寫，而著語歷落峥嶸，清新警妙。五、六平還，亦新切。結句遠想，反襯法而有親切味。

《將赴成都草堂寄嚴公》第五首　起二句叙事點題。三、四展宕，空轉真切。後半真至，而藴藉有味，下語得體。蓋謂有嚴公將略，則游子可以優游託足也。

黄草　此題雖曰《黄草》，而實思家傷亂之詩也。　先君曰：「弟四句解上三句。收言崔旰之亂不足憂，而松州吐蕃之禍爲大耳。」樹謂爲蜀道兵戈，故涪州船滯，夔州行人少，而長安家中無信也。「誰家」，公自言其家妻子耳。

《白帝》　先君云：「前半詠雨。後四感懷。在白帝作，非詠白帝也。」樹謂此所謂意度盤礴，深於作用，力全而不苦澀，氣足而不怒張。他人無其志事者學之，則成客氣，是不可彊也。《暮歸》首結二語亦然。　先君又曰：「弟五句終未亮。此皎然所謂『暗』也。」

《野望》　此亦在涪州作。起點地點時。三、四望中景。五、六近景兼情。收亦結束。

《即事》　起句點題，以草亭爲題也。下二句寫景清新，不經人道。五、六叙情常語耳。結句公之雅言素抱，但别撰語耳。

杜公高華清警，兼有王、李；奇横兀傲，兼有山谷；密麗跌宕，兼有白傅、子瞻。

續昭昧詹言卷弟五

中唐諸家

劉文房　七律宗派，李東川色相華美，所以輔輞川爲一派，而文房又所以輔東川者也。大曆十子以文房爲最。詩重比興，比但以物相比，興則因物感觸，言在於此而義寄於彼，如《關雎》、《桃夭》、《兔罝》、《樛木》。解此則言外有餘味而不盡於句中。又有興而兼比者，亦終取興不取比也。若夫興在象外，則雖比而亦興。然則，興最詩之要用也。文房詩多興在象外，專以此求之，則成句皆有餘味不盡之妙矣，較宋人入議論、涉理趣、以文以語録爲詩者，有靈蠢仙凡之别。用宋人體，若更無奇警出塵之妙，則入庸鄙下劣魔道也。　詩最下者爲編事，爲涉理趣，文房足救之。

《登餘干古縣城》　首二句破題：首句破「城」字，而以「上與白雲齊」五字爲象，則不枯矣。次句上四字「古」字，下三字「餘干」。三、四賦古城，而以「秋草」、「夜鳥」爲象，則不枯矣。五、六「登」字中所望意。收句「古」字、「餘干」字，切實沈著而入妙矣。以情有餘味不盡，所謂興在象外也。　言外句句有登城人在，句句有作詩人在，所以稱爲作者，是謂魂魄停勻。若李義山多使故事，裝帖藻飾，掩其性情面目，則但見魄氣而無魂氣。魂氣多則成生活相，魄氣多則爲死滯。千古一人，推杜子美，只是純以魂氣爲用。此意唐人猶多兼之，後人不解久矣。文房之詩，可以通津杜公，但氣味夷猶優柔，不及杜公雄傑耳。然若無魂，則雄傑更成惡魄。昔人論韓公「將軍舊壓三句貴」二句，以爲雖句法雄傑，而意亦盡於此矣，衹是有魄無魂，言外無餘味，取象而無興也。韓公以文爲詩，又不工近體，無可議者，姑舉以爲式耳。今定七律：以杜七律爲宗，而輔以文房、大曆十子；並取義山之有魂者，而去其魄多者，慎選十餘首足矣，益以蘇、黄之出塵奇警。白傅却有魂，但句格卑俗；然東坡學之，則雄傑入妙。放翁有魂有魄，句法雄傑，而嫌有習氣客氣，太熟，又時有輕促而乏頓挫曲折，須去其短，取其長。解此秘法，則流覽古今如縣衡矣。

《過賈誼宅》首二句叙賈誼宅。三、四「過」字。五、六入議。收以自己託意，亦全是言外有作詩人在，過宅人在。所謂魂者，皆用我爲主，則自然有興有味。否則有詩無人，如應試之作，代聖賢立言，於自己没涉。公家衆口，人人皆可承當，不見有我真性情面目，試掩其名氏，則不知爲誰何之作。張冠李戴，東餐西宿，驛傳儲胥，不能作我家當也。

《將赴嶺外留題蕭寺遠公院》此貶潘州時也。起先點僧院。三、四切嚮，還蕭寺。五、六寫此處景，入己將作别赴嶺外。收留題入化。因内史想南朝，因南朝即其木亦古，所謂興在象外也。大約有一題須認清一題安身立命處，然後布置周旋，皆望此立命歸宿，措注而作用之，所謂傍題命意，傍意吐詞，如文房此詩可見。然此雖規矩，而至巧不在是。規矩能與，巧不能與，則存乎造句平奇工拙之有才無才，選字隸事之有學無學。腹笥寒儉，才力雌弱，無與於此道也。又觀其論議吐屬，以驗其學識；觀其取境崇格之有家法、無家法，締情託意之卑高。雅俗、深淺、真機、客氣，以驗其胸抱，皆非可以外鑠速化僞爲也。

《獻淮寧軍節度李相公》　起先寫一句，奇警突兀妙極。或疑次句不稱。先君云：「若弟二句再濃，通篇何以運掉。」樹謂非但已也，此弟二句，乃是叙點交代題面本事主句，文理一定，斷不可少，所謂安身立命處也。中二聯分賦，叙其忠悃聲望，高華偉麗。結句入妙。言外多少餘味不盡，所謂言在此而意寄於彼，興在象外。海峰《正宗》獨以此一篇入選，所以崇格也。《正宗》之選，專取高華偉麗，以接引明七子。姚先生云：「大曆十一年，加淮西節度使李忠臣同平章事。十四年，忠臣被逐於李希烈，乃改淮西軍爲淮寧。此編詩時追改。及忠臣從朱泚爲逆，文房不及知之。文房判隨州，乃淮西屬。」按以此較《出塞》，則氣遠不及之，覺此仍不免「經營地上」語。

《送李録事兄歸襄陽》　凡題有根源者，須先尋取。此詩起四句在題前，五、六始入「歸」字。收結「送」字，又切襄陽。三、四圓警精美，氣味沈厚，故可取。文房言近而意皆深，耐人吟詠。

《送耿拾遺歸上都》　起句先點耿歸上都，次句帶叙時令。三、四從自己襯跌出，作羡之之詞，以起送歸意。五、六分寫兩邊。結句送後情事，當時實象。寶應元年，以京兆府爲上都。此爲睦州司馬時所作。睦州今嚴州也。文房由潘州貶回，故曰窮海。潘州今高州也。唐睦州置建德縣，此在睦州作。

《送柳使君赴袁州》　袁州宜春郡，東晉避諱，改曰宜陽。首句點題。次句繞出題前，必有實事，似柳欲居京口而不得也，故有弟三句。袁州西南與長沙、衡州接，故曰三苗。弟五句正送。下三句既到袁州後意。翫三句接句，則柳爲人似一雅士。不知此詩在何處作。

《送陸灃倉曹西上》起句點西上。次句切陸姓。三、四長安。五、六正送。收入自己。此等只是句法明秀，情意纏緜，翫此，陸非赴選上官得意。

《青谿口送人歸岳州》起二句先寫岳州。三、四送歸。五、六并寫青谿口。收入自己。文房只用眼前習見字、習見語，而無一意不深，無一字不靈，思致清綺，絶無滯相死語。擬之五言，殆近謝惠連。譬如良庖，只用雞鴨魚肉，而火候烹煮有法，則至味存焉。俗庖雖用猩唇豹胎，而不爽於口，衹取唾惡也。上言「客去稀」，以起下「一人歸」，理脈之細如此，豈麤才所知。五、六亦常語，而細按之，皆非率意淺直而出者。

《江州重别薛六柳八二員外》此似知淮西、鄂、岳時，將去留别作也。起句喜得除授，二句言時事難爲。中二聯景與情交融，收入二員外。七句皆自述，末句始入别二人。

《使次安陸寄友人》起二句點叙時令行歷，所謂詩柄也。三、四寫地景。德安府本鄖子國，隋改鄖州爲安陸。安陸北與河南信陽州接，三關在此。木陵，他本皆作「穆」字，誤。穆陵在齊，與此無涉。姚先生云：「肅、代之際，江淮間有劉展、袁鼂之亂。木陵以東，光、黄、舒、廬，蓋苦兵擾，不識春和矣。其西則差安靖，故有弟四句。」五、六切安陸景與事。六句皆自述，收點寄友，一絲不漏。

《自夏口至鸚鵡洲望岳陽寄阮中丞》夏口即武昌，湖北也。岳陽、巴陵在湖南。首句先從望説起，次句説不見屈子，弔古無人。三、四切夏口，入「望」。五、六寫即景。收入寄阮託意。

韋應物《自鞏洛舟行入黄河即事寄府縣寮友》　起叙行程破題，歷歷分明。中二聯寫景如畫。五、六切地切時，其妙遠似文房。收寄友，古人無不顧題還題如是。《寄李元錫》　本言今日思寄，却追叙前此，益見情真，亦是補法。三句承一年之久，放空一句。四句兜回自己。五、六接寫自己懷抱。末始入今日寄意。

韓君平　君平三詩，不過秀句，足供諷詠，流傳不泯，篇法宛轉諧適而已。無奇特興象足以取法，今皆不録。

李君虞《鹽州過五原至飲馬泉》　鹽州爲漢北地、五原二郡地，唐屬關内道，今甘肅寧夏後衛是。　起句先寫景。次句點地。三、四言此是戰場，戍卒思鄉者多，以引起下文自家，則亦是興也。五、六實賦，帶入自家「至」字。結句出場，神來之筆，入妙。　此等詩，有過此地之人、有命此題之人、有作此題詩之人之性情面目流露其中，所以耐人吟詠。不是詠古無情，不見作詩人面目，如應試詩「賦得」體及幕下張君房所爲，低手俗詩，皆犯此病，所以爲庸劣無取。且如西崑諸公，衹以搜用故實，裁翦藻飾爲能，是名編事，非作詩也。此死活之分，王阮亭輩乃終身不能悟。　此等詩，以有興象、章法、作用爲佳。若比之杜公，沈鬱頓挫，恣肆變化，奇横不可當者，則此等止屬中平能品而已。下此一等，則但有秀句而無此興象作用，猶可取。又下一等，則並傑句亦無，乃爲俗人之詩矣。

皇甫茂政　茂政境象與韓君平同，亦只秀適宛轉而已。獨《春思》一首不減「盧家少婦」，但氣格不逮耳。祇「菊爲重陽冒雨開」、「江到潯陽九派分」、「瓜步空洲遠樹稀」、「壺觴遠就陶彭澤」等句，卓然可傳。

《春思》 前四句一彼一此，屬對奇麗，而又關生有情，所以爲佳。五、六專就自己一邊説，而點化入妙。結句出場入妙，勝沈雲卿矣。此等詩色相不出齊、梁，而意用則去《三百篇》不遠，所謂哀而不傷、怨而不怒，温柔和平，可以怨者也。楊用修學之，則近癡肥，色掩其質，語亦稍滯，意亦太盡，不及此有遠韻遥情矣。

錢仲文《贈閣下閻舍人》姚原選，後删。 前四句寫閣景氣象，真樸自然，不減盛唐王摩詰。後四句託贈常語，平平耳。

盧允言《長安春望》 此詩用意，全在三、四，夢家未還，爲一詩關鍵主意。起與五、六，平常語。收句承明三、四，尚沈足。

《晚次鄂州》 起句點題。次句縮轉，用筆轉折有勢。三、四興在象外，卓然名句。五、六亦兼情景，而平平無奇。收切鄂州，有遠想。

李從一《贈别嚴士元》 前四句寫己所送别之地。三、四卓然名句，千載不朽。五、六入送。收入自己。

《自蘇臺至望亭驛人家盡空春物增思悵然有作》 此題本佳。一句春物。次句人空。三、四春物、人空之意交融，興在象外，卓然名句。五、六入悵然。收句已竭，不佳。此殆上元中劉展亂後之詩。

李端《宿淮浦憶司空文明》　起二句破題，意平平。三、四叙題面，周旋圓足。五、六寫淮浦，卓然名句。收敷衍平竭。

《贈郭駙馬》　此與義山相近，詩無足取。

劉夢得《西塞山懷古》　西塞山屬武昌府。此地孫策、周瑜、桓玄、劉裕事甚多，此所懷獨王濬一事。　此詩昔人皆入選，然按以杜公《詠懷古蹟》，則此詩無甚奇警勝妙。大約夢得才人，一直説去，不見艱難喫力，是其勝於諸家處。然少頓挫沈鬱，又無自己在詩内，所以不及杜公。愚以爲此無可學處，不及樂天有面目格調，猶足爲後人取法也。後來王荆公七律似夢得，然荆公却造句苦思用力，有足取法處。柳子厚才又大於夢得，然境地得失，與夢得相似。至其五言，則妙絶古今，非劉所及矣。

《松滋渡望峽中》　起句松滋渡。以下七句，皆峽中景，而有「望」字意。一直説去，大氣直噴。

《送浙西李僕射相公赴鎮》　此詩只首一句破題已盡，以下皆從「舊游」二字中生出。五、六正寫題位，收致己意。

《同樂天送河南馮尹學士之任》　起四句往復互説，一句河南，一句學士。五、六正叙之任。

《哭吕衡州》　姚云：「吕以知雜御史貶通州，徙衡州，卒年四十。」起突寫其卒，中有哭意。五、六略展筆换氣。　又云：「夢得此時亦在貶謫，故以伯喈在朔方自比。伯喈有爲人作二碑三碑者，故擬北還，雖吕已有碑，猶當爲更撰也。」

楊景山《送人》　六句皆叙舊思，收二句送。　姚云：「此必舊臣之子失志而投河北藩鎮者，故不出其名。衛州，魏博管内，非中朝士大夫往來仕宦之路，過衛州則爲異域矣，此最其悽愴處。」東閣，參佐所居。

王仲初《李處士故居》　起二句寫故居景。三、四興在象外，悽然耐想。五、六平滯。收佳，又繞回説悽愴。

竇遺直《夏夜宿表兄宅話舊》　起叙題，兼寫景。中二聯皆言情，而真摯動人。收自然不費力，而却有不盡之妙。

白樂天《西湖留别》　起二句叙題，字字錘鍊而出之，不覺其爲對起。三、四跌出，空圓警妙，鹽腦運虚爲實。五、六周旋題面。收句倒轉拍題。用筆用意，不肯使一直筆，句句回旋曲折頓挫，皆從意匠經營錘鍊而出，不似夢得、子厚但放筆直下也。先斂後放，變化沈約浮聲切響，此等足取法矣，然猶「經營地上」語耳。杜公包有夢得、子厚、樂天，而有精深華美不測之妙。

《錢塘湖春行》　章法、意匠與前詩相似，而此加變化。　佳處在象中有興，有人在，不比死句。

《夜歸》　起句平點。三、四遠景。五、六警妙非常。以歸後事收。　只八句説去，往復一氣中，層次情事，有一幅畫圖，令人一一可按而見，固非小才能辦。

《西湖晚歸回望孤山寺贈諸客》　此題已如畫，詩寫景工而真，所以爲佳。姚先生云：「非至西湖，不知此寫景之工。」　起二句點題。中四句小、大、近、遠分寫，皆回望中所見。却以結句回掉點明，復總寫一句收足，所謂加倍起稜也。起不過叙點「歸」字，而以密字攢鍊出之。

《江樓夕望招客》　起點叙。次句中聯皆夕望中景。招客收。姚先生摘末句云：「俚俗不可耐。」愚謂此尚無妨，清切有真趣，較《夜歸》末句富貴氣爲優。

《庚樓曉望》　按此詩筆路，誠開俗人作俗詩一派，不可入選。

《與夢得沽酒閒飲且約後期》　起得突兀老氣，揮斥奇警，可比杜公矣。妙在弟四句，自外來招之入伴，而融洽成一片，故妙。後半平衍而已，却本色。

《寄殷協律》　起以叙事爲點題。「浮雲」自比。三句與殷爲一類，跌出四句如今寄詩，往復一氣。五、六又回應首句。收句又應次句。此等猶見章法，用筆用意，隨手宛轉變化之妙，不比作死詩。

《欲與元八卜鄰先有是贈》　此詩亦無可學處。「不爲身」三字終未亮。

續昭昧詹言卷弟六

李義山

李義山　玉溪七律，前人謂能嗣響杜公，則誠未可輕視。愚謂七律除杜公、輞川兩正宗外，大曆十子、劉文房及白傅亦足稱宗，尚皆不及義山。義山別爲一派，不可不精擇明辨。先君云：「七律中以文言叙俗情入妙者，劉賓客也。次則義山，義山資之以藻飾。」樹謂所嫌於義山者，政病其藻飾。如太史公作文，駸駸乎下移矣。義山之得失亦如是。

前人論義山者多矣，譽之訾之，各有見地，須善會之。如蔡天啓謂其「用事深僻，語工而意不及」。范景文謂「詩家病使事太多」。賀裳謂「義山某某篇，政如木蘭，雖兜牟裲襠，馳逐金戈鐵馬間，夢魂猶在鉛黛也」。又曰：「魏、晉以降，多工賦體，義山猶兼比興。」愚謂藻飾太甚，則比興隱而不見矣。釋石林曰：「詩人論少陵忠君愛國，一飯不忘，而目義山爲浪子，以綺麗華艷，極《玉臺》、《金樓》之體也。」以上諸論皆有見，亦平允得實。許彦周謂「學義山可以藥淺易鄙俗之病」。愚謂不善學義山，政恐得此病。許蓋譽其編事之富，謂爲不鄙陋耳；不知編事富，政是陋處。

義山以孤兒崛起，自見於世，一時鉅公，争相延攬，亦可謂奇士矣。然二十五歲始得弟，二十六歲始得昏，奔走崎嶇兵亂間，卒擠困以死，年僅中壽。迹其生平，足爲流涕。然而讀其詩，不能使人攷其志事以興敬而起哀，則皆其華藻掩没其性情面目也。如是而曰「能得比興」，則《三百篇》、屈子、杜公獨無比興乎？學者可因以知其故而謹所從事矣。今就七律論之，姚選三十二首，最爲嚴潔，則其可宗處固可明白，而諸家訾之者，亦可以息矣。

《漢南書事》　宣宗大中四年，討党項，連年無功，戍饋不已。上頗厭用兵，政府不言，武將貪功。先君曰：「三句言刀筆爲相，不知大體。收頌美宣宗，深罪將相。言帝好生，定獲天佑也。」樹按：收句語意支離。

《隋師東》　太和二年，東征李同捷、王庭湊，久未成功。每有小勝，則虚張首虜，以邀厚賞。朝廷竭力饋運不給，滄洲彫敝，骸骨蔽地。託詠煬帝征高麗，故言「前朝玄菟郡」。樹按：凡此皆不免支晦拙滯。五、六句似亦責政府無人，但無根，又合掌。此義山十六歲時少作也。

《重有感》　前有《有感》，故此曰「重」，皆詠甘露之事。錢龍惕箋得之半，失之亦半。先君云：「懼文宗有望夷之禍，望諸藩鎮同力救之，即杜《諸將》之意，而詩不及杜。」樹按：此解得真。向來皆以首句專指王茂元，非也。至三句指劉從諫，是也。或乃斥其以稱兵犯闕望之者，亦過論也。要之，此詩昔人皆從上選，然細按之終未洽。雖興象彪炳，而骨理不清，字句、用事，亦似有皮傅不精切之病。如弟四句與次句複，又與弟六句複，是無章法也。試觀杜公有此忙亂沓複錯履否？末句從杜公「哀哀寡婦」句脱化來，似沈著，有望治平之意，而「早晚」七字不免飣餖僻晦。明七子大都皆同此病，然後知有本領與無本領縣絶如此。蓋義山與明七子，不過詩人，志在學古人句格以爲詩而已，非如陶、杜、韓、蘇有本領從肺腑中流出，故其措注用意，語勢浩然，而又出之以文從字順，與經、《騷》、古文通源。其餘詩人，不過東牽西補，塗飾攡柱以成室而已。姑舉義山此一詩發其義例，而學問之大凡，胥視此矣。

《諸將》一人則詠一人到底，不似此單漏流移不定也。潘次耕以此爲指王茂元。首句若非實指一人，則起爲無著；若實指王茂元一人，則又偏枯，與全詩章法不稱。杜

《寫意》　先君云：「此思鄉之詩。思上林，望鄉也。」樹按：此詩末句點題，章法用筆略似杜。三、四句法亦似杜。但不知此詩作於何地，似是在蜀及判官時，而以燕雁上林爲鄉，支泛無謂。五、六寫思鄉之景，句亦平滯。

《安定城樓》　此太和元年，王茂元自廣州爲涇原節度使，義山在幕。安定，關内道涇州，今屬平涼府。　此詩脈理清，句格似杜。翫末句，似幕中時有忌閒之者。然用事穢雜，與前不相稱。

《茂陵》　先君云：「此詩全與武宗對簿。一、二言窮兵略遠。三言田獵。四言微行。五言求仙。六言近色。末收尤妙。」又曰：「藏鋒斂鍔於宏音壯采之中，七律無此法門，不善學者，便入癡肥一派。」

《籌筆驛》　先君云：「此詩人不得其解，以爲布置不匀。不知武侯之能，尚待駁説乎！詩只詠蜀之亡，天命爲之。『關張』句尤有識力。起正賦題。弟四句是主。末只作襯收驛耳。」又曰：「『恨有餘』三字收足。」樹按：義山此等詩，語意浩然，作用神魄，真不媿杜公。前人推爲一大宗，豈虚也哉！

但存此等三十二首，而删其晦僻支離、輕艷流弈者，豈不洗清面目，與天下相見。海峰多愛，不免濫登耳。起正賦題。三四轉。五句承弟三句。六句承弟四句。收離題有味。

《隋宫》先君云：「寓議論於叙事，無使事之迹，無論斷之迹，妙極妙極。」又曰：「純以虚字作用，五、六句興在象外，活極妙極，可謂絶作。」樹按：江都離宫四十餘所，只用紫淵，取紫微義，且選字媲色也。

《南朝》姚未選。先君云：「此專爲陳後主而作，吐屬狡而婉，叙致錯綜變化。前四句中，叙四代興亡，全不費力，却又賓主跌宕變化，不可方物，詠古極則也。宋元嘉三十三年，立玄武湖。齊武帝立雞鳴埭。宋之荒而爲齊，齊之荒而爲梁。弟三句爲主句，言後主蹈東昏覆轍。後主時，天火焚寺塔，六句指其事也。」又曰：「五、六所謂天人皆以告，而君臣俱在醉夢中，可歎也。」又曰：「此詩略近《隋宫》。」樹謂《隋宫》又遜《籌筆驛》，以用事太濃，下筆太輕利，開作俗詩派。

《馬嵬》起句言方士求神不得，乃跌起。三四就驛舍追想言之，即所謂「此日」也。五、六及收亦是傷於輕利，流便近巧，不可不辨。

《曲江》注云：「太和九年，復濬昆明、曲江二池，十一月遂有甘露之變。十二月敕罷修曲江亭館。此詩前四句追賦玄宗、貴妃。後四句言王涯等被禍，憂在王室。」愚謂收句欲深反晦。

《九成宫》叙述華妙，用事精深。五六寫景。收即物取象，妙極。先君云：「荔橘夏熟，故貢於九成宫。『紫泥』、『天書』，只爲一物，諷刺極刻，然不覺，故妙。」又曰：「聯對之工，楊、劉所能。其平平寫去，不恤民依之意自見，言之無罪，聞之足戒，則楊、劉無此作用。」又曰：「『風』、『雲』根避暑來。」樹按：此方是義山本色正宗，如建章宮殿，規制應繩。

《題道静院》 此即事小詩，清切可取。不及《過武威莊》高華壯闊，足爲式則也。 起二句言王中丞所置院。三、四言刺史居此。五、六寫真。以自家作收。

《聖女祠》 起二句祠。三、四聖女。五、六及收輕薄，不爲佳。

《重過聖女祠》 起句祠。次句聖女。三、四合寫。五、六及收以古人襯帖，亦未足法，又無謂。此詩可以不選。

《井絡》 此與太白《蜀道難》、杜公《劍川》同意，皆杜姦雄覬覦。 先君云：「前半地形，合東西言之。後半入事。次句乃通首主句。五、六句即承明此意，以兩代興亡大事，證明不能恃險。」

《潭州》姚未選。 隋改湘州爲潭州，取昭潭爲名，今長沙府屬。按義山於會昌四年至潭州，從楊嗣復也。此亦是詠懷古蹟，以弟二句爲主，而下俱即潭之事景言之。詩亦平平，可不入選。七句「人不至」，或指劉蕡。

《鄭州獻從叔舍人褒》 大約李褒好道，起即「烟霞」與「鐘鼎」，遠以稱之。「金龍」雖用道家，仍切舍人主撰文牋奏。是時褒爲鄭州刺史，而曰舍人，蓋寄禄也。五、六用「黄紙」、「紫泥」與此同，皆雙關也。收用陶華陽三層樓，自言來訪也。 此詩亦無勝可選，但有秀句而已。三官主攷謫，豈比刺史邪？用事似精切，而不免東餐西宿，開俗詩塗飾之派。

《贈鄭協律晳》　孫、謝指安平公崔戎及令狐也。五、六是追感，即起下收意，猶云客散孟嘗門也。義山與鄭，皆與安平有戚誼。

《贈鄭讜處士》　六句謂鄭。收乃自指。起句浮滑，此不如杜公《因許八寄江寧上人》。

《留贈畏之》　此詩用意亦輕浮，且起二句又與自迴不切。時將赴職而曰「歸客」，亦未解，想亦預指他日言之。

《贈別前蔚州契苾使君》　何力之子孫也。收句用郅都，言其職事也，切使君。

《寄令狐學士》　句法雄傑。是時欲解怨於綯，不然，不全作贊美之詞，然吐屬大雅名貴。

《子初郊墅》　此詩佳，開放翁、東坡。起句子初，以下郊墅。收佳，似白。

《哭劉蕡》　一起沈痛，先敘情。三、四追溯。五、六頓轉。收親切沈著。

《過故府武威公交城舊莊感事》　交城，太原府屬縣。先君云：「起二句，交城舊莊原委。晉水虞叔祠。交城舊莊，乃茂元先世故業。茂元乃鄜、坊節度使王栖曜子，故以信陵擬之。茂元授忠武，管許、陳、蔡三州，又授河陽，管懷、孟、衛三州，故曰『六州』。『接郊畿』三字，太湊。三、四壯偉。五、六細緻。」

《九日》　此感舊作也，流美圓轉之作。義山貪用事多，不忍割，如此「苜蓿」，何所指也？又不避楚諱，皆不可之大者。義山十七歲受知於楚，在天平幕。

《少年》　但刺其奢淫耳。起結佳。

《富平少侯》　不及前詩，此義山十四歲時少作。

《杜工部蜀中離席》　先君云：「此擬杜體也，然深厚曲折處不及，聲調似之。」　離席起，蜀中結。　松州，今松潘衛。

《二月二日》　此即事即景詩也。五、六闊大。收妙出場。起句叙。下三句景。後半情。此詩似杜公。此時從令狐、崔戎在華州，時年二十一歲。

續昭昧詹言卷弟七

蘇黄

蘇子瞻　東坡只用長慶體，格不必高，而自以真骨面目與天下相見，隨意吐屬，自然高妙，奇氣峍兀，情景湧現，如在目前，此豈樂天平叙淺易可及！舉輞川之聲色華妙，東川之章法往復，義山之藻飾琢鍊，山谷之有意兀傲，皆一舉而空之，絶無依傍，故是古今奇才無兩，自别爲一種筆墨，脱盡蹊徑之外。彼世之凡才陋士，腹儉情鄙，率以其澹易卑熟淺近之語，侈然自命爲「吾學蘇也」，而蘇遂流毒天下矣，政與太白同一爲人受過。然其才大學富，用事奔湊，亦開俗人流易滑輕之病。

《題竇雞縣斯飛閣》　此思歸作也。起述作詩本意。中四寫閣下所望之景，奇警如見。收曲折，又應起處不得歸意。

《宿九仙山》　起二句叙題本事。三、四就本事點化，自然高妙。後半所謂大家作詩，自吐胸臆，兀傲奇横，不屑屑切帖裁製工巧，如西崑纖麗之體也。

《病中游祖塔院》　先寫游時景與情事，風味别勝，不比凡境。三、四寫院中景，五、六還題「病中」，兼切二祖。收將院僧、自己綰合，亦自然本地風光，不是從外插入。

《孤山柏堂》　只如題叙去，而興象老氣自然，如秦、漢法物，非近觀時翫。公之本色在此。

《竹閣》　用本色叙題，三句一例，而用事尤入妙，如此豈他人所及。五、六還竹，仍切白。結句超妙入仙。《游祖塔院》「安心」、《竹閣》「海山」、「白鶴」，用事切而點化入妙，李義山所不能。古人用事用字，未有無端彊入以誇博，及隨手填湊以足吾句字爲食料者也。「白鶴」言不重來，即茫然意。至「蕭郎」及「渭上」，尤人所不能及。必如此方可謂之深博。今人非不用事，只是取題之合類者編之，不能如此切也。世人皆學東坡，拉雜用事，頃刻可以信手填湊成篇，而不解其運用點化妙切之至於斯也。

《開運鹽河是日宿水陸寺寄北山僧清順》　起叙題，而其景如畫。三、四水陸寺，五、六宿時情景。收「宿」字及寄清順。

《秀州報本禪院鄉僧文長老方丈》竝下三首　只著意鄉情，詞意真切，而造語倜儻奇警，令人吟詠不盡。　用圓澤事尤妙。

《正月二十日與潘郭二生出郊尋春》　此詩無奇，開凡庸滑調。

《和子由澠池懷舊》　此詩人所共賞，然余不甚喜，以其流易。

《壺中九華》　一起奇氣，後半平易近人。

《有美堂暴雨》　奇氣。

《次韵穆父尚書侍祠郊丘》　只五、六佳，三、四宋調，吾不取。

《八月七日初入贛過惶恐灘》　此亦宋調，吾不取。

《儋耳》　三、四奇警。

《予以事繫御史臺獄遺子由》　此亦宋調，雖有警句，吾不取。

《贈虔州術士謝晉臣》　此首妙，有奇氣，章法亦往復。

《與秦太虛參寥會於松江關彥長徐安中適至》　前半奇氣。

《與述古自有美堂乘月夜歸》　前四句往復有味。

《次韻述古過周長官夜飲》　太快，無頓挫。

《祭常山回小獵》　瑰瑋。五、六境象佳。

《張子野買妾述古令作詩》　無味。

《朝雲詩》　無留人處。

《出潁口初見淮山是日至壽州》　奇氣一片。

《壽星院寒碧軒》　奇氣一片。

黄山谷　山谷之學杜，絶去形摹，盡洗面目，全在作用，意匠經營，善學得體，古今一人而已。論山谷者，惟薑塢、惜抱二姚先生之言最精當，後人無以易也。

欲知黄詩，須先知杜，真能知杜，則知黄矣。杜七律所以横絶諸家，只是沈著頓挫，恣肆變化，陽開陰合，不可方物。山谷之學，專在此等處，所謂作用。義山之學，在句法氣格。空同專在形貌。三人之中，以山谷爲最，此定論矣。

《題樊侯廟》　此即《詠懷古蹟》，詩中句句有題廟之人在，所以爲得真用。　起二句先寫廟，兀傲。三、四點題跌入。五、六事外遠致，即「歲時村翁」意。收仍寫景，餘音不窮。較入議論、墮理趣窠臼者，超絶入妙。　詠古最忌入議論，墮學究腐套。若但搜用本題故實，裁對工巧，爲編事之詩，尤爲下劣。大家只自吐胸臆，或以題爲賓，借作指點，則必有時事及己所處，以相感發。又章法變化，出以奇詞傑句。此雖言詠古，而凡作詩發付題目皆然矣。若題緒多者，則又以曲細交代還題爲工，即此是詩律也。

《徐孺子祠堂》　與前題同。起二句分點。三、四寫景。五、六所謂借感自己。收切祠堂，高超入妙，即五、六句中意，今人尚笑古人冷淡，則我安得不爲人笑，但有志者不顧也。末句所謂興也，言外之妙，不可執著。姚先生云：「自吐胸臆，兀傲縱横，豈以儷事爲尚哉！」

《紅蕉洞獨宿》　此悼亡詩，以弟二句爲主。三、四情景交融，切「宿」字，所謂奇詞傑句者。後半只叙情而已。

《池口風雨留三日》　起句順點。次句夾寫夾叙。三、四以物爲興，兼比。五、六以人爲興。收出場入妙。此詩别有風味，一洗腥腴。

《登快閣》　起四句，且叙且寫，一往浩然。五、六句對意流行，收尤豪放。姚先生云：「能移太白歌行於律詩。」愚謂小謝《冬日晚節事隙》等篇，山谷所全本，可悟爲詩之理。

《夏日夢伯兄寄江南》　一起四句,亦是一氣而出。五、六句意生新,特避熟法。收補出題外,更深親切。　此等詩只是真。清新古健,不膩不弱,不熟不俗,不與時人近。讀之久,自然超出尋常滑俗蹊徑。

《贈清隱持正禪師》　意味字句清超,不食烟火,山谷本色。

《題息軒》　三、四皆從次句「竹」字興出。五、六切「息」字,即起收意。前四句「軒」,後四句「息」。

《郭明府作西齋於潁尾請予賦詩》　起原題。三、四作齋。五、六還題。收入自己。然余嫌其習氣空套。

《題安福李令朝華亭》　先寫亭。中四句亭上所見。三、四又切「朝」字,以爲合令結。

《送彭南陽》　起四句一氣湧出。五、六切令尹。姚先生云:「結淺直不佳。」　大約類叙情事,細細帖題,出之以對偶,使人不覺,寓單行於排偶,而又極自然,無彊梗齟齬,所以爲佳。此是一派。

《答龍門潘秀才見寄》　起兀傲,一氣湧出。三、四頓挫。五、六略衍。收出場。然余嫌多成空套,山谷最有此病,不足爲法。如「出門一笑大江横」亦然。

《寄黄幾復》　亦是一起浩然,一氣湧出。五、六一頓。結句與前一樣筆法。山谷兀傲縱横,一氣湧見。然專學之,恐流入空滑,須慎之。

《道中寄景珍兼簡庾元鎮》　前六句寄景珍。七、八簡庾。　此詩句句頓挫,不使一直筆順接。三、四言久不相見,以單行爲對偶,令人不覺。五、六兜回,可謂奇勢不測。結句意不甚醒。

《次韻奉寄子由》平叙起。次句接得不測，不覺其爲對，筆勢宏放。三、四即從次句生出，更横闊。五、六始入題叙情。收别有情事，親切，非如前諸結句之空套也。此詩足供揣摩取法。

《和高仲本喜相見》次句點題，却以首句跌襯起，唐人多此法。三、四入高事實，接法兀傲。後半平衍而已。

《和師厚郊居示里中諸君》六句皆郊居事情景，結句乃所示之意。

《次韻答柳通叟求田問舍之詩》首二句先爲解釋，識趣高人一等。以下又極言其得意樂趣。收足求田問舍不得已之心。

《次韻寅庵》通首皆寫寅庵自得之趣，而措語清高，不雜一豪塵俗氣。讀山谷詩，皆當以此求之。世間一切廚饌腥羶意義語句，皆絶去，所以謂之高雅，脱去凡俗在此。

《雲濤石》起句言此石，點題。次句分兩半，上四字「石」，下三字言「雲濤」。三、四一句「濤」，一句「雲」。五句「石」，六句又「雲濤」。七、八以「雲濤」言，如在舟中，值此時景。全是以實形虚，小題大做，極遠大之勢，可謂奇想高妙。小家但以刻畫爲工，安能夢見此境。按姚選作《雲谿石》。

《次韻宋楙宗僦居甘泉坊雪後書懷》起四句，叙宋族氏行歷，仕不得志，故云云。五、六僦居，收切雪，又帖書懷。

《次韻柳通叟寄王文通》起叙事往復頓挫。後半雖衍，而有遠趣。

《元明題哥羅驛竹枝詞》起二句突兀奡密。三、四别樣。五、六生辣。六句作三種筆勢。結句衍，意竭無妙。

《題落星寺》　此摹杜公《終明府水樓》，音節氣味逼肖，而别出一段風趣。大約杜公無不包有山谷，讀杜則可不必讀山谷。然不讀山谷，則不悟學杜門徑，政可微會深思。此詩只以首二句爲主，以下皆寫深屋之景，而中有賦詩之翁在。以上姚選盡此，劉選可不録。

續昭昧詹言卷弟八

附論諸家詩話

昔之論詩者備矣，然其言亦互有得失。今略采其言之尤雅而可爲要約者若干條於左閒，亦附按語以訂正之。謝茂秦曰：「古人論詩，舉其大要，未嘗喋喋以洩真機，恐人小其道也。」然則余此所纂陋矣。

鍾記室云：「氣之動物，物之感人，故搖蕩性情，形諸舞詠，照燭三才，暉麗萬有，靈祇待之以致饗，幽微藉之以昭告。動天地，感鬼神，莫近於詩。故詩有六義焉，一曰興，二曰比，三曰賦。文盡而意有餘，興也。因物喻志，比也。直書其事，寓言寫物，賦也。宏斯三義，酌而用之，幹之以風力，潤之以丹采，使詠之者無極，聞之者動心，是詩之至也。若專用比興，則患在意深，意深則詞躓；若但用賦體，則患在意浮，意浮則文散，嬉成流移，文無止泊，有蕪漫之累矣。若乃春風春鳥，秋月秋蟬，夏雲暑雨，冬月祁寒，斯四候之感諸詠者也。嘉會寄詩以親，離群託詩以怨。至於楚臣去境，漢妾辭宫，或骨橫朔野，或魂逐飛蓬。或負戈從戎，殺氣雄邊，塞客衣單，孀閨淚盡。或士有解佩出朝，一去忘返，女有揚蛾入寵，再盼傾國。凡斯種種，感蕩心靈，非陳詩何以展其義？非長歌何以騁其情？故曰：『詩可以群，可以怨。』使窮賤易安，幽居靡悶，莫尚於詩矣。故詞人作者，罔不愛好。」

皎然云：「詩人皆以徵古爲用事，不必盡然也。今且於六義之中，略論比興。取象曰比，取義曰興。義即象中之意。凡禽魚、草木、人物、名數，萬象之中，義類同者，盡入比興。《關雎》即其義也。如陶公以孤雲比貧士，鮑照以直比朱弦，以清比玉壺。時人呼比爲用事，呼用事爲比。如陸機《齊謳行》『鄙哉牛山歎，未及至人情。爽鳩苟已徂，吾子安得停。』此規諫之意，是用事，非比也。如康樂公《還舊園作》『偶與張邴合，久欲歸東山』，此叙志之意，是比，非用事也。詳味可知。」愚謂比但有物象耳，興則有義。義者因物感觸，言在此而意寄於彼。知此，則言外皆有餘味，而不盡於句中。如「將軍舊厭三司貴」，言盡而意亦盡於此矣，無餘味。劉賓客皆有味，興在象外也。

詩不假修飾，任其醜樸，但風韻正，天真全，即名上等。予曰：不然。無鹽闕容而有德，曷若文王太姒有容有德乎？又曰：不苦思，苦思則喪自然之質。此亦不然。夫不入虎穴，焉得虎子。取境之時，須至難至險，始見奇局。成篇之後，觀其氣貌，有似等閒，不思而得，此高手也。

氣足而不失於怒張，力勁而不露，情多而不暗，意度盤礴，由深於作用。勿以虚誕爲高古，以緩漫爲沖淡，以詭怪爲新奇。但見性情，不覩文字，蓋詣道極也。

司空表聖云：「思無近癡。」竊謂陳後山時犯此病，即曹洞禪所譏「十成死句」也。

韋縠云：「李、杜、元、白，大海混茫，風流挺特。」愚謂今當改曰李、杜、韓、蘇，而去元、白。

歐陽公云：唐之晚年，詩人無復李、杜豪放之格，然亦務以精意相高。如周樸「風暖鳥聲碎，日高花影重。」又云：「曉來山鳥鬧，雨過杏花稀。」誠佳句也。

聖俞嘗謂予曰：「詩家雖率意，而造語亦難。若意新語工，得前人所未道者，斯爲善也。必能狀難寫之景，如在目前，含不盡之意，見於言外，然後爲至矣。」狀難寫之景，含不盡之意，若嚴維「柳塘春意漫，花塢夕陽遲」，則天容時態，融和駘蕩，豈不如在目前乎？

詩人貪求好句，而理有不通，亦語病也。

自《西崑集》出，詩人争效之，詩體一變。而先生老輩，患其多用故事，至於語僻難曉。殊不知自是學者之病。如子儀一作大年。《新蟬》云：「風來玉宇烏先轉，露下金莖鶴未知。」雖用故事，何害於佳句也。

退之筆力，無施不可，而嘗以詩爲文章末事，故其詩曰「多情懷酒伴，餘事作詩人」也。然其資談笑，助諧謔，叙人情，狀物態，一寓於詩，而曲盡其妙。此在雄文大手，固不足論，而予獨愛其工於用韵也。蓋其得韵寬，則波瀾横溢，泛入旁韵，乍還乍離，出入回合，殆不可拘以常格，如《此日足可惜》之類是也。得韵窄，則不復旁出，而因難見巧，愈險愈奇，如《病中贈張十八》之類是也。余嘗與聖俞論此，以謂譬如善馭良馬者，通衢廣陌，縱横驅逐，惟意所之。至於水曲蟻封，疾徐中節，而不少蹉跌，乃天下之至工也。

蘇東坡云：「律詩最忌屬對偏枯，不容一句不善者。古詩用韵必須偶數。」

凡爲詩文不必多，古人無許多也。

《大雅・緜》九章，事不接，文不屬，如連山斷嶺，相去絶遠而氣象聯絡，此最爲文之高致。若杜子美《哀江頭》古詩，其詞氣如百金戰馬，注坡驀澗，如履平地，得詩人遺法。白樂天詩詞甚工，然拙於記事，寸步不遺，猶或失之矣。

詩人才不逮意。愚謂今人並無意，又無才，又無學。

唐末司空圖，崎嶇兵亂之間，而得詩人高雅，猶有承平之遺風。其論詩曰：「梅止於酸，鹽止於鹹，而其美常在酸鹹之外。」可以一唱而三歎也。淵明、子厚之詩，外枯而中膏，似淡而實美，若中邊俱枯，亦何足取？佛言：「譬如食蜜，中邊皆甜。」人食五味，莫不知其甘苦，能分别中邊者，百無一也。

司空表聖自論其詩，以爲得味外味。如「緑樹連邨暗，黄花入麥稀」、「棊聲花院静，幡影石壇高」，非目驗不知其工，但恨其寒儉有僧態。若杜子美「暗飛螢自照，水宿鳥相呼」、「四更山吐月，殘夜水明樓」，則才力富健，去表聖之流遠矣。

蘇子由曰：李白詩類其爲人，駿發豪放，華而不實，好事喜名，不知義理之所在也。語用兵則先登陷陣不以爲難，語游俠則白晝殺人不以爲非，此其誠能也哉？白始以詩酒奉事明皇，遇讒而去，所至不改其舊。永王將竊據江、淮，白起而從之不疑，遂以放死。今觀其詩固然。唐詩人李、杜稱首。杜甫有好義之心，白所不及也。漢高祖歸豐、沛，作歌曰：「大風起兮雲飛揚，威加海内兮歸故鄉，安得猛士兮守四方。」高帝豈以文字高世者哉？帝王之度固然，發於其中而不自知也。白詩反之曰：「但歌大風雲飛揚，安得猛士守四方。」其不識理如此。老杜贈白詩有「細論文」之句，謂此類也。

唐人工於爲詩，而陋於聞道。孟郊嘗有詩曰：「食薺腸亦苦，彊歌聲無歡。出門如有礙，誰謂天地寬。」郊耿介之士，雖天地之大，無以安其身，起居飲食，有戚戚之憂，是以卒窮以死。而李翺倆之，以爲「郊詩高處，在古無上，平處猶下顧沈、謝」。至韓退之亦談不容口。甚矣，唐人之不聞道也！孔子倆顏子「在陋巷，人不堪其憂，回也不改其樂」。回雖窮困早卒，而非其處身之非，可以言命，與孟郊異矣。

蔡天啓云：荆公每倆老杜「鈎簾宿鷺起，丸藥流鶯囀」之句，以爲用意高妙，五字之楷模也。他日公作詩，得「青山捫蝨坐，黄鳥挾書眠」，自謂不減杜語。

禪宗論雲間有三種語：其一爲「隨波逐浪句」，謂隨物應機，不主故常。其二爲「截斷衆流句」，謂超出言外，非情識所到。其三爲「涵蓋乾坤句」，謂泯然皆契，無間可伺其深淺。以是爲序。予嘗謂學詩解此，當與渠同參。

歐陽文忠詩，始矯西崑體，專以氣格爲主，故其言多平易疏暢，律詩意所到處，雖語有不倫，亦不復問。而學之者往往遂失於快直，傾困倒廪，無復餘地。

詩下雙字極難，須使五言、七言之間，除去五字、三字外，精神興致，全見於兩言，方爲工妙。唐人詩：「水田飛白鷺，夏木囀黄鸝。」或曰此本爲李嘉祐詩，王摩詰竊取之，非也。此兩句好處，正在添「漠漠」、「陰陰」四字，此乃摩詰爲嘉祐點化，以自見其妙。如嘉祐本句，但是詠景耳，人皆可到。要之，當令如老杜「無邊落木蕭蕭下，不盡長江滚滚來」與「江天漠漠鳥雙去，風雨時時龍一吟」等，乃爲超絶。

詩之用事不可牽彊，必至於不得不用而後用之，則事詞爲一，莫見安排鬬湊之迹。楊大年、劉子儀皆喜唐彦謙詩，以其用事精巧，對偶親切。黄魯直詩體雖不類，然亦不以楊、劉爲過。如彦謙《題漢高廟》云：「耳聞明主提三尺，眼見愚民盜一抔。」雖是著題，然語皆歇後。「一抔」事無兩，或可略「土」字。如「三尺律」、「三尺喙」皆可，何獨劍乎？「耳聞明主」、「眼見愚民」尤不成語。余數見交游道魯直意，殊不可解。蘇子瞻詩有「買牛但自捐三尺，射鼠何勞輓六鈞」，亦與此同病。六鈞可去「弓」字，「三尺」不可去「劍」字，此理甚易知也。按：「三尺」本《漢書・高帝紀》，亦自可用。但此論不可不知。

蘇子瞻嘗兩用孔稚圭鳴鼃事。如「水底笙簧鼃兩部，山中奴婢橘千頭」，雖以「笙簧」易「鼓吹」不礙。至「已遣亂鼃成兩部，更邀明月作三人」，則「成兩部」不知爲何物，亦是歇後。故用事寧與出處語小異而意同，不可盡牽出處語而意不顯也。

劉季孫，平之子，能作七字詩。家藏書數千卷，善用事。《送孔宗翰知揚州詩》有云：「詩書魯國真男子，歌吹揚州作貴人。」多稱其精當。爲杭州鈐轄，子瞻作守，深知之。後嘗以詩寄子瞻云：「四海共知霜鬢滿，重陽曾插菊花無？」子瞻大喜。在潁州和季孫詩，所謂「一篇向人寫肝肺，四海知我霜鬢鬚」，蓋記此也。

古今人用事，有趁筆快意而誤者，雖名輩有所不免。蘇子瞻：「石建方欣洗腧厠，姜龐不解歎蚜蝛。」據《漢書》，「腧厠」本作「厠腧」，蓋中衣也，二字義不應顛倒用。魯直：「啜羹不如放麑，樂羊終媿巴西。」本是西巴，見《韓非子》。蓋貪於得韵，亦不暇省耳。

詩人以一字爲工，世固知之。惟老杜變化開合，出奇無窮，殆不可以形迹拘。如「江山有巴蜀，棟宇自齊梁」，遠近數千里，上下數百年，只在「有」與「自」兩字閒，而吞納山川之氣，俯仰古今之懷，皆見於言外。《滕王亭子》：「粉牆猶竹色，虛閣自松聲。」若不用「猶」與「自」兩字，則餘八言凡亭子皆可用，不必滕王也。此皆工妙至到，人力不可及，而此老獨雍容閒肆，出於自然，略不見其用力處。今人多取其已用字模仿用之，偃蹇狹陋，盡成死法。不知意與境會，言中其節，凡字皆可用也。

讀古人詩多，意所喜處，誦憶之久，往往不覺誤用爲己語。「緑陰生晝寂，孤花表春餘」，此《韋蘇州集》中最爲警策，而荆公詩乃有「緑陰生晝寂，幽草弄秋妍」之句。大抵荆公閲唐詩多，於去取之間，用意尤精觀《百家詩選》可見也。如蘇子瞻「山圍故國城空在，潮打西陵意未平」，此非誤用，直是取舊句縱横役使，莫彼我辨耳。

荆公詩用意甚嚴，尤精於對偶。嘗云：「用漢人語，止可以漢人語對，若參以異代語，便不相類。如『一水護田將緑繞，兩山排闥送青來』之類，皆漢人語也。」此惟公用之不覺句窘卑凡。如「周顒宅在阿蘭若，婁約身隨窣堵波」，皆以梵語對梵語，亦此意。嘗有人面稱公「自喜田園安五柳，但嫌尸祝擾庚桑」之句，以爲的對。公笑曰：「伊但知『柳』對『桑』爲的，然『庚』自是數。」蓋以十干數之也。

詩語固忌用巧太過，然緣情體物，自有天然工妙，雖巧而不見刻削之痕。老杜「細雨魚兒出，微風燕子斜」，此十字殆無一字虛設。雨細著水面爲漚，魚常上浮而淰，若大雨則伏而不出矣。燕體輕弱，風猛則不能勝，惟微風乃受以爲勢，故有「輕燕受風斜」之語。至「穿花蛺蝶深深見，點水蜻蜓款款飛」，「深深」字若無「穿」字，「款款」字若無「點」字，皆無以見，其精微如此。然讀之渾然全似未嘗用力，此所以不礙其氣格超勝。使晚唐諸子爲之，便當入「魚躍練波拋玉尺，鶯穿絲柳織金梭」之體矣。

七言難於氣象雄渾，句中有力而紆徐，不失言外之意。自老杜「錦江春色來天地，玉壘浮雲變古今」與「五更鼓角聲悲壯，三峽星河影動搖」等句之後，常恨無復繼者。韓退之筆力最爲傑出，然每苦意與語俱盡。《和裴晉公破蔡州回詩》所謂「將軍舊壓三司貴，相國新兼五等崇」，非不壯也，然意亦盡於此矣，不若劉禹錫《賀晉公留守東都》云「天子旌旗分一半，八方風雨會中州」語遠而體大也。愚謂夢得此句亦麤，不足法。

韓退之《雙鳥詩》，殆不可曉。嘗以問蘇子容，云：「意似是指佛、老二學。」以其終篇本末攷之，亦或然也。杜子美《病柏》、《病橘》、《枯椶》、《枯枏》四詩，皆興當時事。《病柏》爲明皇作，與《杜鵑行》同意。《枯椶》比民之殘困，則其篇中自言矣。《枯枏》云：「猶含棟梁具，無復霄漢志。」當爲房次律之徒作。惟《病橘》始言「惜哉結實小，酸澀如棠梨」，末以比荔枝勞民，疑若指近倖之不得志者。自漢、魏以來，詩人用意深遠，不失古風，惟此公爲然，不但語之工也。

古今論詩者多矣，吾獨愛湯惠休稱靈運爲「初日芙蓉」、沈約稱王筠爲「彈丸脱手」兩語，最當人意。「初日芙蓉」，非人力所能爲，而精采華妙之意，自然見於造化之妙。靈運諸詩，可以當此亦無幾。

「彈丸脱手」，雖是虚寫便利，動無流礙，然其精圓快速，發之在手，筠亦未能盡也。然作詩到此地，豈復更有餘事。韓退之《贈張籍》云：「君詩多態度，靄靄春空雲。」司空圖記戴叔倫語云：「詩人之詞，如藍田日暖，良玉生烟。」亦是形似之微妙者，但學者不能味其言耳。愚謂《風》、《騷》亦何嘗定如此。

劉貢父云：詩以意爲主，文詞次之。或意深義高，雖文詞平易，自是奇作。世效古人平易句而不得其意義，翻成鄙野可笑。唐韓吏部詩高卓，至律詩雖稱善，要有不工者。而好韓之人，句句稱述，未可謂然也。

唐子西云：唐人有詩云「山僧不解數甲子，一葉落知天下秋」。及觀元亮詩云：「雖無紀曆志，四時自成歲。」便覺唐人費力如此。《桃源記》言「尚不知有漢，無論魏、晉」，可見造語之簡妙。蓋晉人工造語，而元亮其尤也。

詩在與人商論，深求其疵而去之，等閒一字放過則不可，故謂之「詩律」。東坡云：「故將詩律鬭深嚴。」予亦云：「詩律傷嚴近寡恩。」大凡立意之初，必有難易二塗，學者往往舍難而趨易，文意罕工，每坐此也。

作詩自有穩當字，弟思之不到耳。皎然以詩名於唐，有僧袖詩謁之。然指其《御溝詩》云：「『此波涵聖澤』，『波』字未穩，當改。」僧怫然而去。皎然度其必復來，乃書「中」字握掌内。僧果復來，云：「欲更爲『中』字如何？」然展手示之，遂定交。要當如此乃是。

蘇東坡詩叙事，言簡而意盡。惠州有潭，潭有潛蛟，人未之信也。虎飲水其上，蛟尾而食之，俄而浮骨水上，人方知之。東坡以十字道盡，云「潛鱗有饑蛟，掉尾取渴虎」。言「渴」，則知虎以飲水而召災，言「饑」則蛟食其肉矣。

古之作者初無意於造語，所謂因事以陳詞。如杜子美《北征》一篇，直紀行役耳。忽云「或紅如丹砂，或黑如點漆。雨露之所濡，甘苦齊結實」，此類是也。文章只如人作家書乃是。愚謂此語宜分別。

張正民云：「篇章以含蓄天成爲上，破碎雕鎪爲下。西崑非不工，而弄斧操斤太甚。長吉非不奇，而牛鬼蛇神太甚。」

精麤不可不擇也，不擇則龍蛇黿蚓相雜矣。

斯文盛於漢、魏，衰於齊、梁。樹按：杜公云：「縱使王楊操翰墨，劣於漢魏近風騷。」又云：「竊攀屈宋宜方駕，恐與齊梁作後塵。」杜公意屈、宋當攀，但不可沿其流弊，至爲齊、梁耳。始終薄齊、梁，言王、楊尚不至此。又論「杜公無美不備，有窺其一二，便可名家，況深造而具體者乎！」由表臣之言，則李及韓、蘇實皆未能及也。

吕居仁云：「詩貴警策，但晉、宋人專致力於此，又失於綺靡而無高古氣味。」

爲詩常患意不屬即不若且休。

謝無逸謂：「老杜有自然不做底語到極至處，亦有雕琢語到極至處。」

學古人詩，須知其有短處。如子美有近質處，東坡有汗漫處，山谷有太尖巧處。

老杜歌行，最見次弟出入本末；而東坡長句，波瀾浩大，變化不測，如作雜劇，打猛諢入，却又打猛諢出也。

詠物詩不得分明説盡，只髣髴形容，自然已到。如義山《雨》詩：「摵摵度瓜園，依依傍水軒。」東坡云：「賦詩必此詩，定知非詩人。」然如魯直《猩毛筆》用事切當，又必此詩也。

潘邠老言：「七言詩第五字要響，五字詩弟三字要響，如『返照入江翻石壁，歸雲擁樹失山邨』，『翻』字、『失』字。『圓荷浮小葉，細麥落輕花』，『浮』字、『落』字。所謂響者，致力處。」余却以爲字字當響。

老杜云：「新詩改罷自長吟。」文字頻改，功夫自進。歐公作文，時加竄定，有終篇不留一字者。山谷長年多定前作。

葉石林云：「王荆公晚年詩律尤精嚴，造語用字，間不容髮。然意與言會，言隨意遣，渾然天成，殆不見有牽率排比處。」

周竹坡云：「作詩正欲寫所見，不必過於奇險。」因舉杜公「夜深殿突兀，風動金琅璫」，當身見之，乃知其妙。

有明上人作詩甚艱，求捷法於東坡。坡作兩頌與之云：「字字覓奇險，節節累枝葉。咬嚼三十年，轉更無相涉。」「衝口出常言，法度法前軌。人言非妙處，妙處在於是。」余謂此二法皆須活參，如曾南豐中前一病，而謝、鮑以此得之；白傅、東坡得後一説之妙，而俗人以此失之，不得執著此語。

朱子曰：杜公夔州以前詩佳，夔州以後，自出規模，不可學。蘇、黄只是今人詩。蘇才豪，一滚説盡無餘意，黄費安排。須看西晉以前，皆佳。

劉琨詩高。東晉已不逮前人，齊、梁益浮薄。鮑才健，其詩乃《選》之變體，太白專學之。

淵明平淡，出於自然，後人學他平淡，便相去遠矣。

蘇子由愛「亭皋木葉下，隴首秋雲飛」，此正是子由慢底句法。某却愛「寒城一以眺，平楚正蒼然」十字，却有力。放翁論劉長卿詩云：「千峰共夕陽」，佳句也。近時僧癩可用之云：「亂山争落日。」雖工而窘，不逮本句。

齊、梁間之詩，讀之使人四肢皆嬾慢不收拾。

唐明皇資禀英邁，只看他做詩出來，是甚麽氣魄。如《早渡蒲關》，多少飄逸氣概，便有帝王底氣燄。越州有石刻唐朝臣《送賀知章詩》，亦只有明皇一首好。有曰「豈不惜賢達，其如高尚何？」

李太白詩，不專是豪放，亦有雍容和緩底。如《古風》首篇「大雅久不作」，多少和緩。陶淵明詩，人皆説是平淡。據某看，他自豪放，但豪放得來不覺耳。

太白五十篇《古風》，是學陳子昂《感遇》詩，其間多有全用他句處。

杜詩初年甚精細，晚年横逆不可當，只意到處，便押一箇韻。如自秦州入蜀諸詩，分明如畫，乃其少作也。

杜子美晚年詩都不可曉。吕居仁嘗言：「詩字字要響。」其晚年詩都啞了，不知是如何，以爲好否？

文字好用經語，亦一病。老杜詩「致遠思恐泥」，東坡寫詩到此句，云「不足爲法」。

詩須是平易不費力，句法混成。如唐人玉川子輩，句語雖險怪，意思亦自有渾成氣象。

「閉門覓句陳無己，對客揮毫秦少游。」無己平時出行，覺有詩思，便急歸，擁被卧而思之，呻吟如病者，或累日而後成，真是閉門覓句。如秦少游詩甚巧，所謂對客揮毫者，想他合下下筆，得句便巧。張文潛詩，只一筆寫去，重意重字皆不問，然好處亦是絶好。如《梁甫吟》一篇，筆力極健。如云「永安受命堪垂涕，手挈庸兒是天意」等處，説得好，但結末差弱耳。

今人事事所以做得不好者，緣不識之故。只如箇詩，舉世之人，盡命去奔波，只是無一箇人做得成詩。他是不識好底將做不好底，不好底將做好底。這個只是心裏鬧，不虛静之故。不虛不静故不明，不明故不識。若虛静而明，便識好物事。雖百工技藝，做得精者，也是他心虛理明，所以做得來精。心裏鬧，如何見得！

作詩先用看李、杜，如士人治本經。本既立，次弟方可看蘇、黄以次諸家詩。

古人詩中有句。今人詩更無句，只是一直説將去。這般詩，一日做百首也得。

舉世奔命去做詩，無一人做成，緣是不識之故。愚謂所以如此，緣是不逐志好學之故。偏才小慧，器淺氣浮，稍有微能，驕滿自足，既不深求古人，又不虛受今人。地醜德齊，莫能相尚。心中本無真知，何能識真？邊見、偏見、顛倒見，糅亂黑白，舉世擾擾，闇瞢無明，可哀也哉！

姜白石曰：「詩有氣象、體面、血脈、韵度。氣象欲其渾厚，體面欲其宏大，血脈欲其貫穿而忌露，韵度欲其飄逸而忌輕。」

雕刻傷氣，若過拙而無委曲，又不是。

人所易言，我寡言之。人所難言，我易言之。

難說處一語而盡，易說處莫便放過。僻事實用，熟事虛用。說理要警切，說事要簡要，說景要活見。多看自知，多作自好矣。

小詩精深，短章醞藉，大篇要布置開合。

詩之不工，只是不精思耳。

學有餘而約以用之，意有餘而約以用之。乍敘事而間以議論，方寫景而夾映情。

篇終出人意表，或反終篇之意。愚按即所謂出場也。

《三百篇》美刺箴怨皆無迹。

語貴含蓄。坡公云「言有盡而意無窮」，天下之至言也。意中有景，景外有意。

思有窒礙，涵養未至也，當益以學。

波瀾壯闊，如在江湖中，一波未平，一波已作；如兵陣，方以爲正，又復是奇，方以爲奇，忽復是正，出入變化，不可紀極，而法度不可亂。愚謂此惟長篇宜之。

意格欲高，聲調欲響。始於意格，成於句字。

詩有四種高妙：一曰理高妙，二曰意高妙，三曰想高妙，四曰自然高妙。礙而實通，曰理高妙；

出事意外，曰意高妙；寫出幽微，如清潭見底，曰想高妙；自然天到，曰自然高妙。愚謂意與想二句混似，意在事中，忽出事外，爲意高妙，想在意中，忽出想外，爲想高妙。如「扶桑西枝封斷石，弱水東影隨長流」是意想俱高妙也。

不知詩病，何由能詩？不觀詩法，何由知病？愚觀近代人詩文集，除一二真作家外，多是傖俗淺陋。或亂雜無章，或用事下字，不穩不确；或取境命意，不切不倫。既無句法，又無章法。其間有爲衆所推與稱美者，大抵亦是意詞淺近，習熟雷同，爲凡人意中所能有，凡人筆下所能到。所謂「雞有五德，君猶瀹而食之者，以其所從來近也。」譬如雅烏犬豕，户巷皆是。無有義意才筆氣格，出人意表，令人眼明，何由刮目。與作人一般，但在衆人耳目前，作一無大破綻之人而已，弟不爲大憝悖惡耳，豈可便許之爲聖賢英傑非常之士哉？故愚平日閱人文字，率少可多否。友人或以是病余。要之亦是友人不能真識得好不好之故。推之文字楷法，義理政事皆然。凡閱人文字一部，全集中如有一二篇真合作，則其餘必皆可觀。否則縱有可取，而非真合作，則其餘必無取。此如容光觀瀾，見驥一毛，即知全體。亦緣真僞無二理，一真則皆真，一僞則皆僞，人心如印板，不容有異印也。余年七十，始分明見得如此。義理德行政事皆然。詩文無頓挫，只是説白話，無復行文之妙。頓挫者，横斷不即下，欲説又不直説，所謂「盤馬彎弓惜不發」。若一直滚去，如駿馬下坡，無控縱之妙，成何文法？如杜公《聞收河南北》弟二句、弟三句四句，皆頓挫也。至六句始出題，如水瀠洄停蓄，忽又流下。此惟太史公文及杜詩最得此法。今專以興與景，聲響氣象偉麗，不驚人不休爲詩，而後義意及用事。專講文法，以頓挫沈鬱爲主。非苦思，不能避滑易輕浮。

嚴滄浪曰：「禪家者流，乘有大小，宗有南北，道有邪正。學者須從最上乘，具正法眼，悟弟一義；若小乘禪聲聞辟支果，皆非正也。論詩如論禪：漢、魏、晉與盛唐之詩，則弟一義也；大曆以還之詩，則小乘禪也，已落弟二義矣。晚唐之詩，則聲聞辟支果也。」

詩之法有五：曰體制，曰格力，曰氣象，曰興趣，曰音節。詩之品有九：曰高，曰古，曰深，曰遠，曰長，曰雄渾，曰飄逸，曰悲壯，曰淒婉。其用工有三：曰章法，曰句法，曰字眼。而其極致，曰入神。詩而入神，至矣盡矣，蔑以加矣，惟李、杜得之，他人得之蓋寡矣。

夫詩有別材，非關書也；詩有別趣，非關理也。然非多讀書、多窮理，則不能極其至。

學詩先除五俗：一曰俗體，二曰俗意，三曰俗句，四曰俗字，五曰俗韵。有語忌，有語病。語病易除，語忌難除。語病古人亦有之，惟語忌則不可有。須是本色，須是當行。對句好可得，結句好難得，發句好尤難得。發端忌作舉止，收拾貴在出場。不必太著題，不必多使事。下字貴響，造語貴圓。意貴透徹，不可隔靴搔癢。語貴脱灑，不可拖泥帶水。最忌骨董，最忌趁帖。語忌直，意忌淺，脈忌露，味忌短，音韵忌散緩，亦忌迫促。須參活句，勿參死句。詞氣可頡頏，不可乖戾。律詩難於古詩，絶句難於八句，七言律詩難於五言律詩，五言絶句難於七言絶句。學詩有三節：其初不識好惡，連篇累牘，肆筆而成；既識羞愧，始生畏縮，成之極難；及其透徹，則七縱八横，信手拈來，頭頭是道矣。詩之是非不必争，試以己詩置之古人詩中，與識者觀之而不能辨，則古人矣。　盛唐詩，亦有一二濫觴晚唐者。　晚唐詩，亦有一二可入盛唐者。　要當論其大概耳。　唐人與本朝詩，未論工拙，直是氣象不同。　唐人命題言語亦自不同。　雜古人之集而觀之，不必見詩，望其題引，而知其爲唐人、今人矣。　大曆之詩，高者尚未識盛唐，下者漸入晚唐矣。　晚唐之下者，亦墮野狐外道鬼窟中。　詩有詞、理、意、興。　南朝人尚調而病於理，本朝人尚理而病於意興，唐人尚意興而理在其中，漢、魏之詩，詞理意興，無迹可求。

漢、魏古詩，氣象混沌，難以句摘。　晉以還方有佳句，如淵明「采菊東籬下，悠然見南山」、謝靈運「池塘生春草」之類。　謝所以不及陶者，康樂之詩精工，淵明之詩質而自然耳。　謝靈運之詩，無一篇不佳。　黄初之後，惟阮籍《詠懷》之作，極爲高古，有建安風骨。　晉人舍陶淵明、阮嗣宗外，惟左太沖高出一時，陸士衡猶在諸公之下。　顔不如鮑，鮑不如謝。　文中子獨取顔，非也。　建安之作，全是氣象，不可尋枝摘葉。　靈運之詩，已是徹首尾成對句矣，是以不及建安也。　謝朓之詩，已有全篇似唐人者，當觀其集，方知之。　少陵詩法如孫、吴，太白詩法如李廣，然皆制勝之師也。　少陵詩憲章漢、魏，而取材於六朝。　至其自得之妙，則前輩所謂集大成也。　觀太白詩者，要識真太白處。　太白天才豪逸，語多率然而成者。　學者於每篇中要識其安身立命處可也。　太白發句，謂之開門見山。　李、杜數公，如金翅擘海，香象渡河，下視郊、島輩，直蟲吟草間耳。　高、岑之詩悲壯，讀之使人感慨。　孟郊之詩刻苦，使人讀之不歡。　《楚詞》惟屈、宋諸篇當讀之外，惟賈誼《懷長沙》、淮南王《招隱操》、嚴夫子《哀時命》宜熟讀，此外亦不必也。　《九章》不如《九歌》，《九歌·哀郢》尤妙。　前輩謂

《大招》勝《招魂》，不然。讀《騷》之久，方識真味。須歌之抑揚，涕淚滿襟，然後爲識《離騷》。否則，如戛釜撞甕耳。唐人惟柳子厚深得《騷》學，退之、李觀皆所不及。若皮日休《九諷》，不足爲《騷》。韓退之《琴操》極高古，正是本色，非唐賢所及。釋皎然之詩，在唐諸僧之上。唐詩僧有法震、法照、無可、護國、靈一、清江、無本、齊己、貫休也。集句惟荆公最長。《胡笳十八拍》渾然天成，絶無痕迹，如蔡文姬肺腑中流出。愚按滄浪論詩，亦有精當可取，惟不脱言詮知解，不得詩之體用本原耳。

羅景綸云：詩莫尚乎興。聖人言語，亦有專是興者，如「逝者如斯夫，不舍晝夜」、「山梁雌雉，時哉時哉」，無非興也，特是不曾檃括協韵爾。蓋興者，因物感觸，言在於此而意寄於彼，義味乃可識，非若賦、比之直言其事也。故興多兼比、賦，比、賦不兼興，古詩皆然。今姑以杜陵言之。《發潭州》云：「岸花飛送客，檣燕語留人。」蓋因飛花語燕，傷人情之薄，言送客留人，止有燕與花耳。此賦也，亦興也。若「感時花濺淚，恨別鳥驚心」，則賦而非興也。《草堂成》云：「暫止飛鳥將數子，頻來語燕定新巢。」蓋因烏飛燕語，而喜己之攜雛卜居，其樂與之相似，此比也，亦興也。若「鴻雁影來聯塞上，鶺鴒飛急到沙頭」，則比而非興也。

惠洪《冷齋夜話》云：東坡嘗曰：淵明詩初看若散緩，熟看有奇句。如「日暮巾柴車，路暗光已夕。歸人望烟火，稚子候門隙。」又曰：「采菊東籬下，悠然見南山。」又：「靄靄遠人邨，依依虚里烟。犬吠深巷中，雞鳴桑樹顛。」大率才高意遠，則所寓得其妙，造語精到之至，遂能如此，似大匠運斤，不見斧鑿之痕。不知者困疲精力，至死不知悟，而俗人亦謂之佳。如曰：「一千里色中秋月，十萬軍聲夜半潮。」又曰：「蝴蝶夢中家萬里，杜鵑枝上月三更。」又曰：「深秋簾幕千絲雨，落日樓臺一笛風。」皆如寒乞相，一覽便盡，初如秀整，熟視無神氣，以其字露也。東坡作對則不然，如曰「山中老宿依然在，案上《楞嚴》已不看」之類，更無齟齬之態。細味對甚的，而字不露。山谷云：詩意無窮，而人之才有限。以有限之才，追無窮之意，雖淵明、少陵不得工也。然不易其意而造其語，謂之換骨法。窺入其意而形容之，謂之奪胎法。如鄭谷《十月菊》曰：「自緣今日人心别，未必秋香一夜衰。」此意甚佳，而病在氣不長。西漢文章雄深雅健者，其氣長故也。曾子固曰：「詩當使人一覽語盡而意有餘。」

唐僧多佳句。其琢句法，比物以意，而不指言其物，謂之象外句。如無可上人詩曰：「聽雨寒更盡，開門落葉深。」是以落葉比雨聲也。又曰：「微陽下喬木，遠燒入秋山。」是以微陽比遠燒也。

嚴首昇曰：「七言下三字，須出上四字意外；二句中，勿將下句作上句。」注古詩亦然。元次山苦直易詳盡，無餘可畜。又往往題佳於詩，使觀者失望於詩。又有詩複於叙之病，人皆喜其叙，予正嫌其多一叙也。叙與詩宜互見，不宜重見，詳略異同自有法。

近體收煞宜老，古體煞句宜活。涪翁云：「如雜劇然，要打諢出場。」然亦兒戲不得，要令人快，不宜令人作笑柄。

偷襲是詩家首禁。王摩詰佳處，彊半襲舊，故摩詰詩不可再襲。

遇物抒懷，或慈或俠，或憤或適，是有萬物皆備，反身而誠之實。愚按此亦惟杜公有然，《秦中雜詩二十首》可見。

古人事詞在經史中，如嘉樹怪石在山海中，移入詩文，便如在園亭中。李、杜園亭大，他人小。采花石者，須於山海，勿於園亭。

遯齋云：「凡詩之詠物，雖平淡巧麗不同，要能以隨意造語爲主。」

范德機云：「實字多則健，虛字多則弱。」愚謂此亦不然，如杜《送鄭廣文》、《東閣官梅》，李義山《隋宫》，曲折頓挫，全以虛爲用。先子評義山《茂陵》詩曰：「藏鋒斂鍔於宏音壯采之中，七律無此法門。不善學者，便入癡肥一派。」此言用實字之佳處。然樹以義山此詩，仍賴數虛字撥掉，不全用實字也。惟楊升庵詩則全是癡肥，余不甚喜之。

李西涯云：「詩貴不經人道。」按此語須善會，循是而爲之，恐入於怪俗奇險，入小家派。「語不驚人死不休」，意亦同人，但造語奇崛耳。

質而不俚，所以可貴，夔詩正以多俚耳，然其佳者不可掩。朱子不喜夔詩，山谷專宗夔詩，昔人聚訟不決，吾以爲皆是也。真用功則自見之，勿主一廢一。

皇甫子循云：「或謂詩不應苦思，苦思則喪其天真。」此語不然。語欲妥帖，字必推敲。一字之瑕，直害其句；一句之纇，并害其篇。

謝茂秦曰：「詩有三等語：堂上語，堂下語，階下語。上官臨下官，動有昂然氣象，開口自别；下官復上官，所言殊有條理，不免局促之象；若訟者罪囚，説得極詳，猶恐不能勝人。」愚按堂上語者，大家麤服亂頭，皆有自得之象；堂下語者，名家工妙句也；階下語則如今俗人之詩，牆陰屋角，老夫老媪，騃童愚婦，刺刺不休之言。然學堂上語又易成客氣假象，必如杜公所云「秦王時在坐，真氣驚户牖」，斯爲真也。

立意易，措詞難。

「詩宜擇韻，宜忌麤俗字，忠孝字不宜輕用。」愚謂亦在善用之耳。

詩有三法：事、情、景。嚴羽譬之劊子手殺人，直取心肝；作詩知要緊下手處，便了局得快也。指此三者，直取之也。

「作詩本乎情景，情景有異同，摹寫有難易。詩有二要，莫切於斯。觀則同於外，感則異於内。當力使内外如一，出入此心而無間也。景乃詩之媒，情乃詩之胚，合而爲詩；以數言而統萬形，元氣渾成。」愚謂景有深淺，摹寫有工拙，措語有雅俗。

詩乃摹寫情景之具。情融乎内而深且長，景耀乎外而真且實。或則情多，或則景多，皆有偏而不融之病，即造化不完。范梈曰：「善詩者就景中寫意，不善詩者去意中尋景。惟杜公情景匀稱。」江盈科論杜夔詩：「象境傳神。使人讀之，山川奇崛挺特，居然在眼。」

凡字異而意同者，不可概用，宜分乎彼此。此先聲律而後義意，如「禽」不如「鳥」，「翔」不如「飛」，「蔡」不如「龜」，「涼」不如「寒」，勿專於義意而忽於聲律。

正言直述，易於窮盡，而難於感發人意。託物寓情，形容摹寫，反覆詠歎，以俟人之自得，所以貴比興也。

又貴實而虚之，預説他時，如杜《十二月一日》是也。當衰偏説盛，在此偏説彼，如《秋興》是也。在今説往日，《渼陂》是也。指古人説今人，因今人弔古人，因物以及人，因送人及彼主人，因假説真，如題畫諸詩是也。凡皆以避正説實説，無味易盡也。

得句不在遲速，以工爲主，造句遲則愈見其工。詩不厭改，貴乎精也。作詩勿自滿，有未工者，若識者詆訶，則易之。作詩要割愛，有相妨者，離之雙美，合之兩傷，宜割愛置之，再加沈思，自得警句。空同極苦思，詩成一二句，不工即棄之。愚謂句工不專造遲，如朱子論秦少游可見，但戒率意滑易耳。又按陸士衡曰：「苟背義而傷道，雖甚愛而必捐。」吾鄉隱士賣菜翁告戴褐夫曰：「爲文之道，割愛而已。」皆可與茂秦言相發。

「凡作近體詩，誦要好，聽要好，觀要好，講要好。誦之行雲流水，聽之金聲玉振，觀之明霞散綺，講之獨繭抽絲。此詩家四關。一關不過，即非作家。」愚謂尤在講之精深，有法律運用。

詩有造化。美玉微瑕，未爲全寶，是造化未完也。

悲歡皆由乎興，非興則造語不工。歡喜詩，興中得者，宜短章。悲感詩，興中得者更佳，千言反覆，愈長愈健。熟讀李、杜全集，方知無處無時而非興也。

「律詩中兩聯，貴乎一濃一淡。若中兩聯前濃後淡則可，若前後濃中淡則不可。有八句皆濃者，唐四傑有之。八句皆淡者，韋、孟有之。」愚謂五言八句，可以皆淡，七言則不可。

平仄四聲，有輕重抑揚之分。凡七言八句，起承轉合，亦具四聲，歌則抑之揚之，靡不盡妙。如杜「兵戈不見老萊衣」，此如平聲揚之；「我已無家」二句，如上聲抑之；「黄牛」二句，如去聲揚之；「此別」二句，如入聲抑之也。夫平仄以成句，抑揚以合調，揚多抑少則調匀，抑多揚少則調促。如杜「朝元閣上西風急，都入長楊作雨聲」，上句「閣」、「急」二入聲，抑揚相稱，歌之則爲中和調矣。王少伯「玉顔不及寒雅色，猶帶昭陽日影來」，上句「玉」、「不」、「及」、「色」四入聲，抑之太過，下句一入聲，歌則疾徐有節矣。劉禹錫「種桃道士歸何處，前度劉郎今又來」，上句四去聲，揚之又揚，歌則太硬。

一句一意，摘一句亦成詩。一篇一意，摘一句不成詩也。

同則太熟，不同則太生。二者似易實難，使其堅不可脱，則能近而不熟，遠而不生。

戴叔倫「旅館誰相問，寒燈獨可親。一年將盡夜，萬里未歸人。寥落悲前事，支離笑此身。愁懷與衰鬢，明日又逢春。」觀此體輕氣浮，如葉子金，非錠子金。凡五言律，兩聯若綱目四條，詞不必詳，意不必貫，此皆上句生下句之意。八句意相聯連，中無罅隙，何以含蓄？頷聯雖曲盡旅況，然兩句一意，合則味長，離則味短。晚唐人多此句法。因勉更六句云：「燈火石頭驛，風烟揚子津。一年將盡夜，萬里未歸人。萍梗南浮越，功名西向秦。明朝對清鏡，衰病又逢春。」

古人詩譬行長安大道，不由狹邪小徑，以正爲趨，則通於四海，略無阻滯。若李、杜則飄逸、沈重之不同，行皆大步。本朝有學子美、太白者，則不免蹈襲。亦有避其故迹者，雖由大道，而跬步之間，或中或旁，或緩或急，此所以異乎李、杜，而轉折多矣。夫大道乃盛唐諸公之所共由者，予但由乎中正，自能成家。

自然妙者爲上，精工者次之，此著力不著力之分，學之者不必專一而逼真也。專於陶者失之淺易，專於謝者失之餖飣。

鍊句須渾然，一字不工，乃造物之不完。如許渾「獨愁秦樹老，孤夢楚山遥」，此上一字欠工，宜易「羈愁秦樹老，歸夢楚山遥」。無可「山春南去雁，楚夜北歸鴻」，此亦上一字欠工，宜易「江春南去雁，關夜北歸鴻」。周樸「巷有千家月，人無萬里心」，此中二字未工，易「巷冷幾家月，人孤萬里心」。按茂秦所改皆宜商。

搥金爲葉，氣體輕，不如錠子金。劉隨州五言長城與少陵比，則輕重不侔。

「詩人養氣，藴乎内，著乎外。初、盛諸家，有雄渾如大海奔濤，秀拔如孤峰峭壁，壯麗如層樓叠閣，古雅如瑶琴朱弦，老健如朔漠横雕，清逸如九皋鳴鶴，明净如泰山積雪，高遠如長空片雲，芳潤如露蕙春蘭，奇采如鯨波蜃氣，此見諸家所養之不同也。學者能集衆長，合而爲一，則爲全味矣。」愚謂此不易言也，惟子美能之耳。有三説論品藻，可以合參，今附録於後：

王歸叟云：方回言：學於前輩得八句云：「平淡不流於淺俗，奇古不鄰於怪僻。題詩不窘於物象，叙事不病於聲律。比興深者通物理，用事工者如己出。格見於成篇，渾然不可鐫；氣出於言外，浩然不可屈。」盡心於此，守而勿失。

蔡絛云：有人答書生詩云：「百首爲一首，卷終如卷初。」譏其不能變態也。愚謂今人刻集，汗牛兼輛，其稱佳者，病皆若此。不佳者勿論矣。

胡茗谿云：人得一節，皆自名所長。至杜甫渾涵汪洋，千彙萬狀，兼古今而有之。他人不足，甫乃厭餘，殘膏剩馥，沾匄後人多矣。故元微之云：「詩人以來，未有如子美者。」秦少游云：「蘇、李長於高妙；曹、劉長於豪逸；陶、阮長於沖淡；謝、鮑長於峻潔，徐、庾長於藻麗。杜公窮高妙之格，極豪逸之氣，包沖淡之趣，兼峻潔之資，備藻麗之態，而諸家之外，所不及焉。」

王元美云：「七言律，篇法之妙，有不見句法者。句法之妙，有不見字法者。有俱屬象而妙者，有俱屬意而妙者，有俱作高調而妙者，有直下不偶對而妙者。皆興與境詣，神與天會。」愚謂此惟杜公及山谷有之，而不可輕擬。《黄鶴樓》、《鸚鵡洲》亦是如此。

勿和韵，勿拈險韵，勿用傍韵。勿偏枯，勿求理，勿搜僻。勿用六朝彊造語，勿用大曆以後事。

大曆高、岑、王、李之徒，才情所發，偶與境會，了不自知其墮者，如「到來函谷愁中月，歸去磻谿夢裏山」、「鴻雁不堪愁裏聽，雲山況是客中過」、「草色全經細雨濕，花枝欲動春風寒」，非不佳致，已隱隱逗漏錢、劉出來。至「百年彊半仕三已，五畝就荒天一涯」，便是長慶以後手段。吾故曰衰中有盛，盛中有衰，各各含機藏隙。盛者得衰而變之，功在創始；衰者得盛而沿之，弊在趨下。

律句有必不可入古者，古詩字有必不可爲律者。然非多熟古詩，未有能以律詩高天下者也。

李西涯、楊鐵崖都作樂府，何嘗是來！

李東川七律，最響亮整肅。

許身稷、契，衙官屈、宋，又不足言矣。

王小美云：「談詩者謂七言律不可一句兩入故事，一篇中不可重犯故事。」然作詩精神到處，隨分自佳；縱使犯此，不覺痕迹，亦自無傷。如太白《峨眉山月歌》四句，入地名者五，殊不厭重複。「少陵多變態。有深句，有雄句，有老句，有秀句，有險句，有拙累句。大美刻意，杜陵所未滿者，意多於景耳。」愚謂此語今人多不悟，余七律亦犯此病，當極思變以進。

詩不惟體，顧取諸性情何如耳。若不惟性情，但以新聲取異，安知今不經人道語，非他日陳言乎？萬古常新，只有一真耳。

陸仲昭云：「事多而寡用之；意多而約出之。」「杜公善於摹寫，工於體物。」愚謂必力思此二事。「詩之病在過求，過求則真隱而僞行矣。」愚按「過求」二字不可解，大約言勿太著意於一偏，反使真意真相斷滅。故舉爲才使，爲意使，爲詞使，爲氣使諸病；而又舉李嘉祐「野棠自發空流水，江燕初飛不見人」，以爲上猶帶琢下句，則真相自然矣。可以此會之。或爲才使，或爲氣使，或爲詞使，或爲典故使，或爲意使。人有外藉以爲使者，則真相隱矣，故詩不可偏過，有所倚，則客氣乘而真意奪。陸君所謂「過」也。

顧亭林曰：詩言志，詩之本也。太史陳之以觀民風，詩之用也。荀子論《小雅》曰：「疾今之政以思往者，其言有文焉，其聲有哀焉。」此詩之情也。建安以逮齊、梁，詞人之賦麗以淫，失詩之旨矣。

詩文之所以代變，有不得不變者。一代之文沿襲已久，不容人人皆道。今取古人之陳言，而一一摹倣之，可乎？不似則失其所以爲詩，似之則失其所以爲我。

毛稺黄曰：「詩必相題，猥瑣、尖新、淫褻等題，可無作也。詩必相韵，故拈險俗生澀之韵，可無作也。」昏昏長夜，解此豁然。

錢郎贈送之作，當時引以爲重，應酬詩，前人亦不盡廢也。然必所贈之人何人，所往之地何地，一一按切，而復以己之性情流露於中，自然可詠可歌，非幕下張君房輩所能代作。

先存於中，揣摩主司之好尚，迎合君上之意旨，宜其言之難工也。錢起《湘靈鼓瑟》、王維《奉和聖製雨中春望》外，傑作寥寥，略可觀矣。

性情面目，人人各具。讀太白詩，如見其脱屣千乘；讀少陵詩，如見其憂國傷時。其世不見容愛才若渴者，昌黎之詩也；其喜笑怒駡風流儒雅者，東坡之詩也。即下而賈島、李洞輩，拈其一章一句，無不有賈島、李洞者存。儻詞可餽貧，工同鞶帨，而性情面目隱而不見，何以使尚友古人者讀其書想見其爲人乎？

宋漫叟云：「東坡善用事，既顯易，讀又切當。」

古人詩不厭改，所以有「日煆月鍊」之語。

馮鈍吟云：「庾子山詩，太白得其清新，杜公得其縱横。」

昔人謂「正人不宜作艶詩」，此説甚正，賀裳駮之非也，如淵明《閒情賦》可以不作，後世循之，直是輕薄淫褻，最誤子弟。如王次回、朱竹垞，名教罪人，豈可託之周公《東山》之詠邪？李空同效義山作《無題》，想見其胸中無識。

王九谿云：「詩發乎性情，則精神自暢。《三百篇》所以動人者此也，否則不樂而彊笑，終不解頤；不哀而彊悲，終不下涕矣。」

文章必以理勝，詩賦乃文之有韵者耳，亦文也。如六經義理之深微，諸史成敗之炯戒，苟窮其旨，則議論縱横，滚滚不竭。儻胸無根柢，而徒取塗於五、七言中，縱極工緻，風骨不凝，尋味甚短，不過潘、陸牢籠中物耳，於陶、杜、韓、蘇諸大家之風弗之悟解矣。

立言必關世教。或自寫其襟懷，或酬答往來，或感物而賦，皆不詭乎正道，方不悖於「興觀群怨，事父事君」之教。故小物亦可寄情，游戲亦可遣興，但其歸宿必有勸戒之意，言方有得。

用事全貴能化。大家用事，全不見餖飣之迹。大抵質用不如借用，明用不如暗用，正用不如翻用，整用不如拆用，順直不如側逆。腐者新，板者活，生者熟，熟者生，直者揉之，散者鍊之，以我用事，不爲事所用。

詩貴慎言。古人歌詠時事，立意忠厚，出言微婉，誦之令人得之言外，所謂無罪而足戒也。後世輕薄子怨望譏刺，幾於詈駡，往往賈禍。吾輩值此盛世，偶有規諷，要不可有一毫出位之意，此士大夫立命之一節。

「詩有通首寫景，而實句句言情者。杜公《東屯月夜》寫飄泊景況，妙在先安『抱病漂萍老』五字爲起句，以後句句寫景，實句句寫情矣。」愚謂此意須解，不止此一首足法也。

雙聲叠韵，亦有一定之法。如出以雙聲，必以叠韵對，否則各自對亦可。杜公多此等句。

詩有用事習熟者宜戒，如吹笛用落梅、折柳；《子夜歌》用蓮子、梧桐、用鳳凰，須用翻新爲妙耳。

「駱賓王詠螢即用螢事，鍾伯敬譏之似刻，然如杜公詠螢兩作，何等深遠灑落。」愚謂凡詠物者，以此爲鑒。

贈送酬答之詩，有主人者宜及其主人。

凡詩寫事境宜近，寫意境宜遠。近則親切不泛，遠則想味不盡。作文、作畫亦然。

叙後有詩，賦後有詩，定須別出一意，補文中所未及。作史論、墓碑銘亦然。

「題目繁雜者必辨其主腦，如散錢之有串。」愚謂此非深於文事者不解。

「題事繁雜，不必纖悉備記，但就其事而衡量之。或舉重大以該輕小，或即輕小以見重大，總要得其竅會。」愚按九谿諸論，惟深於文理者知之，迥非嚴羽、王阮亭、朱竹垞輩所夢見。嚴羽所論禪悟如猜謎見鬼，所論源流體裁，政九谿所論「取塗於五、七字中」也。必如朱子之論及九谿所言，乃青天白日，脚踏實地，不倍於聖人言詩之本。

沈確士云：事難顯成，理難言罄。每託物連類以形之，比興互陳，反覆唱歎，而中藏之懽愉慘戚，隱躍欲傳，其言淺，其情深也。儻質直敷陳，絶無藴蓄，以無情之語而欲動人之情，難矣。

詩以聲爲用者也，其微妙在抑揚抗墜之間。讀者静氣按節，密詠恬吟，覺前人聲中難寫響外別傳之妙，一齊俱出。朱子云：「諷詠以昌之，涵濡以體之。」直得讀書趣味。

古人意中，有不得不言之隱，借韻語以傳之，若胸無感觸，漫爾抒詞，亦復何味？

詩貴性情，亦須論法，亂雜而無章者，非詩也。然所謂法者，起伏照應，承接轉換，自神明變化於其中。若泥法不以意運之，則死法矣。

詩不學古謂之野體，然泥古而不能通變，猶學書者，但講臨摹，分寸不失，而己之神不存也。

人有不平於心，必以清比己，以濁比人。而《谷風》三章，轉以涇自比，以渭比新昏，何其怨而不怒邪！杜子美「在山泉水清，出山泉水濁」亦然。

騷體有少歌，有倡，有亂。歌詞未申，發其意爲倡。獨倡無和，總篇終爲亂。蓋言之不足，故長言之，長言之不足，故反覆詠歎之也。漢人五言興而音節亡。至唐人律體興，弟用意於對偶平仄間，而意言同盡矣。其求餘情動人何有哉！

樂府之妙，全在繁音促節，其來于于，其去徐徐，往往於回溯屈折處感人，是即「依永」「和聲」之遺意也。齊、梁以來，多以對偶行之，而又限以八句，豈復有詠歌嗟歎之意邪！

四言詩締造良難，於《三百篇》太離不得，太肖不得；太離則失其源，太肖祇襲其貌也。韋孟《諷諫》，在鄒之作，肅肅穆穆，未離雅正。劉琨《答盧諶篇》，拙重之中，感激豪蕩，準以變《雅》，似離而合。張華、二陸、潘岳輩，懨懨欲息矣。淵明《停雲》、《時運》等篇，清腴簡遠，別成一格。愚謂淵明四言，意深於詞，脈理精蘊，尋繹愈永。

《風》《騷》既息，漢人代興，五言爲標準矣。就五言中，較然兩體：蘇、李贈答、無名氏《十九首》，是古詩體；《廬江小吏妻》、《羽林郎》、《陌上桑》之類，是樂府題。

五言長篇，難於鋪叙。鋪叙中有峰巒起伏，則長而不漫。短篇難於收斂，收斂中能含蓄無窮，則短而不促。又長篇必倫次整齊，起結完備，方爲合格。短篇超然而起，悠然而止，不必另綴起結。苟反其位，兩者俱傎。

龐言繁稱，道所不貴。蘇、李詩言情款款，感悟俱存，無急言竭論，而意自長，神自遠，使聽者油油善入，不知其然而然也。是爲五言之祖。

蘇、李之别，諒無會期矣。而云「安知非日月，弦望自有時」，何怊悵而纏緜也！

《古詩十九首》不必一人之詞，一時之作。大率逐臣棄妻，朋友闊絶，游子他鄉，死生新故之感。或寓言，或顯言，或反覆言。初無奇闢之思，驚險之句，而西京古詩，皆在其下。是爲《國風》之遺。

漢、魏詩只是一氣盤旋，晉以下始有佳句可摘，此詩運升降之别。古今流傳名句，如「思君如流水」、「池塘生春草」、「澄江净如練」、「紅藥當階翻」、「月映清淮流」、「芙蓉露下落」、「空梁落燕泥」，情景俱佳，足資吟詠。然不如「南登灞陵岸，回首望長安」忠厚悱惻，得遲遲我行之意。

五言長篇，固須節次分明，一氣連屬。然有意本連屬，而轉似不相連屬者，叙事未了，忽然頓斷，插入旁議，忽然聯續，轉接無象，莫測端倪，此運《左》、《史》法於韵語中，不以常格拘也。千古以來，且讓少陵獨步。

陶詩胸次浩然，其中有一段淵深樸茂不可到處。唐人祖述者，王右丞有其清腴，孟山人有其閒遠，儲太祝有其樸實，韋左司有其沖和，柳儀曹有其峻潔，皆學焉而得其性之所近。

孟東野詩，亦從《風》、《騷》中出，特意象孤峻，元氣不無斲削耳。以郊、島並稱，銖兩未敵也。元遺山云：「東野窮愁死不休，高天厚地一詩囚。江山萬古潮陽筆，合在元龍百尺樓。」揚韓抑孟，毋乃太過。韓、孟聯句，可偶一爲之。連篇累牘，有傷詩品。

歌行起步，宜高唱而入，有黄河落天走東海之勢。以下隨手波折，隨步换形，蒼蒼莽莽中，自有灰綫蛇蹤，蛛絲馬迹，使人眩其奇變，仍服其警嚴。至收結處，紆徐而來者，防其平衍，須作斗健語以止之；一往峭折者，防其氣促，不妨作悠揚摇曳語以送之，不可以一格論。

白樂天詩，能道盡古今道理，人以率易少之，然「諷諭」一卷，使言者無罪，聞者足戒，亦風人之遺意也。惟張文昌、王仲初樂府，專以口齒利便勝人，雅非貴品。

五言律，陰鏗、何遜、庾信、徐陵已開其體。唐初人研揣聲音，穩順體勢，其製乃備。神龍之世，陳、杜、沈、宋，渾金璞玉，不須追琢，自然名貴。

李太白之明麗，王摩詰、孟浩然之自得，分道揚鑣，並推極盛。杜子美獨闢畦徑，寓縱横排奡於整密中，故應包涵一切。終唐之世，變態雖多，無有越諸家之範圍者矣。以此求之，有餘思焉。

起手貴突兀。王右丞「風勁角弓鳴」，杜工部「莽莽萬重山」、「帶甲滿天地」，岑嘉州「送客飛鳥外」等篇，直疑高山墜石，不知其來，令人驚絶。

中聯以虚實對、流水對爲上。即徵實一聯，亦宜各换意境。略無變换，古人所輕。即如「蟬噪林逾静，鳥鳴山更幽」，何嘗不是佳句，然王元美以其寫景一例少之。至「圓荷浮小葉，細麥落輕花」，宋人已議之矣。

三、四語多流走，亦竟有散行者。然必有不得不散之勢乃佳，苟難於屬對，率爾放筆，是借散勢以文其陋也。又有通體俱散者，李太白《夜泊牛渚》、孟浩然《晚泊潯陽》、釋皎然《尋陸鴻漸》等章，興到成詩，人力無與，匪垂典則，偶存標格而已。外是八句平對，五六散行，前半扇對之式，皆極詩中變態。

三、四貴匀稱，承上斗峭而來，宜緩脈赴之。五、六必聳然挺拔，别開一境，上既和平，至此必須振起也。崔司勳《贈張都督詩》，「出塞清沙漠，還家拜羽林」，和平矣；下接云：「風霜臣節苦，歲月主恩深。」杜工部《送人從軍詩》「今君渡沙磧，纍月斷人烟」，和平矣；下接云：「好武寧論命，封侯不計年。」《泊岳陽城下詩》，「岸風翻夕浪，舟雪灑寒燈」，和平矣；下接云：「留滯才難盡，艱危氣益增。」如此拓開，方振得起。温飛卿《商山早行》於「雞聲茅店月，人迹板橋霜」下，接「槲葉落山路，枳花明驛牆」；周處士樸賦《董嶺水》，於「禹力不到處，河聲流向西」下，接云「過衙山色遠，近水月光低」，便覺直踏下去。

中二聯不宜純乎寫景。如「明月松間照，清泉石上流。竹喧歸浣女，蓮動下漁舟」，景象雖工，詎爲楷模？至宋陸放翁，八句皆寫景矣。

收束或放開一步，或宕出遠神，或本位收住。張燕公「不作邊城將，誰知恩遇深」，就夜飲收住也。王右丞「君問窮通理，漁歌入浦深」，從解帶彈琴宕出遠神也。杜工部「何當擊凡鳥，毛血灑平蕪」，就畫鷹説到真鷹，放開一步也。就上文體勢行之。

唐玄宗「劍閣横雲峻」一篇，王右丞「風勁角弓鳴」一篇，神完氣足，章法、句法、字法，俱臻絶頂，此律詩正體。而太白「五月天山雪，無花只有寒。笛中聞《折柳》，春色未曾看」，一氣直下，不就羈縛。右丞「萬壑樹參天，千山響杜鵑。山中一夜雨，樹杪百重泉」，分頂上二語而一氣赴之，尤爲龍跳虎卧之筆。此皆天然入妙，未易追摹。

沈雲卿《龍池樂章》、崔司勳《黄鶴樓》詩，意得象先，縱筆所到，擅古今之奇。所謂章法之妙，不見句法，句法之奇，不見字法者也。

温、李擅長，固在屬對精工；然或工而無意，譬之翦采爲花，全無生韵，弗尚也。

晚唐人詩「鷺鷥飛破夕陽烟」、「水面風回聚落花」、「芰荷翻雨潑鴛鴦」，固是好句，然句好而意盡句中矣。以張泌《洞庭湖》詩「青草浪高三月渡，緑楊花撲一溪烟」，「緑楊」一語，分明柳巷小景，賦洞庭湖宜爾邪？「破」字、「撲」字、「聚」字、「潑」字，求新在此，不登大雅之堂正在此。

長律所尚，在氣局嚴整，屬對工切，段落分明，而其要在開合相生，不露補叙轉折過接之迹，使語徘而忘其爲徘，斯能事矣。唐初應制贈送諸篇，王、楊、盧、駱、陳、杜、沈、宋、燕、許、曲江，並皆佳妙。少陵出，而瑰奇鴻麗，一變故方，後此無能爲役。元、白滔滔百韵，俱能工穩，但流易有餘，鎔裁未足，每爲淺率家奴效顰。温、李以下，又無論已。

七言長律，少陵開出。然《清明》等篇，已不能佳，何況學餘步乎？　絶句，唐樂府也。篇止四語，而倚聲爲歌，能使聽者低徊不倦，旗亭伎女，猶能賞之，非以揚音抗節，有出於天籟者乎？著意求之，殊非宗旨。

五言絶句，右丞之自然，太白之高妙，蘇州之古淡，並入化機。而三家中，太白近樂府，右丞、蘇州近古詩，又各擅勝境也。他如崔顥《長干曲》、金昌緒《春怨》、王建《新嫁娘》、張祜《宫調》等篇，雖非專家，亦稱絶調。

七言絶句，以語近情遥，含吐不露爲主。只眼前景、口頭語，而有弦外音、味外味，使人神遠，太白有焉。

王龍標絶句，深清幽怨，意旨微茫。「昨夜風開露井桃」一章，只説他人之承寵，而己之失寵，悠然可思，此求響於弦指外也。「玉顔不及寒鴉色」兩言，亦復優柔婉約。

李滄溟推王昌齡「秦時明月」爲壓卷。王鳳洲推王昌齡「葡萄美酒」爲壓卷。本朝王阮亭則云：「必求厭卷，王維之『渭城』、李白之『白帝』、王昌齡之『奉帚平明』、王之涣之『黄河遠上』，其庶幾乎！而終唐之世，無有出四章之右者矣。」滄溟、鳳洲主氣，阮亭主神，各自有見。愚謂李益之「回樂峰前」、柳宗元之「破額山前」、劉禹錫之「山圍故國」、杜牧之「烟籠寒水」、鄭谷之「楊子江頭」，氣象稍殊，亦堪接武。

蘇子瞻胸有洪爐，金銀鉛錫，皆歸鎔鑄。其筆之超曠，等於天馬脱羈，飛仙游戲，窮極變化，而適如意中所欲出。韓文公後，又開闢一境界也。元遺山云：「只知詩到蘇黄盡，滄海横流却是誰。」嫌其有破壞唐體之意，然正不必以唐人律之。蘇門諸君子，清才林立，並入寰中，猶之邾、莒已。蘇詩長於七言，短於五言，工於比喻，拙於莊語。

《劍南集》原本老杜，殊有獨造境地；但古體近麤，今體近滑，遜於杜之沈雄騰踔耳。明代楊君謙、本朝楊芝田，專録其歎老嗟卑之言，恐非放翁知己。

朱子五言，不必嶄絶淩厲，而意趣風骨自見，知爲德人之音。虞、楊、范、揭四家，詩品相敵，又以「漢廷老吏伯生自評其詩。」爲最。他如吴淵穎之兀奡，迺易之之流利，薩天錫之穠鮮耀艷，故應並張一軍。趙王孫暨金華諸子，聲價雖高，未宜並駕。

元季都尚詞華，劉伯温獨標骨幹，時能規橅杜、韓；高季迪出入於漢、魏、六朝、唐、宋諸家，特才調過人，步蹊未化，故變元風則有餘，追大雅則不足也。要之，明初詞人，以二公爲冠，袁景文凱次之，楊孟載基次之，張志道以甯次之，徐幼文賁、張來儀羽又次之。高、楊、張、徐之名，特並舉於北郭十子中，初非通論。

永樂以還，崇台閣體，諸大老倡之，衆人應之，相習成風，靡然不覺。李賓之東陽力挽頹瀾，李夢陽、何大復繼之，詩道復歸於正。李獻吉雄渾悲壯，鼓盪飛揚，何仲默秀朗俊逸，回翔馳驟，同是憲章少陵，而所造各異，駸駸乎三代之盛矣。錢牧齋信口掎摭，誚其摹擬剽賊，同於嬰兒學語，至謂「讀書種子，從此斷絶」，此爲門户起見，後人勿矮人看場可也。按兩人學少陵，實有過於求肖處，録其所長，措其所短，庶足服北地、信陽之心。王元美天分既高，學殖亦富，自珊瑚木難及牛溲馬勃無不有，樂府古體卓爾成家，七言近體亦規大方，而鍛煉未純，且多酬應牽率之態。李于鱗擬古詩，臨摹已甚，尺寸不離，固足招詆諆之口；而七言近體，高華矜貴，脱去凡庸，正使金沙並見，自足名家。過於回護，與過於掊擊，皆偏私之見耳。

謝茂秦古體局於規格，絶少生氣。五言律句烹字鍊，氣逸調高，集中「雲出三邊外，風生萬馬間」、「人吹五更笛，月照萬家霜」、「絶漠兼天盡，交河蕩日寒」、「夜火分千樹，春星落萬家」，高、岑遇之，行當把臂。七言《送謝武選》一章，隨題轉折，無迹有神，與高青丘《送沈左司》詩，並推神來之作。

寫竹者必有成竹在胸，謂意在筆先，然後著墨也。慘淡經營，詩道所貴。儻意格間架，茫然無措，臨文敷衍，支支節節而成之，豈所語於得心應手之技乎？

古人不廢煉字法，然以意勝而不以字勝，故能平字見奇，常字見險，陳字見新，樸字見色。近人挾以鬬勝者，難字而已。

小小送别，而動欲沾襟；聊作旅人，而便云萬里；登陟培塿，比擬華、嵩；偶遇庸人，頌言良哲。以致本居泉石，更懷遯世之思；業處歡娱，忽作窮途之哭。準之立言，皆爲失體。《記》曰：「志之所至，詩亦至焉。」本乎志以成詩，惡有數者之患？

嚴儀卿有「詩有别才，非關學也」之説，謂神明妙悟，不專學問，非教人廢學也。誤用其説者，固有原伯魯之譏；而當今談藝家，又專主漁獵，若家有類書，便成作者，究其流極，厥弊維均。吾恐楚則失矣，齊亦未爲得也。

樂府中不宜雜古詩體，恐散樸也；作古詩正須得樂府意。古詩中不宜雜律詩體，恐凝滯也；作律詩正須得古風格。與寫篆、八分不得入楷法，寫楷書宜入篆、八分法同意。

太沖詠史，不必專詠一人，專詠一事；已有懷抱，借古人事以抒寫之，斯爲千秋絶唱。後人黏著一事，明白斷案，此史論，非詩格也。至胡曾絶句百篇，尤爲墮入惡道。

懷古必切時地。老杜《公安縣懷古》中云：「灑落君臣契，飛騰戰伐名。」簡而能該，真史筆也。劉滄《咸陽》、《鄴都》、《長洲》諸詠，設色寫景，可互相統易，是以酬應爲懷古矣。許渾稍可觀，然落句往往入套。

詠古詩未經闡發者，宜援據本傳，見微顯闡幽之意。若前人久經論定，不須人云亦云。王摩詰《西施詠》、李東川《謁夷齊廟》，或别寓興意，或淡淡寫景，以避雷同勦説，此别行一路法也。

游山詩，永嘉山水主靈秀，謝康樂稱之；蜀中山水主險隘，杜工部稱之；永州山水主幽峭，柳儀曹稱之。略一轉移，失却山川真面。

詠物小小體也，而老杜《詠房兵曹胡馬》則云：「所向無空闊，真堪託死生。」德性之調良，俱爲傳出。鄭都官《詠鷓鴣》則云：「雨昏青草湖邊過，花落黄陵廟裏啼。」此又以神韻勝也。彼胸無寄託，筆無遠情，如謝宗可、瞿佑之流，直猜謎語耳。

唐以前未見題畫詩，開此體者，老杜也。其法全在不黏畫上發論，如題畫馬畫鷹，必説到真馬真鷹，復從真馬真鷹，開出議論。後人可以爲式。又如題畫山水，有地名可按者，必寫出登臨凭弔之意。題畫人物，有事實可指者，必發出知人論世之意。本老杜法推廣之，才是作手。

一首有一首章法，一題數首，又合數首爲章法：有起有結，有倫序，有照應，若闕一不得，增一不得，乃見體裁。陳思《贈白馬王》、謝家兄弟酬答、子美《游何將軍園》之類是也。又有隨所興觸，一章一意，分觀措雜，總述累累，子昂《感遇》、太白《古風》、子美《秦州雜詩》之類是也。後人一題至十數章，甚或二三十章，然意旨詞采，彼此互犯，雖構多篇，索其旨歸，一章可盡，不如割愛之爲愈已。余常不喜海峰《春日雜感》七律十一首。

詩中韵脚，猶大厦之有柱石也。此處不牢，傾折立見。故有看去極平，而斷難更移者，安穩故也。安穩者，牢之謂也。杜詩「縣巖置屋牢」，可悟韵脚之法。

律詩起句可不用韵，故宋以來有入別韵者。然必於通韵中借入，如冬韵詩起句入東，支韵詩起句入微是也。若庚、青韵詩起句入真，文、寒、删，先韵詩起句入覃、鹽、咸，亂雜不可爲訓。

寫景寫情，不宜相礙；前説晴，後説雨，則相礙矣。亦不可犯複，前説沅、澧，後説衡、湘，則犯複矣。即字面亦須避忌，字同義異者，或偶見之，若字義俱同，必從更易。

杜詩云：「新詩改罷自長吟。」改則弊病去，長吟則神味出。

古人同作一詩，不必同韵，即同韵亦在一韵中，不必句句次韵也。自元、白創始，而皮、陸倡和，又加甚焉。以韵爲主，而以意相從，中有欲言，不能通達矣。近代專以此見長，名曰和韵，實則趁韵，宜血脈橫亙，句聯意斷也。有志之士，當不囿於俗。

昭昧詹言續録卷第一

總論七古

詩莫難於七古。七古以才氣爲主，縱横變化，雄奇渾顥，亦由天授，不可彊能。杜公、太白，天地元氣，直與《史記》相埒，二千年來，止此二人。其次，則須解古文者，而後能爲之。觀韓、歐、蘇三家，章法翦裁，純以古文之法行之，所以獨步千古。南宋以後，古文之傳絶，七言古詩遂無大宗。阮亭號知詩，然不解古文，故其論亦不及此。

七言古之妙，樸、拙、瑣、曲、硬、淡，缺一不可，總歸於一字，曰老。

凡歌行，要曼，不要警。

七言長篇，不過一叙、一議、一寫三法耳。即太史公亦不過用此三法耳。而顛倒順逆、變化迷離而用之，遂使百世下目眩神摇，莫測其妙，所以獨掩千古也。

一叙也，而有逆叙、倒叙、鋪叙、插叙，必不肯用順，用正。一議也，或夾叙夾議，或用於起，最妙；或用於後，或用於中腹。一寫也，或夾於議中，或夾於叙中；或用於起，尤妙；或隨手觸處生姿。無寫但叙議，不成情景，非作家也。然但恃寫，猶不入妙，必加倍起稜汁漿，或文外遠致，此爲造極。

欲知插叙、逆叙、倒叙、補叙，必真解史遷脈法乃悟，以此爲律令。小才、小家學之，便成亂雜不通也。此非細故，乃一大門徑，非哲匠不解其故，所謂章法奇古，變化不測也。坡、谷以下，皆未及此。惟退之、太史公文如是，杜公詩如是。

大約不過叙耳，議耳，寫耳。其入妙處，全在神來氣來，紙上起棱，骨肉飛騰，令人神采飛越。此爲有汁漿，此爲神氣。

其能處，只在將叙題、寫景、議論三者，顛倒夾雜，使人迷離不測，只是避直，避平，避順。

起法以突奇先寫爲上乘，汁漿起棱，横空而來也。其次則隊仗起。其次乃叙起。叙起居十之九，最多，亦最爲平順。必曲，必襯，必開合，必起筆勢，必夾寫，必夾議。若平直起，老實叙，此爲凡才，杜、韓、李、蘇、黄諸大家所必無也。

汁漿起棱，不止一處，愈多愈妙，段段有之，乃妙。題後墊襯，出汁起棱，更妙。此千餘年不傳之祕，盡於此矣。乃太史公、退之文法也，惟杜公詩有之。

叙有法，存乎學。寫在才氣，存乎才。議在胸襟識見，存乎識。一詩必兼才、學、識三者。起棱在神氣，存乎能解太史公之文。漿汁存乎讀書多，材料富。凡以上諸法，無如杜公。今一一評之，細心體察，久之自有悟入處。

命意不深則傖，下字不典則傖，取境不遠則傖。文法不超妙，則尋常俗士皆能到，一望易盡，安足貴乎？

艾千子論文曰：「道理正，魄力大，氣味醇，色澤古。」此亦可通之於詩。今欲勝人，全要在此數字中講究。非苦心深思，不能領略古人之妙也。

不尋其命意，則讀其詩不知其歸宿，亦並不能悟其文法所以爲奇、爲妙，爲變、爲逆，爲棱、爲汁，爲興象、爲精采也。

須要自念，必能斬新日月，特地乾坤，方可下手。苟不能，不如不作。

豪語須於困苦題發之；失志詩不可作頽喪語；苦語須於佛仙曠達題發之；流連光景須有悟語，見道根；山水凭弔須發典重語，酬贈應答須發經濟語。如此乃爲超悟，古作家不傳之秘，而非學究、傖父腐語、正論所能解此秘奥。

詩中夾以世俗情態、困苦危險之情，杜公最多，韓亦有之。山水風月，花鳥物態，千奇萬狀，天機活潑，可驚可喜，太白、杜公、坡公三家最長。古今興亡成敗，盛衰感慨，悲涼抑鬱，窮通哀樂，杜公最多，韓公亦然。以事實典重飾其用意，加以造創奇警，語不驚人死不休，此山谷獨有，然亦從杜中得來者，不過加以造句耳。雜以嘲戲，諷諫諧謔，莊語悟語，隨興生感，隨事而發，此東坡之獨有千古也。

段落層次不待言，惟每段中有浮聲切響，乃不流於滑率。又一氣渾轉中，必有奇情快句，令人驚心動魄。此詩文中一大作用，高曾不易之規矩也。

杜公如佛，韓、蘇是祖，歐、黃諸家五宗也。此一燈相傳。

杜、韓、李、蘇四家，能開人思界，開人法，助人才氣興會，長人筆力，由其胸襟高，道理富也。歐、王兩家，亦尚能開人法律章法。山谷則乃可學其句法奇創，全不由人，凡一切庸常境句，洗脱净盡，此可爲法。至其用意則淺近，無深遠富潤之境，久之令人才思短縮，不可多讀，不可久學。取其長處，便移入韓，由韓再入太白、坡公，再入杜公也。

叙事能叙得磊落，跌宕中又插入閒情，文外遠致，此惟杜公有之。

學詩從山谷入，則造句深而不襲。從歐、王入，則用意深而不襲，章法明辨。

李、杜、韓、蘇四大家，章法篇法，有順逆開闔展拓，變化不測，著語必有往復逆勢，故不平。韓、歐、蘇、王四家，最用章法，所以皆妙，用意所以深曲。山谷、放翁未之知也。

大家用事，若不知其用事者，此其妙也。用事全見瘢痕，視不典而不足於用者雖賢，去大家境界遠矣。

他人數語方能明者，只須一句即全見出，而句法復有餘地，此爲筆力。韓公獨步。

詩道性情，只貴説本分語。如右丞、東川、嘉州、常侍，何必深於義理，動關忠孝；然其言自足有味，説自話也，不似放翁、山谷，矜持虚憍也。四大家絶無此病。

凡短章，最要層次多。每一二句，即當一大段，相接有萬里之勢。山谷多如此。凡大家短章皆如此。必備叙、寫、議三法，而又須加以遠勢，又加以變化。

李、杜、韓、蘇，非但才氣筆力雄肆，直緣胸中畜得道理多，觸手而發，左右逢原，皆有歸宿，使人心目了然饜足，足以感觸發悟心意。餘人胸無所欲言而彊爲，筆力既弱，章法又板，議論又卑近淺俚，故不足觀。山谷筆稍彊，猶可。放翁但於詩格中求詩，其意氣不出走馬飲酒，其胸中實無所有。故知詩雖末藝，而修詞立誠，不可掩也。

讀韓公與山谷詩，如制毒龍，斂其爪牙横氣於盂鉢中，抑遏閟藏，不使外露，而時不可掩。以視浮淺一味囂張，如小兒傅粉，搔首弄姿，不可奈矣。觀韓「長安雨洗」一首可見。

凡結句都要不從人間來，乃爲匪夷所思，奇險不測。他人百思所不解，我却如此結，乃爲我之詩。如韓《山石》是也。不然，人人胸中所可有，手筆所可到，是爲凡近。

古人論文，必曰：「一語不落凡近。」此數百年，小家不能自立，祇是不解此義。而其才力功夫，學問識見，又實不能脱此。以凡近之心胸，凡近之才識，未嘗深造，篤嗜篤信，少知古人之艱窮、怪變、險阻，難到可畏之處，而又無志自欲，獨出古今，故不能割捨凡近也。凡近意、詞、格三者，涉筆信手苟成，即自得意，皆由不知古人之妙。語云：「但脱凡近，即是古人。」

詩文以起爲最難，妙處全在此，精神全在此。必要破空而來，不自人間，令讀者不測其所開塞，方妙。

昭昧詹言續録卷弟二

副墨子闇解

王李高岑

王、李、高、岑别有天授，自成一家；如如來下又有文殊、普賢、維摩也，又如太史公外别有莊、屈、賈生、長卿也。

東川纏緜情韵，自然深至，然往往有痕。所謂無意爲文而意已至，闊遠而絶無弩拔之迹，右丞其至矣乎！高、岑奇峭，自是有氣骨，非低平庸淺所及；然學之者亦須韵句深長而闊遠不露，乃佳。不然，恐不免短急無餘韵，仍是俗手耳。

王摩詰《隴頭吟》 起勢翩然。「關西」句轉。收渾脱沈轉，有遠勢，有厚氣，此短篇之極則。

《老將行》 「衛青」句陪。「李廣」句轉。「昔時」二句，奇姿遠韵。「賀蘭」句轉。

《故人張諲工詩善易卜丹青草隸以詩見贈聊賦酬之》 前八句分叙四事，各有警句。「故園」二句，總束詠歎。末二句，結到自己作收。古人無不成章之作，學詩先宜知之。

李東川《别梁鍠》 起颯爽。收二句似是噴薄，然適足見其痕迹，以氣不能浮舉之也。此言有誰知邪！

《送從弟游江淮兼謁鄱陽劉太守》似右丞。

《送陳章甫》何等警拔，便似嘉州、達夫。

《送劉昱》天地閒别有此一種情韵。

高達夫《古大梁行》起二句抗爽。「魏王」二句衍。「憶昨」四句推開。「全盛」句折入。「暮天」句入己。以下重複感歎，自有淺深，而氣益厚，韵益長，反覆吟詠，久之自見。

岑嘉州《白雪歌送武判官歸京》「忽如」六句，奇情逸發，令人心神一快。須日誦一過，心摹而力追之。「瀚海」句换氣，起下「歸客」。

《走馬川行奉送出師西征》奇才奇氣，風發泉湧。

李太白

太白飛仙，不可妄學，易使流於狂狙熟濫，放失規矩，乃歸咎於太白，太白不受也，須善學之。

太白層次插韵，此最迷人，真太史公文法，翫《烏棲曲》可悟。

讀太白者，先詳其訓詁，次曉其典故，次尋其命意脈絡及歸宿處，而其妙全在文法高妙。大約古人不可及，只是文法高妙，令人迷離莫測。如世之俗士，亦非無學不能用典，亦非無筆不能使才，只是胸襟卑，用意淺，故氣骨輕浮。若不遜志學古人，苦心孤詣，印古人不傳之心，又不解文法，所以不通。

韓子云：「不登其堂，不嚌其胾。」又曰：「用功深者其收名也遠。」不可不知此義。

太白當希其發想超曠，落筆天縱，章法承接，變化無端，不可以尋常胸臆摸測；如列子御風而行，如龍跳天門，虎卧鳳閣，威鳳九苞，祥麟獨角，日五采，月重華，瑶臺絳闕，有非尋常地上凡民所能夢想及者。至其詞貌，則萬不容襲，蹈襲則凡兒矣。

大約太白詩與莊子文同妙：意接詞不接，發想無端，如天上白雲，卷舒滅現，無有定形。

《梁父吟》此是大詩，意脈明白，而段落迷離莫辨。二句冒起。「朝歌」八句爲一段，「大賢」二句總太公。「高陽」八句爲一段，「狂生」二句總酈生。「我欲」句入己。「帝旁」句，指群邪也。「三時」二句，言喜怒莫測。「閶闔」句歸宿，如屈子意。「以額」句奇氣横肆，承上一束。「白日」二句轉。「猰貐」句斷，言性如此耳。「騶虞」句再束上頓住。「手接」句續。「力排」二句，解上「手接」二句。「吴楚」二句，解上「智者」二句。此上十九句，爲一大段。「《梁甫吟》」以下爲一段，自慰作收。

《戰城南》結二語，虚議作收。陳琳、鮑照不逮其恣。

《廬山謡寄盧侍御虚舟》緣起。「廬山」以下正賦。「早服」數句應起處，而提筆另起，是以不平。章法一綫。

《灞陵行送别》叙起。「上有」二句，奇横無端。「我向」句倒點題柄。「古道」句入「送」。

《於宣州謝朓樓餞别校書叔雲》起二句發興無端。「長風」二句落入，如此落法，非尋常所知。「抽刀」二句，仍應起意爲章法。「人生」二句，言所以愁。

《金陵酒肆留别》起句寫吴姬。三句叙。「請君」二句議收。

《金陵歌送范宣》起四句寫，颯爽。「四十」數句叙。「冠蓋」數句，頓挫淋漓。「此地」四句，結題送别。

《梁園吟》起四句叙。「平臺」二句入題情，正點一篇提局。「却憶」句轉放開展，用筆頓折渾轉。「平頭」二句，酣恣肆放。「玉盤」四句鋪。「昔人」數句，詠歎以足之，情文相生，情景相融。「空餘」句頓挫。「沈吟」句轉正意。太白亦有沈痛如此。其言神仙語，乃其高情所寄，實實有見。小兒子彊欲學之，便有令人嘔吐之意。讀太白者辨之。因見梁園有阮公、信陵、梁生諸迹，今皆不見，足爲凭弔感慨。他人萬手，同知如此用意，而不解如此作法。此却從自己游歷多愁説入，又自解不必如此。所謂借他人酒杯，澆自己壘塊。死活仙凡，全在如此。尋常俗士，但知正衍故實，以爲詠古炫博，或叙後入議論，炫才識，而不知此凡筆也。此却以自己爲經，偶觸此地之事，借作指點慨歎，以發洩我之懷抱，全不專爲此地攷古迹發議論起見。所謂以題爲質爲緯，於是實者全虚，憑空御風，飛行絶迹，超超乎仙界矣，脱離一切凡夫心胸識見矣。杜公《詠懷古迹》便是如此。解此可通之近體，一也。詩最忌段落太分明，讀此可得音節轉换及章法大規。

《襄陽歌》興起，筆如天半游龍，斷非學力所能到，然讀之使人氣王。「笑殺」句，借山公自興。「遥看」二句，又借興换筆换氣。「此江」句起棱。「咸陽」二句，言所以飲酒者，正見此耳。「玉山」句束題，正意藏脈，如草蛇灰綫。

《扶風豪士歌》　此爲禄山之亂而作。以張良自比，以黄石比士。

《金陵城西樓月下吟》　起二句叙。三、四寫。五、六議。七、八换筆收。

《夢游天姥吟留别》　陪起，令人迷。「我欲」以下正叙夢，愈唱愈高，愈出愈奇。「失向」句收住。「世間」二句入作意，不如此則作詩之指無歸宿。

《于闐采花》漁洋未選。　託寄深遠，蓋傷不逢時，賢否易位也。

杜公

杜公自有縱横變化，精神震蕩之致。以韓公較之，但覺韓一句跟一句甚平，而不能横空起倒也。韓、黄皆學杜，今熟觀之，韓與黄似皆著力矣。杜公亦做句，只是氣盛，噴薄得出。學詩者先從此辨之，乃有進步。

《玄都壇歌》　起四句叙。「屋前」四句寫。「知君」四句議。

《兵車行》　起段夾叙夾寫，一起噴薄。「道傍」句接叙，絶不費力，而但覺横絶而不平。「漢家」段凭空生來，韓所不能。「縱有」二句，間以陰調。「長者」二句，又間陰調。「且如」四句縱横。「信知」四句又縱横。收段精神振蕩。　結與起對看，悲慘之極。見目中之行人，皆異日之鬼隊也。此詩之意，務令上之人知好戰之害，與民情之愁苦如此。而居高者每不知，所以不得已於作也。　此篇真《史》

《漢》大文，論著奏疏，合《詩》、《書》六經相表裏，不可以常目之。

《高都護驄馬行》　直叙起。三四夾叙夾議頓住，却皆是虚叙。第四句伏結。「功成」四句，實叙其老閒，而以「猛氣」句再伏結。「腕促」四句寫。「長安」二句起棱。「青絲」二句入今，别一意作收，妙能雙收人、馬。「爲君老」三字入得悽惻，如此大材，肯爲君老乎？乃竟爲君老矣。轉筆言，還當用之於邊塞戰場之上，又歎何由而得見用也。蓋借馬以爲喻。

《天育驃騎歌》　起二句，故意曲入，以避平叙。「是何」六句先寫。「伊昔」八句始實叙。而「當時」四句，提筆跌宕，以補叙爲棱汁，即借此逆入。「年多」二句轉入議。「如今」二句，歎今之不遇，以結驃騎之遇，知不獨爲馬歎也。以真爲畫，以畫爲真。忽從真説到畫，忽從畫説到真。真馬畫馬，交互言之，令人迷離莫辨。此亦是襯起曲入，以避直叙平叙。「是何」以下接寫。「伊昔」以下叙題。又將真馬一襯，開勢拍題感歎，以真馬與人作收。

《醉時歌》　豪宕絶倫，音節甚妙。起叙廣文耳，每句用一襯爲曲筆，避直也，是法。「杜陵」二段，接入自己，段落分明，無深奇。「清夜」四句，驚天動地。此老胸襟筆性慣如此，他人不敢望也。

《醉歌行》　起句襯。次句虚出。「驊騮」二句比。「只今」句實點。「汝身」以下承上，入自家，又閒摹景物，漸入離思，情致委婉入妙。結出别。

《麗人行》　起二句叙。「態濃」八句先寫。「就中」二句倒點作章法。收句亦是倒點。

《渼陂行》　此只用起二句叙點，以下夾叙夾寫。此等章法，歐公慣用，無甚深奇，但其色古澤濃鬱，棱汁鉅響，非歐公所有。韓公亦時時學此。起句「好奇」二字，乃一篇之章法。「天地」一段，初至之詞。「主人」以下，再開船游賞，却難其寫處有鬼神風雨，恍惚萬狀。「咫尺」以下，樂極哀來作收，有自解意。

《奉先劉少府新畫山水障歌》章法作用，奇怪神妙，此爲弟一，韓、蘇以下無之。起突寫二句。下始接叙畫，已奇矣。「畫師」以下接叙人，作兩層叠入。「得非玄圃」數句，又接寫畫，乃遥接「烟霧」句下也，却隔兩段。「耳邊」句，隨手於議寫中起棱。「野亭」六句又接寫畫，乃遥接「聞猿」句下也，却隔一段。「不見」二句，又於寫中起棱。「劉侯」一段補叙，乃接「楊契丹」句下也。每接不測，奇幻無倫。「若邪」四句，另一意作結，乃是興也，遠情闊韵。

《哀江頭》起二句點題。以下用開合筆夾寫「哀」字，此正格也。「憶昔」句開。「明眸」句合。

《哀王孫》起興也，比也。起棱，似古謡，以下亦是正叙。此與上《哀江頭》篇，不用章法；但詞色古澤，氣魄大，筆仗雄，自非他人所能及。「竊聞」句乃接上「斯須」句下。

《蘇端薛復筵簡薛華醉歌》起叙端、復開筵，是點題。起句妙，先起棱。「安得」三句插入。「百壺」以下叙飲，入薛華，亦是點題。「氣酣」以下，總收起棱，神氣俱變。

《乾元中寓居同谷縣作歌七言》淒凉沈鬱，令人不忍卒讀。然意俱明，甚易究也。按公三年客秦州，十月往同谷，寓不盈月，入蜀。

《茅屋爲秋風所破歌》起段叙。「脣焦」句用古。「歸來」句總束一筆。「安得」數句，宕開起棱。

《觀打魚歌》　前段打魚，後段食魚。每段有汁棱，託想雄闊遠大。「潛龍」句汁漿。「既飽」句接上起下。

《又觀打魚》　前段以叙爲寫。「東津」句點題，逆入也。「日暮」以下議，起棱乃見歸宿。

《戲題王宰畫山水圖歌》　突起奇。「壯哉」句點題。「巴陵」以下叙。「尤工」以下寫。「尤」字從中段生出，句中有句，且層次得法。

《題李尊師松樹障子歌》　起四句叙。「障子」四句寫。「老夫」二句入己。「已知」二句，雙收、人畫。「松下」四句，事外遠致。

《戲爲韋偃雙松圖歌》　起句空中一喝。「白摧」二語鍛鍊，奇句驚人。此詩每句有千鈞之力，淺者豈能學之。

《韋諷録事宅觀曹將軍畫馬圖》　勝坡「十四馬」。　起本是叙題，却用人襯起，此法常用，乃定法。「曾貌」數句一襯馬。「昔日」二句又一襯。「今之」句始入題，却分合作二層叙。「可憐」以下又總叙。「縞素」、「顧視」二句分寫耳。「借問」二句起棱，收束點題，手法極奇，所謂文外遠致。「憶昔」以下，大感慨作結。「騰驤」句打合一筆。收句輓「三萬匹」，淒涼無限。　末段所謂開勢，起棱拍題，與《驄馬行》「吾聞良驥老始成」一法。因畫馬思真馬，因真馬思到故君，此胸襟也，不可彊學。　此與《丹青引》，格律聲色，縱横變動，俱不待言；姑以其段落摘出，俾永爲七古之法。

《丹青引》　起勢飄忽，似從天外來。弟三句宕勢，四句合，乃不直率。「學書」一襯，「丹青」句點題。「富貴」句頓住，伏收意。只此二句是正面。「開元」句筆勢縱橫。「淩烟」句又襯。「褒公」二句與下「斯須」句、「至尊」句皆是起棱，皆是汁漿，於他人極忙之處，却偏能閒雅從容，真大手筆也，古今惟此老一人而已！「先帝」句又襯，「迥立」句夾寫夾叙。磊落跌宕，中又插入閒情，文外遠致。此惟杜公有之，太史公有之。「圉人」句頓住。「弟子」句又一波瀾，奇妙。「幹惟」句夾議。「將軍」以下，詠歎收。此詩處處皆有開合，通身用襯，一大法門。此與上《曹將軍畫馬圖》，有起有訖，波瀾明畫，軌度可尋，而其妙處在神來氣來，紙上起棱。凡詩文之妙者，無不起棱，有汁漿，有興象，不然，非神品也。

《古柏行》　起四句以叙爲寫，首句叙，二、三、四句便是寫，已有棱汁。「君臣」四句，夾議夾寫，他人必將「雲來」二句接在「二千尺」下，看他一倒，便令人迷，劉須谿、王漁洋改而倒之，不知公用筆之妙矣。「憶昨」句是宕筆一開。「扶持」二句頓挫。「大廈」句换氣，突峰起棱。「志士」二句另一意，推開作收，淒涼沈痛。此似左氏、公羊、左史公文法。

《觀公孫大娘弟子舞劍器行》　通身詠公孫，只「晚有」三句是題正面。因李而言及公孫，因公孫又言及先帝，可見就題還題，别無文章也。一起襯叙。「觀者」句夾寫。「天地」以下四句寫，起棱。「絳唇」句頓住，以起下出題。「感時」句是一篇前後脈落章法也。「金粟堆」又從先帝意中起棱，身世之戚，興亡之感，交赴腕下。按：玄宗葬金粟堆。

《李潮八分小篆歌》　此典制題，前叙典起。「秦有」五句襯。「書貴」句夾議。「惜哉」二句，賓主出題，作章法，亦是逆捲法。此段總襯尚書，以下分襯。「吴郡」句起棱，夾叙夾議。「豈如」二句收合。「巴東」以下，點題，變一章法。　分合變化，隨手靈機，不似韓、歐以下尺寸可尋。

韓公

朱子譏公：「生平但飲酒賦詩，不過要語言文字做得與古人一般，便以爲是。」按，此論學則誠不可，若論學詩學文，都是不傳之秘。杜公云：「語不驚人死不休。」今誦公詩，真有起頑立痿之妙。七言古詩，易入整麗而近平熟，公七言皆祖杜拗體。

《山石》不事雕琢，自見精采，真大家手筆。　許多層事，只起四語了之，雖是順叙，却一句一樣境界。如展畫圖，觸目通層在眼，何等筆力。五句、六句又一畫。十句又一畫。「天明」六句，共一幅早行圖畫。收入議。　從昨日追叙，夾叙夾寫，情景如見，句法高古。　只是一篇游記，而叙寫簡妙，猶是古文手筆。

《桃源圖》自李、杜外，自成一大宗，後來人無不被其淩罩。此其所獨開格，意句創造己出，安可不知。歐、王章法本此，山谷句法本此。此與魯公書法，同爲空前絶後，後來豈容易忽！　先叙畫作案，次叙本事，中夾寫一二，收入議，作歸宿，抵一篇游記。　凡一題數首，須觀各人命意歸宿，下筆章法。輞川只叙本事，層層逐叙夾寫，此只是衍題。介甫純以議論駕空而行，絶不寫。

《八月十五夜贈張功曹》 一篇古文章法。前叙，中間以正意、苦語、重意移作賓，避實法也。收應起，筆力轉换。 朱子曰：「詞氣抑揚，一篇轉换用力處，歸之於命，《反騷》意。」

《謁衡嶽廟遂宿嶽寺題門樓》 莊起陪起。 此典重大題。首以議爲叙。次叙中夾寫，意境託句俱奇創。以已收。凡分三段。

《石鼓歌》 一段來歷，一段寫字，一段叙初年己事，抵一篇傳記。夾叙夾議，容易解，但其字句老鍊，不易及耳。

《杏花》 起有筆勢。弟三句折入，中間忽開。「豈如」句收轉，乃見筆力，輓回收本意。

《岣嶁山》 先點次寫，似實却虚。「事嚴」以下入議，似虚却實。

《寒食日出游》 收句言有月可行，莫以當禁火之令爲詞也。

《劉生詩》 此贈叙題，造句重老。

《鄭群贈簟》 無甚意，只叙事耳，而句法意老重。

《和虞部盧四酬翰林錢七赤藤杖歌》 只造語奇一法，叙寫各止數語，筆力天縱。

《酬司門盧四兄雲夫望秋作》 起四句，以寫爲點，再追叙事。

《雪後寄崔二十六丞公》 正起耳，而筆勢雄邁，中後感歎，乃所爲寄也。

《奉酬盧給事雲夫四兄曲江荷花行見寄》 從原人起，而以寫爲叙。中插入己，夾寫。此叙體而無一筆騃平，夾寫議也。

《感春》第二首本言近學三人，而故非屈曲折。第三首起故曲，跌入。中入「感」字，叙自己近事，即借古人説，以藏掩抑鬱之，最是興會。

《記夢》無論議論之惝恍，句法之老，只看得斷續章法，乃一大宗門。解此自無平序順接，令人易盡之病。「壯非少」下，插四句，乃接。「一字難」下又插二句，乃接。此杜公託勢不常之法，體態不拘。

歐陽永叔

學歐公作詩，全在用古文章法。如此則小才亦有抱鼻塗轍可尋，及其成章，亦非俗士所解。逆卷順布，往往有兩番。逆轉順布後，有用旁面襯，後面逆襯法。蓋上題用逆戧者，無非避正避老，實正局正論，致成學究也。

深人無淺意，無率筆，無重複，一時窺之，總不見其底藴。由於意、法、情俱曲折也。

歐公之妙，全在逆轉順布。慣用此法，故下筆不由人，讀者往往迷惑。又每加以事外遠致，益令人迷。

歐公情韵幽折，往反詠唱，令人低徊欲絶，一唱三歎，而有遺音，如啖橄欖，時有餘味，但才力稍弱耳。

首領雙起，以下分應，作章法，此杜公長律法，歐用作七古。

雙收，一句收一段。雙起，一句起一段。皆杜公長律法，亦可用於七古。

《千葉紅梨花》　起四句先點叙。「夷陵」句逆卷跌開。「可憐」以下順布。「根盤」二句合。「風輕」二句夾寫。「從來」四句，僦襯入議收。

《鎮陽殘杏》　「西亭」以下正叙，收句夾叙議。

《唬鳥》　直叙逐寫。「我遭」以下入議。

《菱谿大石》　從韓《赤籐杖》來。「皆云」十四句，平叙中入奇，議以代寫。

《寄聖俞》　真似退之。凡寄人書，通彼我之情，叙離合之迹，引伸觸類，無有闕則。此詩前叙彼之才，次言己不能振之，又惜其不遇而廣之，合叙彼此情況。

《和劉原父澄心紙》　歐公閒淡，此極有氣。然有不振處，才氣弱也。不善學之，便成弱派。如「壁粉」句，即不振也。因紙思用，因用思人。

《贈沈遵》　此獨順題布放，而奇恣轉勝用章法，乃知詩貴精神也。起點叙。次寫。次追叙。後以議收。「我初」三句，低徊欲絶。

《贈沈博士歌》　此與前章法同。「滁山」七句真寫。「子有」句入琴。「嗟乎」句入議。「杜彬」句是謂僦襯。收二句，學韓《八月十五夜》詩。

《於劉功曹家見楊直講褒女奴彈琵琶戲作呈聖俞》　閒淡可愛。起句點。次句冒寫，以下只寫此句。「嬌兒身小」句束，横截作章法。收入議。

《謝觀文王尚書惠兩京牡丹》「念昔」數語，即此花以追往事，詩人情思之常。

《嘗新茶呈聖俞》以起二句作柱，以下只發，此亦一法也。

《明妃曲和王介甫作》思深，無一處是恒人胸臆中所有。以後一層作起。「誰將」句逆入明妃。「玉顔」二句，逆入琵琶。收又用他人逆襯。一層層不猶人，所以爲思深筆折也。此逆卷法也。

《鵯鶋詞》小題感寄思君之意，此風人之旨，杜公慣用，然此不甚覺。蓋此以和平微婉出之，不似杜之血淚也。收用意深婉。

《代贈田文初》此詩令人腸斷，情韻真是唐人。加入中間一層，更闊大。收四句深折，唐人絶句法也。

《答謝景山遺古瓦》文無定準，小題恢之使大，則大篇矣，隨興會所之爲之。起段從源頭説起，夾叙夾議，學韓而老，但少其兀傲。「高臺」二句逆入。「舟行」四句學韓之奇。凡此皆從《赤籐杖》來。

《寄聖俞》起筆勢，跌宕有深韻。兩句相背起。「官閒」以下全發弟一句。「今來」一段虚應弟二句。此章法也，客襯法也，妙絶。「巖蓀」四句，以西陵形此地更不如，却先言西陵已爲梅所嗟，此爲深曲。

《送琴僧知白》此從杜《公孫大娘》來，亦是逆卷法門，俗士不知。「豈謂」句逆卷人。「久以」句逆卷琴。

《送吴照鄰還江南》　數句耳，而往復逆折，深變如此，非深於古文不知。　寫江南時令景起，倒入今白髮，却憶先年來時未老，逆卷法也。「五年」以下，又順布，言不再出。

《石篆詩》　起叙，以下却起棱。　此與題畫同。　「當時」二句偷退之。　此詩細縷密鍼，麤才豈識。

《和對雪憶梅花》　不解古文，不能作古詩，放翁所以不可人意也。　余最不喜放翁，以其猶麤才也。　此論前未有人見者，亦且不知古文也。　昔在西陵，見梅憶洛，今在北地，對雪無梅，憶西陵再入題。　原詩、和詩從昔時見梅説，即逆卷法也。　用意深，情韵深，句逸韵而清。　先叙後點，叙處夾議夾寫，此定法也。　正題在後，却將虚者實之於前。　此不及坡元韵三首，而情韵幽折可愛。

《歸雁亭》　情韵好，字密。　細讀數過，乃見情韵之妙，不似俗手作重複不通之言也。

《和子履游泗上雍家園》　平叙小景，而老成幽韵，無奇肆大觀。

王半山

向謂歐公思深，今讀半山，其思深妙，更過於歐。　學詩不從此入，皆麤才浮氣俗子也。　用思深，用筆布置逆順深。　章法疏密，伸縮裁翦。　有闊達之境，眼孔心胸大，不迫猝淺陋易盡。　如此乃爲作家，而用字取材，造句可法。

荆公健拔奇氣勝六一，而深韵不及，兩人分得韓一體也。

荆公才較爽健，而情韵幽深，不逮歐公。二公皆從韓出，而雄奇排奡皆遜之。可見二公雖各用力於韓，而隨才之成就，只得如此。以韓較杜、太白，則韓如象，力雖大，只是步步挨走；杜公、太白則如神龍夭矯，屈伸滅没隱見，興雲降雨，神化不測也。

《元豐行示德逢》　先旱後雨，頌揚耳，却以德逢作緯，便用意深曲，不用俗手。若但寫正題，氣骨輕淺易盡，則成俗手應試體矣。世之俗詩，皆止知此。《溝洫志》：龍谷開龍首渠。古今詠溝水詩，多用「龍谷」字，今此疑作桔槔義解。「翛翛」、「溝車」、「滔滔」、「屋敖」，字法也。「田背」、「埋牛尻」、「肥筴毛」、「追前勞」，句法也。收闊大，又以德逢緯之，更妙，章法也。

《後元豐行》　前言豐年之樂，收處與上諸樂同，却似另出一層，鄭重分明。此以餘情閒致，旁面取題也。「麥行」，字法。「龍骨」、「雖非社日」，句法也。

《純甫出釋惠崇畫要余作詩》　起二句正點，以一句跌襯，亦曲法作筆勢。「旱雲」以下，接寫畫也，却深思沈著，曲折奇險如此。「雪」，蘆花也。「往時」以下又出一層，而先將此句冠之，與「無若宋人然」句法同。「沙平」以下，正昔所歷也。「頗疑」二句逆卷，何等奇險筆力。「方諸」二句叙耳，亦險怪不平如此。「濠梁」以下一襯此段，亦另自有寫。「一時」以下，賓主雙收，作感慨收。通篇用全力，千錘百鍊，無一字一筆懈，如輓百鈞之弩。此可藥世之羸才俗子學太白、東坡，滿口常語庸熟句字，信手亂填，章法更不知矣。此一派皆深於古文，乃解爲此。初學宜從此下手，乃能立脚。

寫往時所歷，凡題畫家常法也，以真襯也。坡《雪浪石》用「離堆」、「蜀士」，同此用意。此詩四段：一點，一寫，一襯，一雙收。余删「黄蘆」二句、「暮氣」二句、「方諸」四句、「流鶯」二句，更遒妙。

《徐熙花》起叙點。「一見」二句寫，用筆勢曲折。「同朝」二句，推開入議。收起棱。短篇耳，分四層，抵一長篇局勢。作短篇不可不知此。

《燕侍郎山水》前半畫，後半人，用寫起，逆卷一句入題。「仁人」二句，人、畫雙收。看半山章法謹嚴，全從杜公來，不自以古文法行之也。

《張良》自況。

《明妃曲》此等題各人有寄託，借題立論而已。如太白只言其乏黄金，乃自歎也。公此詩言失意不在近君，近君而不爲國士知，猶泥塗也。六一則言天下至妙，非悠悠者能知，以自喻其懷，非俗衆可知。

《桃源行》此與《張良》、《韓信》、《明妃曲》，只用夾叙夾議。但必有名論傑句，以見寄託。無寫。以叙爲議，以議爲叙。

《送程公闢守洪州》此應酬題，他手只夸地、頌才德而已，此時俗應酬氣，縱詩句佳而用意淺俗庸常，此言用意也。至於格局，縱有奇勢，亦終是氣骨輕浮，此不知深於律法者也。必於此用意，將欲贊，换入他人口氣，則立意不同人。以不如意先作一曲折墊起，用兩人作局陣，此乃深曲迷變，氣骨不輕浮矣。純是古文命意立局章法，所以爲作家，跳出尋常庸人應酬套。此非深思有學人不能作，不同俗手，分别在此。　本意作夸美詞，嫌淺俗酬應氣無味，又已本洪州人，不便自夸其鄉，亦不可謙貶，故託爲吏詞，以爲曲折，與退之《瀧吏》，局同意異。　公不便自謙自諛，皆託之人言。　一賓一主，《解嘲》、《客難》之局，而用之於贈人，皆避淺俗平直也，足以爲式。

《彭蠡》　起四句點序。　中一波一收。　看似無縱横奇肆，而老筆翦裁，非庸才所及。

《韓信》　此等題只寄託，在言外有自己在。　爲之之法，夾叙夾議。　只在句法雙，筆勢峭雄。　末句以二人託，結出歸宿，短篇定法。

《雲山詩送正之》　情韻佳。

《獨山梅花》　收二句，寄託深。

《九鼎》　大題短篇能盡，以深創也。

《杭州修廣師法喜堂》　以《龜山辯才師》較之，可見才有大小。　「少得」句回合見筆勢。

《登越州城樓》　清折。

蘇東坡

坡、白、杜、韓四家，能開人思，界開人法，助人才氣興會，長人筆力，由其胸襟高、道理富也。　歐、王兩家亦尚能開人法律章法，山谷則只可學其句法奇創，全不由人，凡一切庸常境句洗脱净盡，此可爲法。至其用意，則淺近無深遠富闊之境，久之令人才思短縮，不可多讀，不可久學，取其長處便移入韓，由韓再入太白、坡公，再入杜也。

坡公之詩，每於終篇之外，恒有遠境，匪人所測。於篇中又各有不測之遠境，其一段忽從天外插來，爲尋常胸臆中所無有。不似山谷，僅能句上求遠也。

《石鼓》　渾轉溜亮，酣恣淋漓。　坡此首暨《王維吴道子畫》、《龍興寺》、《武昌劍》、《虢國夜游》、《雪浪石》，杜《李潮八分》、韓《贈簟》、《赤籐杖》，李《韓碑》，歐《古瓦》、《菱谿》，黄《磨巖碑》，皆可爲典制題之式。　起三句叙，四句寫。「細觀」以下夾叙夾議。「古器」六句起棱。「上追」二句束。「憶昔」以下，追叙本事原委。「欲尋」二句入妙，起棱，事外遠致。「六經」句又一襯。「傳聞」句起棱。「是時」句收轉。

《王維吴道子畫》　古人得意語，皆是自道所得處，所以銜口即妙，千古不磨。今人但學人説話，所以不動人，此誠之不可掩也。以此觀大家無不然，而陶、杜、韓、蘇、黄尤妙。　神品，妙品，筆勢奇縱。神變氣變，渾脱溜亮。一氣奔赴中，又頓挫沈鬱。所謂「海波翻」、「氣已吞」、「二可尋原」、「仙翮謝樊籠」等語，皆可狀此詩。真無閒言。

《秦穆公墓》　有叙有議，筆勢奇縱。如收六句三層，是層層奇縱也。

《游金山寺》　奇妙。

《自金山放船至焦山》　此正鋒，可以爲作詩之法。

《臘月游孤山訪惠勤惠思二僧》　神妙。

《大風留金山兩日》　遒妙。

《寄劉孝叔》　滿紙奇縱之氣。

《書韓幹牧馬圖》　起跳躍而出，如生龍活虎。「先生」句逆出。「金羈」三句，提筆再入題。以真事襯，以衆工襯，以先生襯，以廐馬襯。「不如」一句入題，筆力奇横，渾雄遒切。放翁《折海棠》從此得法。　大約句法以下三字寫上四字，如「隘秦川」是也。諸家皆同。如下章「攢八蹏」三字，寫上四字，不可勝言。

《韓幹馬十四匹》　叙十四馬如畫，尚不爲奇，至於章法之妙，非太史公與退之不能知之。故知不解古文，詩亦不妙。放翁所以不快人意者，正坐此也。　直叙起，一法也。序十四馬分合，二也。序夾寫如畫，三也。分合叙參差入妙，四也。夾寫中忽入「老髯」二句議，閒情逸致，文外之文，弦外之音，五妙也。夾此二句，章法變化中，又加變化，六妙也。後「八匹」、「前者」二句忽斷，七妙也。横雲斷山法，此以退之《畫記》入詩者也。後人能學其法，不能有其妙。

《答吕梁仲屯田》　經濟成算，從旁裕如，故可飲樂。今人非荒宴，即震驚忙迫耳。此等可想其人之氣象，不獨詩美也。

《送李公恕起闕》　遒轉奇縱，熟此可得下筆之法。「用筆」句倒入。「君爲」句倒入。「獨能」句倒入。通身用逆。　贈人寄人之詩，如此首暨《送孔郎中》、《與梁左藏》、《戲子由》、《送劉道原》、《寄劉孝叔》、《送沈達》、《寄吴德仁》、《次韵王定國南遷回見寄》等篇，皆入妙。

《送孔郎中赴陜郊》　遒緊秀麗。

《攜妓樂游張山人園》　起二句寫，時景如見。「故將」二句，叙題渾脱，不作死語。收不但寫後景，而兼寫山人高情逸韵。　八句耳，而首尾叙事明劃，章法一絲不亂；而閒情遠致，寬博有餘如長幅。此非放翁諸人所及。　神來之作，其氣遒緊，瀏亮頓挫。

《僕曩於長安陳漢卿家見吴道子畫佛碎爛可惜其後十餘年復見之於鮮于子駿家則已裝背完好子駿以見遺作詩謝之》　坡此首暨《荔枝》、山谷《春菜》，皆可爲詠小物之式。　「志公」句用事精切。

《次韵答舒教授觀予所藏墨》　弟二句不免湊韵。　四句用事精切。

《李思訓畫長江絶島圖》　神完氣足，遒轉空妙。

《百步洪》　「君看」句忽合，此爲神妙。　惜抱先生曰：「此詩之妙，詩人無及之者也，惟有《莊子》耳。」　此首暨《劉孝叔》、《南山之下》、《二馬並驅》、《我昔在田間》五首，熟讀之，可得奇縱之妙。

《舟中夜起》　空曠奇逸，仙品也。

《安國寺尋春》　起超妙。「遥知」數句妙，有情。

《武昌銅劍歌》　奇妙不減昌谷。

《與子由同游寒谿西山》　起有情。「吾儕」二句，作詩意旨。　凡作詩，必有此等語。

《將至筠先寄遲適遠三猶子》　起，筆仗跳脱有韵。

《送沈逵赴廣南》　起筆突兀。「相逢」二句，神來氣來。

《次韻王定國南遷回見寄》　奇起。「却思」四句，神到氣到之作。

《寄吴德仁兼簡陳季常》　起，妙品神到。「門前」四句，起棱象外。

《虢國夫人夜游圖》　起點叙，次句寫。「只有」句收題。「人間」以下，推開入議。

《武昌西山》　正鋒起。「憶從」二句，追叙昔游。用逆，故有筆勢。「西山」以下細述，夾寫帶棱。「當時」句束。「江邊」四句，如水銀入地，筆不暇給，神流意極。「請公」二句收。

《書王定國所藏烟江疊障圖》　起以寫爲叙，寫得入妙，而筆勢又高，氣又遒，神又王。

《閻立本職貢圖》　起叙。「粉本」句入畫，點。收入論。小詩義意完足，凡四層。

《送晁美叔赴闕》　收四語見作詩心胸，其筆如天仙乘雲而游，御風而行，可望而不可到。

《書晁説之攷牧圖後》　以真形之，題畫老法。二段寫一牛一羊，各入妙，夾議也。「澤中」一段總説。「人議」一句入題。收另結，見作詩歸宿。起，以二句冒作一段。此首具三十二相，分合章法，變化不測。一句入便住，所謂「將軍欲以巧伏人，盤馬彎弓惜不發」。一路長江大河，忽然一束，又忽然一放。總分三段，一真一畫一議耳。細分之，則一真之中，起冒，次分，次議，凡四段，大宫包小宫。題畫詩，坡入妙。半山章法杜公，入神。

《書丹元子所示李太白真》　丹元奇人，故公詩亦奇，有以發之也。

《雪浪石》　此詩奇横，以校諸人和作，其大小平奇自有辨。蓋他人不能有此筆勢，故不能有此雄恣。「離堆」二句，形容此似離堆耳，惜無蜀人不及知，故末句云云。「老翁」句用退之。

《子由新修汝州龍興寺吴畫壁》　起二句凡語。「那復」句凡語。收小詩而有味。

《四月十一日初食荔枝》　尋常叙情景入妙，如此首暨《海市》、「清風弄水」、「吴儂生長湖山曲」、「江上愁心」、「大杏金黄」、「塔上一鈴」、「金山樓觀」、「卧聞百舌」、「金山望焦山」、《孤山》等篇，凡此不可枚舉，可類推之。　「不須」二句仙氣，與《梅花》詩「仙雲」句同妙。「雲山」二句，不脱「食」字。　凡寫、議、託寄、叙四者，各有神韵妙語。

《荔枝歎》　起三句寫，有筆勢。四句倒入叙。　小物而原委詳備。章法變化，筆勢騰挪，波瀾壯闊，真太史公之文。《鰒魚》不及多矣。

《同正輔表兄游白水山》　起凭空落入，句奇語縱，因隨句用筆，純是空縱。「穿雲」句仙句。「坐看」句奇縱，且叙且寫且入議。收二句神來氣來。　太白高境，而全變其面目。

《舟中聽大人彈琴》　詞意韵格，超詣入妙，而筆勢又奇縱恣肆。六一尚不脱退之窠臼，此獨如飛天仙人，下視塵壒，俱凡骨矣。　高韵可匹陶公。

黄山谷

山谷之妙，在乎迴不猶人，時時出奇，故能獨步千古，所以可貴。若子由、立夫皆平近，此才不逮也。大家小家，即以此分别。入思深，造句奇倔，筆勢健，足以藥熟滑，山谷之長也。又須知其從杜公來，却變成一副面目，所以能成一作手，乃知空同優孟衣冠也，所謂「隨人作計終後人」，可謂不善變矣。從此證二人，乃有得處。

山谷之妙，起無端，接無端，大筆如椽，轉折如龍虎，掃棄一切，獨提精要之語。每每承接處，中亘萬里，不相聯屬，非尋常意計所及。此小家何由知之，亦無此力，故作家不易得也。

大抵山谷所能，在句法上遠：凡起一句，不知其從何來，斷非尋常人胸臆中所有；尋常人胸臆口吻中當作爾語者，山谷則所不必然也。此尋常俗人，所以凡近蹈故，庸手皆能，不羞雷同。如山谷，方能脱除凡近，每篇之中，每句逐接，無一是恒人意料所及，句句遠來。

山谷死力造句，專在句上弄遠，成篇之後，意境皆不甚遠。

《次韵子瞻題郭熙畫秋山》「黄州」四句，叙畢。「郭熙」二句，正面。「江邨」句寫。「歸雁」句頓住。「坐思」二句入己，緯也。乃空中樓閣，妙。「熙今」二句，馳取下二句。「畫取」二句，點出宗旨。「但熙」二句，餘情遠韵。　曲折馳驟，有江海之觀、神龍萬里之勢。

《謝黄從善司業寄惠山泉》起三句叙。四句空寫。五、六句議，二語抵一大段。七、八句另一意，又抵一大段。　叙、寫、議雖短章而完足，凡四層。

《贈鄭交》起二句，賓主陪起，而雄整琢鍊。三句抗墜，折出主；四句入主，正位。五、六二句正寫。七、八又繞賓。凡四層。

《雙井茶送子瞻》 空中縱起。「我家」二句入叙。「爲公」二句遠勢。凡三層。

《戲呈孔毅父》 起雄整，接跌宕，俱入妙。收遠韵。凡四層。

《以團茶洮州綠石研贈无咎文潛》 此又平叙，而起溜亮俊逸。後二段章法，畢竟拙笨。

《謝送碾賜壑源揀茶》 起二句襯。三句入，借襯。「橋山」句襯。「右丞」句入正。「春風」以下入妙。

《以小團龍及半挺贈无咎》 「先皇」句不歸。

《送謝公定作竟陵主簿》 起八句，皆正叙夾寫。「胸中」以下始换議。收妙。

《觀伯時畫馬》 起三句極言供奉之陋，收入題神化。

《聽宋宗儒摘阮歌》 起先叙人。三、四贅語。「落魄」句無味。「手揮」一段寫，末三句以己收。

《再答陳元輿》 起逆入，奇氣傑句，跌宕有勢。收四句有韵，言不如歸也。

《王允道送水仙花欣然會心爲之作詠》 奇思奇句。「坐對」用杜。收空。 遒老。

《武昌松風閣》 「風鳴」二句奇想。後半直叙，却能掃人凡言，自撰奇重之語。收無遠意。

《書磨巖碑後》 稍有章法，然亦順叙。分三層。「事有」二句太漫。後半大勝放翁《十八學士》、《明皇幸蜀》二首。

《伯時彭蠡春牧圖》 起題畫。中叙馬。「中原」四句入議。收有意。

《再次韵呈廖明略》 三次韵皆勝无咎，而此最佳。

《再次韵呈廖明略並寄无咎》 「一夫」六句散漫。

《長句謝陳適用惠送吴南雄所贈紙》「千里」四句删。「君侯」句犯前。「平生」二句删。順叙，只在句法上稍逆。

《以右軍書數種贈丘十四》「問誰」句倒入。「隨人」二句，皆古人自道其自得處，無不快妙。亦是順叙，收段稍佳，出題外矣。

《李君貺借示其祖西臺學士草聖並書帖一編二軸》起二句陪。「西臺」句跌入。「新春」二句起棱。

《題虔州東禪圓照師新作御書樓》起正叙實叙，亦平平無奇，但造句能掃一切人語。

《觀劉永年團練畫角鷹》「爪拳」二段，全從杜來。

《次韻无咎閻子常攜琴入邶》似六一。

《次韻子瞻春菜》一起一收甚妙。收必見作詩之旨，乃有歸宿，此不易之律。

《和謝公定征南謡》「謀臣」二句倒入，以下夾叙夾議。「營平」句襯。「天道」二句收足。「交州」以下，以古事影。此是大題，格句老重之至。但中間用意無甚警悟，不過説不應用兵開釁而已。前言本事用兵之費，「李太守」以下，層層言失計。凡五層。

晁无咎

補之詞失之繁，氣稍緩放翁。多門面客氣。乃知大家之不易得。

《秋夜古風》　長吉《浩歌》、放翁《三神山》及此，皆同一意，而不及坡《百步洪》帶説之妙。此可究作家大小之别。

《苕霅行和於潛令毛國華》　蕫塢先生云：「詩意未詳。」惜抱先生云：「『西陵白髮人』謂歐公。此二句用歐《代贈田文初》詩意。豈於潛亦以言被謫者邪？」

陸放翁

惜抱先生曰：「放翁興會焱舉，詞氣踔厲，使人讀之，發揚矜奮，興起痿痺矣。然蒼黯蘊藉之風蓋微，所謂『無意爲文而意已獨至』者，尚有待與？」

《醉中歌》　止摹坡、谷《春菜》。

《上巳臨川道中》　「龜息」句湊。

《題十八學士圖》　「李氏」句不快。

《石首縣雨中繫舟戲作短歌》　金之欺趙，甚於秦之欺楚。其終滅於弱宋，豈非天哉！讀放翁此詩，爲之慨然。

《山中得長句戲呈用輔並簡朱縣丞》　此似六一。

《登灌口廟東大樓觀岷江雪山》　究竟客氣浮淺。

《謁諸葛丞相廟》「公雖」二句快語，妙。

《春感》起妙。收開俗派。

《對酒》神韵似六一。

《游圓覺乾明祥符三院至暮》不逮韓之雄。

《芳華樓賞梅》起妙。「萬人」句不稱。

《舟中對月》超妙。太白、坡公合作。

《游萬州岑公洞》小有作意，似坡。「水作珠簾月作鉤」，仙句。

《自雪堂登四望亭因歷訪蘇公遺迹至安國院》起二句叙。「老仙」二句，歸宿點題。「蜿蜒」二句，本可接「風烟閒」下，「向來」二句，本可接「老仙」二句下，易置乃見章法之妙。「名花」二句，事外遠致，棱也。收二句又一事外，滿紙奇縱之氣，真似坡公。

元遺山

惜抱先生曰：「遺山才力微遜前人，而才與情稱，氣兼壯逸。興會所詣，殊覺蒼涼而醲至。」

《赤壁圖》「令人」句抗墜不測。兩事合併處，接得神氣湊泊，音響明徹。「得意」二句，再出一層。「可憐」二句，收束密而有弦外之音。　純是神來之候，而後幅尤勝。遺山他篇，皆不逮此。

《西園》 按蒙古破金燕都，焚宫室，火一月不滅，故有「熒熒」二語。此詩乃興定庚辰八月中作。

《西窗》 惜抱先生曰：「小詩而情韵翩然。」

《泛舟大明湖》 起曲折。「蘭襟」四句，情韵翩然。末段偷杜《渼陂》、韓《曲江》。

《南湖先生雪景乘鸁圖》 「望見」句逆入。此髣髴太白，仍是六一。

虞道園

惜抱先生曰：「六一、道園，皆短於才氣，而兩公各具風韵，使人愛不欲去。六一多深湛之思，道園具閒逸之致。」

伯生情韵，足與遺山相埒。劉文靖亦足匹伯生。

《白翎雀歌》 含毫邈然。

《題柯博士畫》 似子瞻。

《題漁邨圖》 有議論開闔段落，則起接承轉自易，如李、杜、韓、蘇大篇皆易學。若此等無事可叙，無波瀾可生，説一句其下句不知當作何接，其機易窒，其勢難振，校大篇更難。此却宛轉關生，銜接一片，於無可轉身處，偏轉出妙境，而真精鎔鑄，極渾成，又極轉換展拓。使不能轉换展拓，便一覽易盡，如小沼寒潭，了無靈境奇勢，尚何足貴。千年以來大篇，人猶易學易知，此種竟無人能到。如東川「八月寒葦花」、燕公「去年荆南」、元遺山「南朝詞臣」、伯生此首暨《題柯博士》諸小篇，尤宜致思。　此論盧仝「當時我醉美人家」，附記於此。

吴淵頴

惜抱先生曰：「按道園詩近緩弱，立夫力似勝之，然氣不遒，轉語多麤硬，時有傖氣，不及道園得詩人韵格。阮亭極取之，謬矣。　往與海峰先生論詩，言立夫七古在伯生上，今乃知此評不公。　而海峰没矣，無從證之，深爲慨息。」

又曰：「立夫雖有卷軸，而苦於意爲詞窒。」

《韓吉父座上觀漢陽大别山禹柏圖》　以較杜公《老柏》，奚啻天淵。

《寄陳生》　「參乎」以下傖俗，開袁簡齋、錢籜石、趙甌北俗派。

《送楊文仲歸餘姚》　見古人作詩用力處，然氣不遒。

陶詩附考附解招魂

陶詩附考附解招魂提要

《陶詩附考》一卷附《解招魂》一卷，據光緒四年刊本點校。撰者方東樹生平見《昭昧詹言》提要。

按陶淵明與陶侃之曾祖孫關繫，自清初閻詠提出異議，易「大司馬」爲「右司馬」，屬之漢初之陶舍，學者多不從。方氏此篇則左袒閻氏，而力駁何焯、錢大昕、姚瑩三家之論。然其於閻説雖贊云「卓絶千古」，實亦難從，而改發「郡望」之新説，「疑此大司馬或是陶譜稱始祖舍，相沿爲望之稱，淵明亦因而稱之」云云，然則於淵明豈非誣甚？方氏每責人爲懸擬之辭，抨擊甚苛。而其説亦不過從「魏晉之世重譜牒」之現象背反推之，以爲彼時之譜牒「多虚誣非實」，雖可合於一般情理邏輯，然據此以斷正史、大傳爲不可信，得出「淵明決非出於桓公侃」之新論，豈非懸擬尤甚乎？實則此事若無新史料之發現，絶難有確解。推衍其緒則可，確考其事則不必也。沈約傳文於淵明「曾祖侃晉大司馬」之出身，另抉發一「不復肯仕」劉宋新朝之大義，而方氏亦不認可，以爲如此則「淵明之志事不明」矣。此論後世亦贊否兩可，沈傳證以「所著文章皆題其年月，義熙以前則書晉氏年號，自永初以來惟云甲子而已」，誠有出入，學者迭有辨正，較前事易爲。然淵明身歷易代之變，必有其感受、立場，此説傳達精辟，成其大義，故唐修《晉書》，李延壽《南史》，五臣注《文選》皆取之；北宋黄庭堅、今人陳寅恪等特達有識之士亦信從之。淵明之志事，其人「猛志固常在」，非僅「隱逸詩人之宗」，「豪放得來不覺」，與此大義豈可謂二？方氏必限於一朝一姓，識反陋矣。其駁論多至二十條，而竟無一條立論，終於此事未能稍進一步矣。所附《解〈招魂〉》一篇，與朱熹《楚辭集注》沿舊説以爲宋玉作商榷，斷爲屈原自作。然黄文焕《楚辭聽直》、林雲銘《楚辭燈》已先有此説，方氏或以兩人之著不典，而徑與朱子接談也。此兩篇民國初武强賀氏本附於《昭昧詹言》卷十二七古後，作卷十三，求其全也。又改以《解〈招魂〉》置前，其序次似非所宜。

陶詩附考 附解招魂

桐城方東樹植之

沈約《宋書·淵明本傳》云：「潛自以曾祖晉世宰輔，不復屈身後代，自高祖王業漸隆，不復肯仕。所著文章，皆題年月。義熙以前，則書晉氏年號，永初以來，惟書甲子而已。」蕭統作《靖節傳》亦云：「曾祖侃，晉大司馬。」「自以曾祖晉世宰輔，耻復屈身後代，自宋高祖王業漸隆，不復肯仕」云云。自是以來，如唐修《晉書》、李延壽《南史》、五臣注《文選》及宋秦少游、黄魯直輩，相沿皆如此説。於是不但淵明之志事不明，併其族世亦紊，殊可嘆異。惟宋治平中虎丘僧思悦辨題甲子之非，近山陽閻氏詠始據《贈長沙公詩序》，辨其世次非出於侃，而何屺瞻、全紹衣、錢曉徵諸家，猶必曲爲傅會之。今反覆研考，就淵明詩文集情事本末，逐條辨之於左，而斷以淵明決非出於桓公侃，而《晉》、《宋》二書及昭明、《南史》等誤，皆有不得曲爲救解者也。

閻氏詠云：「自昭明誤讀陶《命子詩》，以祖與考係於陶侃之下，謂侃爲淵明曾祖，其實不然。又《贈長沙公序》『於余爲族』，『族』是一句。『祖同出大司馬』，『大』字當爲『右』字，即漢高祖功臣陶舍也。」

樹按：閻氏此説卓絶千古。但「於余爲族」絶句終不辭，改「大」爲「右」亦不必。竊嘗詳思之，魏、晉之世，重譜牒之學，相尚以郡望，多虚誣非實。疑此「大司馬」或是陶譜僞始祖舍，相沿爲望之偁，淵明亦因而偁之。而此所贈之「長沙公」，於世次適爲祖行，據實命言，本無深曲隱義。後人耳目所習，祇知有一陶侃贈大司馬，因堅傅著之，以致百端脱節，齟齬不合，皆由休文、昭明誤之也。

姚薑塢先生云：「按《晉書・陶侃傳》，侃有子十七人，見於史者：洪、瞻、夏、琦、旗、斌、偁、範、岱。洪早卒。瞻爲蘇峻所害。以夏爲世子，及送侃喪還長沙，而夏、斌、偁各擁兵相圖。夏弑斌，庾亮表請屈夏，而夏已病卒。詔復以瞻息綽之襲侃爵。卒，子延壽嗣。宋受禪，延壽降爲武昌侯。淵明之祖茂，當是名不具於舊史者也。然淵明爲侃之曾孫，則夏、瞻者乃其從祖也。夏早卒，瞻未襲。其襲侃爵者，乃綽之也，則係淵明之再從父，非族祖也。按：再從父於禮爲小功，乃云『昭穆既遠，已同路人』，可乎？」

樹按：此亦小誤。詔以瞻息宏襲侃爵，宏卒，子綽之襲。淵明若爲侃曾孫，則於綽之爲再從兄弟，非從父也。惟淵明不出於侃，故於綽之有族祖之序，事義至明。

宋張縯云：「《年譜》以此詩爲宋元嘉乙丑作，則延壽已降爲武昌侯，非長沙公矣。詩云：『在長忘同。』先生世次爲長，視延壽爲諸父行。而長沙公爲大宗之傳，先生不欲以長自居，故序偁『於余爲族』。要是，此詩作於延壽未改封之前。」

樹按：張縯據吴仁傑《年譜》，繫作詩之年爲乙丑，殊爲不確。其謂淵明爲此「長沙公」諸父，尤於文理不順。何義門之説，蓋本於此。夫淵明惟不出於桓公，而此所贈，或綽之，或延壽未改封，要必於譜次，實爲祖行，故以此偁之。詩云「在長忘同」，謂此族祖，忘其在長，而同與己游也。若謂陶公於同曾祖之人而自黜其長，不敢序禮服而儕族，雖勢利小人之尤所不肯出，而謂淵明顧爾乎？

何氏焯曰：「陶《贈長沙公詩序》『於余爲族祖同出大司馬』，『族祖』二字衍，雖同出大司馬，而已在五服之外，服盡矣。長沙謂淵明族祖也。」

樹按：衍「族祖」二字武斷，「於余爲同出大司馬」不辭，上不起始祖，下不及遷籍之祖，又不斷自高祖，而獨震耀一六世祖大司馬，著其同出，何其胸襟之鄙陋也！且淵明若於長沙爲族祖，則當曰「余於長沙公爲族祖」，不當曰「長沙公於余」也。且既曰「族祖」字衍，不當又出「族祖」二字，若淵明於此長沙爲族祖，則非侃之孫，即侃之子。於此長沙公正在五服之内，不得爲五服之外、服盡也。一言三失，無一可通。義門於時亦號精識，孰謂其疏昧若是乎！吾疑輯《讀書記》者無識，妄有所羼竄，必非義門語也。

何氏又曰：「閻百詩云：樹按：此閻詠，非百詩也。『自昭明誤讀陶《命子詩》，以祖與考繫於陶侃之下，及作《淵明傳》，遂謂侃乃淵明曾祖，其實不然。又《贈長沙公詩序》云「長沙公於余爲族」，族是一句，祖同出大司馬。「大」字當作「右」，即漢高功臣陶舍也』云云。按顔延之《誄》云：『韜此洪族，蔑彼名級。』可證此序中大司馬斷指士行，非漢初開封侯陶舍，以右司馬從漢高者，訛『右』爲『大』也。延之與淵明同時，安得謂昭明傳文誤讀陶《命子》及此二詩邪！」

樹按：此必非何氏説。其所駮閻氏語，殊舛闊不中，未足以折閻氏。且延之語本不誤，此自疏昧不察耳。辨見後錢氏解「洪族」條下。

錢氏大昕曰：「靖節爲陶桓公曾孫，載於《晉》、《宋》二書及《南史》，千有餘年，從無異議。近世山陽閻詠，乃據《贈長沙公詩序》『昭穆既遠，已爲路人』二語，辨其非侃後。且謂淵明自有祖，何必藉侃而重。詠既名父之子，説又新奇可喜，恐後來通人惑於其説，故不可不辨。靖節自述世系，莫備於《命子詩》，首述受姓之始，次述遠祖愍侯丞相，然後頌揚長沙勳德，即以己之祖考承之，此士行爲淵明曾大父之實證也。」

樹按：此何足爲實證？《命子詩》歷序受姓及遠祖，皆舉其名德之盛者，桓公爲族祖世近名赫，自不得遺，故并列之，而何可定其必爲曾大父也？淵明自述世系必不誤，既偁此所贈長沙公爲族祖，而侃又實爲此人之高曾，猶得曰侃爲淵明曾大父邪？

「六朝最重門弟，百家之譜，皆上於吏部。沈休文撰《宋史》，在齊武帝之世，親見譜牒，故於本傳書之。昭明作《靖節傳》，不過承宋書舊文。而閻乃云始於昭明誤讀《命子詩》，則是《宋書》亦未寓目，其謬一也。」

樹按：六朝最重門弟，故多僞造譜牒，誣而失實，殆無一族不然。據顧亭林之言，沈約自序其世，繆妄可笑，何況序述他族？陶譜僞撰大司馬以爲望，淵明因而偁之，非指侃也。休文思雜風塵，心撓成毁，覈求見事，有慙證辨，既弗克詳檢此詩序，又未及詳察此長沙公於侃爲何人，又未及詳繹淵明若謂此人爲族祖，則當下於侃幾世？約略傅會以爲曾祖，而不覺其疏漏之甚也。然則雖見吏部譜牒，奚益也！至昭明作《傳》，或承陶譜及十八家《晉史》，何必定本《宋書》？閻氏偶舉一端，何必不見《宋書》？錢氏發論以正得失，無相成之美，懷左袒之偏，何足信與？

「昭明《傳》云：『自以曾祖晉世宰輔，耻復屈身後代。』此亦出《宋書》。而閻又以訾昭明，曾不知休文卒時，昭明才十三歲，即使《傳》有舛誤，亦當先訾休文，況《傳》本不誤乎。其謬二也。」

樹按：此條無謂之至。沈、蕭兩傳其說，皆同。舉蕭遺沈，偶然之事，何争後先？張楊園先生論此條，但舉昭明，不及沈約，亦同。但當論其所説之是否。若此引書小失，無關大義，何足列爲專條？矧二《傳》所言，淵明耻仕後代之義，全非其實，何得云《傳》本不誤乎？大約知人論世，精識篤論，非考證家矗人執著單文所能與矣。且昭明卒於中大通三年，其作《淵明傳》不知在何年，何得以十三歲爲斷？矧昭明生五歲已能誦五經，豈得以十三歲而少之？

「且使士行與淵明果屬疏遠如路人也者，則《命子詩》中何用述其勳德？攀援貴族鄉黨，自好者不爲，靖節高士，豈宜有此？其謬三也。」

樹按：使淵明與士行果非疏遠，則《孟嘉傳》可得斥偁名姓，而其父與母之世次，可得紊亂而不合乎？《命子詩》述先世勳德，而兼及近代近族一俊人，於理於義必不可遺，何謂攀援貴族？此殆全不通事義理實也已。

「閻所據者，惟有《贈長沙公序》，而《序》固言『同出大司馬』矣。夫司馬之偁，非侃而誰？雖閻亦知其不可通也，詞遁而窮，遂謂『大』當作『右』，謂舍非謂侃也。不知漢初軍營有左右司馬，品秩最卑，不過中涓舍人之比。舍既位爲列侯，不偁『侯』而偁『右司馬』，在稍通官制者，且知其不可，豈可以誣靖節乎？夫擅改古書以成曲説，最爲後儒之陋，況此『大司馬』又萬無可改之理。其謬四也。」

樹按：辨此事惟有「大司馬」一條最爲難破。余反覆思之，決爲魏、晉之譜牒誣妄所致，如吾方氏，向來謂出黟侯與紘。其實紘不見於史，儲未封侯。司馬紹統《郡國志》於黟縣下不言嘗爲侯國。陶氏之「大司馬」亦若此而已。《淳安方氏譜・序》云：儲封侯見謝承《後漢書》。按：七家《漢書》今皆不存，而承在司馬彪之前，彪書不應有乖互脱誤也。

「惟是長沙公於靖節屬小功之親，而云『昭穆既遠，已爲路人』，似有罅隙可指。今以《晉書》考之，士行雖以功名終，而諸子不協，自相魚肉，再傳之後，視爲路人，固其宜矣。昭穆猶言兩世，兩世未遠，而情誼已疏，故詩有『念茲厥初』語。其云『昭穆既遠』者，隱痛家難而不忍斥言之耳。若以爲同出於舍，則自漢初分支六百年，人易世疏，又何足怪。其謬五也。」

樹按：即如錢氏所解，亦只當云「情誼既疏」，不得曰「昭穆遠」也。錢氏詆閻氏不當擅改古書以成曲説，而已顧可改「既遠」爲「未遠」乎？又曰「昭穆猶言兩世」，不知此語何出？且可曰兩世既遠乎？直文義不通矣。且淵明謂此長沙公爲族祖，此長沙公之爲綽之、延壽，不可定，要之於侃實爲曾元行。淵明又下此人二世，已七世矣，而云兩世，何謂也？兩世何字？除根數、連根數皆於此所贈之人，世次不遠，何云既遠也？淵明惟於此人同出愍侯，故有「念茲厥初」、「人易世疏」之言。至其中間之祖分於何世，遠近惟其所值，何必定以六百年計數也？茲必以「人易世疏」屬之兩世，而謂此必非指遠，不知何以蔽昧若此！且淵明果出於侃，悼心家難，則平昔吟詠，必常常及之，以寄隱痛，何爲澹焉忘情？而此詩方頌美如新，乃僅於此「昭穆」一語，寓感亦太隱矣。況此詩語意全不似悼難者，直爲影響臆説耳！

「又曰：顔延之作《誄》云『韜此洪族』，藉非宰輔之胄，安得『洪族』之偁？此亦一證。」

樹按：此更奢闊不中。觀《命子詩》稱陶唐、虞賓、御龍、豕韋、司徒、愍侯、丞相，纍世名德，豈不足當「洪族」之稱？而必屬之士行一人邪？所見偏陋，與僞何氏説同失。夫閻氏所辨，尤在《孟嘉傳》之斥偁陶侃，錢氏亦知其堅而難破也，遂遺此條，遁而不辨，亦見其窮，而肺肝如見矣。

錢氏又跋《義門讀書記》曰：「何義門援引史傳，掎摭古人，有絶可笑者。《宋書·陶潛傳》曰：『所著文章，皆題其年月。義熙以前，則書晉氏年號，自永初以來，惟云甲子而已。』休文生於元嘉中，見聞必不誤。義門乃援陶詩書甲子者八事，譏其紀事之失實。夫本傳固云文章，不云所著詩也。詩亦文章之一，而其體則殊。文章當題年月，詩不必題年月，夫人而知之矣。《隋志》載《淵明集》九卷，今文之存者，不過數首。考之《桃花源詩序》、書太元中，《祭程氏妹》稱義熙三年，此書晉氏年號之證也。《自祭文》則但稱丁卯，此永初以後書甲子之證也。與休文所説若合符節。休文於淵明之文，固徧觀而盡識之，義門未嘗盡見淵明所著文，何由知其失實？以是訾謷休文，恐兩公有知，當胡盧於地下矣。」

又曰：「余作是辨，在戊戌五月，後讀《七修類稿》，乃知義門亦有所本。今附其説於左。云：『五臣注《文選》，以淵明詩在晉所作者，皆題年號，入宋但題甲子，意謂耻事二姓，故以異之。後世因仍其説。宋治平中虎丘僧思悦編陶詩，辨其不然，謂淵明之詩有題甲子者，始庚子，終丙辰，凡十七年，詩一十二首，皆安帝時作也。至恭帝元熙二年始禪宋，計二十年，豈有晉未禪宋之前二十年輒有耻事二姓，而預題甲子以自異者哉？矧詩中又無標晉年號者，所題甲子，偶紀一時事耳。余謂五臣誤讀《宋書》，欲以詩證史，思悦辨之當矣。後人乃以攻休文，不知本傳其言文章，未嘗及詩，休文初無誤也。」

樹按：淵明之不仕，其本量高致，原非爲禪代之故。其詩文或書年號，或書甲子，本無定例隱義。沈約妄倡臆論，昭明亦同，後來如五臣之倫，皆祖是説。千餘年來，牢不可破。思悦闢之，義門證之，其義甚卓。錢氏堅意附和休文，而又無以解思悦之辨，乃遁爲「文章當題年月，詩不必題年月」，以傅會休文所著文章之語。則試詰以「文章當書年月，詩不必書年月」，此例出於何家？而云夫人知之，真寱語也。而《祭弟敬遠》但書辛亥，《歸去來辭》但書乙巳，皆文也，皆在晉義熙之世，皆不書晉年，此又何説也？休文同人作賊，背叛忘義之徒，其視不仕異代，固爲無上高節，故以此美淵明，自謂得之，豈知向上更有至道。如淵明胸抱，非約所及窺矣。錢氏本無精知，鉛槧鑽研，徒榮古虐今，舞文欺世之不學者而已。且詆義門不當僅據八事以糾休文，夫義門據詩猶有八事，錢氏所據僅一《自祭文》，而又與在晉世之文同例，此何足以樹堅壘定鐵案乎？且《陶集》八卷，據北齊陽休之以爲亦昭明所撰，而少一本。今原本具在，至其所少一本爲《五孝傳》、《四八目》。《四八目》即《聖賢群輔録》，而《五孝傳》文義庸淺，《群輔録》引書牴牾，《四庫提要》云已經睿鑒指示，灼知其贋。且其文已爲陽休之十卷本所録，流傳至今，并非不見。錢氏爲休文於淵明之文徧觀盡識，故獨得陶公隱義，著爲斯例，後世不見淵明全文，故不知沈約《傳》偁所著文章之語。吾不知淵明書晉年號、書宋甲子之例，即在此所亡《五孝傳》、《群輔録》之一卷中邪？若此，則無所爲詩文書法之例。且何氏未必不見，見而與休文之言不應，不得謂休文之語非失，實休文當媿恧於地下不得胡盧也。錢氏區別詩文書法，已爲無稽，又遁爲《陶集》亡後人不克全見，以爲休文之救，穿鑿傅會，分明如見，真所謂心勞日拙也。則其所撰《廿一史考異》，未暇細校，恐皆舞文若是也已。

又按：今何氏《讀書記》不載八事，而錢氏題曰跋《讀書記》，何也？考閻百詩生前崇禎九年，卒康熙四十三年甲申。屺瞻生順治十八年，卒康熙六十一年。何自記丙戌春爲故友閻百詩校《困學紀聞》，丙戌，閻歿後之三年也。是時《潛丘劄記》書未有，逮乾隆九年、十年之間，閻學林等次弟刻書，而《劄記》出。搜羅散佚，舂輯失當，諸多乖違，非百詩父子所親寫定。至蔣維鈞、何堂等輯刊《讀書記》，在乾隆三十四年，《劄記》附閻詠語，非義門所及見。二家之書，皆出不學者之所爲，其有所羼亂失真，必非本然之舊。且其所駁，又甚淺陋疏繆，不似義門語。吾疑蔣維鈞等無識，不安義門之言，故剟去八事，復妄爲駁語以易之，又以閻詠爲不足駁，故著之百詩以爲重耳。不然，何其牴牾如是邪！錢氏所辨乃真爲義門語，而今不可考矣。吾方以辨何、錢者，爲辨沈、蕭之質，故詳具其説，以俟世之君子，亦直而勿有之義云爾。至錢氏所辨，乖謬百端，吾嘗論考證家之病，多是不通文理，此直由讀淵明詩文而昧其文義耳。今反覆推考事蹟及本詩文義，就閻氏之説，一斷之曰：此所贈長沙公爲桓公胄裔不待言，至淵明一房，實屬分支，斷不出於侃，有炳然者矣。何則？此所贈長沙公若是綽之，則與淵明同爲桓公曾孫，是昆弟也。不但不得稱祖，并不得稱族，稱族遠辭也。此據《宋書》、《晉書》本傳及本詩序輩行之偁，而知其非也。一也。

本《詩序》曰：「昭穆既遠，已爲路人。」若共曾祖不得云遠。二也。

詩曰：「同源分流，人易世疏。」明言同出愍侯，而後分支世疏，非對共曾祖之人之辭。三也。

次章曰：「於穆令族，永搆斯堂」、「我爲欽哉，實爲宗光」，此對所贈之人而偁桓公以美之，謙己叨榮之辭。若同曾祖，豈得云爾？四也。

《命子詩》首章，溯受姓之始於陶唐，以逮司徒。次章及愍侯舍。三章及丞相青。四章、五章言長沙公，政以始祖、遠祖、族祖併偁。至六章曰「肅肅我祖」，始言己一本之親武昌太守茂也。若淵明出於桓公，則當偁桓公爲「我祖」，以明一本茂源，如謝康樂之述祖，豈有舍大勳重望之曾祖不偁「我祖」，而截然斷自其祖始更端偁「我祖」者乎？五也。

自丞相青後，陶氏稍替，直至晉代功名懿鑠，未有顯赫如桓公者，故當列敘，而何必決爲其本支曾祖，而後始可稱之？六也。

史偁侃十七子，其九人附史傳，有名，其八人不顯。淵明之祖茂固已顯矣，何獨不著其爲侃之子？亦足證其非矣。七也。

閻氏曰：「按《孟府君傳》云：『公諱嘉』、『娶大司馬長沙桓公陶侃之弟十女』。若出自桓公，豈得斥偁姓名如此？」八也。

又曰：「陶氏家譜以岱爲淵明祖。按《晉書》本傳曰：『祖茂，武昌太守。』與『惠和千里』語合。岱則侃十七子之一，官散騎侍郎，非太守也。」家譜多不足信。九也。

又曰：「近日傳占衡《永初甲子辨》，謂陶十題甲子，皆是晉年，不著晉號。沈約、李延壽説併非。」或曰：古今傳此一段佳話，將一切抹殺乎？余曰：占衡有言史文本集歲月炳然，前後可考，胸次磊落，隨意書年，陶何必藉此爲佳話乎！十也。

此所贈長沙公，無論爲綽之、延壽，於桓公實爲曾元，而淵明又下此人二代，故全謝山據此以爲侃於淵明爲七世祖，服盡，故得稱族。然亦穿鑿臆説。按侃以太尉薨於成帝咸和九年，贈大司馬。下逮咸康八、建元二、永和十二、升平五、隆和一，興寧三年而淵明生，相距三十一年，而得七世，何得如此之遽？況淵明母乃侃外孫女，於陶宏同輩，淵明父下宏四輩，以親表輩行言之，豈有侃之外孫女下配侃之六世孫者乎？十一也。

沈、蕭兩《傳》俱云：「以曾祖侃晉世宰輔，耻復屈身後代。」按公生晉哀帝興寧三年乙丑，卒宋文帝元嘉四年丁卯，年六十三歲。自興寧三年至恭帝元熙二年庚申宋受禪，公已五十六歲，則其抗節僅在垂老八年之中，亦不爲難矣。十二也。

若據《本傳》：「自宋高帝王業漸隆，不復肯仕。」此又不然。公以安帝隆安四年庚子年三十六歲，爲何人鎮軍參軍。又六年乙巳，爲建威參軍，是爲義熙元年，是秋爲彭澤令。其冬解歸時，年四十一，自是終身不復出。是歲劉裕始以下邳太守拜都督，鎮京口，而謂「王業已漸著」而不可待乎？

十三也。

秦少游稱禪宋後，而後投劾，益爲無稽。不知彭澤歸來以後，元熙遇弒以前，此十六年公仕於何地、爲何官也。十四也。

宋牟巘之嘗論世，喜偁淵明入宋書甲子無年號。黄豫章亦云「然今《陶集》詩本無年號者，惟《祭妹文》稱義熙，此晉年也。淵明耻仕後代，大節較然，此無須深論」云云。樹按：此陵陽託以自廣，若爲之彌縫《本傳》之失，其實誤記義熙爲宋年世，所以譏理學多疏陋也。姚姬傳先生《書録》謂《陵陽集》有用至元年號者，意本此。而不斥其誤記宋年，言有從略，以爲人皆知而不待言也。十五也。

張楊園先生曰：「蕭統《陶淵明傳》無一語得淵明之實。所載《五柳先生傳》，雖其自作，亦非淵明本來如此，蓋必其晚年文字，隱居以後所著也。『性嗜酒』三字全非，酒乃淵明有託而然。」「自以曾祖晉世宰輔，耻屈身後代」，亦非其本指，然則劉裕未篡以前，何即不仕乎？淵明學識，晉宋間人無能及之者，讀其詩自知之。十六也。

閻氏之言曰：「陶公品自高，不必以書甲子爲佳話。陶公自有祖，不必扳桓公以爲榮。」樹謂此論甚卓。陶公不仕之高，自得於其性之本量，亦不必定以不仕異代爲節，觀《始作鎮軍參軍》詩可見。朱子亦嘗謂陶公是真不愛官爵者。由朱子之言，則公之不仕，非因易代之故可知。十七也。

公《雜詩》十二首，「白日淪西河」篇末曰：「日月擲人去，有志不獲騁。」翫其語意，感慨深至，則公固非石隱之流，而自有其志矣。但其志不可得聞，如後人妄測不仕異姓、欲爲荆軻、子房者，皆瞽説也。是詩之作，不知在劉裕已篡未篡時。要之劉裕未篡，而公早已不仕；及裕篡未久，而公已殁。則復仇之義、不仕異姓之節，皆非事實。公生爲晉人，固當爲忠於晉，然公之心亦豈以司馬氏之篡爲得天人之正，而必當萬世長享天下子孫不替也乎！果爾，則公亦爲不知天命、不知道義者矣。世人眼孔小，僅有此一副見識，而不知向上聖人更有大道也。故公之心與阮公微有不同，而見道之大似勝阮公。然則此所云「有志不獲騁」者，豈小儒所及知哉！假使晉不亡而公遂仕焉，亦豈得騁公志哉！推公之志，恐便如桓公侃功名事業，未必滿意。以吾測公志，殆亦欲禮樂得新、彌縫使醇，非補偏救敝、一手一足之烈也。公自言之矣。十八也。後見姜西溟《敦好齋記》亦説此意，較余更透，當詳録之，與吾説相輔可也。

朱子嘗稱：「陶公無忝乃祖。」愚按：朱子言必是指武昌太守茂言，其德行相似也。觀公詩一則曰「直方」，再則曰「惠和」，其偁仁考曰「澹焉虚止」，曰「寘兹愠喜」，其德行皆與淵明相似，故曰「無忝」。朱子但曰祖，不及其考。古人有挾句連引，有詞單而義兼者，不以詞害義也。若桓公非純臣，又其功名仕蹟皆與淵明不類，何必不忝之有？十九也。

公以安帝隆安五年爲鎮軍參軍，不知何人，向來皆以爲即宋公。按史安帝隆安四年庚子，桓玄都督荆江八州軍事。五年辛丑，劉裕猶爲劉毅參軍，八月爲下邳太守，元興二年加彭城内史，三年甲辰從徐兖刺史桓修來朝，與何無忌、劉毅謀起兵，劉毅猶偁之曰劉下邳。是年五月誅桓玄，帝反正於江陵。明年乙巳，改義熙元年，始除拜裕都督十六州軍事，出鎮京口。三年丁未，始爲揚州録尚書事。五年己酉，北代南燕。六年庚戌，還至建康，始爲太尉。十二年丙辰，加都督十二州諸軍事。十三年丁巳，北伐滅秦，取關中還。十四年戊午，受相國、宋公九錫之命。十二月加相國、揚州牧，封宋公。恭帝元熙二年庚申，禪晉受命。按之《本紀》，大約皆同。而陶公詩庚子《始作鎮軍參軍》，未言何人，臧榮緒《晉書》以爲劉裕。辛丑假歸，《七月赴假還江陵》，義熙元年乙巳歲三月，《爲建威參軍，使都經錢谿》，皆不言爲誰。是秋爲彭澤令。冬還舊居，自是不出，皆見公叙。公自叙詩，必不誤。但不知鎮軍、建威爲何人，要之必非劉裕。臧書不可信，恐後人僞羼也。彭澤之仕，公自云「家叔所用」，亦不知何人。古今事隔，史文多缺，不能一一據以爲考。要之，沈、蕭兩《傳》所言事蹟皆不明，不必附和穿鑿，而公之面目自可見於萬世也。二十也。

公以義熙元年乙巳秋爲彭澤令，冬即引歸，凡八十日。此八十日内，秋冬相際，必八月、九月、十月、十一月，非播藝之時可知。而《南史》叙公令吏種公田秫稻，情事不合。且上文云：「公不以家纍自隨，故送一力給子。」乃未隔一行却云：「妻子與公争種稉。」史文滲漏牴牾如此，況可求證其志事乎？《與子書》云：「年過五十。」此自是五十六歲入宋後所作遺命耳。觀「不同生」及「同父」之言，則公是有妾。又云「室無萊婦」，則是時夫人已殁，其大略如此。

宋吴仁傑作《年譜》，陶茂齡作《家譜》，蜀人張縯作《陶詩辨證》，皆與沈、蕭兩《傳》同爲牴牾難合，今皆無取。

姚石甫云：「《爾雅·釋親》：『父之從祖昆弟爲族父，族父之子相謂爲族昆弟。』《儀禮·喪服》：『緦麻三月者，族曾祖父母、族祖父母、族父母、族昆弟。』鄭注：『族曾祖父者，曾祖昆弟之親也。族祖父者，亦高祖之孫。』據此言之，五服内正當稱族。族祖父爲高祖之孫，鄭注甚明。先儒説《尚書》上自高祖，下至玄孫，是爲九族。不但《禮經》，宋儒諸家禮書如此，今律服制皆同。淵明序長沙公爲族祖，其同高祖，毫無疑義。」

樹按：此言族爲九族至明确，誠足以折余與謝山之陋。但不知高祖以上，凡同始祖者當何稱？豈不復可稱族乎？竊以陶公此所稱族，乃推而遠之之辭，非引而近之之辭。觀下文「昭穆既遠」、「禮服遂悠」，「既」字、「遂」字甚明。故余決以淵明非出於侃，而於此所贈長沙公，非《儀禮》九族之從祖也。《晉》、《宋》二書以淵明爲侃曾孫，則於此所贈長沙公爲昆弟，固不得稱祖，即如石甫言淵明出於瞻，此長沙公又确是綽之，而爲淵明祖行，則淵明於瞻恰五世，合於《儀禮》緦麻三月之服，而謂之「昭穆遠」、「禮服悠」，可通乎？「昭穆」之云，即對此所贈詩之人言之，非繫侃之辭，而此人於昭穆非遠也。此即以石甫所引《禮經》鄭注斷之，益知淵明不出於侃也。據《禮經》而稱其曾祖之人曰族，古人未見，似今世考證家賣弄學問之所爲。淵明大雅磊落，必無此。

石甫又云：「大司馬者，位高權重，在三公首，非常官也。其除罷繫國治亂，史必特書，決無漏載。始設自漢，孝武後元二年以霍光爲大司馬。樹按：始元狩四年衛青、霍去病，此偶遺之。前書《百官表》，自霍光以下，張安世、霍禹、韓增、許延壽、史高、王接、許嘉、王鳳、王音、王商、王根、王莽、師丹、傅喜、丁明、韋賞、董賢，復終王莽，凡十八人。樹按：共二十人。年月相接。《後漢》無表，《帝紀》自更始元年光武爲大司馬。建武元年以吴漢爲之，漢卒，劉隆以驃騎將軍行大司馬事，難其人也。二十九年改大司馬爲太尉，自是無大司馬。至靈帝中平六年，董卓廢立，以劉虞爲大司馬。獻帝建安六年，以張楊爲大司馬。十三年罷三公，官置丞相、御史大夫。明載《帝紀》，如此五人而已。三國魏文帝黄初二年曹仁，明帝太和二年曹休，四年曹真，青龍元年公孫淵，凡四人。蜀惟蔣琬一人。《吴志》孫權時吕範、朱然、全琮，孫亮時吕岱、滕胤，孫皓時丁奉、陸抗，凡七人。晉世武帝咸熙二年石苞，七年義陽王望，咸寧二年陳騫，太康三年齊王攸，十年汝南王亮。惠帝永寧元年齊王冏，懷帝永嘉五年王浚，六年南陽王保。成帝咸和元年王導。哀帝興寧元年桓温。安帝元興六年瑯琊王德文。終晉世爲大司馬十一人。陶侃生時，官止持節侍中、太尉，都督荆、江、雍、梁、交、廣、益、寧八州諸軍事，荆、江二州刺史，封長沙郡公，將進大司馬，策命未加而歿，乃追贈之。漢、晉以來，爲大司馬者具此，曷嘗有陶氏爲大司馬其人者乎？」

樹按：此所考誠不虚矣。然樹本意謂魏、晉重譜牒之學，相尚以郡望，多虚誣不可信，如吾方氏之稱黟侯者。則此「大司馬」疑亦陶譜妄偁其始祖舍，相沿爲望之稱。而淵明因之，非謂陶氏果别有爲大司馬者。但余此説實亦縣空擣虚，不足以樹堅壘。惟反覆此詩題叙事文理義而思之，夫曰「長沙公」即侃爵矣，夫豈有爲人子孫現襲其本爵，而猶必待表而出曰系出此人，而復别書贈官以繫之邪？於文義爲複費不通。若以淵明自言「同出」，則據《禮經》言，稱族爲從祖在五服内則稱族，正用《禮》「緦麻三月」文，其親已明矣，而又何待表而言之曰同出也？且既稱長沙公，則不當別以贈官繫世稱大司馬者，明是更端異辭。嘉興沈叔挺《頤綵堂集·書永樂陶氏世譜》據其譜稱：「會稽之陶，系出漢初開封愍侯舍，舍子丞相夷侯青。青孫敦，安帝朝大司徒。敦孫珂，漢末避亂江東。珂子丹，吴揚武將軍、柴桑侯。丹子侃，晉太尉、長沙郡桓公。侃子武昌太守茂。茂子彭城太守姿。姿子靖節徵士，在晉名淵明，在宋曰潛。」云云。按：此等私譜，名爵、世次、虚實，向來不可信，不足與辨。要之，《陶氏譜》必首愍侯，此亦一證也。《譜》既稱長沙郡桓公，故不復稱贈官「大司馬」，此又一證也。然則淵明何以不云「同出愍侯」而稱「大司馬」也？曰大司馬置於武帝元狩四年，以冠將軍之號乃加官，無印綬屬官，非如成帝元綏所置，安尊位重有職事。若秦及漢初本無此官，其軍中左、右司馬主武，故以爲諸武官號。及魏晉之世，此官重，爲私譜者不諳官制，榮近昧遠，混「右」爲「大」，夸爲族望，相與稱之，淵明亦姑因之云爾。蓋魏、晉以後爲譜者，率斷始秦、漢以爲之望，其虚誣無實，百家同趣，非止一姓爲然。若必以此「大司馬」屬之侃，則於稱此長沙公爲「同出」，事文言意及内外親表輩行，一切皆齟齬不合。余故決不敢信之也。一言以蔽之曰：若實在五服内之從祖，必不如此《序》曰「爲族」，曰「同出」，曰「昭穆既遠」，曰「世疏」、「服悠」，言之重焉，詞之複焉，何爲也哉？若如錢大昕氏與石甫言，爲有感於家庭多故，何以詩中一言不見，而方誇爲「宗光」、誇爲「令族」邪？諸公直是不耐心平情詳讀文義，而磊磈彊詞争客氣耳。

石甫又曰：「然則『昭穆既遠，已同路人』，何也？曰：此淵明有感之言也。桓公子十七人，惟襲封者居長沙，餘或歸鄱陽祖籍，或居潯陽遷籍，或隨仕宦，所在皆不可知矣。淵明居潯陽柴桑，正侃故里。而長沙公襲爵居長沙，雖一本而異籍，侃歿三十一年而淵明生，此詩作於何時不可知，大約非少壯，上下七、八十年，亂離多，故彼此不通音問，情事之常，豈非『已同路人』乎？同之云者，正言其不當同，故慨乎言之也。至於昭穆之世，則此長沙公爲先生族祖，等身而上，是已三代，上溯高祖，已爲五代，謂之『既遠』，不亦可乎？」樹按：閻云侃廬江郡尋陽人，淵明尋陽郡柴桑人。其址貫不同。

樹按：石甫前言族字則引而近之，謂淵明與長沙公同高祖毫無疑義，今言「昭穆」則又謂五代可以爲遠，便文任意，不矛盾乎？即如所説，七、八十年，亂離相隔，亦只可云情意踪跡疏闊，不得曰「昭穆既遠」、「禮服遂悠」也。有感之説，同於錢大昕氏。無如尋味本詩，與叙中語意，全不見，何也？且長沙、鄱陽、尋陽，同在南國，荆、揚接壤，亦尚非絶遠。當時事蹟亦未見本族近支，遂至七八十年絶不一通音問也。況詩固曰「行李時通」，曰「音問其先」，則固以音問可通也。

又曰：「然則長沙公何人也？曰是不可定也。然按侃傳，庾亮黜夏，以瞻息宏襲爵，當在咸寧元年。後亮督荆江七州，距侃卒纔數年。宏仕光禄勳卒。計時不過三十餘年，淵明始生。宏卒而綽之襲，綽之卒而延壽襲。此所贈長沙公以爲宏，則年不相及；若是延壽爲淵明族祖，則宏爲淵明高祖。似綽之爲近是，以綽之爲族祖，則高祖瞻也。意瞻未必止宏一子，宏襲爵，其支派當居長沙，無緣居潯陽。其昆弟不得立者，未必偕居長沙，或仍還潯陽故里，數傳至淵明，上溯桓公已七世。以此推之，不惟於『昭穆既遠』之言合，并『同出大司馬』之言亦合。若《晉》、《宋》二書以侃爲淵明曾祖，則當是誤無事附和之矣。」

樹按：此辨及前説甚堅，但皆縣空臆度之詞，不足以樹堅壘。《晉》、《宋》二書誠不可信，此云「宏有弟還居潯陽，數世而生淵明」，果可信邪？抑莫須有、想當然也。《家譜》以爲岱既誤，今石甫又撰出一宏弟，可乎？且此詩《叙》言「昭穆既遠」，乃對所贈長沙公言之，非以繫於侃斷起七世計數言之也。如石甫言，以淵明出於瞻，瞻爲此所贈長沙公之祖，昭穆未遠明甚。且淵明之母於瞻爲甥，於宏兄弟爲中表姊妹，而可下配宏之孫乎？惟其疏遠，不同近支，故不得而嫌矣。此詩不知作於何時，宋張縯據舊《年譜》，以爲在宋元嘉乙丑。若是，則此長沙公爲延壽矣。然知其非者，以入宋而已降封，不得復稱長沙公也。《年譜》係於宋元嘉固不确，然此詩之作固在晉元熙前未降封時矣。石甫云似綽之爲近，亦臆度不能定也。然則此人爲綽之、延壽且不能定，又安能定其族世遠近之實乎？作詩之時，誠如石甫言，上下七、八十年不可知，而淵明父母如此族祖之輩行，不以年代久近遂差也。惟其不出於桓公，故婚姻可通，偁謂各當也。吾鄉世姻，亦多有輩行錯亂者，然必在五服之外。古今禮俗，要皆不殊耳。

又云：「《命子詩》溯自陶唐受姓，次及愍侯舍，次及丞相青，更次及長沙，終及武昌守茂與其考。世次分明如此，皆本支也。故首章云『悠悠我祖』，中如愍侯、丞相、長沙，則以次及之，何必人人系以祖稱邪？末又云『肅肅我祖』，則此乃祖與父之祖，非遠祖矣，故近偁之曰『我祖』。若長沙非其本支，而別有陶姓爲大司馬者，是其所出，淵明何得舍之，而取他人之祖以紊其宗乎？且必有祖字而後信爲本支，則愍侯、丞相亦無祖偁，又作何解？夫冒榮他族，狄武襄所不出，而謂淵明爲之乎？」

樹按：此辨乃誣余也。樹弟謂淵明非出於侃，不謂其不同出愍侯、丞相也。何謂淵明别取他人爲祖，而冒榮以紊其宗乎？桓公與淵明同出愍侯，而其祖中間有分支，豈遂非宗而必近綴於侃，然後定爲同族乎？凡陶姓皆同出愍侯舍，漢初之始祖也，非冒他人爲祖以紊其宗也。《命子詩》前稱「悠悠我祖」爲遠祖也，中叙列祖，次及族祖桓公，又次至武昌守。曰「肅肅我祖」，此叙至本身之祖，而更端之詞也。所以别於上章族祖，政恐人嫌疑桓公爲本支也。蓋文理義有必如是，而後當於人心。非謂以此詩僅述桓公，未偁祖而遂疑其非本支，必人人稱祖，而後信其爲本支也。且此詩所述千年先德，何必世爲一脈之冢嫡，而必不可及疏房别祖？苟及之則爲紊且冒，如石甫云爾乎？

又曰：「《命子詩》歷叙其先，欲使繩其祖武耳。豈有以他人之祖與本支列祖雜陳之，以命其子者哉！」

樹按：此説尤不然。淵明《命子》，歷叙千年祖德，何必定爲嫡支而後可陳，疏房族祖則不可陳？淵明於桓公不知何時分支，要爲同宗出服。故此詩偁桓公曰實爲「宗光」，宗族中顯赫如桓公其人，亦豈得遺之不道？此人情至當，何謂雜陳，至失「命子」之義也。

又曰：「淵明《命子詩》及《贈長沙公詩序》，義本章明，乃以《本傳》『曾祖』二字之誤，至使淵明不得爲桓公後，誣孰甚焉，正所謂不通文義者也。閻氏之謬妄，未可從之。」

樹按：淵明《命子詩》及《贈長沙公詩序》，義本章明，只以諸人眼孔小，必欲以淵明屬之陶侃以爲榮，遂使情文乖舛，事義糾紛，百端齟齬脱節，誣亦甚矣。正所謂不通文義者也。賴一二潛心者爲之辨明，而猶固迷不悟，可怪也！要之傳淵明者，如前所辨，事事皆失其真，非止世系一端。而世系及不仕異代、書甲子三事，尤居其大者。不揣非分，引申先民緒論，欲爲淵明洗清面目。輒此繁偁費辭，務欲得其真耳，非好折他人、彊伸己見也。復之石甫，尚其許之乎。道光庚子十月十八日續書。

解《招魂》附

《風》詩十五國獨無楚，非孔子删之也。蓋國小人微，僻陋在夷，先王鄙之，不采其風。故春秋之初，荆人猶不得列於朝聘會盟之末。中世以後，闢國寖廣，英賢之君六七作，良臣股肱輩興，於是鬻熊之遺風德教復嗣，而遂與中國抗衡焉。至左史倚相能讀三墳、五典、八索、九丘，右尹子革能誦《祈招》之詩，而文學大顯。蓋南方朱明之次，天文所照，江漢所流，有非封域之區所能限也。屈子以忠清之志，發哀怨之思，上覽黄、虞，下駿箕、比，蔚爲千古詞宗，豈特楚國之良，實繫斯文之寄。《離騷》二十五篇，歷世作者奉爲方圓，併驅六經，邈世獨立。故嘗謂朱子之注《楚詞》，其義理所存，比於孔子删《詩》而無讓也。玄文隱志，固已抉剔無遺，惟《招魂》一篇，大恉猶昧。不揣淺陋，閒嘗通之，雖未知必然與否，抑千慮一得，姑陳其説，以俟來學之折衷云爾。

吾讀屈子他篇，未暇悉論，竊以創意創格造言，未有侻於《招魂》者也。乃數千年文義瞢闇，曾未有确揭其本事者，故或以爲原所作以招懷王，或以爲宋玉作以招師，是皆泥題目字面而滯會之也。又或以爲施之生前，或更執「去」、「恒幹」、「像設」等語，以爲确施於死後，尤爲寱語不悟。題既曰「招魂」，則此等言句，皆題内本分料語，豈可以文害辭、以辭害意，而不尋其全文作恉本義邪！竊意「招魂」者，古之復禮，所親死而冀其或反，盡愛之道，禱祠之心甚盛意也。屈子以楚之將亡也，如人將死而魂已去身，冀陳忠諫而望其復，存忠臣之情，同於孝子，故託「招魂」爲名，而隱其實。其偁名命意乃以比體爲賦體，猶荀子「請成相」也。陳季立略悟其指，而又以确爲招原，而兼託諷，則猶惝惚弗察也。且以爲宋玉招師，則中間所陳荒淫之樂，皆人主之禮，體非人臣所得有也，況又可謂玉之有所譏於原乎？益非事實矣。若以爲原之招懷王，則前後一起一結，辭意安傅安施而不可通矣。吾以爲此确爲原所作，故其起曰「長離殃而愁苦」，結曰「哀江南」，一意貫串，文義隱閟而又極明豁。「長離殃」者，已永謫於江南也。「愁苦」者，非爲一己，乃哀國事也。其「哀」其「愁苦」何也？哀其外多祟怪，内有荒淫，其死徵如魂已去身，而不知反歸也。此原放於江南，浮夏上沅時所作，故望其復存，而已在江南，目極江楓千里，抱此哀痛也。既諷其荒淫，而復以荒淫招之，何也？曰此於言爲從順理體當然也。王者之居，匪同儉陋。既言其外之害，則不得不陳其内之樂，題面當如是也。而極其奢靡則荒淫意亦在言外，此文用意既隱曲迷離，全用比興體，豈可以尋常正言、直諫之義例之乎！惟中叙荒淫，而獨將禽荒一事入於亂辭作結，世未有能分而析之、合而悟之、識其用法之奇、用意之隱者也。意原初放時，適值王之獵夢，即事寄意，兼著其時也。其曰「引車右旋」，古者右爲正爲貴，左爲邪爲賤，故王制誅左道，秦、漢發戍卒取閭左。原自言「誘騁先」趨，欲抑其邪騖，順若以通於蕩平正直之大道，即所謂「來吾導夫先路」也。惟「君王親發兮，憚青兕」，以一句當獵事一大段，雖古人筆力彊，文字不拘，究似迫而不備，詳思未解，疑有闕文。「朱明承夜」，欲其就明去黯，棄穢改度，而不可再稍淹緩。假使「皋蘭被徑」，則大道蕪没，不可復識矣。又即其所見，江楓千里，目極傷心，即丘夏蕪兩東門之意。而終以七字結之，七字作兩層：「魂兮歸來」，言望王改行率德；「哀江南」三字，言己所在之地，以致意也。此指頃襄王，非懷王也。若真作《招魂》，則起處數語及亂辭，豈可通乎！度賈傅、太史公、阮公、杜、韓，必皆知之，無容辨説於其間。觀太史公曰：「其存君興國而欲反覆之，一篇之中三致意。」豈非《招魂》之恉乎！其餘人則皆茫昧未昭，雖朱子之解，亦未深察，而仍舊説，竊未敢安也。惟以存國爲義，故景差《大招》曰：「魂兮歸徠」，察幽隱，存孤寡，治田邑，阜人民，禁苛暴，流德澤，當賞罰，舉賢能，退罷劣，而終之以「尚三王」，此分明代原補出「誘騁先導」、「朱明承夜」之實事。原曰「朱明承夜」，差曰「青春受謝」，可謂能繼原之志矣。考懷王十六年放原，十八年復召用之，三十年秦約懷王與會，原諫不從，遂阨於秦。至頃襄立，復放原，九年不復，至二十一年秦拔郢，度原死幾已十年。《大招》不知作於何時，要爲在後，故祖原之意，無殊旨焉。如余所解，並起處文義亦明，巫陽不能待筮，而急於下招，即所謂「時不可淹」也，以爲稍緩則亡，不可救矣。且本非真死，則筮其所在，非要義也，故就文省之耳。古人筆力彊，得翦截處，即翦截之。又《九章·哀郢》，郢爲國都，在江北，此云「哀江南」，若以爲哀國，則詞爲不備，吾故知爲自指己所在之地，以致其意也，承「汨吾南征」來。朱子曰：「讀《楚辭》者，徒翫意於浮華，不暇深究其底藴。」故於舊説多所糾正，而於《招魂》獨仍弗改，固其慎於反古，儻亦思而未得與。且朱子既以爲宋玉作，則不當曰「太史公讀而哀其志」，夫太史公以《招魂》與《離騷》、《天問》、《哀郢》同稱，則非以爲宋玉作矣。余生平遵信朱子如天地父母之不敢倍，而獨於此不能無異，以爲縱朱子偶此小差，亦無傷朱子之大，故遂著之，以俟來哲。

竹林答問

竹林答問提要

《竹林答問》一卷，據光緒十一年刊金娥山館叢書本點校。撰者陳僅（一七八七—一八六八），字餘山，號漁珊，浙江鄞縣人。嘉慶十八年舉人，官至陝西寧陝廳同知。有《繼雅堂集》。前有道光十九年己亥自序，略謂作令紫陽時答侄兒詩香問，詩香録而成編，以談詩處有修竹數十竿，遂取作書名。全編問題廣泛，答案精要，略按總論、體制、作法、題材、歷代品評等次第編排。陳氏學有根柢，另有《詩誦》五卷專言《詩經》，此編論《三百篇》以下，遂能遊刃有餘。其論每歸於「時勢運會」，故識極通脱，語極確鑿。如首説「《詩》亡」，謂「乃采詩之職亡而變風不陳」，不關詩之體格存亡；「古今無一日無性情，即無一日無詩」，「故他經不可續，獨《詩》可續」，數語釋「亡」一義、争後世詩之出處，似未有如此正大明確者。其細説古近各體發展之次第，皆以自然之勢解之，論頗切實。如謂五古以神韵爲主，「不可促，轉韵特難」，故杜韓元白之長篇「終非正格」，誠是李于鱗「唐無五言古詩」之的解也。陳氏服膺《滄浪詩話》，此亦有識。於滄浪引起後世争議之諸多話題，如學力、性情之關係、七律難於五律等，皆有確解。又有詩道「歸實」之説，斥釋氏之虚無爲「吾道之賊」，與養一齋「質實」説同一聲氣。此非謂滄浪之以禪喻詩，乃爲指責「性靈」之「靈」而發。然雖斥「靈」之「猖狂恣肆」，而解却有「今之言詩者，知情之不可蕩而無所歸，亦知徒性之不可以説詩，遂以『靈』字附益之」，可謂從反面道著肯綮。論詠物詩分古、今，强調「當有我在」，較袁枚等翻東坡「論詩必此詩，定知非詩人」之説又進一層；題畫詩亦「須有人在」，是皆清人詩觀之核心價值也。論杜詩注本則推錢注爲第一，仇注最不堪，嫌其過於拘板耳。全書大抵以古爲本，而推衍宋人之説，遂能沿、革有度，舊、新得中。陳氏幼年學詩曾從袁枚入，又曾從宋詩入，頗與其説詩之趣不合，遂至無成，然或亦以此與宋後之詩學不隔也。故雖不滿本朝漁洋、隨園諸家，無論格調、肌理，然所言實以格調爲脈，運以學問，糅合性靈、神韵諸説，信而有據，概乎其言，已開光緒間劉熙載《詩概》之先聲矣。此本前有弟子郭傳璞光緒十一年序，略及流傳始末，次年管可壽齋重刊巾箱本易名「詩學問難」。

陳餘山先生竹林答問序

道光乙未、丙申間，傳璞侍先君子游慈谿，獲聆厲駭谷丈、吴仲倫、姚復莊兩師暨葉氏昆季心水、小譜、叔蘭、磊杉諸先生，論詩徹旦。時不肖年方舞勺，雖不能遽領指趣，今猶記憶十二三，聞詩蓋於是時始矣。後二十年，同縣陳餘山先生自關中歸，春秋良日，每棹扁舟湖上，徑造弊廬，與先君子銜觴劇談。傳璞揖呈近藝，先生頗許可，因以所著《竹林答問》授讀，似有悟入處。歲丙寅，學使吴和甫少宰師按試吾郡，事畢，見是書，愛不釋手，旁行斜上，加墨滿紙，互有發明，自謙以未克執贄。其推挹先生，見《榴實山莊文集》中，可云至矣。數十年來，諸老先後即世，山頹木萎，有風流頓盡之愴。今冬鍥汔工，適少宰師哲嗣農山通守來甬，急詢師之評本。農山曰：「吾兄禮園官楚北，當郵問，他日得之，綴於卷後可也。」顧大師之門，賡續問字，未爲不幸，而槁項黄馘，百無一成，覆誦是書，不禁愵然已。

光緒十有一年，歲次乙酉，嘉平月小除日，里受業郭傳璞謹序。

竹林答問自序

予宰紫陽，寢室後有隙地十許弓，俯臨城堞，揖神峰山而進之几席之間。西有修竹數十竿，蕭森離立，朝霏夕靄，遠近相交。公餘退食，抱膝於緑陰罨靄中，猶子詩香侍焉，因問予作詩之法。予曰：「子亦見夫修竹乎？娟娟烟痕，蕭蕭雨影，濕翠生香，高青貯冷，非詩之境乎？春雷昨夜，暝霧四圍，籜舒穎脱，蘚迸鞭肥，非詩之機乎？柯亭之笛，汶陽之笙，晨露時滴，幽禽載鳴，非詩之聲乎？屐駐篁交，襟披粉污，醉魄初醒，虚心獨悟，非詩之趣乎？至於湛渌斟樽，清琴引調，石碧圍棋，雲寒坐嘯，詩所取材，胥領其要，詩不在遠，當前已足。子問詩於予，盍亦問詩於竹乎？」言未既，清風忽來，竹夭然而笑，如磬而聽，仰而答也。詩香於時，亦若悠然有會心者。退而記所問答若干條於編，而乞予書諸簡端。予遂題之曰《竹林答問》，因其地也。是編之記，不足以問世也。請煩此君，聊以質諸神峰之靈。

道光己亥竹小春，餘山陳僅書於山帹閣中。

竹林答問

鄞縣陳僅餘山答　姪詩香芸閣問

問：《詩三百篇》自是三代時詩體，自《株林》後，經傳所載逸詩，皆與《風》、《雅》體裁不合，孟子所謂《詩》亡，豈謂是與？

孟子言《詩》亡，自謂采詩之職亡而變風不陳耳。若體格之變，風會所轉移，詩之存亡，實不繫此。即如春秋之季，列國謡誦已與《三百篇》殊體，諸書所載孔子之歌皆然，豈孔子當日尚不能爲《三百篇》體製乎？然則漢、魏之五言，有唐之律絶，雖聖人復生，亦無意無必而已。必欲摹《雅》、《頌》爲復古，剽《風》、《騷》以鳴高，非聖人删詩之旨也。

問：宋人謂删後無詩，又以文中子續《詩》爲僭。如叔父言，則古今果無别與？

宋人之論，尊經則可，於説詩則無當也。朱子取昌黎《董生行》入小學，何嘗薄後人邪？古今無一日無性情，即無一日無詩；無一日無家國天下，即無一日無美刺。故他經不可續，獨《詩》可續；《二南》、《雅》、《頌》不可續，而變風、變雅可續。聖人復起，吾言不易。惟各存其是而不以古人苛繩之，斯可耳。

問：歷代之詩，宋不及唐，唐不及漢、魏。李、杜詩高處，較《十九首》尚隔一籌，何況《三百篇》？三代邈矣！豈古今人竟不相及若此邪？

古今詩人之不相及，非其才質遜古，運會限之也。使李、杜生建安、正始，亦能爲子建、嗣宗；使東坡生天寶、元和，亦能爲杜、韓。十五《國風》多閭巷婦女所作，謂李、杜、韓、蘇不及成周之閭巷婦女，恐無此理。

問：前人論詩有性靈、學力二種，敢問何謂性靈？

性靈，即性分也。學詩者有天資穎悟出手便高者，是性分中宿世靈根。摩詰所謂「宿世本詞客，前身老畫師」。滄浪所謂「詩有別趣」。此種人學詩最易，然往往缺於學術，轉至自悞。其由學力進者，多不能成家，以性情不相入也。故兩者必相須而成。

問：今人之論，又有性靈詩一種。袁簡齋《論詩》云：「鈔到鍾嶸《詩品》日，該他知道性靈時。」似實有所謂性靈詩者，然否？

詩本性情，古無所謂「性靈」之說也。《尚書》：「詩言志。」《詩序》：「詩發乎情，止乎禮義。」《文賦》：「詩緣情而綺靡。」有情然後有詩。其言性情者，源流之謂，而不可謂詩言性也。「性靈」之說，起於近世，苦情之有閑，而創爲高論以自便，舉一切紀律防維之具而胥潰之，號於衆曰：「此吾之性靈然也。」無識者亦樂於自便，而靡然從之。嗚呼！以此言情，不幾於近溪、心隱之心學乎？夫聖人之定詩也，將閑其情以返諸性，俾不至蕩而無所歸。今之言詩者，知情之不可蕩而無所歸，亦知徒性之不可以説詩也，遂以「靈」字附益之，而後知覺、運動、聲色、貨利，凡足供其猖狂恣肆者，皆歸之於靈，而情亡，而性亦亡。是故聖道貴實，自釋氏遁而入虚無，遂爲吾道之賊。詩人主情，彼蕩而言性靈者，亦詩之賊而已矣。

問：《文章緣始》謂五七言皆起於漢。然《毛詩》「伴奂爾游矣」三章，「惟昔之富不如時」二句，已見胚胎，是同出於西周之時矣。

此語誠然。五言古詩起於蘇、李，七言古詩起於《柏梁》。若五言歌行，漢人之樂府也。七言歌行，肇始於禹《玉牒辭》。《拾遺記》所載《白帝》、《皇娥》二歌，不足信。後來如《飲牛》、《臨河》、《采葛》、《易水》、《垓下》、《大風》皆是，亦樂府也。古詩及歌行自是兩種，論古詩之源，則五七言同時；論歌行之源，則七言先於五言。滄浪於此，頗似倒置。至謂四言起於漢韋孟，則大謬。此齊、梁詩體之所以卑也。

問：學詩次第何先何後？

詩之次第，五古爲最先，七古次之，五絶次之，五律次之，七絶又次之，七律最後。學詩者亦因之爲次第。有以絶句爲截句，謂截律體之半以爲詩者，不知絶之先於律也。

問：古與律用功致力，是一路抑是兩路？

武進管韞山先生曰：「開、寶詩人工爲五言古者，無不工爲五言律，各選所載，殆無一篇不佳。然古人亦惟作五古多，作五律少，此其所以能工也。」此論精確，爲前人所未發。七律功夫亦然，學者可以隅反矣。

問：七絶貴神韵，五絶似純乎天籟，別有致力處否？

絶句本出於樂府，最近變風。古今詩人，亦未有不工古詩而能工於絶句者，熟讀古樂府及唐賢諸家詩自知。

問：嚴滄浪有云：「律詩難於古詩，七律難於五律。」此語頗似駭俗。

滄浪此語，深得詩中三昧，學者自昧昧耳。管韞山曰：「五律人可頓悟，七言則非積學攻苦不能致也。論者謂『如挽百石弓，非腕中有神力者，止到八九分地位』。此言最善於名狀。」吾鄉先輩薛千仞先生曰：「七言律法度貴嚴，紀律貴整，音調貴響，不易染指。余見初學後生無不爲七言律，似反以此爲入門之路，宜其欲入而自閉其門，終身不得窺此道藩籬，無怪也。」兩先生之言旨哉！

問：古詩與樂府，異流而同源。然考唐、宋人集中，往往有古詩而無樂府，前明以來，此體方盛，豈後人轉勝於前人邪？

古詩、樂府之分，自漢、魏已然。故潘勝於陸，而安仁之樂府無聞；謝勝於鮑，而康樂之樂府殊遜，後人不以此爲優劣也。今之刊行集者，必取樂府數章，爲開卷利市，適彰其陋耳。

問：唐人新樂府何如？

樂府音節不傳，唐人每借舊題自標新義。至少陵，并不襲舊題，如《三吏》、《三别》等詩，乃真樂府也。其他如元道州之《系樂府》，元微之之《樂府新題》，香山、張、王之《新樂府》，温飛卿之《樂府倚曲》，皮日休之《正樂府》皆是。微之以下，雖以古詩之體爲樂府，而樂府之真存。不似明人字摹句倣，鉤輈詰屈，而沓不知其命意之所在也。

問：如叔父言，則樂府必不可擬乎？

非特樂府不必擬，即古詩亦不可擬。詩者，性情也。性情可擬乎？古人但借其題而不擬其體，自謝康樂、江文通擬古之體興，而詩道衰矣。

問：有謂詩不關學力者，其言何如？

滄浪言：「詩有別裁，非關書也；詩有別趣，非關理也。然非多讀書，多窮理，則不能窮其至。」其語本自無病，後人截其前四句語，爲藏身之固耳。以太白之天才，擬《文選》至三度，悉摧燒之；少陵尚謂「讀書破萬卷，下筆如有神」，況不如李、杜者乎？

問：有謂作詩不須苦吟者，唐人「吟成一箇字，撚斷數莖鬚」，楊升庵極貶之。然陳去非嘗引「蟾蜍影裏清吟苦，舴艋舟中白髮生」，爲詩須苦吟之證。二説不同何邪？

此説王漁洋嘗論之。要之即一人之身，亦有此兩種詩境：有時佇興而成，不假思索；有時千辟萬灌，力追無朕；迨其成也，同歸自然。摩詰走入醋甕，襄陽眉毛盡落，今其詩具在，絶不識何篇爲苦吟而得者，可以悟矣。

問：鍾嶸《詩品》云：「吟咏性情，何貴用事？」其所引諸詩云云，亦自有理，然否？

鍾記室自爲大明、泰始中諸人下砭語耳。作詩自有兩種，有不須用事者，有當用事者。但須事來就我，不可有襞積湊砌之痕耳。至廊廟典章，天廷掞藻，而欲以儉腹當之，此唐末詩人所以見窘於紫薇也。

問：兩漢詩無用事者，詩之用典起於何人？史語入詩，始於曹子建。玄語入詩，始於孫子荆。經語入詩，始於謝康樂。

問：應璩《百一詩》，「百一」作何解？百慮一得之解近之，蓋《諷諫詩》之流亞也。晉李彪亦有《百一詩》二卷，不傳於世。

問：曹子建《七哀詩》，吕向以爲「病而哀，痛而哀，感而哀，悲而哀，耳目聞見而哀，口嘆而哀，鼻酸而哀，雖一事而七者具」。其説何如？吕向此説牽合，絶無意義。或謂情有七而偏主於哀，亦未當。大抵當時必别有所感，不欲明言。讀古人書遇此等處，苟無關典要，寧闕毋鑿可也。

問：沈休文《晉書·謝靈運傳論》云：「子建『函京』之作，仲宣『灞岸』之篇，子荆『零雨』之章，正長『朔風』之句，並直舉胸臆，非傍詩史，正以音律調韵，取高前式。」休文蓋假四詩以爲四聲之準也。古詩之轉爲律，休文一人之力，何以能之？抑别有説歟？

休文何能爲力！夫古詩之不能不爲唐律，此聲音之自然，即作者亦不知其然而然。故魏、晉之音調異於兩漢，宋、齊之音調異於魏、晉，自梁以降至陳、隋，則名雖古詩，已全律體，非一朝一夕之故也。姑就《文選》中求之。其兩句十字，聯仗精工，平仄諧暢，全是律偶者：魏曹植「始出嚴霜結，今來白露晞」。劉楨「清談同日夕，情盼叙殷勤」。阮籍「傾城迷下蔡，容好結中腸」。晉潘岳「迴溪縈曲阻，峻坂路威夷」。陸機「飛鋒無絶影，鳴鏑自相和」，「逝矣經天日，悲哉帶地川」。宋謝靈運「長林羅户穴，積石擁階基」，「亂流趨正絶，孤嶼媚中川」，「溯溪終水涉，登嶺始山行」。謝惠連「昔離秋已兩，今聚夕無雙」。謝瞻「鴻門消薄蝕，垓下殞欃槍」。鮑照「扶宮羅將相，夾道列王侯」，「冠霞登綵閣，解玉飲椒庭」，「歸華先委露，別葉早辭風」，「蜀琴抽《白雪》，郢曲寫《陽春》」。齊謝朓「獨鶴方朝唳，饑鼯此夜啼。緣源殊未極，歸徑窅如迷」，「戢翼希驤首，乘流畏曝鰓」。梁虞羲「乘墉揮寶劍，蔽日引高旍」，「胡笳關下思，羌笛隴頭鳴。骨都先自讐，日逐次亡精」。徐悱「金溝朝灞滻，甬道入鴛鴦」。江淹「終軍才始達，賈誼位方尊」，「翠山方靄靄，青浦正沈沈」。其如唐律單拗聯者：曹植「《陽阿》奏奇舞，京洛出名謳」。張華「居懽惕夜促，在感怨宵長」。陸機「凝冰結重澗，積雪被長巒」，「王迹隤陽九，帝功興四遐」，「綺態隨顔變，沈姿無乏源」，「豐條並春盛，落葉後秋衰」，「美服改聲聽，居愉遺舊情」，「鱗鱗夕雲起，獵獵曉風遒。登艫眺淮甸，掩泣望荆流」。劉琨「顧瞻望宮闕，俯仰御飛軒」。陶潛「泛覽《周王傳》，流觀《山海圖》」。顔延年「立俗迕流議，尋山洽隱淪」，「神御出瑶軫，天儀降綵舟」，「兩闈阻通軌，對禁限清風。流雲藹青闕，皓月鑒丹宮」，「陰風振涼野，飛雪瞀窮天」。謝靈運「遠巖映蘭薄，白日麗江皋」，「白雲抱幽石，緑篠媚清漣」，「攀崖照石鏡，牽葉入松門」，「銅陵映碧澗，石磴瀉紅泉。既住隱淪客，亦棲肥遯賢」。謝惠連「浮氛晦崖巘，積素惑原疇」，「夕陰結空幕，宵月皓中閨。微風起兩袖，輕汗染雙題」。鮑照「開芳及稚節，含采各驚春」，「腰鐮刈葵藿，倚杖牧鷄㹠」，「含沙射流影，吹蠱痛行暉」，「人情賤恩舊，世議逐衰興。心賞猶難恃，貌恭豈易憑」，「前途悔短計，晚志重長生。從師入遠岳，結友事仙靈。五圖發金紀，九籥隱丹經。風餐委松宿，雲卧恣天行。暫游越萬里，近別數千齡」。

謝朓「雲去蒼梧野，水還江漢流。停驂我悵望，輟棹子夷猶」，「窗中列遠岫，庭際俯遥林」，「逶迤帶淥水，迢遞起朱樓。凝笳翼高蓋，疊鼓送華輈」，「山積陵陽阻，溪流春穀泉。結髮倦爲旅，平生早事邊」，「桃李成蹊徑，桑榆蔭道周」。陸厥「渤海方淫滯，宜城誰獻酬」。徐悱「鮮車騖華轂，汗馬躍銀鞍」。至散句，則曹植「謙謙君子德，磬折欲何求」，「欲歸忘故道，顧望但生愁」，「盛年處房屋，中夜起長嘆」。王粲「懼無一夫用，報我素餐誠」。張載「朱光馳北陸，浮景忽西沈」。張翰「暮春和氣應，白日照園林」。陶潛「叩栧新秋月，臨流别友生」。鮑照「九塗平若水，雙闕似雲浮。擊鐘陳鼎食，方駕自相求」，「五侯相餞送，高會集新豐」，「胡風吹朔雪，千里度龍山。艷陽桃李節，皎潔不成妍」。謝朓「歲華春有酒，初服偃郊扉」。江淹「日落長沙渚，曾陰萬里生」，「寒陰籠白日，大谷晦蒼蒼」。以上諸句，已純乎律體，不必隱侯之「命師誅後服，授律綏前禽。函轘方解帶，嶢武稍披襟」，「晨趨朝建禮，晚沐卧郊園」，「網蟲隨户綴，夕鳥傍櫩飛」，「唼流牽弱藻，斂翮帶清霜」，「東出千金堰，西臨雁鶩陂」等句，爲唐賢啓先軌也。

問：陶詩「弱冠逢世阻，始室喪其偏」，妻何以稱「偏」？

《毛詩·鴻雁》傳：「偏喪曰寡。」《左氏》襄公二十七年傳：「崔杼生成及彊而寡。」杜注同。蓋偏喪之名，兼夫婦言之。陶語本此。

問：陶《止酒》詩每句有一「止」字，此體後人可學否？

韓昌黎《送孟東野序》，正用其體。此詩文變格，不可有二者也。

問：古詩至盛唐始有長篇，六朝以前不多見，未知有可取者否？

劉孝綽《酬陸長史倕》詩六十一韵，爲六朝第一長篇，踔厲風發，舒卷淋漓，唐人諸長占實從此出。次則荀濟《贈陰梁州》五十九韵，雖不逮劉，而纏綿離合，亦言情之傑作也。

問：唐人五言長古，或推杜老《北征》，或推昌黎《南山》，以何詩爲勝？

太白《經亂憶舊遊書懷贈江夏韋太守》詩，書體也。少陵《北征》詩，記體也。昌黎《南山》詩，賦體也。三長篇鼎峙一代，俯籠萬有，正不必以優劣論。

問：每句用韵，三句一换韵，如岑嘉州《走馬川行》，豈其創格，抑有所本邪？

此體及兩句一换韵詩，昔人謂之促句换韵體，實本於《毛詩・九罭》篇兩句一换之格。古辭《東飛伯勞歌》，崔顥《盧姬篇》，皆是本於《匏有苦葉》篇。此格《三百篇》中最多，詳見予所作《詩誦》中。大抵後人詩體，無不源出《毛詩》。如子建《贈白馬王》詩體，本《文王》、《下武》、《既醉》諸篇。昌黎《南山》詩，「或」字一段本《北山》，叠字一段本《碩人》末章及《斯干》五章。學者自幼將《三百篇》滑口讀過，從不於此等處體會，安得復有悟入？

問：苕溪漁隱謂三句换韵，其法三叠而止，何邪？

此謬論也。彼但見山谷詩耳。

問：昔人言「覯閔既多，受侮不少」，爲對偶之始。然《康衢》「鑿井而飲，耕田而食」，《商頌》「赫赫厥聲，濯濯厥靈」，似更在前矣。

此言是也。大凡天地間有聲必有韵，有物必有偶，故音韵對偶之學，非强而成也。所異者，古人無心，今人有意耳。必欲返律爲古，琢雕而樸，是謂中國之聲文，不如夷貊侏離之語也。其可乎？

問：六言詩古樂府有之，至唐而有六言律絶，何獨無八言詩邪？

詩至八言，冗長嘽緩，不可以成句矣，又最忌折腰。東方朔八言詩不傳，古人無繼之者。即古詩中八字句法亦不多見，不比九字十一字奇數之句，猶可見長也。有唐一代，惟太白仙才，有此力量。如《戰城南》「匈奴以殺戮爲耕作」，「聖人不得已而用之」，《蜀道難》「黄鶴之飛尚不得過」，《北風行》「日月照之何不及此」，《久别離》「爲我吹行雲使西來」，《公無渡河》「有長鯨白齒若雪山」等句，惟其逸氣足以舉之也。李昌谷「酒不到劉伶墳上土」亦是，大抵皆在樂府中也。十字成句，則太白《飛龍引》：「黄帝鑄鼎於荆山煉丹砂，丹砂成騎龍飛上太清家」二句，亦樂府也。

問：十一字句，句法如何？

如太白「紫星乃賜白兔所擣之上藥」，「人非元氣安能與之久徘徊」，老杜「愼勿見水踴躍學變化爲龍」，韋蘇州「一百二十鳳凰羅列含明珠」，皆是。後人於古風長短句間亦效之，過是則句法不易振竦矣。

問：唐人有六句律詩，此何體也？

此體盛於陳、隋之間，蓋由古入律之交際也。唐人偶一爲之，亦意盡而止耳，未嘗拘拘取備一體，後人儘可不學。

問：五句詩何如？

古五句詩惟樂府有之，如《前溪歌》「逍遥獨桑頭」，「前溪滄浪映」，「黄葛結蒙蘢」，「當曙與未曙」數章而已。唐永淳中童謡亦五句。七古五句如漢昭帝《淋池歌》，太白《荆州樂》，老杜《曲江三首》是已，皆見郭茂倩《樂府詩集》中。滄浪臚列詩品，無此一體。

問：三句詩何如？

古樂府《華山畿》、《讀曲歌》、《長樂佳》等詩多有之，皆五言也。七言如《大風歌》是也。後人不多見。唐則岑之敬之「明月二八照花新，當壚十五晚留賓，回眸百萬横自陳」，無名氏之「楊柳裊裊隨風急，西樓美人春夢中，繡簾斜捲千條入」一首。宋人則謝皋羽之「杜鵑花開桑葉齊，戴勝芊生藥草肥，九鎖山人歸未歸」一首。元、明人亦有數首，均見《升庵詩話》中，今不復記憶矣。

問：七句古詩之體如何？

鮑照《代白紵舞歌》，李太白《烏棲曲》，郎士元《塞下曲》，結體用韵各異，可以爲法。

問：促句换韵體有五句一轉韵者，如老杜《短歌行贈王郎司直》一篇，第三句不用韵，此其定法歟？

每句用韵，要是正格。東坡《太白贊》七句一轉韵，亦每句用韵。其長篇則如老杜《大食刀歌》，前韵十七句，後韵十五句，法度盡同，特長短有異耳。《大食刀歌》前韵末「芮公」兩句，承上轉下處，另作一關鍵，則前後仍各是十五韵也。

問：如前數詩，皆前後兩韵，老杜平韵轉仄，東坡前後皆平，有異法否？

此隨興所至，並無異法。《天廚禁臠》强造爲平頭、换韵之名，直是無理取鬧。

問：古樂府有有韵者，亦有無韵者，昔人謂其别有樂譜，然否？

《周頌》諸篇亦多無韵，此樂府之源也。其聲要不可考矣。

問：古樂府音節有可尋否？

樂府音節，雖每篇各異，大抵前路多紆徐，後路多曲折。其節拍前舒後急，離合往復，有「朱絃疏越，一唱三嘆」之神，可以意會，不可以言傳。梁、陳、初唐以五律爲樂府，盛唐以七絶爲樂府，殊有古樂今樂之慨矣！

問：古辭《上留田》，每句間以「上留田」三字，後人擬之者似不多見？

康樂所擬，亦見郭茂倩《樂府詩集》。後人有擬之爲《董逃行》者，記在高青丘集中。山署無書可查，老而善忘，殊自愧也。《樂府題解・丁都護歌》有「每問必呼丁都護」之語，若依本事擬作一篇，當必入妙也。

問：七古每句用韵，今人謂之《柏梁》體。叔父以爲不然，何邪？

每句用韵，體本於《毛詩》，後人自昧其源耳。《柏梁》體，聯句所始。必於古詩中求之，則魏文《燕歌行》，其可考者也。

問：昔人論七絶作法，有謂首句當斬然而斷者，有謂以第二句作轉關者，有謂以一句一意爲正格者，有謂以對偶爲正格者，考之唐詩，殊不盡然。

此皆舉其一篇言之。大凡論詩，總不宜挾偏見，過求新奇，反招後人指摘也。

問：張、王、元、白等《新樂府》，可以被管絃否？

此雖不可知，考之郭茂倩《樂府詩集》，則當時入樂者，初唐多五律，盛唐多七絶。亦有截律詩之半以爲樂曲者，如《想夫憐》爲右丞「秦川一半夕陽開」七律，《都子歌》爲香山《東城桂》七絶第三首，所歌者，不必定爲樂府詩也。大抵唐時詩人多通音樂，故其詩皆可被之管絃。如沈括《筆談》：「《霓裳曲》十二叠，前六叠無拍，至第七叠始有拍而起舞。故填詞名以《中序第一》者，是中分十二叠，以第七叠爲《中序第一》，至此乃舞。白樂天詩曰：『散序六奏未動衣，中序擘騞初入拍』是也。」《蔡寬夫詩話》：「唐曲言《涼州》者謂之『護索』，取其音節繁雄；言《六么》者謂之『轉關』，取其音調閑婉。元微之詩云：『《涼州》大遍最豪嘈，《録要》散序多籠撚。』『護索』、『轉關』，豈所謂『豪嘈』、『籠撚』者邪？唐時起樂皆以絲聲，竹聲次之，樂家所謂『細抹將來』者是也。王建《宫詞》云：『琵琶先抹《緑腰》頭，小管丁寧側調愁。』」此三詩皆可證。

問：元楊鐵厓樂府及明二李樂府何如？

鐵厓咏史小樂府，欲拔奇於千載以下，其實只是李長吉耳。西涯樂府有直刺時事者，自是不可磨滅之作。至其句摹字倣，不失分寸處，前人已譏之矣，略而不論可也。

問：沈歸愚謂「文以養氣爲歸，詩亦如之」，然否？

詩以氣爲主，此定論也。少陵，元氣也。太白，逸氣也。昌黎，浩氣也。中唐諸君，皆清氣之分，而各有所雜，爲長篇則不振，氣竭故也。香山氣不盛而能養氣，淪瀾渟蓄，引而不竭，亦善用其短者。晚唐則厭厭無氣矣。譬之於水，杜爲東瀛；李爲天漢；韓爲江河；白則平湖萬頃，一碧漣漪；晚唐之佳者，不過澗溪之泛濫而已。

問：漢、魏、六朝五古尠有轉韻者，唐人五古尚然，而七古則大抵轉韻者多，何也？

七古行之以氣，句字既冗，長篇難於振厲。轉韻長古較易於一韻到底者，以韻轉則氣隨之翕張，不至一往而竭故也。唐初盛諸家，獨韻長古絶少。惟昌黎之氣最盛，特好爲之，而少變化亦坐此。然必氣盛，方可言變化。初學七言，仍當以一韻到底入手，所以充其氣也。若五古字少，又以神韻爲主，神韻不可促，故轉韻特難。《古詩十九首》惟「行行重行行」與「冉冉孤生竹」二首换韻，其音節轉捩處，便近樂府。五言長古濫觴於齊、梁，汪洋於杜、韓、元、白，終非正格。

問：然則古詩當以一韻到底爲正格矣？

此却不然。論其源，則《三百篇》詩無不轉韻者，即其中有一韻相承至十二句以上，未有不换韻，蓋作詩之定式也。豈得謂《三百篇》非正格乎？

問：氣以運意，轉韻詩當何以運意？

轉韻以意爲主，意轉則韻换，有意轉而不换韻，未有韻换而意不轉者。故多寡緩急，皆意之所爲，不可勉强。

問：然則轉韵之長短緩急無定法乎？

此中亦實有規矩，難以言傳。其法莫備於杜詩，有每段八句四句法律森嚴者，有間以促韵者，有變化不可端倪者，大抵前紆徐而後急促，所謂亂也。熟玩之自能心領神會。予所著《詩誦》一書，論《三百篇》轉韵之法甚備，可以溯源。

問：七古轉韵似當以一平一仄相間，抑可不拘否？

未嘗盡拘。但長古轉韵，平仄自須約略相間，方極高下鏗鏘之致。惟仄韵有三而平韵祇一聲，此中亦自有變化。宋人詩已有不甚了了者矣。

問：七言古詩換韵之句必用韵，何故？

轉韵七古，凡換頭之句必有韵，與五古轉韵異，與歌行雜言亦異。蓋五古原本《三百篇》，雜言句法伸縮，其換韵自有御風出虛之妙。七言則句法嘽緩，轉韵處必用促節醒拍，而後脈絡緊遒，音調圓轉。古今作者，皆無異軌。惟少陵《醉時歌》「先生有道出羲皇」，《哀江頭》「憶昔霓旌下南苑」，《劍器行》「先帝侍女八千人」，三換頭皆無韵。細玩之，乃各有法外法，使後人倣之，則立蹶矣。

問：律詩有仄仄平平、平平仄仄相間之例，古詩似可不拘。

雖不宜拘，但亦須略相間。嘗見宋、元人詩，有十餘句全用平入者，音節便覺平靡。此亦一病，不可不知。若轉韵詩，尤不相宜。

問：仄韵古詩凡單句有全用平聲住脚者，或無妨與？

此必不可。但取古人詩細按之自知。而近時人每犯之，不思之過也。

問：平韻五古單句末一字似可用平聲，古人亦嘗如此。

平韻五古單句住脚可用平聲，與七古異。然三聯中連用平聲尚可，四聯連用，則八句住脚字皆平聲，音節盡痺靡矣。若犯同韵字，如第一句末用「支」字，第三句末用「微」字，第五句末用「齊」字，尤爲大忌。

問：音韵或叶或通，其用之之道有分别否？

叶韵只可用之樂府，若施之古詩，終嫌聱牙。蓋古詩主於讀，樂府主於歌，古人分通叶二法，名義固自釐然。

問：古詩聲韵當何從？

作古詩，聲調須堅守杜、韓、蘇三家法律。至用韵，當以杜、韓爲宗主。韓詩間溢入叶韵，蘇詩則偶有紊界處，不可爲典要也。

問：古詩多家，其聲調有可宗有不可宗，何也？

古詩聲調亡於晚唐，至宋歐、蘇復之，南渡以後微矣，至金、元而亡，再復於明弘治、嘉靖間，至袁、徐、鍾、譚而又亡，本朝諸大家振起之。故欲知聲調之法，杜、韓其宗也，盛唐諸家其輔也，宋則歐、蘇、黄、陸而已。自「一三五不論，二四六分明」之瞽説起，村學究奉爲金科玉律，將并律詩之聲調而亡之，是深可恨也。

問：諸大家聲調，於大同中亦似有小異，當何從？

作古詩欲講聲調，先須辨體，非特漢、魏、晉、宋、齊、梁、初唐、盛唐之別，即開、寶諸公，王、岑、李、杜五七古，聲律音節，較然如涇、渭之不相混。用其體即用其聲調，必不可參入他家。善學者恬吟密咏，自了然於心口之間，難爲迂拘偭錯者道也。

問：三平三仄之説何如？

三平三仄專爲七古而設，而一韵到底者爲尤嚴。第六字尚可通用，第五字斷不可移易。若第五字應平而仄，則以第六字救之，此聲調中第一關鍵也。若轉韵詩，又當視其體製，以成變化耳。

問：趙秋谷《聲調譜》，頗爲後人譏貶，如叔父言，譜必不可廢乎？

難言之矣。要之詩必使人可讀，吾寧從其可讀者，不敢以鉤輈格磔强目爲古詩也。試思杜、韓諸家，原未嘗按譜填詞，何以倚馬千言，竟無一句不合聲調者，可知爲天籟之自然矣。如若人言，非獨聲調可廢，即平仄音韵，亦何嘗非後起困人之具邪！

問：變體律詩與古詩，聲調同異安在？

變律聲調與古詩異，與尋常拗句亦異，法度亦大不相同，試取杜詩細參之便知。前人有誤以老杜變律編入古詩者矣。

問：盛唐人别有一種古律，其音節何如？

盛唐人古律有兩種：其一純乎律調而通體不對者，如太白「牛渚青天月」，孟浩然「挂席東南望」

是也。其一爲變律調而通體有對有不對者，如崔國輔「松雨時復滴」，岑參「昨日山有信」是也。雖古詩仍歸律體。故以古詩爲律，惟太白能之，岑、王其輔車也；以古文爲詩，惟昌黎能之，少陵其先路也。

問：昔人謂律詩每句之間，必平仄均匀，讀之始音節諧暢，有可指示者與？

律詩貴鏗鏘抗墜，一片宫商，故非獨單句住脚字須三聲互换，即句首第一字亦不可全平全仄。又七律每句第三字亦不宜全平，以防調啞。少陵《移居白帝》五律，第三五句住脚皆入聲，而「别」、「説」又同九屑韵。《將赴成都寄鄭公》第二首，八句句頭字一平七仄。《長沙送李十一》，句首字八仄。要是失檢處，不可以出於杜，遂援爲例也。

問：長律之法何如？

漁洋「首尾開闔，波瀾頓挫」八字，得其大概。其詳則余嘗書示單生士林，試取參之。

附長律淺説示單生士林

凡作長排，前有來路，後有去路，中間鋪張排比，則以清分段落爲第一義。蓋既分段落，不能不講究層次，而諸法從此生矣。點叙有景，寄託有情。寫景者每以情爲精神，言情者或借景爲色澤。細叙處碎而彌雅，渾舉處簡而悉包。一意相生，發波瀾於興會；兩端並重，分詳略於主賓。鑄局處有提貫，有合應，而草蛇灰綫之中，渾成尤妙；過段處有銜承，有遥接，而叠嶂層巒之内，突峙更奇。縹緲遠神，全在篇始篇終數語；翕張大氣，每於段首段末兩聯。排聯多，則不能句句皆奇，惟當於淪漣中時逢警策；選韻窄，則難於聯聯悉穩，不如於寬坦内力講精工。慘澹經營，落筆之先，已定全局；轉旋離合，含毫之際，純任自然。字不妨重，亦須檢點；意尤惡複，更忌支離。勿雜湊而無章，勿窘步而自縛，勿前懈而後促，勿直叙而平鋪。起首貴突兀，進路貴紆徐，層折貴分明，音節貴瀏亮，血脈貴團聚，步驟貴舂容，藻采貴停匀，氣機貴磅礴，收束貴謹密，結尾貴混茫。神明變化，存乎其人。噫！豈易言哉！熟玩唐賢諸長律，道在斯矣。有志之士，當不以鄙言爲河漢也。

問：滄浪所列詩體已備否？

大略已備。然中如杜荀鶴不足列一體，而皮、陸《松陵》一體似須增入。他如元次山《篋中集》，韋縠《才調集》，亦另是一種。雜體中尚應補吴體即俳諧體、《竹枝》兩體。宋詩無歐、梅、陸三家體，亦不可解。

問：沈約八病當忌否？

詩法有古人不之忌而今人不可不忌者，如重韻、重字、複調、複典之類。詩律貴嚴，不能以古人解也。從未有古人所忌而今人可不之忌者，惟沈約八病，大半爲驅古變律之用，今古、律已劃然，正無需於此。至正紐、旁紐、大韵、小韵，唐人已不之遵，村學究斤斤講守，反成拙累，亦何益之有？

問：律詩中二聯，既名爲聯，自當以平對爲正格？

是固然。但譬如兩扇板門，要能開闔方好，否則用釘釘殺，有何趣味？若兩聯皆實，豈不成關門閉户掩柴扉乎？

問：漁洋謂「五古著議論不得」，然則老杜《北征》、《咏懷》諸作，不足爲法與？此漁洋偏見也。試觀大、小《雅》中諸詩，何等議論？四言尚可，何五言七言之分乎？

問：昔人論詩，謂不可墮入理障，然乎？宋儒以詩爲語録，則不可。若《烝民》之詩，有尹吉甫之「穆如清風」，何不可之有？此惟朱子詩庶足以當此。

問：律詩一聯，常難得相稱，其病若何而除？古人謂「園柳變鳴禽」不如「池塘生春草」，即大家亦所不免，惟對句勝者較優。其病正在於祇求工於字句耳。李、杜獨無此病，從可知矣。

問：《隨園詩話》有差半字之論，是隨園獨創否？古人早已有之，隨園特變其説耳。

問：漁洋謂鍊意，或謂安頓章法，慘淡經營處耳。此語漁洋亦自覺未安，究何如爲鍊意？漁洋之言，乃鍊局之法。鍊意則同是一意，或高出一層，或翻進一層，或加以含蓄，或出以委婉，有與人不同處。即如登峴山者，胸中誰不有羊公數語，而孟浩然「人事有代謝」四句，更有人再能著筆否？此可隅反。

問：鍊意、鍊句、鍊字三項工夫，一詩中能並到否邪？

鍊句、鍊字皆以鍊意爲主，句、字須從意中出也。

問：鍊字之法何如？

有鍊實字者，如老杜「浮雲連海岱，平野入青徐」，「連」字、「入」字爲單鍊；「花妥鶯捎蝶，溪喧獺趁魚」，「妥、捎」，「喧、趁」，每句各兩字爲雙鍊。此其一隅也。有鍊虛字者，如「江山有巴蜀，棟宇自齊梁」，「有」字、「自」字是也。有鍊半虛半實字者，如「桑麻深雨露，燕雀半生成」是也。有鍊疊字者，如「練練川上雲，纖纖林表霓」，「練練」、「纖纖」是鍊。然猶有本也。若「野日荒荒白，江流泯泯清」，「山市戎戎暗，江雲淰淰寒」，戞戞生造，而景象神趣，全在數疊字内現出，巧奪天工矣。鍊實字易，詩人多能之。鍊虛字難，鍊半虛半實字及鍊疊字更難，此事盛唐以後，尠乎爲繼矣！

問：《詩人玉屑》謂「古人鍊字，只於眼上鍊，五字詩以第三字爲眼，七字詩以第五字爲眼」。然否？

鍊字無定處，眼亦無定處。古今豈有印板詩格邪？

問：陳君節言：「鍊句不如鍊韵。」韵何以鍊？

唐人「天清木葉聞」，「雨餘看柳重」等句，鍊在韵上一字，當即所謂鍊韵也。選韵易，鍊韵難。王直方「只覓好韵」之語，乃是選韵，非鍊韵也。

問：鍊字與鍊句，似無異法？

鍊字在字上用力，若鍊句，當以渾成自然爲尚，著一毫斧鑿痕不得，不能以字法論也。宋人《詩眼》謂「好句要須好字」，以「鍊字不如鍊句」語爲未安，不亦謬乎？

問：叔父嘗謂作詩選字是一番工夫，如何是選字？

譬如「花」、「葩」一也，而「葩」字較俗。「甜」、「甘」一也，而「甘」字較板。「愁」、「憂」一也，而「憂」字較拙。「西風」、「秋風」一也，而「秋」字較滯。又如「芳」、「香」一也，而「芳」字實指花身者用之，「香」字虚指花氣者用之。「落木」、「落葉」一也，而「木」字雄，闊大之景用之；「葉」字細，幽悄之景用之。反是則不穩，可以類推。

問：押韻之法，何以得穩？

須於韻中求句，不可於句下求韻。

問：韻或不佳奈何？

韻不佳，不如且止。寇萊公賦《池上竹》，四壓「清」字不倒，遂止不作。夫賦竹壓「清」韻似不甚難，而古人矜慎若是，此其所以不可及也。善乎毛穉黄之言曰：「詩必相題，故猥瑣、尖新、淫褻等題可無作也。詩必相韻，故枯險、啞俗、生澀之韻可無作也。」作詩豈不貴於選韻哉？

問：古詩中有入律句者，其聲調安在？

如李、韓詩體，斷不可參入律詩一語，杜、王、高、岑體，則可偶參一句。其有兩句者，必仄體也。唐初四傑體，則有兩句，長慶體，則更有四句純律。結語則高、岑體亦間有以律句收之。然此種惟施於轉韻七古，以助其鏗鏘之節奏耳。若一韻到底，斷無此例。

問：《竹枝詞》爲歌咏風土之作，而中間雜以男女狎褻之語，何也？

此體本起於巴、濮間男女相悦之詞，劉禹錫始取以入咏，詼諧嘲謔，是其本體。楊升庵引王彪之《竹賦》，謂《防露》爲《竹枝》所緣始，亦屬有見。

問：咏物詩起於何代？

咏史詩起於晉，咏物詩起於梁。

問：班婕妤《團扇》，非咏物乎？

古人之咏物，興也；後人之咏物，賦也。興者借以抒其性情，詩非徒作，故不得謂之咏物也。自擬古詩興而性情僞，自咏物詩興而性情亡，其能於擬古、咏物見真性情者，杜老一人而已。

問：咏物詩以何道爲貴？

咏物詩寓興爲上，傳神次之。寓興者，取照在流連感慨之中，《三百篇》之比興也。傳神者，相賞在牝牡驪黄之外，《三百篇》之賦也。若模形範質，藻繪丹青，直死物耳，斯爲下矣。予嘗評友人詩云：「詩中當有我在，即一題畫，必移我以入畫，方有妙題；一咏物，必因物以見我，方有佳咏。小者且然，況其大乎？」此語試參之。

問：題畫詩何如？

題畫詩起於老杜，人人皆讀之。故凡題畫山水，必説到真山水，此法稍知詩理者皆能言之。然此中須有人在，否則雖水有聲，山有色，其如盲聾何！試觀老杜題山水必曰：「若邪谿，雲門寺，青鞵布轔從此始。」題畫松必曰：「我有一匹好東絹，藏之不異錦繡段，請君放筆爲直幹。」題畫馬必曰：「真堪託死生。」題畫鷹必曰：「吾今意何傷，顧步獨紆鬱。」厥後東坡、放翁亦均如此，可悟矣。

問：游覽之詩以何爲法？

游山水者，秦、蜀詩學杜老，江、浙詩學康樂，滇、粵詩學儀曹，邊塞詩學嘉州。往見袁子才過贛州十八灘絶句，大似游西湖詩，真足供一笑。

問：《北夢瑣言》譏唐求詩思不出二百里間，然則山林隱逸之士，豈竟無好詩乎？

亦視其胸次學問何如耳，詩之優劣，固不盡係於此。必欲極詩境之變，增長其氣識，自非游萬里路，讀十年書不可。

問：王筠稱沈約詩爲「彈丸脱手」，言其圓熟也。故曰「文到妙來無過熟」。而韓子蒼言：「詩不可太熟，亦須令生。」近人論文，一味忌語生，往往不佳。此言何謂邪？

詩不宜太生，亦不宜太熟，生則澀，熟則滑，當在不生不熟之間，「捶鉤鳴鏑」，其候也。詩不宜太露，亦不宜太隱，露則淺，隱則晦，當在不露不隱之間，「草蛇灰綫」，其趣也。詩不宜陳，亦不宜新，陳則俗，新則巧，當在不陳不新之間，「初日芙蓉」，其光景也。

問：生熟之候既聞命矣，敢問如何是露？

詩有十病，總其歸曰露。意露則淺，氣露則粗，味露則薄，情露則短，骨露則戾，辭露則直，血脈露則滯，典實露則支，興會露則放，藻采露則俗。王世懋謂少陵無露句者此也。

問：露固不可，敢問何以得新？

繁處獨簡，簡處獨繁；平處忽聳，聳處忽平；合處能離，離處能合，此運局之新也。因小見大，因近見遠，因平見險，因易見難，因人見己，因景見情，此命意之新也。平字得奇，俗字得雅，樸字得工，熟字得生，常字得險，啞字得響，此鍊字之新也。

問：作詩用事之法何如？

用事之法，實事虛用，死字活用，常事翻用，舊事新用，兩事合用，旁事借用。事過煩則裁之以簡約，事過苦則出之以和平，事近褻則持之以矜莊，事近怪則寄之以淡雅。寫神仙事除鉛汞語，寫僧佛事除〔疏〕（蔬）筍味，寫儒先事除頭巾氣，寫仕宦事除冠帶樣。本餘事也，或用之作正面；本正事也，或用之作餘波。甚且名作在前，人避我犯，目中且無千古，何至人云亦云邪？

問：最苦是一題到手，門面膚套，似是而非之語，紛至沓來；及至打掃净盡，則又無一字；竟不知從何處落想，有把筆終日不得一句者，將何以救之？

大凡作詩，無執筆尋詩之理。一題入手，先掃心地，一片光明，必使萬邪悉屏，然後從容定意，意定而後謀局，局定則思過半矣。於是從首至尾，一路結構，慘淡經營，迨全詩在胸，下筆迅寫。脱稿後字句未愜，乃有推敲塗改一番工夫。譬之大將領十萬師，先觀其令嚴夜寂，有聞無聲，便知是將才。次則定謀，次則遣將。至營陣既列，變化在手，不待接仗而決其必勝矣。苟胸無全詩而字字苦吟，律詩且不可，況古體乎？

問：如何是作詩樂趣？

作詩當取詩於我，不當求詩於題。詩趣、詩機、詩境、詩料，四者作詩之具，非倉猝所可求。必其平素涵養得足，使滿腔詩趣活潑潑地，詩機在在躍然欲出，眼前詩境，到處皆春，腕底詩料，俯拾即是，雖終歲不作詩，而盈天地間皆吾詩也。題來就我，非我就題，安得不到妙處？此之謂樂趣。

問：虞待制論詩有「拋擲」二字，漁洋解以爲「撇脱」，不知「撇脱」何義？

撇謂拋撇，脱謂脱離。余嘗謂董香光以「透脱」二字論書，作詩亦然。意貴透，辭貴脱。意必能脱，而後彌透；辭必能透，而後彌脱。脱即「拋擲」之謂也。

問：生長窮愁，非獨悲吟自遣，即偶爾酬應，亦易涉淒楚。屢承訓誡，終不能自艾，奈何？

詩雖心聲，然切當痛改。林貞恒譏鄭善夫：「時非天寶，位非拾遺，殆無病而呻吟。」此善夫所以終身不達也。況酬應之間，關於人己，故離別詩勿輕作涕淚語，防爲黄叔度所棄；懽宴詩勿動作感慨語，恐蹈曹終生之讖。此二者關於品行福澤，不可不慎。

問：何仲默云：「文靡於隋，韓力振之，然古文之法亡於韓。詩弱於陶，謝力振之，然古詩之法亡於謝。」其論抑何太高？

此直是英雄欺人語。古文之法亡於韓，近人猶有拾其唾餘者。至評陶詩爲「弱」，尤屬謬妄，此七子所以爲七子也。彼但知爲《明月篇》耳，又安知陶、謝！

問：近時人詩有可學者否？

詩人入門，勿求速成，初學切勿令其窺近時人詩，一入爲主，遂誤終身。夫「取法乎上，僅得乎中」，今「取法乎下」，將何以自處？猶記幼年嘗讀袁隨園詩，數日間作詩示人，則交相贊譽，不曰「子才再世」，即曰「神似倉山」。予汗流浹背，遂棄不復再窺。吾師汪竹素先生嘗誨予曰：「子以宋詩入門，故後雖竭力學杜，終不能擺脱窠臼。」嗚呼！吾師往矣，學業不成，終此頹落，負負而已。汝曹其戒之哉！

問：滄浪「結句好難得，發句好尤難得」，然與？

鄙意結句爲難。入手時一鼓作氣，可以自主，至結句鼓衰力竭，又須從上生意，一有不屬，全篇盡棄，故好者尤尠。梁、陳之詩無結句，唐末詩亦然。此雖關於運會，亦當時但争工字句，故不免作强弩之末也。

問：姜白石《詩説》云：「篇終出人意表，或反終篇之意，皆妙。」此是作結句之法邪？

白石當是論古詩。然古、律總是一法，要亦不拘於此，須看其全篇結構何如耳。

問：白石云：「一篇全在末句，有辭意俱盡，辭盡意不盡，辭意俱不盡之分。」其説何如？

此最有妙理。宋人詩話，惟《白石道人詩説》可取，次則《滄浪詩話》，大醇小疵，餘當節取而已。

問：詩有以起承轉合言者是否？

此不易之法，古人亦屢言之。但變化在手，不可板分也。

問：今所傳《唐詩合解》，以上下解分注，果有當否？

此大誤人！天下豈有橫風吹斷之律詩乎？

問：鍾嶸《詩品》爲千古評詩之祖，而記室之詩不傳，豈善評詩者反不能詩乎？

非特善評詩者不能詩，即善吟詩者多不能評詩。唐人不知詩者，無如白香山。《慈恩塔》詩，李、杜、岑、薛在上，而獨取章八元「迴梯暗踏如穿洞，絶頂𨄔攀似出籠」之句。徐凝惡詩，亦贊不容口。宋人不知詩者，無如王半山。《百家詩》選王仲初而斥右丞、左司，猶可言也。曹唐之「獨倚紅肌捋虎鬚」，「黑地潛擎鬼魅愁」，亦復入選，不幾於好惡拂人之性乎？同時如山谷，亦不善評詩。因知人各有能不能也。

問：《篋中集》、《極玄集》、《才調集》所選何如？

三書惟《才調集》曾見之。唐人所選，大抵各視其才地之所近耳。國朝如《甬上耆舊集》、《唐賢三昧集》、《別裁集》亦然。

問：《瀛奎律髓》何如？

不成選家，可供作類書繙閲而已。

問：王阮亭《古詩選》何如？

阮亭素講聲調，此選金、元兩卷，除元遺山選數首外，其餘不選可也。阮亭素服膺吴淵穎，而所選乃甚不愜人意，亦不可解。

問：宋人《風騷句法》有「萬象入壺」、「重輪倒影」、「一氣飛灰」、「一劍凌空」、「百川歸海」、「雙龍輔日」等名，其義安在？

此惡套也，亦絶不識其取義之所在，論詩至此，直墜入千重魔障矣。近日評文家亦有倣此者，所謂寶蜣丸爲蘇合也。

問：自宋人以來，諸家詩話何如？

宋人之論詩也鑿，分門別式，混沌盡死。明人之論詩也私，出奴入主，門户是争。近人之論詩也蕩，高標性靈，蔑棄理法，其下者則摘句圖而已。

問：黄白山所列杜詩句法，有可取否？

此爲初學講解，其中亦有不可不知者。要之作者初未嘗有心立格，若以是爲金科玉律，則成笨伯矣。

問：黄白山《杜詩説》，浦二田《讀杜心解》，均自以爲老杜後身，其注解究有當否？

未嘗無各有見解處，但須節取耳。如黄白山改「彩筆昔曾」一句爲「彩筆昔干曾氣象，白頭今望苦低垂」，以就其對結之僻見。浦二田解「出郊載酸鼻」，「載」字如「出郊載贄」之「載」，反覆辨疏，愈解而愈不通。如此説詩，豈不竟同夢囈！

問：楊升庵好改杜詩，其説有可採者與？

升庵博極群書，然不免好奇之過。如「野航恰受兩三人」，疑「航」爲大舟，而欲以「艇」平聲字易之。不知航，方舟，字本作杭，《詩》「一葦杭之」，乃渡舟之名，今津濟處，或有以繩繫兩岸牽舟而渡者。其制小而正方，吾村半湖橋河渡即有之。杜詩正指此也。東南夜航船亦非大舟。古人器物大小同名者甚多，而獨疑於「航」乎？又「會須上番看成竹」，以爲於義不叶，引蔡夢弼注音「上筤」，讀如浪，以爲蜀名竹叢爲林筤。不知「番」之去聲，唐人方言皆然，不獨杜也。元稹詩「梅憐上番驚」，又「因依上番梅」，李義山詩「十番紅桐一行死」，皆指植物言之，將盡改爲「筤」乎！至其最謬者，「春風啜茗時」，强改「春」爲「薰」，以爲前數首「千章夏木清」、「紅綻雨肥梅」等句，皆説夏景，竟合前後游爲一時一題，何其疏也？「舍南舍北皆春水」，必據韋述《開元譜》改爲「社南社北」，杜老何至自比倡優家邪？他如《麗人行》增「足下何所著，紅蕖羅韈穿鐙銀」，則杜撰欺世矣。其可採者，惟「大家東征逐子回」，欲易「逐」爲「將」，頗有見解。

問：虞山《詩箋》何如？

杜詩注自當以錢箋爲第一，其附會穿鑿不可從者，前人已論之矣。

問：《杜詩詳注》何如？

曾憶先府君見予案頭有《杜詩詳注》，曰：「此書可焚。」當時幼穉，不知問也。今偶閲之，見其分段輯注，多不合詩意。且尊杜太過，凡律詩失調之句，必改易平仄以遷就之，有一句改至三四字，不復可讀者。穿鑿之病，殆所不免。

問：然則説詩之道當何如？

説詩當去三弊：曰泥，曰鑿，曰碎。執典實訓詁而失意象，拘格式比興而遺性情，謂之泥。厭舊說而求新，强古人以就我，謂之鑿。釋乎所不足釋，疑乎所不必疑，謂之碎。

問：劉舍人云：「老、莊告退，山水方滋。」何以於東晉之末，獨稱康樂？

東晉一朝無詩，以老、莊汩之也。越石、景純，西晉之後勁耳。康樂出而詩道始中興，秋水芙蕖，一洗污泥之染矣。

問：謝、顔優劣之論當否？

顔、謝當日，已有定評。然謝工於山水，至廟堂大手筆，不能不推顔擅場，大家不必兼工也。大抵山林、廊廟兩種，詩家作者，每分鑣而馳。獨家常瑣屑語，古今偏讓香山獨步，不能以其俗而擯之也。

問：唐初四傑優劣何如？

六朝之爲有唐，四傑之力也。中間惟盧升之出入《風》、《騷》，氣格遒古，非三子所可及。盈川「愧在盧前」，非虚語也。

問：王定保《摭言》稱：「裴令公居東洛，夜宴聯句，元、白有得色。次至楊汝士曰：『昔日蘭亭無艷質，此時金谷有高人。』白曰：『笙歌鼎沸中，勿作此冷淡生活。』元曰：『樂天能全其名。』」汝士壓倒元、白，「鸞掖」、「鯉庭」之外，此又一事。元、白名重一時，何以屢敗於汝士？

此自是古人虚心處。然樂天於七律，自謂率爾成章，非平生所尚，微之亦本非擅場，宜其屢見屈也。

問：元、白優劣若何？

元、白齊名而元不如白，温、李齊名而温不如李，皮、陸齊名而皮不如陸，非獨其詩之有優劣也。

問： 郊、島何如？

郊勝於島。「郊寒島瘦」之評，亦未甚允。

問： 晚唐諸家有可取者否？

唐彦謙，特立之士也。嚴滄浪謂「馬戴詩在諸人之上」。若論唐末完人，則惟韓偓、司空圖耳，其次羅隱、黄滔，正不當徒以詩人目之。

問： 宋初西崑體何如？

西崑雖以辭勝，然佩玉冠紳，温文爾雅，自有開國文明氣象，非「曲子相公」比也。唐有四子而後有陳、張，宋有西崑而後有歐、梅，世人不敢議四子而獨議西崑，過矣！

問： 王荆公詩當時極推崇，今稱引者絶少，究竟優劣何如？

實不見其佳處。坡公譏山谷贊荆公詩，謂「只是怕他」。當時之推崇，大都是怕他耳。

問： 沈歸愚謂「東坡長於七言，短於五言」。其説然否？

坡公五言有兩種：一則兀奡淋漓，法韓而變其境界；一則沖夷蕭散，學陶而參以禪機。蓋其氣節峥嶸似韓，胸懷超曠似陶，故學焉而能備正變之體。歸愚説未當。

問： 放翁詩最多，而古詩絶少長篇，何邪？

古人不貴長篇，無害其爲大家。

問：元遺山詩何如？

金詩皆學蘇，獨遺山學杜，遂横絶一代，所謂取法乎上也。

問：七子、鍾譚二派優劣何如？

七子雖摹擬太過，其中實有真學力爲之撑拄。公安、竟陵矯而爲平易，而按之無有，徒爲空腹高心者所依傍。今二袁、鍾、譚之集具存，無過而問之者。「言之無文，行之不遠」，信矣。

問：沈歸愚評明詩爲復古，然否？

前明諸大家以七言勝，本朝諸大家以五言勝，皆能復古者也。

問：阮亭詩，隨園譏其「一代正宗才力薄」，然否？

此論却甚當，讀新城七古便知。予嘗謂韓、蘇之門人才最盛，本朝惟新城可以鼎立。二公磨蝎身宫，而新城一生通顯，聲名福澤，獨厚於一人。要其詩境所以不及二公者，亦在此。

問：趙秋谷《談龍録》，世謂其譏新城而作，似不然。

録中亦極尊新城，至「王愛好，朱貪多」二語，實爲二家定評，即愛王者，不能爲之諱也。

問：本朝六家高下若何？

本朝六家，王、朱、施、宋、查、趙，查已不及四家，若秋谷，誠邾、莒，不知何以得此盛名？然鄙意當以愚山爲第一耳。

問：近時外人，於吾浙詩有浙派之稱，以厲樊榭爲之祖，不知何以有此語？

樊榭集中以五古爲第一，七律亦源出中唐，流麗清圓，醰醰有味。後人不學其古而好學其七律，又不善學之，遂來浙派之誚，樊榭有靈，不受過也。

問：錢虞山之注杜誠善，其所自著《初學集》、《（又）〔有〕學集》，果能力追杜老否？

大凡古人學業，至晚年始成。少陵夔州以後，坡公渡海以後，韓致堯晚年，粹然悉出於正，名家大抵如此。惟嚴介溪《鈐山堂集》，自登朝後，無一佳語。錢牧齋《（又）〔有〕學集》可以不作。固知居心不浄，必無好詩，昔人所以惜褚淵享期頤之壽也。

問：李昌谷之詩工極矣，昔人以爲鬼才，何邪？

句不可字字求奇，調不可節節求高。紆餘爲妍，卓犖爲傑，非紆餘無以見卓犖之妙。抑揚迭奏，奇正相生，作詩之妙在是。長吉惟犯此病，故墜入鬼窟。

問：老杜詩「將詩不必萬人傳」，後又云「老去新詩誰與傳」，何前後之相戾也？

杜公《寄賈嚴兩閣老》詩：「定知深意苦，莫使萬人傳。」又《送魏倉曹》詩：「將詩莫浪傳。」又《公安送韋少府》詩：「將詩不必萬人傳。」三章同意，語長心鄭重，恐當時貶謫，必有以詩賈禍之處，不專於救房也。至後日又云「新詩句句好，應任老夫傳」，其自信千秋又如此。

問：老杜《悲陳陶》末句「日夜更望官軍至」，何義門謂「至」字一韻獨用。此語不可解。古韻上去通用，古今豈有一韻詩乎？義門評書大段有鹵莽處，當分別觀之。

問：老杜謂太白似陰鏗，似乎輕視太白。

太白《宫中行樂詞》諸作，絶似陰鏗，少陵之評，故非漫下。

問： 杜律句法俱備，後人所效法，當舍此末由矣。杜詩五律句法，亦有不可學者。如「詩應有神助，吾得及春游」，「春知催柳别，江與放船清」，「身無却老壯，跡有但羈棲」，「宿雁行猶去，叢花笑不來」，「羈棲愁裏見，二十四回明」，「日兼春有暮，愁與醉無醒」等句，流弊滋多，不可不慎。至詩中有極不成句語，如「下水不勞牽」，此語與逆風必不得張帆何異？題云「不撥鄙拙」，誠然。

問： 老杜「常從漉酒生」，注：生，生涯也。此字可單押邪？此等押韵法，究不宜學。且如「爲」字韵，在四支最無意味，而少陵押至十餘次。有杜公之才則可，無杜公之才則蹶矣。

問： 昔人謂杜、韓詩無一字無來歷。又或謂作詩用典不必拘來歷，叶韵不必有出處。二説孰是？

後説固非，前説亦不盡然。試問「岐王宅裏」二十八字，更從何處覓來歷邪？今人雖不及古人，亦不必視古人太高。杜詩中誤用之典甚多，若「蔚藍天」，竟成杜撰，「炙手可熱」，借取方言，其來歷殊不足恃。如必求來歷，何必杜詩，即取近時人詩集，字字箋注之，其爲臆造僞撰者，當亦無幾。古今人優劣，正不在是，勿竟被古人唬倒也。

問： 杜詩以服虔爲伏虔，本用典之悮，叔父嘗謂其有出處，願聞其詳。

古「服」、「伏」通用。《文選》江文通《别賦》，李善注引服虔《通俗文》，正作伏虔，此其的證也。陸士衡詩「誰謂伏事淺」，善注：「伏與服同，古字通。」老杜《昔游》詩「伏事董先生」，即本此，亦可互證。歷來注家，均未之及。

問：老杜《鐵堂峽》詩：「壁色立積鐵」，一本「積」作「精」，謂古詩不當有五入句，仇氏《詳注》從之，然否？

作「積」爲是。「積」字正形容其高峻嶙峋之狀，若「精」字，則臜語矣。杜古五入字句，此外尚有「業白出石壁」《夜聽許十誦詩》，「石壁滑側足」《三川觀水漲》，「白日亦寂寞」《昔游》，「渴日絶壁出」《望嶽》，共有五句，豈將盡改之邪？

問：詩當學杜，然苦無下手處，其道何由？

學詩必以杜爲宗，固也，然各有入手處。五古自漢、魏、六朝沿源竟委，而以李、杜、韓、韋爲四海，杜則東溟也。七古由王、李東川、高、岑入手，七律由隨州及大曆十子入手，而皆歸宗於杜。惟五律舍杜無所取法，工力既到，而後涵泳於王、孟、高、岑、二李，以博其趣。蓋先軌轍而後神明，先積學而後頓悟，非是則弊必隨之。予往年曾録《杜律初桄》一册，雖爲童蒙設，亦欲以正其本也。

問：七古之必由盛唐四家入手者何道？

盛唐四家，起訖承轉，開闔頓挫，處處有金針可度；用韵皆有法律；又每於筋節處，用對仗以止齊之，此孫、吴節制師也。學者從此問津，即不能窺李、杜之堂，亦不至有放縱顛蹶之病矣。

問：叔父謂杜詩連章皆有次第，固然。若《秦州雜詩二十首》，題既云「雜」，當在別論。何嘗無次第，觀其起結兩首及中間，有一絲紊亂者乎？予最恨近人選杜連章，只選一二首。不思老杜於此等處，皆有章法，闕一不可，增一不能。即如五律中《丈八溝》、《何將軍園林》、《黄家亭子》等詩，是其最清淺者，有一章可去者乎？此而不知，何以稱選？真所謂眯目而道黑白者。

問：今人作應酬詩，率以八首六首爲限，不如是則笑爲無才，安得每題有如許層次邪？善作詩者，或亦不難，總之寧少毋多。如曹唐《游仙詩》，羅鄴《比紅兒》，一題百首，雖多亦奚以爲！

問：太白《古詩五十九首》，歷來解家總不明晰，究其用意何在？太白《古詩五十九首》，是被放後蒿目時事，洞燭亂源，而憂讒畏譏，不敢顯指。故首章以説詩起，若無與於治亂之數者。而以《王風》起，以《春秋》終，已隱自寓詩史。自後數十章，或比或興，無非《國風》、《小雅》之遺。末言翕翕訿訿，朋黨傾軋，惟一二失權之士，相與憂國求規，明明大聲疾呼，彼在位者，終褎如充耳也。其歸結之旨昭然，誰謂太白忠愛出少陵下哉！

問：昔人譏太白「誰憐漢飛將，白首没三邊」，謂不可以「飛將軍」剪截爲「飛將」。然龍標「龍城飛將」之句，何獨恕之！豈震於壓卷之作而不敢議邪？

六朝人已有「飛將出長安」之句矣。少陵詩「故老思飛將」，郎士元詩「雙旌漢飛將」，陸放翁直云「生希李廣名飛將」，何不可用之有？若譚用之《塞上》詩：「早晚重來似漢飛」，宋劉過《盱眙行》：「何不夜投將軍飛」，則誠足一噱。又考《魏志》：「吕布便弓馬，膂力過人，號爲飛將。」則「飛將」字亦有本，但唐詩自指李廣。

問：太白、摩詰皆受從賊之謗。摩詰「凝碧池頭」之詩具在，少陵已爲昭雪。惟太白從永王璘起兵，璘之叛當亦借討賊爲名，故太白誤從之耳。但苦無確證。

此論極允。太白《在水軍宴贈幕府諸侍御》詩，爲永王都督江陵，辟爲僚佐時作。其言曰：「英王受廟略，秉鉞清南邊。」又云：「浮雲在一决，誓欲清幽燕。」又云：「齊心戴朝恩，不惜微軀捐。所冀旄頭滅，功成追魯連。」其志可見矣。謂太白不知幾則可，謂爲從亂，豈不冤哉！

問：少陵詩，寓蜀以後，居其大半；而太白流夜郎後，遺什寥寥，昔人譏其不善處阨窮。太白謫仙，何胸襟尚未廣邪？

少陵有宗武賢子，而太白之子早卒，無後，天懷高曠，又不自收録，沈璧遺珠，當不知凡幾。乃轉以此受身後之謗，哀哉！

問：太白「飯顆山頭」之詩，昔人以爲贋作，然否？

太白平生最篤於友朋之誼，贈韋黄裳於生友，則勗以道義；哭王炎於死友，則致其哀思；送崔度於故人之子，則保護提攜，不遺餘力。他人尚然，何況少陵之交際邪！「飯顆」之詩，僞託無疑。

問：昌黎《月蝕詩》，大段襲盧仝詩語，而云「效玉川子」，何邪？

《月蝕詩》乃是爲玉川子改削者，而兩集各收之，謂爲「效玉川子」者，當是李漢輩之誤。李義山集中有《會昌一品集序代桂府滎陽公作》一首，《唐文粹》、《文苑英華》並題爲鄭亞作，蓋亦經滎陽改削，故兩集並收，此其例也。

問： 東坡寫杜詩，至「致遠思恐泥」句，謂人曰：「此不可學。」然則詩用經語，誠不易也。老杜此句實不佳，「恐泥」二字本經中極板重語，而老杜前後至四五用，殊不可解。至如「自天題處濕，當暑著來清」，「鱏潭鱣發發，春草鹿呦呦」，流利渾成，真可爲用經語之法。

問： 東坡《醉石道士》詩二十八句，而二十六句皆設假象，坡公以前無此格，當是獨創。《詩經·甫田》、《衡門》、《鶴鳴》，全篇皆設譬，《鶴鳴》章末二句，雖露誨意，而仍用假説，妙在不離不即之間。坡詩本此，讀者自不覺耳。

問： 叔父嘗言和古人詩易，和平常酬應詩難，何也？古人詩雖長篇累牘，極險惡之韵，苟欲追步，但以吾意運之，自覺一氣銜接，有草蛇灰綫之妙。今人詩則不然，亦自不可解。

問： 詩中有具問答體者，請示其法。長篇如《焦仲卿妻》詩，樂府如陳琳《飲馬長城窟行》，奇作也。杜公《贈衛八處士》詩，縮往復問答於數語中，而歷歷如聞其聲，是爲可法。亦有全章皆囑詞者，如少陵《舍弟觀歸草堂》五律是也。有全章皆問辭者，如皇甫冉《問李二司直》六言絶句是也。

問： 宋危逢吉謂「詩不可强作，不可徒作，不可苟作。强作則無意，徒作則無益，苟作則無功」。

敢問何謂「徒作」？

作詩須有關係之謂，如本朝乾隆末年三家，袁失之蕩，趙失之俚，蔣失之粗。而《忠雅堂集》中，特多關係名教之作，此其所以高出兩家也。

問：叔父每評後進詩，常並其題改之，何故？

今人不能作詩，並不能作題。試觀唐人詩題，有極簡者，有極委曲繁重者，熟思之皆有意味，置之後人集中，可以一望而知。勿謂篇題無關詩病，可草草也。

問：平日同人詩課，叔父每禁不許看韵書，然則歷來韵書可廢與？

何嘗教廢韵書，只是當看於不作詩時，以儲詩料於胸中。若臨時看之，安得有詩？

問：作長排鬭險韵時可看否？

亦只可略檢，若靠渠作生涯，則不如不作。

問：作詩必當專守一家格律，或可雜收博采與？

學詩未能到自鑄洪爐地位，不妨博取以盡其變，但不可於一詩雜出兩家格律耳。昔嘗以此砭一舊友，其人不見省，故其遺詩遂無一篇完璧，可嘆也。

問：古今梅花詩殆將千首，眼前諸名句以外，尚有可採者否？

非必無出色之句，但鄙意花木中如梅菊二花，昔人名作如林，不如不措筆之爲妙。又若節候中之端午、七夕，作詩斷無佳語，亦不如不作也。

問：昔人謂陸放翁每先得一聯，續成首尾，故其律詩時有上下不相呼應處，大家亦不免此弊乎？

豈獨放翁，即少陵亦似時有之，但少陵善於安頓配合耳。宋人詩話謂荆公有得意句曰：「青山捫蝨坐，黄鳥挾書眠。」黄山谷有得意句云：「人得交游是風月，天開圖畫即江山。」亦無全篇，皆以不得相稱語，遂忍於割愛。今人則苦於好句太多，又急於見好，反弄成不好，此所以不及古人也。

静遠草堂詩話

静遠草堂詩話提要

《静遠草堂詩話》四卷，據北京大學圖書館藏稿本點校。撰者周樂清（一七八五—一八五四），字安榴，號文泉，浙江海寧人。嘉慶十九年因父難蔭任道州通判，後官湘、晉兩省多地知縣。有《静遠草堂初稿》。此稿分訂四册，姑據以分卷。卷三、卷四末各有一跋，署止適齋主與醒虚，似爲一人。前一跋署辛未春仲，謂己巳、庚午得自書賈，即同治八至十年也。書經其兩次裝訂，而「乃如其舊」。書中多録其鄉其族戚友之能詩者，卷四則以從宦時期之交遊爲主。所記多爲嘉慶中晚年間事，署年最遲爲道光十二年。周氏推重查初白之白描詩風，録其弟嗣瑮詩，直至親與查氏後人一騀朝夕往來，皆許爲白描好手，誠爲有識，而不止於鄉誼也。蓋嘉道間人以日常生活爲作詩之第一主題，雨詩風調，白描宜成主要之表現手法。又以性靈爲尚，信從隨園詩學，所記有與袁枚相過從之人事，而不滿沈歸愚之説詩。其記沈謙作《紅樓夢賦》十篇，鍾大源有《紅樓曲》絶句十九首，從可知彼時之《紅樓夢》熱度不減也。

静遠草堂詩話卷一

海昌周樂清文泉

梁鍾記室嶸作《詩品》三卷，其論説非盡無取。然以劉越石、陶淵明列於中品，以魏武帝列於下品，殊未平允，無怪有議其後者。至其論作詩體派，一如探星宿海，必沿其流而溯其源，亦拘於墟。豈知曠代逸才，興懷落筆，天籟自生，正不必如禪家衣鉢，遞遞相承。若必欲强作解人，曲爲附麗，則騷雅風頌，其源又何所出耶。

查伊璜孝廉於塵埃中識拔吴六奇將軍，爲千古佳話。不獨其人傳、其事傳，即所謂皺雲石者，亦藉以傳。重斯石者，往往不惜千金争購之，豈物以人重？抑果石有所以重於人耶？今已更易數姓。余曾一見之，巍然屹峙，如高人獨立塵寰，覺查、吴二公芳徽未遠，則雖謂人以石傳可也。家松藹叔祖春曾題七古一章，備極淋漓感慨，中有句云：「半幅生綃熨未平，一池活水吹方溜。」寫「皺雲」二字如畫。

錢塘梁蕺林太史啓心著有《南香草堂詩集》，風神淡遠，純乎王、孟。其《江上晚秋》云：「一天涼露静江聲，望裏蕭然山色明。帆影欲隨初日上，沙痕猶認夜潮生。風清羅刹秋無浪，樹暗婆留舊有城。幾點眠鷗呼不起，蒼茫誰共此時情？」《送杭堇浦施行田之姚江並簡施明府》云：「昨宵雨洗嵐光净，於越山皆入畫圖。繞郭軟沙雙屐穩，中流落日一帆孤。晚喧人語西泠渡，東望雲容夏蓋湖。聞道縣齋清似水，酒觴曾憶故人無？」《吴山題壁》云：「磴道盤盤到頂平，危樓一角俯層城。無多歲月閒難得，如此江山畫不成。風颺晴空雲縷細，沙縈夕照漲痕明。最憐立馬峰猶在，對酒能禁百感生。」《送友歸楚州》云：「幾株官柳老垂絲，且向尊前唱《竹枝》。别本銷魂君又甚，小春天氣夕陽時。」「瑟瑟蘆稍翳水亭，蕭蕭楓葉下江城。笑君解寫隨陽雁，如此風霜轉北行。」

毛西河太史因王阮亭有《落鳳坡弔龐士元作》，笑其祇覩演義，未見正史，聞者皆爲漁洋病。然余攷《隴蜀餘聞》、《蜀道紀程》等書，則落鳳坡確有其地，並載有士元墓。蓋漁洋奉使西川，親歷其境，非徒耳食者。從古正史未載而雜見於他書者甚衆，況陳壽撰《三國志》，於蜀事最簡略，安知作演義者非另有所攷據而云然？且詩人興會所至，弔古懷人，正不必泥於實跡，如東坡之賦赤壁，香山之詠蘇小，少陵之《詠懷古跡》、《秋興》等詩，後人雖箋注紛羅，論辯不一，而其文其詩，依然家絃户誦。是知西河所論，究係經生家語，而非詩中標的也。

海鹽彭羿紅孫貽，羨門少宰孫遹仲弟，著有《茗齋百花詩》，刻畫精致，遠勝謝、瞿詠物諸作。其《詠緑牡丹》句云：「笑煞小家空比玉，若非金谷漫藏珠。」《諸葛菜》云：「根蟠炎漢三分土，花繞成都八百株。」《瓶花》云：「小窗寂寂護花鈴，蜂蝶尋香觸紙屏。貯得茅簷三月雨，玉壺添入硯頭瓶。」

武林汪積山先生惟憲，績學工文，高尚不仕，王交河學使蘭生以明經特薦，終不起。里居授徒，及門咸臻通顯，梁山舟侍講同書即其壻也。余下榻其從孫小坡茂才照宅，得見其《水蓮吟草》，寄託遥深。如《詠盤香》句云：「攏髻叠看千里髮，熱心銷盡百迴腸。」《風鳶》句云：「仰面不知誰繫得，置身其奈最高何？」平生最服膺於查他山太史，《題敬業堂集》七律七章，通體白描，雖置之初白集中，幾不知誰爲伯仲。其詩云：「服日餐霞絶世塵，藐姑仙子許相親。風流秀出羞凡艷，大雅重看對古人。一顆光明珠照乘，千林翠碧竹浮筠。擬來髣髴差堪並，猶恐行間筆更神。」「萬卷書多萬里程，少陵詩境屬先生。孤身行役偏辛苦，入手波瀾獨老成。烽火黔中愁未殄，草花塞外詠無名。晚年更歷東西粤，題壁游蹤格愈清。」「六朝漢魏判鳌毫，印板徒矜門户高。要使語言歸雋永，都緣陶冶出風騷。譊譊異曲皆同調，汩汩狂瀾孰障濤？扶起斯文煩巨手，千回不厭雅音操。」「七言長律古無多，氣猛才高百韵過。思苦自能窮物象，律精如不費礱磨。雍容筆札光朝宁，閒適篇章付澗阿。最愛集中編小序，後人箋注免紛羅。」「待放歸來已杖鄉，閒居歲月自舒長。從前著述親排纂，此後知交失輩行。秀水南傷宿草長，新城北望墓田荒。巍然一老乾坤内，問字何由謁講堂。」推重如此，亦可見前輩虚心矣。

長洲吴枚庵翌鳳，宿學名士，著有《與稽齋叢稿》，宗法少陵、劍南，卓然成家。先人姜香度中丞晟幕，遂流寓湘南。所如不偶，故語多抑鬱，然其詩風神雋永，託興無端，斷爲必傳之作也。余覓其集二十年，杳不可得，殊爲悒悒，僅於友人得其《送顧翰集赴楚》云：「尚有高堂在，依人竟别家。一身隨旅雁，千里下長沙。水國聞秋笛，楓林散暮鴉。倘過笙竹驛，莫忘是天涯。」《舟夜》云：「輕舟如旅雁，夜夜落寒汀。客況秖如此，吾生已慣經。人烟沙上市，燈影驛邊亭。堠吏休吹角，勞人不耐聽。」《重九集半畝居》云：「不作登高客，知誰落帽才？夜涼山影合，燭盡雁聲來。正有床頭釀，何妨笑口開。後期能再卜，把菊重低徊。」《九月十五蘄州江口看月有懷》云：「畫角驛邊樓，風帆獨客舟。雲深楚山合，月滿大江秋。落落彈長鋏，輝輝攬敝裘。故園當此夕，望遠定含愁。」《武昌客感》云：「鄉心別緒浩難裁，落落孤鴻去不迴。小住忽驚生白髮，舊游誰與薦清醅？雪晴山色當窗出，月落江聲繞郭來。千古銷沈幾知己，攜琴還上伯牙臺。」《漢川道中》云：「蹤跡真同逐浪鷗，片帆離思又滄洲。三杯濁酒愁難破，十日春寒雨未休。遠水緑迷涓口渡，杏花紅到驛邊樓。漢陰機事誰能息？自笑勞生久白頭。」《發鄖陽抵滄浪水》云：「勞生歲月儘堪憐，處處青山叫杜鵑。暮雨水生麇子國，月明人上楚江船。三生有夢迷蕉鹿，二頃憑誰置鶴田。老大心情同漫叟，塵顔羞對濯纓川。」《絶句》云：「江湖落拓杜分司，七字淒涼本事詩。明月滿天霜滿地，不堪上馬出門時。」《宋州上巳》云：「鄂王城畔亦吾廬，斜對春江畫舫如。短柳欲遮千里目，歸鴻不帶一行書。燈光掩冉懷人候，睡思瞢騰病酒餘。昨夜東風太狼藉，故園應是落花初。」又句云：「鞭影忽分新草色，酒杯不照舊花枝。」《初秋寓齋》云：「春庚秋蟀換年華，室有圖書便是家。滿地黄雲閒不掃，桐花落盡又槐花。」《赴楚舟中雜感》句云：「空江潮落人初定，老樹風多鳥不巢。」《江行舟晚》句云：「紅日半沈漁父網，緑烟深鎖酒人家。」《將如襄陽夜泊》句云：「風雪三更無去雁，江湖一夜有離人。」《過九龍灘》句云：「三月東風吹鬢老，十程春水上天難。」《登九宫山》句云：「空江晴有色，春樹暖生雲。」《小泊鄖陽》句云：「山盤江入楚，雲擁樹連秦。」《五十述懷》句云：「祇談風月非窮相，不負鶯花即幸人。」《秋夜》句云：「葉聲千點雨，雁陣一天風。」《葉縣》句云：「漢殿空飛仙令舄，古祠猶畫葉公龍。」《新緑》句云：「劉郎去後花無影，謝客堂空夢有痕。」《疊石橋歐陽氏山莊》句云：「山光水色圍三面，竹雨風松擁一樓。」《將歸吴門寄陳小梧》句云：

「行李祇愁書壓擔，歸心且喜月當空。」其樂府最佳者，如《星精謡》云：「世間安有不死酒，臣若飲之盡盈缶。不死之酒不死人，陛下莫怒莫殺臣。浮沉豹尾中，禮數曾不異。畜以俳優間，滑稽聊玩世。君不見青鳥飛來朱鳥檽，翩然王母乘雲軿。瓊田空覓長生草，不識郎官是歲星。」《牧羝曲》云：「鼠可掘，雪可齧，毛可咽，血可泣，寧死不受左尹秩。咄爾陵爾咄爾律，那識子卿心似鐵。牧羝十九年，歸來鬢毛白。鬢毛白，節旄脱，羞煞石頭城，令人求故節。」凡此皆千錘百煉，而一出於自然。有才如此，不得其遇，惜哉！又有《詠馬》句云：「良馬自有德，不在轡控煩。良馬自有識，不在芻牧恩。」可以知其立品矣。

岳武穆云：「陣而後戰，兵之常法。運用之妙，存乎一心。」余幼讀《宋史》，竊喜其論可通之於詩文。故每值操觚，心輒嚮往斯語。後見袁隨園太史《弔岳墓》絶句云：「不依古法但横行，自有雲雷繞膝生。我論文章公論戰，千秋一樣鬥心兵。」可謂先得我心，有味乎其言之大焉。

會稽陶晴皋鶴鳴爲篁村先生從子，游幕江右。甲子冬返里，與漱園外舅契厚。余嘗從外舅所得讀其《自怡草》，杼柚予懷，不同凡響。廿餘年來，神往其人，未識雪泥鴻爪，何處證香火前緣也。其《登望海亭》云：「霸業已茫茫，孤亭接大荒。雨餘山氣白，日落海雲黄。巖壁歸鴉外，蓬萊涉水傍。沼吴成往事，生聚尚農桑。」《秋夜》云：「獨夜支頤坐，幽懷剪燭吟。秋風呼老樹，明月凍寒襟。烽火邊陲急，離愁骨肉深。空堂閒倚徙，誰解此時心。」《靈澤夫人祠》云：「鯨魚跋浪高峨峨，夫人滅頂同懷沙。香魂長繞錦城月，血淚幻出鳩湖波。石銜精衛填巨壑，橋無烏鵲空銀河。兩君之衷天不誘，玉帛轉爲兵戈藪。蝸角誰憐蠻觸争，鳳樓永隔嬴簫偶。江流駛若崑崙源，千尋難洗胸中冤。望夫不見化爲石，陽侯水底驚拋擲。滄海有時成桑田，此山終古魚龍眠。蜀道難於上青天，靈旗飄渺生秋烟。浩氣直吞九雲夢，朱闌碧瓦輝清漣。嗟余作客偶過此，抗懷往事心茫然。江邊日暮草蕭索，風鼓濤聲夜猶哭。龍髯攀日鼎湖限，斑斑血染臨江竹。」《詠范增》云：「亞父非英傑，戇怒碎玉斗。亞父非智士，奇計亦何有。大義分明大丈夫，魯連蹈海讓漆驅。懷王被弑不能死，靦顔事仇臣項羽。鴻門愎諫不能去，猶復依違作謀主。不嗜殺人天下君，阬趙屠秦猛於虎。羽之暴戾目擊之，日在行間無一語。惟事嘖嘖誅沛公，别無勝算匡重瞳。當時劉季即見戮，豈真草澤無英雄。王者不死古有説，既知龍氣猶思滅。卒使君臣疑且猜，非關陳平計獨絶。乞骸而歸悔已遲，背上疽發空嗚咽。嗚呼！亞父非智亦非傑。」論雖本於髯蘇，及參用馮山公《解春集》，而夾辣過之。

許竹人舅祖道基督學粵西，一時文風丕振。刻有《粵吟》一卷。其《長河阻淺》云：「曾不容刀容縣曲，長河誰與駕長風。天黏濃樹雲成緑，日散平沙漱激紅。船共地形争下上，帆隨灘影倏西東。八千遠夢何堪憶，禹跡茫茫昔未通。」又《永福舟行竹枝詞》云：「大石作翅小作卵，鋭尖誰削圓誰磨。虚舟順水原無忌，不奈乾坤塊壘多。」可想見蠻鄉風俗。

詩有眼前熟事，一經指出，發人深省者。如陳元孝恭尹《讀秦紀》云：「謗聲易弭怨難除，秦法雖嚴亦甚疎。夜半橋邊呼孺子，人間猶有未燒書。」吴江朱念祖受新《詠吴宫》云：「夜擁笙歌百尺臺，太湖月落宴還開。君王自愛傾城色，却忘人從敵國來。」彭羨門少宰孫遹《未央宫瓦歌》云：「猶是阿房三月泥，燒作未央千片瓦。」句更警快。

汪淡耘濬，桐溪宿儒也。家孟岩叔祖秉鐸時，延課衙齋，余曾一晤。其人古貌古心，令人肅然生敬。乃龍鍾不偶，窮愁以老，其抑鬱之概，悉寄諸吟詠。著有《誰定草》，命名之意，可爲惻然。其《浮萍曲别蔗田六弟於苕上》云：「當春楊柳齊放青，吹花爲絮爲浮萍。萍生同根不同住，東西南北同飄零。飄零何所託，一在苕水曲。風波偶相借，去住非云卜。一萍更無依，落拓將安歸。盈盈隔苕水，相見長苦稀。可憐行倦江湖路，天遣同根有時遇。兩萍聚散復何常，此間同住鄉非故。同是浮蹤憶故山，桐華江上水彎環。可憐此際隨風去，去住分流天地間。」《雛燕篇》云：「生不逢辰作秋燕，將雛難把舊巢戀。畫梁曾誓莫分飛，吹向西風不相見。兒雛力微艱覓食，烏衣有巷迷陳跡。投入鴉林得借棲，餘粒哺之覆以翼。老燕重來識此雛，悄問雛還識我無。兒雛四顧不能語，已被群鴉争噪呼。」蓋先生貧極，以子爲人作螟蛉，後見之，因賦是詩以誌感。《題顧松泉杏花江店小影》云：「行囊曾記攜琴劍，立馬江干盼紅艷。真箇銷魂數秣陵，夢游還訪臨江店。」「白板平橋十里春，烏衣舊巷六朝人。批圖指點群芳路，細雨瀟瀟濕暖塵。」

丙辰春仲，先本生大父蒙恩賜環，賦詩誌感，一時和者紛如，不乏清新俊逸之作，但爲韵束縛，難於超脱。獨孟岩叔祖和云：「年年春草緑無邊，大廈空憐一木肩。北叠關山兄獨苦，南稀鴻雁弟多愆。恩深忽奉綸如綍，感極翻教淚湧泉。從此得偕耕鑿侣，長懷帝力樂安全。」友于摯情，藹然言外。

叔祖又有《風鳶》句云：「垂翅曾經六月息，不鳴方許一飛沖。」《别紅梅》云：「一枝留認鵑啼處，五夜還同鶴夢游。春風若到誰爲主，朔雁將飛已是賓。」時甫遭家難，故不覺言之沈痛也。

俞掞庭太嶽廷藻詩集最富，嘗屬校勘全集。其中如《朗吟樓晚眺》云：「暮倚危樓對碧川，憑高眺遠白雲邊。烟横沙岸千重水，風下輕帆一葉船。野渡人稀村市晚，塞門霜重雁行連。樓空何處尋行跡，疑在蓬山最上巔。」又句云：「野燒明滅風前火，世事浮沈水上鷗。」《鉅鹿道中》句云：「荒城花落苔生徑，午市人稀水繞廬。」《秋日閒居》云：「陰晴山色雲籠岫，斷續蟬聲樹帶風。摇風野蓼紅垂岸，飽雨秋瓜緑滿墻。」《贈鍾耐園》云：「酒把一尊銷萬事，詩吟千首傲三公。」《詠菊》云：「瘦極豈因他日淚，傲來祇爲昨朝霜。」《雨窗漫成》云：「當窗寒欲逼，隔座語難通。」《武原舟夜》云：「卧聞犬吠知村近，坐見窗明覺月低。」皆雄深雅健，純乎青丘者。年逾八旬，登山臨水，不啻少壯。每遇同人唱和，猶握管不倦，謂非旃壇香火中人而能若是乎。

程春帆明府沅京口人，生而駢指，體亦孱弱，咸慮其不育。數歲即能握管，字畫端妙。由甲榜宰山右和順，時漱園外舅掌教是邑。記其《詠秋柝》云：「人定夜天高，官街擊柝勞。荒寒憐此地，辛苦念而曹。蔀屋須知警，華庭莫太豪。清時稀盜賊，感此息塵囂。」《秋燈》云：「繞屋一燈青，空閨祇獨明。團圞兒女夢，殘夜剪刀聲。寸草心徒折，寒花落更輕。高燒有紅燭，不共此時情。」《秋砧》云：「客子念無衣，寒砧搗落暉。響和霜杵落，愁濺水花飛。别淚經時浣，針痕覓處稀。樓頭一片石，祇當望夫磯。」其《詠秋蕉》有「不雨亦瀟瀟，無風轉寂寥」之句，音節高朗，居然初唐。惜聞其卒後無嗣，詩卷零落不可問矣。

陶皃亭元藻因題壁詩注有「篁村」二字，爲袁隨園太史枚賞識。訪十餘年，遇於西湖，始知篁村即皃亭，乃得訂交，亦藝林雅話也。先生寄居蕭山，彙生平所作，厝爲詩塚，一時題和雲集。余壬戌渡江，擬走謁之，先生已卒，詩卷存留頗少，記其《題廣濟禪院》云：「牛渚磯邊夜色渾，離離佛火對江村。松花半落無人掃，月照江聲到寺門。」《臨淮夜泊》云：「野塘秋闊楚天空，船尾寒燈駐小紅。兩岸蘆花半江月，未歸人在雁聲中。」先生子午莊孝廉廷珍、南園明府廷琡、孫春田茂才軒，皆能詩，一門風雅，爲越中冠。

錢唐張雪濤淦氣節慷慨，游幕西粵。時值循州勦辦會匪，先生有《八渡賬房作》云：「細柳圍營鼓角鳴，氊廬地占數弓平。雨聲似打烏篷急，燈影疑聯棘院明。斥堠依崖蜂聚落，刀矛列隊蟻縱橫。老夫笑指圍棋局，一着分明未落枰。」其子鄒谷茂才迎煦隨父從軍，賦《鬼子劍》七古一篇，奇崛如昌谷，云：「鬼子之白白如雪，鬼子之黑黑如漆。對客含笑雙眼碧，腰間插劍長三尺。解劍長跪奉上官，劍未出匣氣已寒。陰風蕭蕭霜氣團，上有奇字橫闌干。細如錐，薄如紙。光鑑髮，柔繞指。以刺人，人立死。鬼子劍，殺苗子。吁嗟乎，我兵一萬三千人，安得人人盡持此。」鄒谷後以軍功得官學博。

查查浦侍講嗣瑮，他山太史仲弟，詩名亞於初白。其白描神韻，悉本家學。《曉行》云：「馬聲人影兩淒然，雪後沙堤滑可憐。兀兀尚餘辭店夢，昏昏時墮出林鞭。遠村祇辨模糊樹，殘月猶明黯淡天。慙愧空山茅屋下，日高猶自擁書眠。」《界亭馹七夕》云：「去年今夕浮江渚，破浪危檣過漢陽。東去艫魚方越國，南飛烏鵲又蠻鄉。上弦月尚三分缺，孤枕更添一線長。想到穿針人去後，搗衣聲裏覺天涼。」《贈别王孟穀》句云：「八月歸裝如落葉，五胡摇艇問奇書。」《不寐》絶句云：「重幃杳杳似愁城，深屋寒燈不肯明。悔種芭蕉兼養竹，雨聲聽罷又風聲。」《移寓》句云：「雲離翠岫原無主，燕值雕梁便是家。」

吴白華總憲省欽屢掌文衡，著有《白華前稿》。人皆病其獺祭，而詩格亦頗清麗芊綿，要不可以概論也。其《題劍亭緑波花霧圖》云：「草未鋪茵柳未絲，半奩紅雨浸胭脂。湔裙挑菜風懷減，孤負桃花水上時。」「春愁似水須教去，人面如花較耐看。添得《小游仙》幾首，風鬟霧鬢不知寒。」《題笛湖泛柳圖》云：「楓葉蘆花幾段秋，吟身料理坐生愁。畫師怕惹機心起，不寫沙汀數點鷗。」《山塘絶句》云：「半臂春寒淺勒花，白公堤畔儘風華。消魂願化紅心草，和雨和烟送犢車。」「幾陣餳簫間玉簫，半塘畫舫過桐橋。不知短薄祠邊月，早上東風柳萬條。」

武原陳蓮溪明府濤著有《問渠詩鈔》。《詠白雁詩》云：「皓首江湖結伴還，霜威沾到舊家山。白雲塢裏迷孤影，黄葉村中見一斑。但覺聲多青海月，不知飛入玉門關。爪痕若向前溪印，陣落難分雪半灣。」《曉發》云：「茆店披衣露未乾，鷄聲初唱遠衝寒。遠山一片思鄉月，三兩征人立馬看。」寫旅況如畫。

先君子於乾隆庚子、辛丑間，任駕部選司，適屈硯鄰太史爲鼎、祝簡田太史堃、屈潄六水部爲經同官輦下。時許莘尹表丈華鐘、俞潄園外舅超均赴春闈。留京戚誼知交，日有琴樽之樂。彙有《摶沙未散》一集，皆在引籐書屋。同時唱和諸作，韵至數十疊，觀者如入五都之肆。有跋語云：「春如有約，看花宜到長安；詩是無題，下筆先成短律。」可想見先輩風流，宜作燕臺佳話也。詩存全帙，不備録。

乾隆間，有貧士游於吾鄉，以詩爲丐，隨所命題，走筆立應，詩極風華跌宕。僅傳其《詠秋草》一律云：「冷落西堂夢已消，一堤殘碧晚蕭蕭。斜陽人影荒村路，疎雨蛩聲舊板橋。曾記踏青迷屐齒，重來走馬失裙腰。如何襯白鋪紅地，剩有黄花伴寂寥。」詩極風華跌宕，乃知才士之屈於風塵者，不知凡幾。惜不著其姓氏，末由訪覩其餘，爲可慨也。相傳其人爲賴姓，名鵬飛，籍象山云。

徐兩松中丞嗣曾由部曹歷任封圻，清節不渝。開府八閩，吏肅民懷，而愛才特甚，一時寒士依之，如杜陵廣廈。曾以軍務渡臺灣，倡《望海詩》二章，雄渾奇偉，不亞木玄虚之賦。時先君子偕行，亦有和作。其詩云：「圓融一碧溯蓬滄，極目長波接混茫。山氣歊空帆不動，大鈞吹萬樂初張。盪胸星斗如飛練，回首江湖等濫觴。也似天門臨日觀，坐看紅影出扶桑。」次首句云：「九萬里風聊復爾，妙莊嚴性更云何。」《詠春雪》句云：「挑菜祇餘香在甲，尋梅不信夢非花。」頗極研鍊。中丞著有《思益山房集》。後因入覲，卒於途中。臨終自書輓聯云：「感古佛慈悲指示，差解得無我無人；念吾儒克己工夫，巴結個而今而後。」擲筆而卒。殆有夙根者耶。

偶檢先君書篋，得片紙，書二絶句，字畫端楷。詩似宋人名句，不知出誰何之手，附録於此。云：「閒堦小石露初匀，好景添成八月春。認得紫薇花樣改，多情合伴握蘭人。」「珠簾乍捲杏梁低，水北花南認舊棲。好雨放晴飛燕子，一春辛苦爲香泥。」

雲從叔祖在蘭州時，聞雁有感云：「雲霄振翮羽翩翩，霄旦驚寒古戍邊。雁若多情憐我意，爲排恨字到南天。」爲從來詠雁字者未經道過。

山陰陳雪樵都尉廣寧少爲諸生，有文名。後因其尊人殉難臺灣，蔭授海防守備。輕裘緩帶，有羊叔子風度，而愛才若渴。著有《壽雪山房詩鈔》。曾見其《題鍾箬溪詩卷》云：「北風吹積雪，殘夜獨高吟。豪竹哀絲感，孤鴻冷雁心。遠山消蜃氣，秋水墮花陰。知有攜琴者，來聽海上音。如此奇才少，天教病厄之。名無没世懼，貧有故人知。憂患能生夢，雲山但對詩。通家慚孔李，十載識君遲。」倜儻風華，足稱射雕手。而箬溪之才，箬溪之遇，亦盡此二詩中矣。雪樵後擢登萊總鎮，卒。

先本生大父治郡慶陽，卓薦入覲，以《愛蓮圖》行卷索題，一時臺閣諸名公佳章稠疊。如沈雲椒侍御初題絶句云：「一片紅衣照碧潯，午香飛處愜幽襟。此中時景宜人意，風是南薰雨作霖。」「十里西湖舊夢睽，軒窗晨拓卧看花。倚聲莫怪韋端己，祇説江南好住家。」錢東麓少司寇汝誠題云：「鸕鷀湖畔叢祠沚，玉梅川北華池水。素練文波各一方，紅衣碧葉紛如此。羡君年少已工詩，孝威迴棹西林詞。羡君四十專城貴，風月亭邊又一時。同心曲調聲流咽，太守新圖更超絶。芳花陀利坐真人，玉環金蝶參仙訣。回首滮湖汗漫游，木蘭雙槳正初秋。十年招客碧香酒，飽看烟波湖上秋。」蔡梓南侍御履元題《沁園春》詞云：「瀲灩波光，舊日經行，第五橋西。喜軟塵不到，香風徐至。閒尋鷗鷺，獨棹玻璃。洞是水雲，谷移錦繡，廿載湖山夢已迷。俄開卷，恍烟蘋霧蓼，凝貯長堤。名原仙佛偕齊，況理學家聲定品題。任露翻雨打，自留標格；風凄月冷，不落汙泥。只有閒情，引來逸興，瞥見鴛鴦深處棲。採蓮曲，倩殘絃細譜，紅袖雙攜。」又王夢樓太守文治、黄小華殿撰軒、董蔗林相國誥、陸桐川閣學費墀、莊畊塘贊善承鑀、陳春溆都憲嗣龍、祝簡田太史堃均有題贈，不及備録。

鄭夾漈笑韓昌黎《琴操》諸曲爲免園册子，袁子才又哂其《羑里操》末句「臣罪當誅，天王聖明」爲深求聖人，轉失之僞，以爲文王並不以紂爲聖明，並引《大雅》之詩以證之。余謂此二語昌黎立言得體，並未失實，猶言臣罪固應誅，所望天王聖明鑒察之耳，是冀望之詞而非贊頌之語。隨園未得其意，遂笑昌黎不讀《大雅》，亦文人好爲相輕之辭。惟昌黎《石鼎聯吟》及《月蝕篇》中聱牙詰曲，及《詠雪詩》「隨風翻縞帶，逐馬散銀杯」句，牽强堆砌，要不能爲大家諱也。

福文襄公康安爲傅文忠公恒胄子，髫年即握樞柄，歷征金川、緬甸、陝、甘、閩、蜀、滇、黔，出將入相，垂數十年。旌麾所指，如風解籜，終於楚南征苗之役。其豐功偉業，雖田夫野老，皆能言之津津。公以金張世胄，褒鄂勳華，而到處憐才好士，殷殷若渴。敦聘先君子參贊幕府，禮儀冠於諸賢，交情生死不渝，殆有香火前緣者。嘉慶元年，先君子卒於軍營，公飛章請卹，贈賻千金，手題輓額云：「惜我良友。」其祭幛及致先本生大父書，真摯纏綿，即旁觀者亦爲感泣。袁隨園太史枚贈詩句有云：「千金有賞如揮土，萬馬無聲聽詠詩。」可想見公之豪情雅概矣。

吾鄉陳誰園先生萊孝，少詠春燕詩四章得名，稱「陳燕子」。其末章最佳，云：「盡日差池傍綺寮，天涯無處不魂消。柳塘新水留孤影，花塢斜陽話六朝。南國營巢空碌碌，御河歸夢尚迢迢。憐紅惜紫情何限，腸斷春風是灞橋。」又句云：「香閨爲爾添惆悵，垂柳無卿也寂寥。」細膩風光，故應傳誦一時也。《題甄伊人竹中小照》云：「到後凋時知勁節，便凌雲日亦虚心。」《過西溪》云：「草深迷虎跡，霧重失蜂形。」《秋夜有感》云：「詩到病除無好句，人於秋後轉多情。」又《斷橋晚眺》云：「晚來縱步小橋東，明滅香灣望不窮。一幅滎陽遺畫在，秋江濃緑夕陽紅。」《水榭》云：「水榭涼生絶點埃，晚蟬聲裏泛吟杯。西林一角雲如墨，帶得澆花細雨來。」其景如畫。

俞漱園外舅超以詩文名海内，而清介自守，不以萬鍾易一介。司鐸蕭山，及門甚衆。每遇科歲試及鄉闈以場藝進謁者，點筆淋漓，決其得失如操券。余早歲受知，頻年親炙，嘗於集賢堂畔擘紙揮毫，有唱必和。山谷詩云：「自從遇謝公，論詩得津梁。」如我所欲言。自愧作羊公之鶴，薄宦天涯，遂成永訣。回首前塵，忽忽如夢，傷如之何。外舅詩本三唐，出入於漢魏六朝，而尤得力於少陵。詩集最富，霞軒内弟擬將付梓。今就余行篋先録所鈔存一二。《寄鍾晴初表阮》云：「造物賦形誰最工，短長肥瘠理則同。曹交九尺竟何益，東海半人詩豪雄。獨有遭遇太奇蹇，骨肉流浪如漂蓬。晉陽親舍幾千里，音書稀絶心忡忡。當年有弟復有妹，饘粥顧卹情怡融。弟傷玉樹埋遠道，妹歎瓊蕊凋秋風。姜被無温夢誰語，孤燈如豆焰不紅。通德雖存髻徒擁，童烏已逝元無功。平生蒼涼激楚意，盡情陶寫歌詩中。今歲弟孤未成立，相隨嫠婦來渚宫。天倫見面益悲喜，其奈缾罍愁罄空。局促向人乞囊粟，幽咽書字如寒蟲。暗窗風雨本凄絶，况聽嗷嗷待哺之哀鴻。古來詩人固少達，未有抑塞磊落如君窮。作詩寄君亦無補，自顧苜蓿盤非豐。憶君見詩伏枕三嘆息，惟有筆端吐氣如長虹。」《留别李香湖同年》云：「去歲黄花節，君方送我行。蒼茫秋色裏，又動别離情。江闊孤帆影，天高過雁聲。烟波今夜夢，何處話平生。」《寒食新晴》云：「餳簫聲裏草痕鮮，寒食誰家上塚船。小雨疎紅栽藥地，暖風新碧醅茶天。賣魚翁去衣沾絮，驅犢人歸笠帶烟。如此風光誰解語，呢喃雙燕畫梁前。」《和陶皛亭詩塚》云：「海内詩篇享盛名，錦囊重與築佳城。澆殘竹葉和愁散，化作梅花徹骨清。黄土一抔藏慧業，青山千載識吟情。若教地下脩文見，應待吹噓送玉京。」「住世精神鶴算長，歸根造化托文章。尋來驢背風霜苦，瘞向牛眠草樹涼。劍氣豐城應有驗，靈文宛委許同藏。椎埋恐有偷詩輩，更劚泥封乞古香。」《秋山》句云：「天容淡處清蒼入，木葉空餘面目真。」《秋雲》句云：「出岫孤疑隨旅雁，横空淡不礙銀河。」《秋枰》句云：「白雲堆裏歌囊隱，黄葉聲中落子寒。」《秋桑》句云：「八百柯株留淡泊，三千羅綺歛風流。」《輓鍾春圃》云：「齒非黄髮神先瘁，志在蒼生命竟窮。朝暮青山一杯酒，死生黄土百年愁。」《問王二章恙》云：「水晶簾捲雖宜月，雲母屏虚却畏風。」《詠雪》云：「虚能生白光明聚，高不生寒變幻工。」

人到情極癡極，夢者乃以爲真，真者乃以爲夢。此種詩境，正不易得。宗室紅蘭主人《寄友》云：「大漠歸來至半途，聞君先我入京都。今宵我有逢君夢，夢裏逢君見我無。」查查浦侍講《送别劉和軒》云：「社燕隨人認故扉，春風門巷舊烏衣。莫言我是忘歸者，夢已先君昨夜歸。」明我齋參領《聽歌》云：「涼風吹面酒初醒，馬上敲詩鞭未停。寄語金吾城漫閉，夢魂還要再來聽。」孫蓮水韶《寄王西林》句云：「良夜花關渾不掩，知君或有夢來尋。」四詩情韵相類，俱極新穎，非漫賦黄粱者。

天台齊次風宗伯召南《送帥蘭皋方伯念祖出塞》七律四章云：「出塞休歌行路難，遠游纔見帝圖寬。龍堆散放河邊馬，鷺堠閒眠乘障官。直北有天環大漠，向南何地指長安。知公未減豪吟興，衹當坡翁海外看。」「玉尺持衡幾度迴，輶軒處處盛英才。此時門下三千士，共帳天涯十二臺。琴鶴早緣珠桂賣，旃裘仍怕雪霜催。先生恰是真豪傑，慷慨頻傾馬上杯。」「懷古疇能到大荒，揚鞭況趁早秋涼。臚朐列戍猶聞漢，瀚海爲洲總屬唐。磧對黑山沙似浪，帳連青塚月如霜。平安信息憑誰寄，看取風前雁一行。」「多時屬國齒朝班，狼燧烟銷甌脱閒。揮墨興堪追北苑，荷戈人自識東山。愁聽箠篥吹秋角，欣説驊騮入漢關。聖代即今多解澤，金雞性報大刀環。」音節蒼涼，情深語摯，如讀河梁蘇、李之詞也。

家華薌伯父嘉穀有《陝縣題壁》句云：「古樹晨飛鳥，遥村夜飯牛。」《詠芒鞋》句云：「羽扇綸巾同灑落，小橋流水漫勾留。」《贈歌者》云：「離觴擲下別情多，簾捲風前鳥弄歌。最是曲終人已遠，四圍山色障烟蘿。」晚唐手筆也。

甲子秋於查又白一騏處見伊璜先生《敬脩堂詩鈔》一帙，皆道途游歷之作，凡數十首。即挨次彙録。其題作爲小序，不夾一字，幾有鬼斧神工之巧，亦創格也。惜後人零落，其詩不傳。亟録數章，以比吉光片羽焉。其《送人還山》云：「仗劍吾徒節，高懷老愈奇。十年關塞夢，千里道途詩。愁眼黄花瘦，雄心白髮知。此生猶有事，滄海莫垂絲。」《詠雁字》云：「一聲高聽當咿唔，咄咄書空筆勢孤。天上題名原有塔，人間點墨比銜珠。毫工不藉中山穎，樓賦疑參赤伏符。妬煞鯉魚傳尺素，秋前寄信到曾無。」《禹溝道中》云：「炊渺寒烟人似鵠，水涵遠影屋如舟。時經久戰肌膚賤，客到長途忍辱多。」又句云：「霧中峰倒千帆下，天半風鳴獨鳥斜。」

漱園外舅云，己酉冬偕先君公車北上，於良鄉旅店見題壁有詞，調寄《金縷曲》，云：「歡意年年減，況春來、榻無香爇，徑無紅糝。妓席偶逢歌玉笛，象板幾回拈嬾。非故靳、武陵春眼。素臉偏看渾不似，更何論、舞袖春衫短。燈下語，竟成讖。隔窗深夜聞長歎，是何人，心傷蓮苦，鏡傷鸞遠。墜溷飄茵儂正惜，瑣語一何悽惋。幾錯認，那人宵怨。此恨既無山撮合，問楊花何苦團成片。開又落，幾時見。」惜不注姓名，然可見其人矣。

許古芸舅祖光基由甲午孝廉令陝右，詩文尺牘妙擅一時。《詠雪花》云：「花事冬來寢式微，故教六出散芳菲。欲將手折疑沾露，未覺香飄已入幃。玉女挑殘餘瓣瓣，瓊枝吹落自霏霏。何須更訂尋□約，試看寒葩繞樹飛。」

陳倫光夫人皖永，適楊以齋司馬仲子，中歲寡居，撫諸孤成立。著有《素賞樓詩鈔》，含毫綿邈，氣魄沈雄，迥非尋常脂粉者比。有《落花三十首》，別翻新穎，自寫生平。録其二律云：「群芳靈慧早知幾，林下飄然晝錦歸。刺眼繁華驚短夢，回頭富貴脱危機。留鶯巧舌無聊轉，予蝶閒身自在飛。朱紫不將春久恃，已裁新樣芰荷衣。」「朝來繞樹惜芳妍，胡爲泥中自棄捐。才藻横飛人欲殺，榮光消瘦我猶憐。煩憂如許難埋地，薄命生成莫問天。惆悵與君垂老别，强扶衰病待明年。」又句云：「日炙未蔫翻艷冶，風扶不起太嬌慵。無處不飛寒食近，有時少住暖風微。十六天魔春試舞，八千子弟夜聞歌。」《悼鸚鵡》絶句云：「悟徹無生慧性靈，空花幻景夢初醒。早知解脱如斯易，悔受《蓮華》一卷經。」《詠白燕》句云：「一林花霧虛生白，半壘芹泥涅不淄。」《詠鳳仙花》句云：「文章成五色，豈是女兒花。」亦見其自命不凡矣。

古今興廢，不獨勳業之臣生才應運，即詩律亦必有首開風教，喬喬皇皇，爲一代之先聲者。唐之王、楊、盧、駱、陳伯玉、張曲江尚矣，宋、元無開創之人，故終不及三唐之盛。余竊謂明初之高青丘，國朝之吴梅村，皆可比於初唐諸公。世有知音，必不以余言爲河漢。

吴江郭頻伽麐著有《靈芬館詩鈔》，有《湖上雜詩》云：「油壁車輕緩不妨，暮烟淡淡水生光。雷峰一塔頽唐甚，祇替游人管夕陽。」「一湖純浸四山陰，萬鼓鏗敲日照林。尚有數峰晴不得，又吹飛雨過湖心。」《即事》句云：「月與梧桐尋舊約，秋將蟋蟀作先聲。」《仰蘇樓》句云：「樹摇殘滴有時響，雲與暮烟相間生。」《小集》句云：「滿眼青山秋士老，打頭黄葉酒人來。」《謝人餉梅水仙》句云：「詩人冰雪陳無己，寒女神仙謝自然。」《西湖春感》句云：「湖山跌宕朝廷小，花月平章蟋蟀秋。二月落花如夢短，一湖新水比愁多。」《夜聞潮聲》句云：「吹水魚龍方有力，側身江海夜初長。」皆倜儻風華，固宜名傾一時也。

汪龍莊先生輝祖少孤力學，游幕四十年始登仕版。其清節篤行，備詳於所著《雙節堂贈言》、《學治臆説》、《佐治藥言》、《病榻夢痕録》等書，皆足垂爲世範，宜乎榮享耄耋，而後人隆隆日起焉。先生詩寫性靈，不假雕飾。其《謁選留别》云：「表節恩兼賜第恩，戴天無計報高閽。可容更戀黄紬被，幸不能勝緑蟻尊。政譜敢希花滿縣，家風曾記菜餘根。故人鄭重勞相勗，一寸靈台曉夜捫。」又句云：「人説畫蛾新樣好，我愁騎虎下時難。」《試院述懷》云：「秋闈九上四春官，席帽麻衣力就殫。從此出頭真不易，即今經手忍相謾。虚叨憲府殷殷聘，怕素公庖日日餐。文字久抛塵牘外，微才欲竭夢難安。」又

《仿少陵同谷七歌》云：「父兮母兮空悵望，兒天獨虧兒薄相。老來得健慈鞠恩，負伏迎僵記相傍。硯畝税入飽妻孥，黍馨知否達幽壙。嗚呼一歌兮歌已哀，寒雲漭漭雪欲來。」「有姊篤老有妹貧，子賢不肖安能均。異縣消息雨天絶，同氣相命惟三人。觥籌交錯萍梗合，雲際嗷雁悲離群。嗚呼二歌兮歌始放，縮地無方重悒怏。」「長女長女冰霜姿，青春齒檗甘如飴。鬼車號旦訓狐覗，諸孤羸弱臣叔癡。年未五十衰且病，手龜目眊門户持。嗚呼三歌兮歌三發，鏡中白盡殘鬢髮。」「天涯投分無黄金，雲泥難計昇與沈。獨前穅秕慙齒叙，萬里憂患關一心。乍彈指頃傷宿草，夢魂是處勞追尋。嗚呼四歌兮歌四奏，孤影淒清坐寒漏。」「白衣轉睫蒼狗幻，燕蝙啾啾競昏旦。須臾蝴蝶還夢周，淹久丁零可並案。羊腸振轡何崎嶇，行百里程九十半。嗚呼五歌兮歌正長，舉頭欲問天茫茫。」「腰頑頭重行欲跛，斜日沈沈影西墜。老信頻催知幾時，蛇傷鼠齒無不可。人力便許榮唐花，天心可能愍碩果。嗚呼六歌兮歌思遲，虚聞逸少金堂芝。」「庭前舞袖何煌煌，中廚新婦調羹湯。祝嘏客來多不速，斗酒幸有山妻藏。爰居海上鐘鼓震，小樓兀坐聞暗香。嗚呼七歌兮悄終曲，熱砂蒸飯甚時熟。」讀之深情綿邈，非至性人不能道也。先生著作甚富，惜未及概見耳。

吾鄉史苕湄先生正義高年名宿，余曾一瞻風度。先生少時曾入袁簡齋明府枚幕中，有《留别詩》云：「浪跡深慙水上萍，漫勞今夜餞郵亭。鬢從久客無多緑，燈入離筵分外青。海國歸帆隨候雁，天涯知己剩晨星。何時載得蘭陵酒，重向紅橋共醉醒。」

鍾箬溪大源爲芬齋閣蘭枝長孫，少穎悟，即能詩。後侍其父耐園先生式金萍鄉尉署，得風痺症，卧床三十載。家徒壁立，手不釋卷，而詩乃愈工。談詩者日造其卧榻間，支離吟諷，悠然自得，自號東海半人。録其《錢武肅王鐵券歌》云：「胥濤怒捲千尋雪，强弩紛飛驚電瞥。天目山前異姓王，流傳首數唐時錢。是時紀號惟乾寧，閫外强藩半不庭。芒碭妖兒尤跋扈，紇干凍雀劇飄零。維王一旅雄江表，保障東南功不小。忠貫能殲天榮軍，威行直殪羅平鳥。詔書遠錫自天家，褒德銘勳事足誇。篆鏤金文三百字，禄頒玉糈五千家。河山帶礪恩無改，子姓猶令赦三罪。兹矢彤弓敵寵榮，錦袍玉帶輸光彩。敵愾勤王望更隆，朱三王八迭興戎。惜違昭諫當時語，難繼汾陽蓋代功。五王傳國真人起，宅繞彩繩名物徙。寶鼎同淪汾水湄，玉魚焚墮明湖底。浪淘沙蝕自年年，忽漫漁郎翠網牽。劍合珠還有驚數，赤文緑字訝相鮮。結金偃瓦形維肖，古質黝然存誓誥。肝膽飛揚緬謝詞，冕旒秀髮思奇貌。旌旗父老許追攀，三節還鄉亦等閒。玉斧久移唐社稷，金甌無復宋湖山。榮動舊物知誰守，圓木驚眠傳共久。高揭吴音樂尚聞，重來浙險緣希有。陌上花開春復秋，漫將留井覓婆留。勒山刊斧辭重讀，一劍霜寒十四州。」《中秋新霽待月》云：「歲歲人皆重此宵，雨餘天作古柴窑。月流冰彩稀星影，風捲濤聲助海潮。萬里樓臺寒漠漠，千家砧杵静迢迢。夜深風露清人骨，恐有飛仙抗手招。」《詠宋史》云：「手握韜鈐秩望崇，黄袍一著偃群雄。欲知禪祚分明意，詔紙原來出袖中。」「虚名曲學枉紛囂，汴宋基圖暗已摇。説與臨川王介甫，不徒苛法在青苗。」「上清宫殿接天都，璧玉珠星協瑞圖。聞道道君親受籙，不知可有辟兵符。」「冷笑平原策未良，偏安事業總荒唐。貽羞聊勝秦長脚，奉幣年年益寇糧。」「懊恨平章賈八哥，謀人家國竟如何。半閒堂畔秋風早，蟋蟀聲中鐵騎多。」「海天風雨蟄龍愁，趙氏山河付一舟。太息文山文信國，空餘正氣耿千秋。」《送友游維揚》云：「毿毿風柳曳寒潮，曾過隋家第幾橋。一種繁華消未得，紅樓烟月畫船簫。」《野望》句云：「樹容全改色，水氣半成烟。」《敝裘》云：「千金論價誠無分，十載隨身信有恩。」《秋水》云：「四五尺添人喚渡，兩三行過雁來賓。」《冬至》云：「病逢節候量增減，詩爲天工記暖寒。」皆佳句也。其他著作，惜余未經寓目。聞於前歲作古，使故鄉少一詩人，殊爲惋惜。異日當覓其遺集，以窺全豹焉。

阮芸臺宫保元督學吾浙，新制團扇，命門下士作歌紀事，詩佳者以扇贈。陳雲伯文述詩最清麗，云：「江南三月春風歇，櫻桃花底鶯聲滑。合歡團扇剪輕紈，分明探得天邊月。南渡丹青待詔多，傳聞舊譜出宣和。入懷休説班姬怨，羞見曾憐晉女歌。班姬晉女今何有，攜來合付纖纖手。欄前撲蝶影生香，花間障面徘徊久。樓臺花鳥院中春，馬畫楊題竟逼真。歌得合歡詞一曲，不知誰是合歡人。」公喜，即以扇贈之。

袁簡齋太史枚早年恬退，寄寓金陵，宏奬風流，享盛名者五十餘年。其詩文駢體，故當爲一代作者。乃謝蘊山方伯啓昆贈句云：「風流館閣推前輩，輕薄文章誤後生。」褒遜於貶，要非定論。其所作詩話，專重性靈，不界畫於唐宋。余最愛其論詩云：「熊掌豹胎，食之至珍貴者也，生吞活剥，不如一蔬一筍矣。牡丹芍藥，花之至富麗者也，剪綵爲之，不如野蓼山葵矣。味欲其鮮，趣欲其真，人必知此而後可與論詩。」又云：「後之人未有不學古人而能作詩者也，然善學者得魚忘筌，不善學者刻舟求劍。」又云：「詩不可不改，不可多改。不改則心浮，多改則機窒。要如初搨《黄庭》，剛到恰好處。孔子曰：『中庸不可能也。』此境最難。」此三則，實爲詩學津梁，非深得此中三昧者不能道焉。

沈歸愚宗伯德潛選《唐詩別裁集》最爲詳慎，而所評亦有未允者。如元微之《連昌宮詞》中段云：「我聞此語心骨悲，太平誰致亂者誰。翁言野父何分別，耳聞眼見爲君説。姚崇宋璟作相公，勸諫上皇言語切」等句，評云：「開元天寶之治亂，微之豈不知，而必野老言之乎。立言失體。」又評其「弄權宰相不記名，依稀憶得楊與李」二語云：「林甫、國忠，路人皆知，其姦不必微言。」余意殊爲不然。蓋詩人隱躍其辭，美惡自見。即《三百篇》中，故意抑揚抗墜者甚多。若如斯論，則《巷伯》、《相鼠》等詩所指斥者，何以不詳著其姓氏以曉後人耶？元詩固未爲完美，而所評恐未足服古人之心也。

又《説詩晬語》以曹松之「一將功成萬骨枯」、章碣之「劉項原來不讀書」爲「粗率」，朱慶餘之「鸚鵡前頭不敢言」爲「纖小」，張祜之「淡掃蛾眉朝至尊」爲「輕薄」，元稹之「垂死病中驚起坐，暗風吹雨入船窗」爲「蹩躠聲」，李白之「楊花落盡子規啼」爲「不須如此説」。皆一偏之見，要非定論。

宋高宗爲南渡中興之主，乃忍使二帝淪於沙漠，信奸檜而棄張、韓、劉、岳，實令人千古髮指。余最愛明文衡山徵明《和岳武穆滿江紅》詞云：「拂拭殘碑敕飛字，依稀堪讀。慨當初，倚飛何重，後來何酷。果是功成身合退，可憐事去言難贖。最無辜，堪恨更堪憐，風波獄。豈不惜，中原蹙。豈不念，徽欽辱。但徽欽既返，此身何屬。千載休談南渡錯，當時自怕中原復。笑區區一檜亦何能，逢其欲。」讀之快如并剪，爽若哀梨，真老吏斷獄手也。又粤東何夢瑶《詠史》句云：「趙宋若生燕太子，肯將金幣事仇人。」亦佳妙。

柴烈婦者，上虞高紹賢女。年十七，適同邑柴鳳林，甫三載，鳳林卒。家貧無嗣，族人謀奪其志，百計强餂之。婦聞，即薰沐奠夫，紉衣自縊，救之不及。是夕，有雙鳥匝簷哀鳴，鄰近皆聞。王特山璋述其事甚詳，余因以兩絶句紀之，云：「粼粼湘水激清波，感慨重賡魯鵠歌。貞孝此邦兩巾幗，千秋烈烈並曹娥。」「霎時就義重如山，地下相逢無愧顔。願化哀禽不化石，啼將悽怨到人間。」

靜遠草堂詩話卷二

宋司農卿張戒撰《歲寒堂詩話》，由蘇、黄而上溯漢、魏，立論頗恰人意。惟云「阮嗣宗專以意勝，陶淵明專以味勝，曹子建專以韵勝，杜子美專以氣勝。意味可學，而韵與氣難能」，似□陶、阮而尊曹、杜，此論未確。至論少陵《題巳上人茅齋詩》「枕簟入林僻，茶瓜留客遲」句，以爲去「僻」字、「遲」字，但云「枕簟入林，茶瓜留客」，方成佳話。不知此聯佳處全在「僻」、「遲」兩字，可想見避暑情景。若删此二字，豈復成詩哉。

甲子秋，偕同人游小普陀，見題壁詩甚佳。匆匆遄返，録稿遺失，僅記其末句云「二十年前煨芋火，辨才老去幾經秋」。款署「藴山」二字。迄丁卯仲春復游，則壁間又有和作，即係前人手筆，終不得其里居姓氏，殊令人扼腕也。其詩云：「再到僧寮已白頭，齋中驚起海邊鷗。香廚佛名留禪語，薜壁聯吟憶勝游。黄葉秋深雙屐路，白雲曉護一龕樓。如何朋輩今星散，借榻還憐獨聽秋。」「狂喜張顛墨染頭，壁間詩爲張柳汀書。迷離纈眼數歸鷗。一盃曾共三人醉，四載纔來半日游。古寺有僧頻下榻，故鄉惟我獨登樓。海天雲樹蒼茫裏，祇恐還家鬢易秋。」「鎮海浮圖高岸頭，登臨相伴有群鷗。青山落日人歸去，紅樹停車客獨游。細雨卸帆停估舶，暮潮捲雪撼僧樓。香臺喧鼓禪門掩，回首蕭蕭古寺秋。」「一領袈裟了白頭，寺僧索詩，再叠前韵以應。軍持分米飼沙鷗。石壇幡動參禪坐，宦海心空選佛游。說法乍看徒聚石，敲詩時引客登樓。蒲團欲證三生事，絲鬢茶烟冷逼秋。」味詩意亦吾鄉之人，吐屬不凡，斷非庸手所能。

江寧王竹嶼別駕鳳生爲給諫葑亭先生友諒季子，詩承家學。在越中與余有忘年之契。讀其《壬申服闋仍赴補浙省留別親友》云：「不需出岫笑雲忙，雲去雲來亦自忘。百歲光陰原逆旅，三年風物偶還鄉。無端聚散萍隨水，幾許升沈燕處堂。莫更從頭思往事，紛紛眼底已滄桑。」「南朝多少好樓臺，依舊春風圖畫開。花月肯虛佳節過，江山如識故人來。狂歌放眼誰千載，落日凴高酒一盃。掛席明朝從此逝，天涯鴻爪又今回。」別駕後擢河防觀察，司鹺兩淮，被襆歸。

余姚朱少仙學博文治，以名孝廉司鐸吾鄉。有《西湖雜詩》云：「釣船幾點載烟蓑，詩意空中領略多。一事關心風俗美，不聞湖上有笙歌。」「山僧却爲出家忙，野店分標第幾房。香火緣歸上天竺，一般佛地有炎涼。」《贈船山侍御問陶》句云：「詩意不隨風氣轉，酒腸流出性靈來。」曲肖侍御生平。

仁和湯畫堂以晉意氣豪邁而筆機幽秀，曾於汪小坡照席上自誦其《和歸佩珊夫人雨窗填詞圖調寄壺中天》云：「滿城風雨，鬧秋懷觸起，半生心事。詠絮紅閨憐早慧，携手斜陽雙髻。宦跡匆匆，年華冉冉，賦就催粧矣。蓬瀛清淺，三山都學娥翠。幾度花共春消，葉如潮下，儘戀青燈味。一縷青絲刪未得，拌教爲伊憔悴。茂苑珠嬌，逸園樹老，多少相思意。芭蕉滴盡，此宵幽夢誰寄。」畫堂哲嗣慶曾舉戊辰孝廉。

王子峰舅氏升溶《詠僧鞋菊》云：「相逢老圃成三笑，浪跡東籬净六根。」絕勝瞿、謝濫觴。

俞蓮石叔岳寶華少負英偉，名場抑塞。庚午中副車，題襟載酒，常在車塵馬足間，著有《一丈紅薔閣詩鈔》。《碭山道中懷古》云：「芒碭山中雲隱現，吕后而外誰爲見。枌榆社畔雲飛揚，淮陰而後誰爲强。布衣作帝事亦偶，猜忌如公却罕有。蕭曹訟繫愧釣徒，王武報恩殊漂母。仲兄丘嫂感難忘，四海威加還故鄉。賜復遲因雍齒故，底事侯先封什方。我來如帶黄流渡，雞犬人家聚如故。欲買燒春問故臺，風霾四塞知何處。劍石淒涼王氣終，鴻溝畫界漫西東。憤王叱咤自千古，莫因成敗分英雄。」《送窮歌》云：「風爲輪兮雲爲馬，送有窮兮大荒野。歲將除兮去安之，酌汝酒兮聽我詞。汝莫傍，文士居，郊寒島瘦徒相於。汝莫入，美人室，牽羅補衣終何益。汝莫尋，谷口農，秋稅才畢杼柚空。汝莫問，襄陽賈，牢盆不抵箅緡苦。汝莫思兮上九天，星光黯黯空天錢。河鼓欲賃尚不足，汝雖憔悴誰汝憐。汝莫下兮入九地，地祇富媪但主利。年來牲幣半蕭然，邗溝子母權無計。送汝去兮，四顧茫茫，不如歸休，泉下徜徉。金穴郭況，金谷石崇，昔爲人豪，今爲鬼雄。汝往從之弄狡獪，紫標黄標或汝貸。若有人兮山阿笑，子勿輕鑿混沌竅，請子偕行領其妙。」諧詭之語，讀之風趣横生。

竹塘叔大成負笈蕭山，肆力於詩。憶戊辰、乙巳間，於古柏軒中，叔偕余及蔣虚舟夔和、王特山璋、俞霞軒興瑞、梅嶼弟昌彦，時多唱和，極盡文酒之樂。乃曾幾何時，風流雲散。虚舟、梅嶼，永感人琴，特山遠游都下，余亦薄宦天涯。迴憶同人，晨星零落，行篋中得叔父和王恭甫曼壽《冬日雜詠》二首，《夜雨》云：「聲聲簷漏響頻催，天密凝雲撥不開。點破紙窗風一縷，寒梅香逗入簾來。」《夜坐》云：「圍爐簾暖似春温，兀坐蕭齋夜景昏。料得携琴無客到，更闌衹許竹敲門。」《詠雷》句云：「電光穿壁出，雨勢挾山來。」奇氣逼人，如見一堂聯袂握管争雄情狀。

沈鹿苹鑛與余弱冠論交，詩文排奡縱横，目空今古。《海塘晚步》云：「黑雲競向海天浮，雨點横驚隔浦秋。一陣颷風忽吹去，夕陽飛上塔尖頭。」《偶感》句云：「六朝名士揚州夢，千古英雄冀北心。」《詠明妃》云：「兩國恩情歸畫障，萬難心事託琵琶。」《二喬》云：「絶代佳人兼福慧，一時名將盡風流。」《梅妃》云：「長笛數聲吹已裂，明珠一斛走難圓。」《秋草》句云：「萬里天高鷹眼疾，千山日落馬蹄寒。臺環大漠西風黑，幕控邊山落日黄。」不減岑嘉州邊塞諸作。又《病不赴秋闈》云：「文緣無我評偏確，時不關心夢亦閒。尋常怕展同年譜，相對偏宜下第人。」情景極確。

蕭山王特山璋詩、古文、詞，下筆數千言，雄偉淵博，爲同人冠。七古尤佳，其《越王城懷古》云：「城山高峙湘湖東，山上舊有王侯宫。搜尋遺址已泯滅，孤城四面凌虚空。當年勾踐受吴敵，身臣妻妾何卑恭。憑依寸土作保聚，五千甲楯餘威風。吁嗟吴王真英雄，得而不取恩自隆。人言養虎祇遺害，此論未允吾不從。楚成誓不殺重耳，項羽義不殺沛公。丈夫行事類如此，鞠人謀人有始終。人方魚肉我刀俎，豈肯相乘危急中。其後三君卒被禍，以怨報德將毋同。勾踐少安輒變志，長頸鳥啄難相容。恩若吴王尚可負，何怪文種罹鞠凶。迄今霸業如飄蓬，古城傾圮苔痕封。君臣陰謀付流水，頽垣敗瓦無遺蹤。但見城東城西盡曠野，衰草綿亘荒烟濃。」《舟發義橋》云：「辭親却爲省親去，白沙渺渺江天曙。前途指點富春江，此是蕭山行盡處。回首瞻慈闈，船尾怕有東風吹；椿庭一引領，船頭又怕西風緊。吁嗟兮，東向西向心不停，天風此際難爲情。」時特山尊人任楚南安福尉，太夫人在家，故詩意云然也。又《過釣臺贈漁者黄元傑》云：「富春山下扳魚叟，氣如白虹膽如斗。衣冠不獨漢魏時，頭銜好署林泉友。游人舟下東江渠，向翁索買紅鯉魚。翁見游人頗不俗，相招小坐溪頭屋。屋中四面横積薪，無几無榻無薦茵。左列書史並圖畫，右排血甲光璘斌。牖邊斜豎鐵如意，計之約重千餘斤。琪花瑶草各璀璨，布置雅擅仙宫春。疑翁不似烟波客，拜手尊前叩心跡。毋乃英雄傳裏人，半世沈淪作泛宅。翁言貫籍臺灣裏，生長侯門曳朱紫。十三學劍祖猿公，十五讀書愛莊子。當年西塞蠕蠕驚，往投將軍阿文成。文成一見大擊節，招我領袖東川兵。爾日蠻氛方凌驕，邊庭鼓角風蕭蕭。骨海水涸斷魚鱉，陰山路塞無芻蕘。我乃單刀騎突出，大軍夜渡巴陵橋。雪花撲人甲縫裂，火光連野旄頭飄。半空飛下霹靂手，一氣滚落欃槍妖。生捉黄龍帶血煮，倒拔鐵樹和根燒。連翩一月報三捷，論功强半歸前茅。將軍愛才不我棄，要與比肩分官曹。我獨引身甘自廢，歸田且欲游逍遥。大馬高堂非不樂，三尺微軀苦拘束。駝峰象白非不甘，素餐畢竟愁無顔。不如抛却紛華路，浮生冉冉投閑去。翹首於越嚴先生，最是生平心折處。比來懷古欽高風，結構茅簷容久住。祇今住此二十年，雲山笑傲殊安便。長竿破網作生涯，莫漫愁沽自有錢。春曉白鷗當户立，夜深斑虎並頭眠。忘機不羨天上客，得趣便是人中仙。簪笏不换塵不滓，此中誰與窺真詮。我聞斯語汗如瀋，眉不能揚口已噤。曠達如君有夙因，子陵真個是前身。笑予名利關心者，傀儡登場羞煞人。」其人其事皆可傳，詩亦縱横奇崛。又《龍游舟中》句云：「風緊雲光如裂帛，灘高船勢欲登山。」《秋闈報罷將赴楚南》句云：「萬里風塵泥印雪，十年心事鹿藏蕉。五夜猿聲千里夢，半江風雨一天秋。」聲調逼近唐人。

嵩巢兄榮森《登越中望海亭絶句》云：「浩渺烟波徹底清，當年秘監一官輕。松濤遠畣江流響，不辨風聲與水聲。」《春暮》云：「光轉桐陰日未斜，緑酣芳草遍天涯。碧闌干外鶯聲澀，風雨何人數落花。」《登八角亭》句云：「數點風雨江上白，萬家烟透越中青。」

蔣虚舟燮和詩不多作，而幽秀絶倫。《和王恭甫訪友》云：「白雲深處有詩人，緑水灣環静款門。興到不須來學夜，月明伴我過前村。」《霜天》云：「氣肅空山萬木驕，静聽天籟共蕭蕭。寒風一夜鐘聲遠，流入西河第幾橋。」《曉行》云：「送客城南趁曉天，别情無那鎖寒烟。留君暫醉前村酒，不典鷫裘典玉鞭。」虚舟從學於漱園舅，尚友工文，若出天性，竟以瘵疾卒。聞其長嗣亦相繼而夭。天道難知，使余至今怦怦以念也。

放翁《詠海棠》詩云：「拾遺舊詠悲零落，瘦損腰圍擬未工。」自注：「老杜不應無海棠詩，意其失傳耳。」或以爲少陵生母名海棠，故避諱不詠。余以爲所説皆謬。詩人適興留題，豈必統物類而逐一指數，如後人之徵名敓典，如一部詠物詩者。即以爲蜀多海棠，老杜居西川最久，宜必有詠。則韓、李、蘇、黄諸大家、名家所居處之地，豈竟無一花一草堪入章句耶？何獨於浣花溪老斤斤然辨之、論之，並指摘其親之名以爲考證？吾恐起古人而問之，正不願於盛名傳後也。

鍾吾山大進《懷禾中閔青君》云：「懷人隔鴛水，海國獨登台。一片暮雲起，滿城秋雨來。相思渺何極，離緒鬱難裁。好挾觀濤興，重迎鼓棹回。」《曹娥道中作》云：「晴烟萬樹碧於雲，四面青山淡不分。似唤游人行緩緩，數聲啼鳥隔花聞。」《雨後漫成》句云：「亂雲欲動載山去，幽鳥啼應唤月來。」

《夜感》句云：「疎燈蟲語細，落葉雨聲寒。」皆摩詰有聲之畫也。

查又白一騏，他山先生之裔，詩承家學，意氣干雲。屢薦不售，抑鬱以卒。著有《卧龍閣詩鈔》。《寄陳聲叔》二律云：「畢竟英雄讓使君，飄風帽影久超群。目無趙勝三千客，胸有劉牢百萬軍。收拾光芒歸卷軸，頻將繾綣託烟雲。柴門相望皆離索，秋已三分過二分。」「閒話相期結水天，鯉魚風急寄瑶箋。聰明莫被文章誤，經濟羞將議論傳。曠代才人欣作合，平生知己儼差肩。同游茂叔殷勤甚，擬約西窗對榻眠。」《牡丹》句云：「世上與誰論富貴，春來無汝不繁華。」《述懷》句云：「別後交情逾覿面，客中詩句勝家鄉。」又《寄聲叔》云：「劍匣琴囊滯海濱，頻將明月認前身。愧無憂樂關天下，珍重寒暄慰故人。期許心高酬未易，江山情重見無因。負他猿鶴遥相盼，屢爽行期又幾旬。」贈余句云：「掃徑可曾延俗客，出門動輒到君家。識面敢誇逢早歲，離居何苦又同生。」余赴蕭山，又白贈詩云：「百里群詩聚德星，茫茫人海比浮萍。齊加青眼知名早，同落紅塵得地靈。放眼江山仍獨往，稱心詩句記同聽。渭城莫作消魂曲，烟外蒲帆雨一汀。」皆白描好手，畫中之李龍眠也。又白交情篤摯，與余家群從朝夕過訪，不知誰爲賓主。余赴都，贈駢序千餘言，乃永訣天涯，無復尋西窗舊約矣。不意竟成虚望。余聞君訃耗，曾賦四律寄其伯兄也白孝廉一飛，囑其焚於櫬次，並寄以書云：「九原可作，定有感於斯文。」詩存稿中，不録。

朱半塘鏡賦《落花詩》八章，一洗前人科臼，和者紛如，終不若原唱之清新俊逸。録其一律云：「根觸三生杜牧之，鳳樓回首意遲遲。都因夜雨相憐汝，並作春泥莫辨伊。鳥散正逢傷酒後，客來偏值掩關時。飄零畢竟年年慣，漫説金鈴解護持。」又句云：「造物愛才偏惜福，美人薄命況傾城。」「雲霄路近飛還易，雨露恩深别轉難。」又《春陰》句云：「誤他春事抛多許，勒定韶光駐少時。」「濃含雨意消難得，冷壓花梢軟不禁。」極凝鍊。半塘後改名恭壽，己卯舉經魁，今作令江左。

虚谷兄維祺壬戌應試，賦《看竹》，句云：「他時便恐淩雲去，青眼先應識此君。」排奡不群，場屋中有此卓犖。又《冬夜有感》云：「風雨聲中坐夜闌，壯心未肯逐摧殘。遥知母亦無綿絮，不念身寒念子寒。」兄早負文名，天性真摯，而豪邁之概，不可一世，乃獨愛誦《離騷》及《屈原列傳》。風前月下，慷慨高歌，幾於聲淚俱下。竟於乙丑秋，痛遭水厄，天不永年，謂之何哉。兄聘朱半塘孝廉妹，未婚，聞兄訃，即茹素守貞，作《頻伽禮佛圖》以託意。

海鹽陳南星鶴，子穆先生仲子，瓌奇卓犖，而深自韜晦。讀其詩，則軒軒如朝霞舉，有難以自匿者。言爲心聲，不其然乎？《越中雜感》云：「萬壑千巖圖畫開，龍門禹穴探奇來。眼空蠹簡徒懷古，春到鴒原共放盃。花草香埋西子塚，風雲氣擁越王臺。大江東去潮聲壯，流盡興亡無重回。」又句云：「入海明珠終有價，嘶風神駿不求憐。」《寄袁耐亭》句云：「千尋白浪驅鯨立，萬點青山擁柁來。」《寄查又白》云：「劍氣珠光絶代才，青天不化白虹來。燕秦俠骨杯中見，華嶽奇情筆底開。放眼君愁隔滄海，游仙我亦住蓬萊。何時立馬山陰道，憑弔斜陽載酒陪。」《秋日雜興》句云：「自有乾坤留傲骨，且從知己話蒼生。」《題漁父》云：「魚龍悲嘯楚天長，如此烟波合酒狂。海水天風鼓棹去，一杯酹月弔滄桑。」激昂悲壯，幾於擊碎唾壺矣。

徐春樹瀛《詠春柳》句云：「一天暮雨迷芳草，十日餘寒伴杏花。」春樹後改號筆珊。甲子孝廉，現任四川銅梁縣。

蕭山學署夜坐論詩，竹塘叔戲以玉烟嘴索詩，余口占一絶云：「他山攻後起氤氳，咫尺相思有此君。從未量才成界尺，居然脱口吐烟雲。」外舅笑謂余曰：「子詩佳甚，恐不能作翰苑中人矣。」

陳香海茂才文瀾有《乞巧詞》云：「瓜果筵開畫閣前，憑欄愁見月娟娟。總教乞盡天孫巧，又被秋風誤一年。」時秋試報罷，雙關語妙。

家杏江兄如墀著有《鷗浦詩鈔》。《秋暮客感》云：「一徑入秋色，霜花開滿林。風翻黄葉亂，山擁白雲深。古渡自流水，夕陽來數禽。舉頭見明月，摇落故園心。」《舟中作》云：「舟行不覺路三叉，岸上疎疎落野花。漁笛入村都斷續，人家臨水半欹斜。未成歸夢頻斟酒，易擾愁心獨聽蛙。倚遍篷窗遥望处，如何今昔倍思家。」

潘香士文輅《游弢光寺》句云：「到門竹色晴還暝，入户泉聲夏亦寒。」《卧病寄友》句云：「抱病獨欹黄菊枕，懷人遥隔紫薇山。」皆名句也。香士於庚辰入詞林，隨卒。

蕭山沈青士謙《詠韓蘄王湖上騎驢》云：「醴泉纔罷職，消遣偶騎驢。南渡功難復，西湖興有餘。宰臣方指鹿，飛將祇懸車。詩酒殘生了，江山半壁虚。縱逢橋畔雪，猶記蠟中書。鐵騎三千後，金牌十二初。閒尋芳草約，漸與故人疎。公是知機者，仙鄉好結廬。」雄健悲壯，詠古聖手也。青士舉戊辰孝廉，公車北上，作《紅樓夢賦》，一賦十篇，香艷如六朝名手。都中争相傳抄，幾至洛陽紙貴。後任國子學正，改名錫庚。

應石湖鴻治爲水部秋泉姑丈文虬仲子。《詠雞冠花》句云：「寒影驚殘茅店月，雄心老盡半窗秋。」《紅葉》句云：「江南樹訝相思子，馬上人疑及第花。」皆能以意勝。其弟筠溪鴻度《曉行》句云：「江涵孤雁影，風碎亂蟲聲。」《寄兄》句云：「料得二陵風雨外，寒侵慈母手縫衣。」又《秋夜獨坐》句云：「明月漸低人影小，一星螢火映蒼苔。」冷儁乃爾。

鍾三餘大新爲箬溪從弟。有《江行作》云：「雲白暮天高，西風捲怒濤。山川游子歷，性命舵工操。急峽喧提網，危灘競看篙。客愁正無賴，征雁叫江皋。」又《夏夜納涼》句云：「無風星夜動，不雨電晴飛。」《即事》句云：「幽夢醒時人更淡，落花掃後徑留香。」皆佳。

家楳坪兄思兼少以詩名，屢見賞於宗工。著有《夢梨雲仙館詩》。如《夜坐》云：「落葉破幽夢，聲隨隔牖傳。涼生疎雨外，秋在亂蛩邊。茶話清于水，吟懷淡若仙。倦來支榻坐，倚壁一燈偏。」《春日山行》句云：「流水晚花瘦，夕陽孤鳥還。」《初秋雨後》句云：「半床清蔭乍宜水，滿池碧雲渾欲秋。」《栽菊》句云：「未約秋心歸老圃，早題吟句待寒枝。」《杏花》句云：「淡日畫橋鞭影瘦，嫩寒江店酒旗斜。」「深巷雨晴花壓擔，矮牆月上客吹簫。」《水仙》句云：「半稜玉骨清于我，一點春心冷欲仙。」皆組織天成。

祝渭璜望《詠古樹》云：「古樹如高人，蹇卧畸岸側。持竿蓑笠翁，日日來相接。」可謂節短韵長。

徐玉度鈖《詠春柳》云：「踠地輕陰斷復連，幾回分緑上吟鞭。舊游白下逢三月，新恨章台又一年。好景重尋官舫渡，餘寒半入釀花天。旗亭唱徹青青曲，欲折柔條悵晚烟。」似晚唐名句。

鍾餐霞大濬《禾中返棹》云：「百尺輕帆五兩風，客情歸興太匆匆。短篷載得秋聲去，一夜鴛湖細雨中。」似宋人絶句。又《蘆花》句云：「兩岸晚風濃舞雪，一天涼月淡摇秋。」《禾中》句云：「全湖樓閣皆依水，孤客生涯半在舟。」

詩有佳語而成惡讖者，真不可解。余於己巳秋自蕭旋里，復由寧赴蕭，時掞庭太嶽、漱園外舅、霞軒内弟、竹塘叔、楳嶼弟、潘補陔、蔣虚舟、王特山、吴秋漁朝夕相聚，觴詠無虚日。余和詩云：「扁舟曾憶渡臨平，一樣蟾光兩地清。此夜不殊圓缺影，曩時偏攪別離情。花如待客含奇馥，天爲催詩放晚晴。豈獨瓊樓塵不到，此間何處着秋聲。」未幾，楳嶼及奎兒均以痘殤，學署眷屬亦多啾唧，湯藥爐火，終日不寧。外舅悵然謂余曰：「子詩云『秋聲不到』，今則滿座皆秋聲矣。」

徐孔章，鍾氏紀綱也。余曾從午橋姑丈處見其《黔游草》一卷，係隨伊觀察湯安赴黔所作，其詩清麗芊綿，卓然成家。惜落拓終身，少有識者。其《將赴黔中》云：「倦翮年年怨未歸，移巢何事更南飛。芙蓉敢厠元僚幕，針線徒憐嫁女衣。萬里輕游情是累，半生虚度計全非。無由空羡爲農好，黄葉村邊晝掩扉。」「歲闌風雪正横天，一葉輕裝倍黯然。驛路怕看飛鳥外，蠻響況説瘴雲邊。妻孥怨别都無語，貧賤依人秖自憐。爲指楳花訂歸約，明年記取未開前。」《溆浦道中見雁》云：「路出衡陽外，驚看雁尚飛。應憐鄉國遠，豈爲稻粱肥。沙冷横殘照，峰高隔翠微。相逢不相待，還羡爾先歸。」《題西岸漁舫》云：「不放扁舟去，空憐託意深。風塵萬里客，烟水五湖心。漁侣憑誰結，鷗盟未可尋。何當蓑笠具，繫纜釣臺陰。」《桃花絶句》云：「燕未飛來蝶過遲，何人解賞好花枝。朱顔定有蹉跎恨，訴向春風總未知。」《秋蝶》：「徘徊疑是惜秋光，小苑飛飛弄夕陽。似爾今猶悲落魄，向人休更怨文章。好參化理同莊達，肯誤浮名託魏狂。狖鳥蠻花都看遍，也應無意滯遐荒。」又句云：「夢回緑草春何處，餐到黄花瘦可憐。」《秋日雜興》云：「荒園臺榭日經過，彷佛村居隱薜蘿。一帶短墻遮不住，夕陽時候遠山多。」《游山》句云：「千樹有聲疑雨到，萬山如揖送青來。」《游水月庵》句云：「四面青山都到寺，滿林黄葉不逢僧。」《落花》句云：「攜酒客歸疎雨外，捲簾人倚夕陽中。」「寧愁雨妬醉春早，轉恨風多到地遲。」《詠刀》云：「此君雖不語，恩怨最分明。」《途中即景》句云：「浪花吞石去，山翠壓船來。」「一水穿橋出，孤帆背郭懸。」皆新警而有寄託。以如此逸才埋没於青衣中，乃知塵埃中固大有人也。

嵩巢兄榮森游維揚，赴鹽賈席，絲竹壺觴，備機一時之盛。有女妓色最姝麗，歌亦擅場。有贈以纏頭錦者，辭不願受。問所欲，曰：「但求手書王次回《疑雨集》數首見贈足矣。」此妓大佳，惜不得其姓氏。

詩有含蓄不盡，令人於言外得之者，如紅蘭主人題閨秀朱柔則《寄外沈用濟畫卷》云：「柳下柴門傍水隈，夭桃樹樹又花開。應憐夫壻無歸信，翻畫家山遠寄來。」劉繼莊《詠昭君》云：「六奇已出陳平計，五餌還思賈誼言。敢惜妾身歸異國，漢家長策在和番。」汪東山繹《柳枝詞》云：「月殘風曉無窮趣，説與桃花總不知。」

孝豐施小憨應心《歸雲庵詠孫太初》云：「庵前漁唱晚來起，月下鶴聲秋裏聞。」神韻獨絶。小憨尤工樂府。

陸晴簾沅《詠落葉》句云：「半林秋色雨飄盡，一片夕陽鳥下來。」頗超脱。又《悼亡》句云：「中饋纔諳姑飲食，下棺重著嫁衣裳。」晴簾蕭山人，舉丁卯孝廉，其弟亦山錫麟亦能詩。

祝松卿長庚，黄鐵年學博之甥。其詩清麗淡遠，酷似其舅。《湘湖即事》云：「十里看山此暫停，春風吹透碧瓏玲。波心陡覺紅霞皺，回首桃花撲遠汀。」「艇子瓜皮泛畫圖，夕陽烟樹幾模糊。年來檢點勾留處，半是西湖半此湖。」《春倦》句云：「知否春來堤上柳，也曾三起復三眠。」松卿改名士櫰。

女史俞石英惠寧爲潛山太叔岳思謙女，適武康沈氏。《早起即景》云：「梅熟風前落，莎柔雨後肥。」《思親作》句云：「思親無寐淚沾襟，曉起看雲別恨深。惟有多情枝上鳥，啼時不改故鄉音。」怨艾之情，略見一斑。

武康徐雪廬熊飛著《風鷗詩鈔》。《過蓮花莊弔趙子昂》句云：「花時鶴徑仍芳草，門外鷗波易夕陽。」

余雅不喜三國孫仲謀，常謂其歸妹翻覆、稱臣帝魏等事，使乃兄九原有知，必以付託非人爲恨。後讀吕元素少司農履恒《詠吴大帝廟》云：「仇國稱臣緣底急，同盟歸妹却相傾。」真謂先得我心矣。司農又有《詠荆山》句云：「那知太璞元來貴，不在連城互易時。」

蕭山王恭甫曼壽，畹馨中丞紹蘭之哲嗣，與余庚午闈中一見如舊相識。其詩戛戛生新，不落尋常科臼。《詠黄葉》句云：「忘言相對有新菊，着色不多惟夕陽。」恭甫又有《刺繡曲》云：「七歲偷弄針，八歲解穿線。學姊畫葫蘆，羞被生人見。」「繡鴛不離鴦，繡鳳不離凰。願儂作蝴蝶，雙棲王者香。」「爲愛西湖好，常繡西湖景。六橋烟雨中，添箇春帆影。」「繡杏還繡燕，幾度心顛倒。繡雙移我情，繡隻恐花笑。」「絹澀嘗斷針，針細嘗礙指。繡成頻自看，心苦誰知己。」「歲月堂堂去，依然事女紅。眼看諸女伴，多半嫁春風。」雙關語妙，覺唐人「爲他人作嫁衣裳」之句，猶未盡此中甘苦也。

周蓮塘司農兆基督學吾浙，宏獎鈞陶，士皆感悦。其點名出題最早，應笠湖時良呈以詩，云：「萬條銀燭照文壇，起草風簷夜未闌。待漏似教多士習，掄才還當早朝看。」四句已括無遺。

錢塘梁花農後壬，相國文莊公詩正裔孫，晉竹明府祖恩之子，風雅超群，翛然玉立。娶黄鐵年學博之女梅仙，亦能詩，工琴，緑窗紅燭，唱和如仙。己巳春，與花農在越中訂交，極載酒題襟之樂。花農詩文皆自操杼軸，工填詞，不讓春風柳七。其《登湘湖越中王城弔古調寄貂裘换酒》云：「殿址荒臺閟。歎千年、江東伯烈，而今已矣。芈楚瀟湘姬晉絳，同此山河一棄。剩幾處、蕪城迤邐。畢竟青山誰是主，笑曩時、空作烏棲計。鴉影亂，湖波裏。至今唤作英雄地。看四面、群峰環抱，江流漫瀰。有志竟成寧恃險，一旅一成凴藉。認昔日、卧薪苦意。洗盡吴宫脂粉態，冷斜陽、一片悲涼氣。西子恨，更添未。」又《送燕調寄鳳棲梧》云：「幾夜雕梁聲不住。秋社匆匆，似説將離緒。等得朝來無一語，應知也到消魂處。半拓紗窗儂語汝。黄葉青江，换却來時路。此地重重簾幙護，勸卿直是休歸去。」又有句寄余云：「減字偷聲多誤曲，愿周郎來向花前顧。」亦巧絶。《梅仙夫人詠蟬》云：「底事聽來聲漸急，昨宵秋已到梧桐。」《停琴佇月》云：「欲訴琴中意，還須明月知。」皆有神韻。

花農述其友項梅侶名達《秋日泛湖》云：「櫓聲欸乃出平蕪，一片秋光滿鏡湖。殘柳尚圍金步障，滄波空漾玉浮圖。斷橋流水人吟否，荒塚斜陽徑在無？指點西風酒旂市，醉人猶自掛葫蘆。」幽秀絶倫。

泰州俞瀓夫學博國鑑《下第南歸和旅寓汪小竹題壁詩》云：「雨後征輪碾濕烟，山泉濺濺韵鳴絃。迴車幸不迷歧路，登岱猶堪及盛年。逐客慣吟《窮鳥賦》，故人慿住大羅天。冷官容得嵇康嬾，歸擁寒氈祇自憐。」「一穗紅燈閃暮烟，馬頭聽撥四條絃。淒涼曲調逢今夕，落拓情懷似往年。杯到莫辭將進酒，春歸空唤奈何天。相看一例傷心色，鬢影衫痕劇可憐。」鍾吾山南歸見之，擊節歎賞。惜雪泥鴻爪，無從訪其人矣。余壬申秋北上，於旅邸斷垣剥落間，見有題壁一詞，字皆漫滅，無可句讀，僅得二句云：「家計無多親漸老，怎教人、容易把名心死？」惜不得其題款，至今猶往來胸次也。

查又白述其鄉有詩僧，日坐小庵，不交外客，並不知其姓氏、鄉貫。嘗見其賦衣、衾、棺、槨詩四律，拈花指點，新穎異常。其《詠衣》云：「兒女千行淚點污，着來寒暖不關膚。誰能立地明三事，漫説升天重六銖。翠袖明璫今已矣，繡裳命卷得知無。早知一例歸黄土，何必區分紫與朱。」《詠衾》云：「越紵吴綾細剪裁，千條百結裹枯骸。閨中繡滿梵王字，原上飛成鬼伯灰。不許鴛鴦棲並翼，任他蝴蝶夢千迴。渾如旅客和衣睡，欹枕鰥鰥子夜來。」《詠棺》云：「誰信千年永不開，徒教骨肉隔黄埃。妝面天上三春艷，蓋盡人間一石才。水土幾番灰劫了，山林又復斧戕來。還期仙骨埋難盡，化鶴空留選玉材。」《詠槨》云：「女手卷然髹木餘，竭來小有洞中居。也如護惜加窮袴，莫是堤防用檻車。螻蟻一方忙不了，牛羊他日此相於。漆園再向骷髏語，碧火燐燐午夜虛。」皆似悟道語，可作禪門棒喝也。

寧國府黃花鎮有婦焦氏，性貞烈。夫耽賭博，家事盡罄。婦屢諫，不納。一日，夫賭歸，持銀語婦曰：「此汝身價銀也。」婦飲泣，即夜作絕句九首，自縊。報縣檢屍，得其詩，闔邑驚傳，莫不憐其婦而鄙其夫焉。詩云：「風雨淒淒倍感傷，鶉衣不耐五更涼。揮毫欲訴衷情事，題到心頭已斷腸。」「風敲庭竹雨喧嘩，百事憂愁祇自嗟。燈火不知人永訣，今宵猶報一枝花。」「終日饑寒不怨天，已知結了斷頭緣。寄言堂上須珍重，切莫悲號殞大年。」「是誰設此迷魂陣，籠絡愚夫暮作朝。身倦囊空歸寢後，枕邊猶聽夢呼么。」「暗啓柴扉祇自知，妾今視死一如歸。可憐梁上呢喃燕，來日窗前空自飛。」「獨坐茅簷積恨多，生辰不奈命如何。世間無數裙釵女，偏我微軀受折磨。」「香焚寶鼎裊青烟，哭拜神前訴可憐。但願兒夫情性易，一抔黃土也安然。」「人言薄命是紅顏，我不紅顏命也慳。留下青綃巾半幅，請郎試看淚痕鮮。」「誰人不願樂餘生，我樂餘生定悞貞。今日遼陽化鶴去，他年華表繫幽情。」

洪同孝廉曾秩如於都中小市購一硯，八角，徑五寸許，面背合有十八眼。銘云：「鸞必反，嵩必斬。心不可移，石不可轉。」銘下書「福堂」二字，識爲楊椒山公遺物。王特山璋作長歌以紀之，備極悲涼雄偉。歌云：「波濤大嘯蛟龍呼，寶石出世端溪枯。燗燗明星十八點，照耀神鬼形俱無。渾身圭角擊不破，披鱗抗節真同符。淋漓大墨貯三斗，鐵筆倒豎紅珊瑚。當年逆黨開馬市，滿朝文武同奔趨。先生上書不得用，抱石涕泗紛漣如。其後典史作員外，猶覺在上非昏愚。孤臣放膽草章奏，唯石之性介而乎。夜深十指肉迸裂，墨跡血跡交模糊。五奸十罪若指掌，春秋未死誅姦諛。枷鎖風香官官哭，爲之繼者其誰與？惟有嶄然存片石，能將奇質規前模。到今二百五十載，堅光閃爍神所扶。千移萬換到君手，探懷勝得雙璠瑜。君家侍郎劾權貴，屍香噴溢長安衢。家遺佩劍示孫子，風雨夜泣聲嗚嗚。開匣精光射魍魎，吹毛寒氣凝肌膚。當與椒山八角硯，同爲忠義留根株。曾侍郎爲秩如五世從祖，家藏有侍郎佩劍一枚。」

仁和顧小槎均《賞菊徐園》句云：「蠏斗凴闌擘，羊燈上架明。香融烟四壁，霧浄月初更。」小槎風神恬静，於庚午訂交，索余題其《聽竹圖》及《杏花春雨小照》，詩存集中。

會稽陶凫亭先生元藻因景逼桑榆，賦詩留别親友，題極新而詩極警妙。如《别梁山舟侍讀》云：「淡於世味並如僧，白首難臻最上乘。鋤破青山埋病骨，滴乾老淚别心朋。絲如霜鬢存何戀，欲見閻羅諂未能。便隔幽明通有夢，草橋烟水結西盟。」《别陳麗湘》云：「舊雨正思觴永日，斜暉又照别離天。」

同人偕唱，各極研思。潄園外舅詩云：「小艇衝寒發，蒼茫雪滿林。名山前度約，舊雨此宵尋。巖壑懷人夢，冰霜結契心。絮催滕六舞，星恐少微沈。渺渺投烟浦，依依動越吟。孤篷三尺短，凍棹一痕深。看竹無賓主，乘槎自古今。何須重見戴，已足豁幽襟。」鍾吾山大進云：「高人看玉戲，幽意勃難禁。有友經時别，呼舟及夜尋。良辰孤往興，秋水溯迴心。曲岸微茫繞，遥山隱約沈。篷敲飛絮急，棹入凍雲深。雞唱驚殘夢，漁燈隔遠林。到門乘逸趣，歸路發清吟。他日重相訪，苔岑定賞音。」竹塘叔大成云：「對景思安道，呼舟雪夜尋。剡溪浮短艇，空谷有跫音。碎玉天公戲，微波越客吟。雞聲催鼓棹，鶬鴾護寒侵。別意三秋積，余情一往深。休歌泥滑滑，聊聽漏沈沈。縱未歡謀面，何妨偶寫心。天晴重過訪，還擬酒同斟。」霞軒内弟興瑞云：「子猷傳逸事，夜望雪痕深。偶爾思安道，飄然度遠潯。迎篷千絮舞，夾岸萬松吟。藉爾脩脩韵，盟余皎皎心。豈呼鄰酒伴，獨抱歲寒忱。晝鷁摇偏澀，村雞凍欲喑。斯人應煮石，有客願題襟。指點幽居近，蒼茫隔柳陰。」余云：「忽見飄騷雪，相思渺不禁。問誰來白戰，即此覓知音。詩酒平生話，烟波此度尋。空山之子夢，遠棹故人心。約豈探梅踐，情逾看竹深。一篙迷古渡，萬木咽棲禽。清興饒來往，風流擅古今。蘭亭觴詠後，韵事繼山陰。」

錢孝女者，上虞人。割股療母病，立愈。大府給額褒之，學博諸、嚴二公爲徵詩紀事。余賦七古二十韵，中有句云：「忽然舉念勃不遏，磨刀霍霍來庖廚。母生母死一呼吸，創血淚血交模糊。爐火三更護神鬼，匡床一笑傾醍醐。兒病痗，母病蘇，兒今此樂何如乎？」漱園舅最爲稱賞。

静遠草堂詩話卷三

詩有過一層而意轉不盡者，如合肥徐四山孫荃《由莊浪趨張掖》云：「酒泉張掖近天山，大漠風雲指顧間。莫道行邊人萬里，最西還有玉門關。」查初白《題蔡方麓脩撰早朝圖》云：「水晶簾捲月如鈎，侍史妝成盡下樓。比似早朝還更早，不教君起看梳頭。」長洲沈得輿欽圻《送楊曰補南還》云：「去年春盡同爲客，此日君歸又暮春。最是客中偏送遠，況堪更送故鄉人。」數詩皆如剥蕉抽繭，層出不窮。於此可悟詩無定法也。

查仙槎善實《題靈石寺壁》云：「蕭寺今年偶客蹤，勞他迎送兩三峰。歸鞭門外敲殘月，驛路風前聽曉鐘。歌哭有詩僧莫笑，登臨無地佛能容。此身依舊紅塵裏，祇覺紅塵隔萬重。」又《渡江》句云：「一杵鐘浮山頂寺，滿船書壓浪中花。」足稱名句。

祝芷塘侍御德麟爲趙雲崧觀察翼入室弟子，詩格亦絶似甌北。其《詠齒花蟲詩》云：「主人愛花心，移種善培護。人功勞鹿盧，天澤仰雨露。何物波虜蟲，侵食竟黨附。冒葉顛户壞，牽苗作網布。螟蟊害嘉禾，螵蛸賊芳樹。倘然聽不戒，花立萎而仆。既去復門生，旦夕煩搜捕。瑣細枝節間，有手無地措。蟲殘花乃開，庭檻耀姱嫮。雖能充悦翫，未足報辛苦。細思物化蕃，此理難乍寤。謂蟲自外來，蟲於花何妬？謂由土性然，遷地則如故。始知花固有，自生還自蠹。世間甚美物，藏疰亦可惡。

所以樹德人，去惡乃先務。」《新居種樹》云：「結實成陰望豈乖，參差嫩緑且陶懷。十年爲計雖遲緩，留與人看亦自佳。」侍御居吾邑袁花里，以翰簡忤時宰，罷官歸。

桑弢甫水部調元偶於市廛得《元人百家詩》，後有小箋粘詩，款書「陳氏坤維作」，蓋故家才婦因貧鬻書者。其詩云：「典及琴書事可知，又從案上檢元詩。先人手澤飄零恨，世族生涯落拓悲。此去鷄林求易得，他年鄴架借應癡。亦知長别無時見，珍重寒閨伴我時。」何言之悽惋也。惜不得其里居顛末。

江右吴蘭雪嵩梁著有《香蘇山館詩草》。其《蟂磯靈澤夫人祠》云：「虚堂劍佩晝無聲，門外青山遠黛横。宫女如花猶列陣，洞房燒燭記論兵。消魂萬古黄陵廟，遺恨三分白帝城。比似湘靈心更苦，寒江嗚咽暗潮生。」似明七子風調。

李方蹊先生春馥豪俠尚義，座滿食客。寓居鴛湖，有孔北海當時之風。人有緩急，必委曲周應。交情篤摯，死生不渝。手散萬金，而自奉甚儉，一敝裘歷數十年。爲孫文靖相國士毅壻，不屑屑於科第，仕官稍貶，其節耿介可知矣。與先君子爲雷陳交。丁卯春仲，余奉遺集乞序，蒙題七古一章云：「不朽有三德居一，立功立言差相匹。積德之報在子孫，功勤旂常言著述。我友周君字慕蘐，傳家詩禮承淵源。龍門之桐高百尺，尚有丹鳳雲中騫。少年器宇凌霄漢，馬艷班香擅詞翰。拔幟文壇氣吐虹，蜚聲上舍年未冠。公子風度何翩翩，趨庭萬里來遐邊。終南太華供吟眺，祁連山色揮瑶箋。乘槎欲到崑崙島，黑水黄沙恣幽討。攬勝已探星海源，看花直走長安道。榜開京兆早題名，駕部宣猷職典兵。賦獻金門邀異數，位參樞幄慎持衡。一朝絶塞遭奇譴，完卵危同覆巢燕。官舍田園付劫灰，囊空並少書千卷。風淒沙漠靈椿愁，歸計蒼涼一葉舟。宋玉工愁嗟落魄，仲宣悵望慨登樓。我與慕萱宿交好，梓誼莩情共傾倒。傲骨稜稜酒半酣，唾壺擊碎抒懷抱。勸君橐筆送君行，仗劍飢軀賦遠征。閩海使君舊姻婭，請纓有路迎雙旌。揭來幕府掌書記，倚馬千言嘆神異。瑯嬙么麿倡揭竿，從軍直到諸羅地。督師大將推元勳，貔貅十萬看屯雲。羽書露布資揮灑，筆陣横掃千人軍。紅旗報捷凱歌唱，懋賞酬庸仰天貺。聲價金臺十倍增，征南重入將軍帳。將軍整旅來荆襄，横槊談兵氣激昂。磨盾乍揮誅賊檄，據鞍又草誓師章。蜀川西藏多勞績，詔復原官邀寵錫。竚望燕然共勒銘，忽充地下脩文職。元戎太息心慘然，歸櫬榮頒十萬錢。九重綸綍加贈爵，庭闈絶域慶生還。時余偶作維揚客，聞耗心酸淚嗚嗌。擊筑吟詩寄夜臺，幾番痛哭爲君惜。惜君夭矯人中豪，痛君縹緲魂難招。使假天年襄殊績，安知名不麟圖標。搔首問天天不應，何豐其才嗇其命。五品頭銜筆一枝，功名畢竟由前定。人生遇合會有期，文章經濟空矜奇。榮華膴仕祇一瞬，都在黄粱未熟時。所喜佳兒能接武，力振家聲好稽古。愧我不如劉孝標，何人能識嵇延祖？伶仃弱息誠可憐，一經勉守留青氈。父書能讀懷手澤，遺稿已附輶軒傳。扁舟來訪鴛湖曲，示我遺詩不忍讀。棖觸曩情涕泗流，撫今感舊歌當哭。君不見古今詞客推少陵，詩伯詩聖交相稱。工部之官拾遺職，馳驅戎馬終其身。又不見成紀星郎字義山，掾曹屢厠平章班。檢校郎官判上軍，樊南甲乙詩親删。古人運蹇類如此，富貴浮雲一彈指。休嗟李廣不封侯，竊喜蘇環猶有子。嗚呼！環有子，環不死。」長篇一氣轉折，悲壯淋漓，讀之感愧。原稿裝裱，敬存篋中，以誌父執交誼。

奚鐵生岡以丹青擅名當代，著有《冬花庵詩集》。有《題畫》絶句云：「小閣平闌映水光，東風無樹不鶯簧。桃花記得江南岸，一片春帆帶夕陽。」「沙岸風微水不波，林居高下隱巖阿。便當此地從耕釣，月一犁鋤雨一簑。」「茆屋高低烟樹重，陰崖飛瀑玉淙淙。溪翁不放尋詩艇，荷鍤劚雲何處峰。」「竹烟松露濕蒼苔，小結團茅面水開。不覺秋容已如許，時流紅葉過溪來。」「一徑緑通千箇竹，三間青繞萬重山。客來蕭淡無他供，卧聽秋聲晝掩關。」「一片春烟濕酒旗，杏花紅壓竹間籬。雨多到處溪流急，獨拄吟笻立少時。」「夕陽流水繞孤村，數盡歸鴉烟樹昏。怪底竹風無賴甚，又吹寒月入柴門。」「一片秋心寫亦難，霜痕雪影散晴灘。琵琶撥盡當時淚，賸有飛鴻叫暮寒。」神韻翛然，似不食人間烟火者。

粤西林書岩孝廉西森《詠美人芭蕉》句云：「黛色未堪風雨戰，緑天如護脂粉香。」極新穎。

仁和方芷齋夫人芳佩適汪芍坡中丞新。幼耽吟詠，即爲翁霽堂徵君照、杭堇浦太史世駿稱重。刻有《在璞堂吟稿》。其詩卓越清華，迴異香奩綺麗艷，故宜享一代盛名，爲吾杭閨秀之冠焉。其已入他選本不録，録其《鍾翠亭傾圮感賦》云：「倚樓一望草痕荒，空有亭名路轉長。隔岸樵歌聲斷續，背人山鳥話興亡。平蕪迤邐生青蘚，曲徑縈迴剩石梁。一桁晚峰横翠黛，六臺依舊下斜陽。」「曉鴉接翅自成群，山爲亭欹不礙雲。紫翠依然歸峭壁，丹黄仍與繪斜曛。人臨石磴思遺址，雨迸苔衣斷舊紋。極目重城天色暮，濤聲如沸隔林聞。」「幾年相對數峰幽，領略慙無好句酬。事過隔年猶有恨，春來觸處易成愁。江帆歷亂投遥浦，山色蒼茫上小樓。此日憑欄惆悵甚，苦啼無那雨晴鳩。」《詠天然木醉翁》云：「此翁本是無雕飾，更復妄言入醉鄉。世上滄桑何足問，人間得失久俱忘。臨風似酌杯中物，滿引翻羞甕下狂。酩酊不知天地老，玉山終日任頹唐。」「鯨汲猶能幾碧筒，飄然四大本虚空。肖形豈假良工力，賦質全資造化功。蕭散科頭搔短髻，酕醄拂袖展方瞳。誰知甲子須臾事，未抵先生一醉中。」《秋桑》云：「雜樹丹黄隱四衢，仙山寒重説西虞。樓頭雪箔人今昔，海上冰絲事有無？偶檢蠶書懷帝女，因吟樂府話羅敷。烽烟未靖征車老，閒却成都八百株。」時中丞督師楚北，故末句云然，詞意婉妙乃爾。

葉星期明府吴江人，康熙庚戌進士，著有《己畦集》。其論詩一曰生，一曰新，一曰深，凡一切庸熟陳舊浮淺者，掃而空之。著有《原詩》内外篇四卷，意必鉤玄，語必獨造。其《客發苕溪》云：「客心如水水如愁，容易歸帆趁急流。忽訝秋風送吴語，故鄉月已掛船頭。」寫初歸鄉人，確有此景。

禾中吴澹川文溥著《南野堂詩》，爲阮芸臺宫保稱重。其詩蒼涼奇偉，使人不可端倪，固一時佳作也。其《入關》云：「前山復後山，莽莽山頭月。古人復今人，纍纍山下客。朔馬當風嘶，征車夜中發。星河落人面，冰雪棱馬骨。壁土上蒼蒼，雞鳴關影白。」《秋夜曲》云：「華星耿耿月當户，美人池上歇歌舞。芙蓉香老秋風多，風吹流螢亂如雨。夢裏輕羅不覺寒，醒來步韈生離緒。滿天風露送歸人，隔院啼蛩續人語。」《登華山》云：「二華中天積翠開，巨靈高掌壓雲臺。無邊紫塞秋風起，一片黄河落照來。呼吸便應通帝座，登臨誰是謫仙才？蓬萊清淺崑崙小，人代茫茫去不回。」

詩有一氣説盡愈見其妙者。宗正庵誼《子規詩》云:「曾爲越旅與吴棲,惆悵春風怕汝啼。今日老歸茅屋下,要啼啼到日初西。」又劉繼莊獻庭《詠史》云:「朝横而夕縱,志本在温飽。敝裘先自愧,何論妻與嫂?」讀之使人失笑。

粤東吴蘭居刺史嗣湖任吾郡,多惠政,至今尸祝。後乞病歸,《留别》句云:「雪爪泥痕經十載,藥爐茶竈近三秋。」

錢塘陳雲伯文述著有《緑鳳樓詩鈔》,七古尤卓犖雄健,辟易千夫。其《詠漢李廣銅印歌》云:「嗚呼飛將軍,數奇不封侯。結髪大小七十戰,惟餘一印千秋留。將軍起家良家子,得士能令士心死。無雙才氣泣公孫,刁斗行軍安足比。雁門秋老生邊塵,將軍此印應隨身。篆文劃斷瀚海雪,虹光透出天山雲。紅沫稜稜土花暈,定爲將兵作符信。謝罪曾鈐幕府書,酬功誰授梁王印。我思漢文恭儉稱賢主,禁中頗牧思良輔。賈生不相廣不封,縱遇高皇亦何補。又聞武帝恢雄圖,丁零鄯善開邊隅。但以私親封衛霍,不使名將當單于。老去藍田甘棄置,東道行師復何意。一代威名右北平,但留虎鈕旁邊字。銅花不覺摩挲久,當年曾綰英雄手。志士成功自古難,庸夫獲福從來有。君不見李蔡爲人居下中,肘後黄金大如斗。」《贈吴丈澹川》云:「馬首秦關雪,樓船大海風。平生奇絶處,都在一編中。草檄驚戎幕,横刀揖上公。歸來何所適,湘漢待征蓬。」《邗江》云:「邗江流水學羅裙,歌吹聲遥不可聞。山色緑沈禪智寺,草心紅上阿麼墳。蕪城鴉散春堤雪,瓊苑螢飛日暮雲。莫向珠簾問消息,年年愁煞杜司勳。」

余耶溪本植在蘭州賦《春柳》十絶，先君子及華薌伯父均有和作。録其原唱二絶云：「冷排青眼送行人，弱帶垂垂不勝春。着地非關情思嬾，祇緣怕見往來塵。」「曉風殘月帶春寒，馬踏銀沙露未乾。黄鳥一聲初破緑，消魂最在此時看。」

許莘尹表丈華鍾《題逗雨叔冷村烟樹圖》云：「風景吾鄉好，村居謝市囂。烟霏經雨濕，樹藹帶山遥。積翠濃堪滴，浮青淡欲消。書堂遺跡在，敢忘洛溪橋？宗伯舊居。」「一徑南亭路，輕橈試可划。岸明楓葉落，畦密稻抽花。令節多風雨，他鄉感歲華。遥知經北郭，還念阿戎家。」表丈登丁酉北闈賢書，筮仕江南儀徵，有惠政，後因銅運，卒於滇南。

侶梅叔嘉謀《袁浦道中即景》云：「黄河無盡向東流，鷗鳥忘機宿渡頭。比户安眠人寂静，柝聲何事響城樓？」邯鄲道上詠盧生事，人皆强作達語，陳陳相因，令人生厭。袁簡齋太史《赴補陝右題》云：「黄粱未熟天還早，此夢何妨再一回。」爲前人未經道過。余庚寅征車過此，亦有句云：「畢竟盧生有仙骨，黄粱未熟已先醒。」質之吕仙，應復哂其爲囈語焉。

龔素山甗《客中除夕》句云：「殘歲來朝成過客，故園今夕亦天涯。」《謝人招看桃花》句云：「我緣漁父曾迷棹，説着桃花便轉頭。」《不寐》句云：「蝴蝶夢醒花得月，蝦蟆更斷雨兼潮。」《夜坐》句云：「花影入秋方有韵，竹聲如雨不生愁。」備極幽艷。惜不得其全豹。

王晉廬表姑丈星羅昆季計偕在都，和先君子《雨中見懷》云：「别緒如絲怕引端，却教旅館暫容安。蘭曾有臭同心易，沙幸成摶放手難。霽月高懷行處朗，醇醪雅量自來寬。蒓鱸果否尋前約，好掛風帆

趁夏闌。」時陳星齋司馬觀國、王彝舟年伯步雲、沈桐圃孝廉鳳煇、王荀里學博星聯、俞漱園外舅均有和

章，往復酬酢，步寒字韵至四十餘叠。先輩風雅交情，殊令人神往也。

會稽宗芥颿太守聖垣著有《九曲山房詩鈔》，古作最雄健。筮仕粵東，詩名播於海外。《牛車謡》云：「百斤壓肩不能越溝，千鈞引軛蹣跚濁流。嗟乎！爾人不如牛。豆棲不足放青野，鞭樸血出死輪下。嗟乎！爾牛不如馬。」又云：「農夫愛牛如愛兒，飼稻浴水無失時。青堆夜嚼茅簷低，役夫驅牛如驅鴉。黑毛脱落日吐牙，寒冰上蹄蹄如爪。路長草短愁不飽，世間萬事耕田好。」《登潤州城樓》云：「芙蓉千尺古樓居，横海濤迴鐵甕虚。吴楚熊羆屯北府，金焦門户鎖南徐。九江地劃三分險，六代雲消百戰餘。惟有名山舊招隱，叢林秋雨護奇書。」《睢陽懷古》云：「唐家釀禍在封豕，大河南北蟲沙起。兩京烽烟蕩千里，難得孤軍苦角牴。榆皮食盡食茶紙，殺妾及馬一餐耳。兵民淚血灑天紫，四百餘戰力盡此。此城全銷灰劫矣，所存惟有中丞齒，更有南八將軍指。」《自題紅袖烏絲小照》云：「薔薇撲面柳梳眉，春草輕盈步步隨。快意疾書飛白字，泥情重賦《比紅》詩。層陰過雨群鶯滑，廣袖籠香小蝶知。愛爾添爐還捧硯，滿身花霧立多時。鸚鵡琵琶證夙因，夜燒絳蠟時飛塵。章臺楊柳時抛路，玉洞桃花慣賺人。般若有音翻作字，菩提無樹借爲春。愛河誰引通津筏，珍重維摩自在身。」《趙氏園林讌集》云：「複道疑無路，重扉別有天。三分花竹石，一幅水雲烟。舟楫通蘭渚，簪裾集輞川。鳥歸筵未散，留客樹燈懸。」《吴門懷古》句云：「魚長過劍腥含血，人短於矛快借風。敵國仇深蛙亦怒，荒臺夢破犬猶嗥。」《萬山書屋小集》句云：「酒到醒時方覺醉，花當濃處不聞香。」《題檢書看劍圖》云：「河

嶽聲靈天共老，英雄身世局全收。未免有情增顧盼，不求甚解出神奇。」

以《四書》題爲詩，始於尤西堂太史侗。吾鄉朱茲泉學博兆熊賦《晉國天下莫强焉》七古一章，閎闊雄奇，不讓前哲。詩云：「寧王玉葉手有文，邑姜少子瓜綿綿。宮中剪桐戲弱弟，命以唐誥封參躔。密須之鼓闕鞏甲，與其大路彝器頒。海外逋臣有先識，其後必大寧非天。浸昌粵在幽平際，與鄭夾輔周東遷。秬鬯一卣彤矢百，王曰義和終《書》篇。《無衣》一軍沃爲晉，詩繼《杕杜》美好賢。假途伐虢館襲虞，馬齒加長璧則完。獻公之子有九子，斬袪不死躬踰垣。鞭弭櫜鞬真英雄，齊姜狄隗何足憐。河陽定霸襄繼之，靈成景厲功孰刊。當年海內稱三强，虎視皆欲圖中原。大蒐敝廬作三軍，其臣欒郤胥狐先。虎皮蒙馬智且勇，中軍公族横摧堅。桓桓薄伐先蠻荆，纍纍戰骨濮和鄢平。健將彎弓夢射月，敵技空矜楊能穿。雍州之險號天府，滅我費滑來窺邊。墨絰興戎亦人豪，齊孝豚犬何足言。二陵風雨戰鬼號，匹馬不入殽函關。臨菑恃其表海雄，美人一笑師陳搴。下泉操飲爾何愚，幾令禾畝移東遷。牽羊蹊牛敵方熾，蟲牢雞澤業復然。《春秋》大書蕭魚會，《車攻》《六月》同周宣。文武本支皆中興，煌煌世業光簡編。全盛相傳歷數朝，《山樞》《蟋蟀》風非前。峻宇雕墻高閈閎，虒祁宫與銅鞮連。編鐘玉磬韵情切，莒鼎紀甗光斕斑。宮中燕客壺投矢，臺畔行人丸避彈。女樂鄭姬排二八，紀綱秦媵列三千。南威日日雲和雨，齊女朝朝風落山。程鄭嬖爲下軍佐，夷羊豪奪勢家田。繁華閲盡頃匡定，國勢爰分魏趙韓。大梁肇□封畢萬，滅耿霍魏功桓桓。公侯子孫必復始，當年已兆辛廖占。後來無終獻虎豹，賞載盟府金石懸。文侯武侯大勳集，史書初命同藉虔。一朝好士古無匹，《無衣》《杕杜》澤未湮。樂羊謗書一篋留，李悝律令六篇詮。西河鄴都皆賢守，一時地勢尤利便。南有鴻溝陳汝許，北據河外酸棗燕。渤海碣石邊其左，右控函谷封泥丸。蒼頭奮擊二十萬，大將吮瘡橫戈鋋。强貢弱服四鄰畏，來朝稽首臣稱籓。是時安邑正全盛，城郭壯麗人民繁。前有夾林後蘭臺，宫室一一如星聯。齊紈魯縞充下陳，蜀柑荆橘列上筵。白臺閭須左右侍，明珠照乘徑寸圓。溺音雜聽宋鄭衛，雅樂並奏笙簧絃。山河表裏雄如初，風景豪華又數傳。烽火不驚新洛邑，輿圖仍覩舊山川。餘威尚振三分始，況是文襄創伯年。」

宗藕船先生聖堂爲芥颿太守之弟，著有《偶然吟》，可稱二難。其《弔王式亭》云：「鴻毛身世本微茫，奈爾觀空最可傷。入道願隨香案吏，出塵合傍水仙王。交情真率多知己，詩格平和雅擅場。此日重泉成永别，天教厄運著文章。」《詠棹聲》句云：「半窗風定留香篆，高館人稀静緑陰。」先生子稼秋明府霈由甲榜調繁零陵，孫笛樓續辰登辛巳賢書，可謂詩人有後矣。

余雅不喜《蔡氏雜鈔》所論詩有假對之法，如「廚人具雞黍，稺子摘楊梅」以「楊」字借「羊」字作對，又如「根非生下土，葉不墮秋風」以「下」字借「夏」字作對，又「眼穿常訝雙魚斷，耳熱何辭數爵頻」以「爵」字通「雀」字作對，津津然言之，以爲奇巧。竊意作者當時固未必有心出此，即使偶爾爲之，亦未可爲法。又有所謂扇對、就對、偷春、蜂腰之格，倘必趨尚於此，皆引人墮入魔道矣哉。試觀大家、名家集中，曾有以此見長者否。

陶南園先生廷琡詩承篁村先生家學，有《重九登越王城》云：「天開兩水夾招提，感慨孤城昔保棲。

嘗贍人遥殘壘在，沼吴業罷故宫迷。昂頭佛火依巖出，到眼烟雲羃樹低。此日登臨一憑弔，不堪重聽鷓鴣啼。」先生後令江右鉛山，卒於任。

程十然□，武林名士也。工琴，尤善丹青，吟詠多豪氣。《過滸墅關》云：「此去家逾遠，登臨悵客懷。青山生劍氣，紅粉激雄才。古戍迎荒立，行船趁月開。東風相送急，吹我過胥臺。」《東阿守閘》云：「山作輕烟柳作瀾，離亭人立悄然單。江南八月秋如水，何處樓臺最曉寒？」《婺州明月樓》句云：「日月倒軀雙塔影，古今同咽一江聲。」《閲史有感》云：「謀事深沈成事大，受恩鹵莽報恩難。」

海鹽陳子穆先生石鱗以名孝廉掌教山陰，生徒座滿，詩酒自豪。讀其《小信天巢詩鈔》，恬淡風華，而慷爽之概，時一流露，可想見其爲人矣。《蓮花生日歌》云：「青蓮居士呼不起，水仙種出青蓮子。年年此日蓮花生，世傳六月二十四日爲蓮花誕辰。快哉白也今不死。花爲世界香爲臺，仙根原從净土栽。無量壽從參妙法，長生藥豈採蓬萊。神龜結巢已千歲，從此秋風紅不墜。長庚今夜光如月，勸汝一杯先自醉。蓮葉之生何田田，何不摘來當酒錢。兼買花時夜夜好，風月取酒還酹仙中仙。」《贈洪穉存太史》云：「絶塞生還客，名山獨往心。蛟龍豈能得，魑魅敢相侵。已度石梁返，重依鑑曲尋。春風詩酒地，爲我豁塵襟。」「十年曾一面，數語識千秋。幾輩存青史，看君已白頭。風霜甘歷盡，魚鳥喜來游。歲歲江上發，相期剡溪舟。」《又題穉存詩集》句云：「一腔熱血凍不死，散作萬古春花開。」《初夏偶成》云：「青梅一樹曉風酸，雨氣初收潤薄紈。自笑平生長耐冷，送春歸易送寒難。」《題友種梅圖》云：「詩骨梅魂兩不分，畫中香韵酒中聞。鶴飛松下破殘雪，人在隴頭耕白雲。千樹萬樹問消息，南枝北枝護殷勤。醉卧青山誰喚起，參横月落定逢君。」《登快閣》句云：「水邊水氣多朝雨，山外山光半夕陽。」《送陳二梅入都》云：「三月鶯花鶯短夢，十年鴻爪憶長安。」《南湖觀紅葉》句云：「僧杖撥雲開古寺，漁燈照樹起寒鴉。」

吴豫村《詠新鶯》云：「小語間關聽尚訛，芳菲時節乍來過。試尋柳畔迷金縷，似怯花梢擲玉梭。粧閣有人方夢斷，上林何處最春多？遷喬出谷堪憐汝，争忍悠悠守舊柯。」雙關語妙。

昔人云：詩有別腸，非關理也。故一切時文語、尺牘語均不可以入詩，而注疏氣尤與詩相背而馳。嘗於友人處見一甲榜題贈七絶一首，其小注旁引曲證，竟有二百餘字。其詩之優劣，從可知矣。

小題難於雄闊，而又須不脱不粘，方稱合作。山陰徐燮園明府以菜花命題校士，鄞縣陳蕭樓權擬作四律，同時賦者均不能及。詩云：「淡蕩東風拂野塘，菜花歷亂弄輕黄。借將老圃三秋色，散作新畬十畝香。水郭有時迷夜月，柴門何處不斜陽。紅墻古廟遮來斷，留得僧歸路一行。」「不與林花鬥麗妝，枳籬茅舍自芬芳。一痕界破裙腰緑，萬點香粘屐齒黄。有客閉門消劍氣，誰人小立問柴桑。田園春色濃於酒，吹醒垂楊緑夢長。」「一線天開緑野堂，新翻紅甲鬥時光。布金地暖春無價，面圃軒高夢亦香。陌上人歸花信緩，籬邊晝静蝶情忙。倩誰好試雙鈎手，大塊文章搨硬黄。」「迷離一片麴塵黄，却笑楊花上下狂。閒與桑麻分野色，羞隨紅紫媚釵光。神仙世界原金粉，烟水生涯在稻粱。最好清明寒食路，餳簫聲裏暗聞香。」真此題絶唱也。

沈于澗毓蓀《横塘夜雨》云：「盤門西去境荒涼，襆被蕭蕭午夜長。寒雨一河舟一葉，櫓摇鄉夢過横塘。」《上真觀》云：「翠微飛下一聲鐘，石磴盤空路幾重。到院不聞人語響，半山雲氣半山松。」畫意可掬。又《崇效寺小坐》句云：「白雲天半寺，紅葉雨中山。」亦佳句也。

石門方蘭坻薰以丹青擅名，著有《山静居詩鈔》。其《題墨竹》云：「山澤間臞不知肉，從事毛錐頭已秃。硯池中有梅花泉，一竿兩竿寫蒼玉。」「纖風午夜摇空庭，鳴璫翠羽來湘靈。湘靈清怨入瑶瑟，二十五絃聲泠泠。」「散入深宵不成夢，影上闌杆舞青鳳。酒醒香殘看未真，磨痕着處秋陰重。」

湘潭張壺山觀察經田與先君己亥同譜，由中翰改官海防司馬，與余家往還最密。師法陶、韋，以淡遠爲歸。有《詠懷古作》云：「得暇臨古刻，偶倦成午眠。筆硯見精美，撫几良欣然。静坐當半日，養氣遂十年。古人不可及，聊從意所便。静參靈臺妙，萬藴從此出。胡爲勞其形，反爲物所役。世好攖其心，患得與患失。有動必摇精，殫心鮮宥密。吾得真人傳，眠坐皆抱一。即此悟空詮，光明生虚室。」觀察後由黔歸里，樂志林泉，潛心禪悦，著《無所住齋隨筆》各帙。余常往晉謁，備邀獎拂。壬辰春從戎，道出公里，公已卒。

蘇眉亭比部琳文名震都下，《酬陳惺齋述懷作》云：「白雨跳珠入座端，便教蝸舍也相安。午眠價抵黄金值，遠信稀如白璧難。野鶴盤空羈絆少，閒雲入岫去來寬。自憐剩有名心在，忙到槐花興未闌。」純似放翁。

詩有强作寬解而愈見沈痛者，如長洲陳石源《送人南還》云：「滿地風塵急暮笳，歸程好覓渡頭槎。故園兄弟如相問，祇道征夫不憶家。」趙甌北觀察《哭子詩》云：「一語九原聊報慰，我來應亦不多時。」陳雨巖《古怨》云：「獨卧繡窗静，月明宿鳥啼。不嫌驚妾夢，羡汝是雙棲。」徐孔章《秋風》句云：「木末秋風起，天涯感索居。情知歸未得，不敢憶鱸魚。」數詩皆工於寫怨，使人讀之，正如桓子野清夜聞歌，輒唤奈何也。

山陰邵夢餘無恙著有《蕉雪齋集》，其詩玉藴川輝，天然雋妙。《長干塔》云：「聳身窺萬仞，一鳥上雲來。日月摩空得，江山劃地開。松藏靈谷寺，草歇雨花臺。滿目南朝跡，憑誰話劫灰。」《清涼山》句云：「泉聲松頂落，花片竹陰飛。」《太湖》句云：「雲嬾眠孤嶺，湖平立遠帆。」《燕臺》句云：「雲覆黄沙吞朔塞，河流白日下燕山。」《姑蘇》云：「四時花月吴趨曲，兩國兵戈越絶書。」《九日登通州城樓》云：「地夾關河三輔合，天無風雨萬山開。」《錢塘懷古》云：「海上孤兒沈趙氏，夢中故土索錢王。」《蘇堤曉步》云：「一湖静卧群峰影，小雨香生萬樹花。」鍊字鍊句，皆可采入張爲《主客圖》者。

馥堂叔嘉成有《秋柳》句云：「寒夜柝聲驚旅店，夕陽鴉背落江村。」《流芳亭》句云：「半壁偏安羞燕雀，一家致命貫虹霓。」

吾鄉陸少白素生著有《於斯閣詩鈔》。性耽林泉，絶意仕進，與查梅史、查南廬稱三才子。詩主性靈，頗極警策。其《密莊詩》云：「紫圃栽花石徑苔，碧山當面畫圖開。樹撑茅屋風聲落，水吸柴門雨氣來。但戀蕭棲背市井，不須除地剪蒿萊。耽閒正得閒中樂，《梁甫吟》成輒舉杯。」《春居》云：「暗風送暖日如年，高樹鶯啼起醉眠。詩料獨尋芳草路，酒杯不放落花天。編籬牢護初抽筍，滌器親煎夙貯泉。却笑五陵豪貴客，馬蹄浪踏柳塘烟。」《莊北小集》句云：「烟霞供成花三徑，風月襟懷酒瓢。」

《離詩》云:「□不歸來梅未芬,閒尋殘碣綻苔紋。九原處士應相笑,笑我私裝兩袖雲。」「吳越山川霸氣銷,森森獨木記前朝。西風陡墮癡人淚,並作錢唐一派潮。」《送祝侶先游燕》云:「騰踔驤駒去不留,神京吟眺入高秋。盧溝橋外如霜月,夜夜江南照白頭。」時侶先有母也。《吳山頂》句云:「山勢欲奔江束住,海門一拍浪争回。」《病中書》云:「難忘漁父逢桃處,易老英雄種菜年。」《吳山酒樓同查南廬醉》云:「手摘蓮花冠,眼青天目山。湖陰萬户暝,江近一城寒。高覺秋聲雋,狂歌客路難。與君一樽酒,天向醉時寬。」《送查梅史之蕪湖》云:「客無遠近總非家,歲歲征衫裹細沙。多恐君身是芳草,東風吹後便天涯。」《寄南廬》云:「江南一片月,不是不同看。影隔千重水,光分兩地寒。歲因無麥儉,貧恨著書難。驚起江天角,臨風據馬鞍。」《幽居》云:「牆低面面見遥岑,大樹當關十畝陰。守默未開當世口,讀書如得古人心。法寬蛛網常除户,機息螳螂不上琴。珍重政身慈母意,一燈殘夜憶來深。」《哭南廬》云:「故園轉覺是他鄉,共醉春風有幾場。越國居然老兩子,家山遲爾忽斜陽。佯狂人已無從殺,謫限天何不肯長。陶寫難忘哀樂意,尊前老淚迸如漿。」少白卒後,其詩卷入市賈手,幾成灰燼。忽托夢於其友查菿湖,亟覓得之,始得授梓。春蠶絲盡,心猶未死,亦可悲矣。

俗題最難雅馴,而能運典實,以靈活出之更難。鍾桂岩丈式丹《詠新婚帳竿竹》云:「截得猗猗竹兩竿,移來金屋護春寒。當年野徑曾棲鳳,此日深閨待宿鸞。連理不愁湘女怨,紅塵祇許主人看。此君一夕何能少,應笑青奴屬夏官。」陶春田軒《謝漱園舅分胙詩》云:「六載宫墻杖履親,年年頒胙及門身。敢云食者謀多鄙,要識平時宰自均。知己但期同受福,分甘豈獨爲憐貧。得來吾意真堪快,笑過屠門大嚼人。」「生鮮擘得上辛盤，賜到寒儒例素餐。五夜炮燔厭鼠腹，十分情味勝豬肝。人非潁叔嘗應愧，割異東方責可寬。今日愛孫仍愛祖，一臠莫作等閒看。」題極瑣屑，寫得如許風雅。春田爲篁村先生之孫，故有家學也。

春田又有《送春》句云：「春雨聲中柯學士，落花風裏杜司勳。烟景漫隨芳草歇，酒任都爲夕陽留。」爲潘芝軒學使所賞。

芝軒尚書督學兩浙，觀風以山谷詩「一心咒筍莫成竹」命題，慈溪陳茂才忠恕賦句云：「豈爲散花持梵鉢，直無成竹在胸襟。」通省遜其渾脱。

桐鄉孫古杉貫中著有《桐溪草堂集》，其詩沖淡閒静，無叫囂之習。聞其貧老著書，終年兀兀，亦可謂以詩爲命者矣。《曉登長虹橋懷蔡華門》云：「江郭淡朝暾，鴻飛江上村。幽人渺何處，野水繞閒門。橘柚黄低屋，葡萄緑滿罇。山中好風味，想像布衣尊。」《分龍日同人登般若禪院》云：「壓簷脩竹繞門松，消暑山窗緑影濃。熟客不驚梁上燕，安禪已制鉢中龍。半甌茶味留吟榻，一院經聲和晚鐘。同上佛樓頻眺遠，亂雲堆出米家峰。」《聞蓼村燕山消息》云：「木落天寒雁影高，燕山風雪旅人勞。三千道里依雙闕，四十年華感二毛。意氣重逢傾北斗，踈狂應笑老東皋。故交心事全非昨，日暮天寒擁敝袍。」《追悼月鄉》云：「憶泛桐華花下樽，五人聯席幾人存。文章我已無聲價，貧賤君還有子孫。四壁苔紋危草閣，一房山色冷淡門。烟雲過眼知誰主，竹上留題滿淚痕。」《寄劉春圃》句云：「百錢誰駐山陰馬，中夜愁聞越石雞。」《歲暮寄薛卣齋》句云：「一聲斷雁衡霜白，五夜長檠背雪紅。」《詠枕》云：

「秘搜囊底人誰見，金盡床頭汝不知。」《秋草》句云：「名士文章多偃蹇，老人蹤跡不輕肥。」《送宋金庭之丹徒任》云：「南北江聲迴枕畔，金焦山色落窗前。」又《全集刊成自題》云：「也記冥搜入静虚，也經朋好幾删除。欲將白戰追風雅，猶勝人間號墨豬。」可知其趨尚矣。

余讀史雅不善四皓事，且以漢高之雄略，一任牝雞司晨，使劉氏不絶如綫，尤不可解。後見陶晴皋鳴鶴《詠四皓》作，不禁傾倒至再，實獲我心也。其詩云：「華山之芝能療飢，商山日月忘險巇。誓死不臣嫚罵主，豈因厚幣從其兒。留侯張良善畫策，易儲上意潛轉移。嘵嘵口舌亦何補，挽回大事須權宜。四人肥遯在巖谷，但聞姓氏未識姿。逢丑父來尚堪易，新垣平詐亦易施。衣冠甚偉鬚髮白，世間黄耇多有之。羽翼已成鴻鵠舉，漢高英雄竟被欺。少海風波患初息，宫中人彘禍隨即。人爲戚姬母子悲，我爲劉家社稷危。假使趙王嗣神器，牝雞那得將晨司？南軍北軍有常憲，左袒右袒無異詞。腥血不濺闕庭内，雍容長享昇平基。産禄兇頑胡足惜，絳灌勞勩殊可思。不多四皓力，賴有諸將同維持。其人果從太子游，攀龍附鳳常在兹。如何侍宴後，一去絶不知。東園甪里黄與季，徒惹虚名滿天地。」晴皋又《詠陳平》句云：「不答兵刑真宰相，未離權術豈純臣。」

陳亦山謙《春怨》云：「緑窗紅日夢初酣，一片春情鏡裏涵。縱有殘花銜燕子，好風吹不到江南。」吴橡村《鷓鴣詞》云：「聲聲格磔度晴嵐，風景蠻天春正酣。莫便翻成新樂府，有人殘夢憶江南。」兩詩風調，何其相類。

山左初公之材，乾隆間任吾浙許村鹾使。有《入都途中》句云：「東去浮雲連海岱，北來天地作風沙。」又《舟中即目》句云：「船依墟里低成屋，柳傍寒塘卧當橋。」摹寫如畫。

許莘尹表丈華鍾於都中晚步村郭，見一人前行，衣冠迥非時製，手持素箑，題有絶句云：「冉冉風情薄似紗，溪頭小立爲風斜。不如流入春江去，一折湘波一幅花。」欲與接談，轉瞬即不見。

平湖陸愛筠昌曾任臺灣貳尹。有《秋暮同人宴集》云：「莫尋仙侣羨瀛洲，阮籍劉伶自有儔。座繞親朋忘異域，階前風月又深秋。經年游子思懷橘，半夜英雄唱飯牛。醉恨慣看時節换，滿堂絲管不須愁。」詳見海外風景。

俞巸園叔岳寶善《重九前二日游粤西棲霞寺》云：「曲折迴廊月路賒，闌干處處緑陰遮。衝泥遠繞三三徑，計日綱尋七七花。講院共傳棠有蔭，寺門争看壁籠紗。寺側秀峰書院爲吾寧陳文簡公建，並有袁子才題句。勝游此日成高會，莫對秋光感物華。」

張晏如女史頲可《退軒葺成》云：「秋風乍引八窗開，叢竹花疎次第栽。試向南榮尋舊夢，一雙粉蝶入簾來。」

陳曼生鴻壽有《種榆仙館詩》，風華沈著。如其《爲人塞下曲》云：「白骨青燐瀚海頭，琵琶一曲起邊愁。眼前滴盡征人淚，並作黄河地底流。」「弓彎霹靂射天狐，驚起雙雕萬衆呼。好語將軍休見妬，凌烟容得幾人圖。」《嵊縣曉發》句云：「風定漸團雲氣白，雨殘初覺鳥聲多。」曼生由溧陽令擢河防司馬，卒。

司空表聖《詩品》二十四章，闡前人所未發，其立論比擬，深得作者苦心。隨園太史續補三十二章，雖間亦有所發明，然較諸表聖原作，似不若初寫《黄庭》矣。

范澄懷外舅祖震濤爲文白先生裔孫，肥遯有祖風。《春日絶句》云：「緑陰如幄護梅苔，自檢琴書數舉杯。三徑雲深無客到，營巢祇許燕飛來。」真自爲寫照矣。

江寧孫蓮水韶爲隨園入室弟子，以《春雨》四律擅名一時。其詩云：「當窗不斷雨絲斜，引得苔痕上碧紗。入夜最宜新種竹，捲簾可惜早開花。誰家破竈燒寒葦，一路香泥彿鈿車。應有緑蕪門外長，教人無夢不天涯。」「無限關河兩鬢絲，潺潺偏值冶春時。寒侵幽夢重衾覺，水長平湖畫舫知。芳草色濃迷路遠，啼鶯心倦出花遲。祇愁緑葉從今滿，又誤尋春杜牧之。」「吴孃一曲總消魂，走馬江城晝欲昏。客路怕逢寒食節，酒家慣住杏花村。遠烟如夢迷山影，新緑和愁上柳痕。多少樓臺圖畫裏，玉鞭敲徧不開門。」「濕雲壓屋夜冥冥，落盡春紅響未停。孤枕夢驚千里斷，小樓人坐一燈聽。尋來舊事愁空結，問到流年酒欲醒。九十韶光彈指去，天涯樹色又青青。」《舟發牛渚至梁山遇風》云：「一棹天門入，青山四面開。大風吹水去，亂石刺船來。險絶增詩境，驚餘感劫灰。幾隨謫仙去，幸我乏仙才。」《西溪草堂》句云：「緑水紅桃雙畫槳，斜風細雨一簑衣。」《望九華山》句云：「殘雨吹風斷，遥青渡水來。」《泊彭湖大姑塘》云：「多情月每隨歸棹，再到山如檢舊詩。」《永濟寺》句云：「江光摇佛面，石色上僧衣。」皆新警。

錢唐何春渚淇翛然自潔，老於布衣。阮芸臺宫保任吾鄉學使時，以孝廉方正徵之，以詩辭云：「章服榮身孰肯辭，性耽疎放未能移。閒臨遠水荷衣稱，深入雲嵐竹笠宜。薦士孔融真可感，思親毛義不勝悲。此情尚冀垂憐察，況是才非十駕時。」學使贈以絶句云：「清聲無奈左雄知，老戀林泉未肯移。若論不求聞達好，此人曾賦却徵詩。」何君立品之高，學使憐才之切，皆可誦也。

鍾午橋姑丈德增篤信好義，有東漢顧廚之風。《偕游安瀾園賦》云：「一望芊綿草色青，相攜酒伴過園亭。筠香閣畔雲籠樹，春水灣頭漲泊汀。紅映夕陽花欲笑，緑眠深院柳初醒。下帷人在平橋外，謂董孝廉。遥指雙扉掉小舲。」《湖上遇雨》句云：「山兼雲氣天如接，水帶風聲地欲浮。」寫景如繪。又《詠影戲》句云：「掌中成妙舞，壁上訝奇觀。」用古無痕，此題絶唱。

賦《楓橋夜泊》者，無不以鐘聲悽絶動人離索之感。宗芥颿先生獨翻其意云：「篷底涼生露氣濃，郵旂津鼓記游蹤。今宵不作思鄉夢，好聽寒山半夜鐘。」

曉山叔易憲乙丑春館梅里，著有《友岑吟草》，其《晚游靈源精舍》云：「爲訪青蓮跡，香山幾度過。因風傳晚磬，聽雨覓殘荷。地僻游人少，林深宿鳥多。金繩如覺路，即此是三摩。」《嘲鸚鵡》句云：「一卷波羅新授誦，莫因解駡便嫌籠。」

余姑母閨字佩箴嘉淑，適江南崇明施氏。崇明濱海，距吾里甚遥，常鬱鬱不樂。有絶句云：「家居海島多驚險，心戀庭帷夢亦無。欲把離情託秋聲，一行排字到西湖。」姑母少慧，工吟詠，奈姑悍，遭家不造，卒時年未三旬，戚黨咸爲惋惜。

黄鐵年超任蕭山學博，爲相國文僖公裔孫。精天文學，工琴，襟期灑落，胸無俗塵。慕黄老之學，聞有佳山水，不憚脩阻往游。《題友人小影》云：「山深僅有樹，樹深更無路。一亭出雲間，知有高人住。亭高猶可攀，人高渺難遇。」沖淡如韋蘇州。己巳夏暮，與余同步越中之萬安橋。時天將欲雨，鐵年忽得奇句云：「雨脚如柱不能下，長風吹向西南行。」其季弟墨卿茂才栻《秋雨》句云：「微添三徑翠，洗出萬峰秋。濕壓浮雲重，聲隨落葉投。」幽秀獨絶。

宋詩以蘇、黄並稱，而人皆不滿於山谷。宋王從之若虚著《滹南詩話》，指摘黄詩不遺餘力。平心而論，東坡之才如長江大河，要非山谷可比。黄雖喜於茁軋，尚可自成一家。惟與髯蘇並駕，致招後人攻擊，盛名難副，有以哉。

雲間王雨湘楚從學於孟岩叔祖，有《登北固山房》句云：「萬瓦鱗鱗齊撲地，大江淡淡遠粘天。」余嘗於登高望遠時一遇之。

婺源詹湘亭明府應甲，乾隆甲辰召試，荷文錦之錫。迄仕楚北，馳逐名場，非其志也。著有《賜綺堂集》。詩有遺山、梅村風調。録其《新乞兒詩》云：「荆南道傍新乞兒，呑聲嗚咽前致詞。自言舊籍長沙卒，二十從軍少壯時。當年瀘水烟塵沸，花苗蠢動犁鋤棄。身雖卑賤筋骨强，得到戰場方快意。戰場賊來同亂鴉，争先截殺如刈麻。大小百戰那知死，刃闕矢窮心不諱。忽逢飛鏃傷一目，再爲礮石斷一足。目傷足斷氣未消，馬上猶能奮馳逐。大軍奏捷班戎行，幕府點名重過堂。完膚壯丁皆選入，老弱殘癈難充當。令嚴法重不得語，繳還甲仗出軍伍。足傷非馬行不前，何以爲農與爲賈？蹇投古廟炊寒烟，賣刀已鈍難質錢。鄉邑無家歸不得，營門舊伍誰相憐？途窮無計學求乞，一餅一糜度終日。髀肉作瘡力漸微，夜聽骷髏呼伴急。賤卒雖死何足哀，同征將校書麟臺。」《寒夜王耘圃於韓侯嶺下》云：「神鴉繞樹噪黄昏，半壁□旂掩寺門。我有青衫無限淚，憑君酹酒弔王孫。」《需次楚北》云：「遣去長班遲報信，薦來新僕强呼名。」

越僧栢堂《詠史》云：「原心千古見，涉世幾人安?」真閱歷之言。

梁山舟侍讀同書丁卯科重赴鹿鳴，首唱四律，句云：「流水再經人面改，夕陽縱好日輪徂。天上謫仙宫錦貴，山中宰相白衣傳。」和者甚衆，惟吴穀人祭酒錫麟最佳，其警句云：「共讓神魚三級浪，獨蟠老桂一山馨。天上玉堂還感舊，夢中蓬島更回春。」迄庚午科，家松藹叔祖春亦重赴鹿鳴，皆爲昇平盛事焉。

鑑湖叔承烈《清明日游湖上》云：「忽忽東風又暮春，芒鞋隨意踏香塵。桃花薄倖偏愁客，楊柳纏綿慣繫人。金粉闌干三月暮，鞦韆巷陌一時新。紙錢麥飯誰家路，引我相思遠海濱。」時下榻武林吴氏瓶花齋，故言之興感如此。時余亦寓杭，有和作。

山陰平侶仙桀《尋放翁故宅》云：「杏花村館雨如珠，一幅溪山似畫圖。快閣遥臨江渚外，夕陽紅到賀家湖。」清麗似宋人絶句。

詩有愈翻愈妙而理不可奪者。如劉津逮逢源《詠補鍋匠》云：「高隱曾傳磨鏡客，奇蹤今見補鍋人。若將姓氏留天地，縱使巢由亦外臣。」劉繼莊《昭君詞》云：「漢主曾聞殺畫師，畫師何足定妍媸。宫中多少如花女，不嫁單于君不知。」黄石牧太史之雋《題李草亭送别圖》云：「長江風定水無波，歲晚天寒客又過。一度送行傳一畫，人生那厭别離多。」陽穉平準《詠桃源》云：「柴桑便是羲皇世，智慧相忘息衆喧。能使此心無魏晉，寰中處處是桃源。」四詩風調不同，均可謂善翻新意者矣。

朱鑑堂夫子維綸《冬日雜詠詩》云：「節近隆冬冰不堅，天哀貧士未裝綿。尋梅夢入孤山路，聊復騎驢聳瘦肩。」

余家居時，同堂群從朝夕與偕，峨生弟炳璋尤爲情密。己巳春，余負笈赴寧，峨生賦詩贈別，有句云：「隔座猶思常覿面，出門何處不隨肩。」想見出入與共情景也。

仁和女史孫秀芬蓀意適越中高穎樓第，著有《貽硯齋詩鈔》。《登吴山》云：「莽莽群峰頂，登高思渺茫。江山方縱目，風雨又重陽。霜老催楓葉，天空急雁行。一尊須盡醉，莫負菊花黄。」《彊光》云：「彊光久不作，勝地轉清幽。竹密遲生日，山深易得秋。亂峰當檻合，孤磬入雲流。欲眺江湖闊，還登最上頭。」《贈洪稺存太史》云：「艱難歸絶域，回首愴驚魂。夢不忘金闕，生能入玉門。盛名傳海内，寄跡向江村。重話伊犁事，征袍有淚痕。」又句云：「貌古心同古，才奇遇亦奇。」《詠塵》云：「軟紅十丈漫飛揚，多少人從此處忙。紫陌日高生霧氣，青林風過雜烟光。緩隨步影侵羅襪，暗逐歌聲繞畫梁。我是胸中渾不著，任他野馬説蒙莊。」《聽鶯》云：「空庭過雨曉烟新，恰恰鶯啼楊柳春。好語如簧須自惜，世間識曲已無人。」《晚春湖上》云：「桃花風過柳花風，山色湖光淡沱中。啼煞新鶯忙煞燕，一年春事又匆匆。」《春雨》句云：「怯風燕向簾陰墮，避雨花從葉隙開。」《秋暮》句云：「風高盤鶻健，木落大江寒。」

越中名蹟最多，而余常所登眺者，莫如蕭山之八角亭。亭建於宋紹興十六年，地近泮宫，迴環皆緑波紅雨，迴絶市囂，所謂「别有洞天非人間」者。憶壬戌冬入贅於漱園舅學舍，隨同步月。時爲嘉平望前一日，聯吟俯暢，逸興遄飛。余得句云：「幸有勾留三日興，時擬十七日旋里。不妨暫欠一分圓。」最爲外舅稱賞。嗣後，每到必登，每登即有題詠。其最盛者，戊辰秋日晚眺，其時掞庭太岳、漱園外舅、鍾吾山大進、俞霞軒興瑞、家竹塘叔大成、梅璵弟昌彥及余共七人焉，各有詩，計成二十八律，裒然成集。外舅命余作序，余讓吾山，因綴後跋，有句云：「非武侯之陣勢，起面面風雲；擬元愷之名流，露稜稜圭角。或遇衡才，子建斗適均量；倘逢覓句，飛卿手應叉徧，天開圖障，我輩皆畫裏之人；地迥樓臺，下界訝仙乎之伴。」恰切此亭形勢及一時情狀。其集中詩，皆杼軸予懷，戛戛生新，警句絡繹。如掞庭太岳之「人來落木蕭疎地，景寫殘陽淡蕩秋」，漱園舅之「一角雲環天咫尺，八方風抱地清幽」、「八十登臨逾少壯，九秋雲物助空靈」，皆氣象萬千，涵蓋一切。吾山之「商飈槭樹潮初湧，越岫凝烟翠欲流」，竹塘叔之「幾夕霜飛楓樹紫，萬家烟繞越中青」，梅璵弟之「鳥帶波光飛夕照，雲隨葉影點江隈」，皆情景逼肖。然余最愛霞軒之「過雁密排千點字，遥峰淡寫一痕秋」、「雲移翻訝遥山動，烟合先教近樹暝」，俱近晚唐句法。余有句云：「樹梢烟火千村晚，鴉背斜陽萬點秋」、「樹圍幽壑全疑暝，山入遥天不斷青」，均爲同人所賞。

海昌周文泉先生，久官山左，所至有聲。當時鄉先達如翟文泉、陳偉鄉輩，咸推重之。公餘之暇，著述等身。迄今纔數十年，而帙槖散佚，無復過而問者，良足慨也。己巳、庚午之交，余退處林下，常有事於故紙堆中。有書友持《静遠堂詩話》求售，以兩番易之，重付訂裝，並誌其事於卷尾焉。辛未春仲止適齋主人識。

静遠草堂詩話卷四

趙雲崧觀察翼《論詩絶句》云：「姊妹新妝共倚欄，孰宜施粉孰宜丹。背人却向菱花照，還把看人眼自看。」論最明確。

張志謙，光山人也，通經史，工詞賦。年十五補弟子員。不事舉業，肆情於山水之間。所居茅屋數椽，顔曰降仙山館。偶於花下得彩箋二幅，俱有小詩，曰：「十日尋春不見春，更從何處問迷津。徐熙縱有霓裳幅，難寫蓬萊頂上人。」又云：「流水無心去，仙郎何日回。雲山愁路遠，風雨惜花開。幾許聯詩社，翻難對鏡臺。舉頭霞五色，應有鶴歸來。」張拾歸和之曰：「一自瑶宫降玉繩，至今無處覓飛昇。不知金碧峰頭路，隔斷紅雲幾萬層。」又曰：「久辭丹鳳闕，我亦太癡生。天遠人難到，宵寒夢不成。星河浮八月，金石悟三生。爲問北流水，何年返玉京。」脱稿並所得藏諸篋，明日檢之，無復存矣。初甚駭，繼亦置之。明年復於花間小憩，見池草深碧中隱隱有紅色，就視之，則所得與所作數詩皆在焉。深以爲異，持歸，又賦一篇曰：「仙子宫中不記名，依稀猶憶許飛瓊。落花有恨終歸我，流水多情却爲卿。可肯詩篇留故紙，應從海國續前盟。九天本是鄉嬛府，何用文章誤此生。」題畢，欷歔久之。數日遘疾，泣謂母曰：「是不起矣。兒本玉皇殿上獻花童子，值玉皇誕辰，西王母來上壽，見其侍女甚美，不覺敲碎玉瓶。上帝怒，降入凡世。今謫期已滿，行將復位。人間不如天上樂，所恨者母恩未酬耳。」寢疾三日，索筆硯書一律云：「咳唾聲聲落九天，錦袍長拂御爐烟。塵寰忽地留因果，才子由來是謫仙。未必我身常入夢，便從今日好參禪。回頭檢點三生事，一片飛花一幅箋。」投筆而逝，年纔十六。

先室俞孺人，字絳霞。幼耽筆墨，從外母膝下授詩，即解吟哦。《春夜即景》云：「月明小院絶無譁，竹影臨風萬個斜。小婢也知吟思静，夜深猶未掩窗紗。」《寄弟妹》云：「西風黄葉雨蕭蕭，兀坐觀書夜寂寥。遥憶同情雙弟妹，江南江北共聽潮。」《和大父秋日晚步》句云：「晚山有意如迎客，野菊無人自作花。」結褵四載，頓傷永訣。檢其遺作，得若干首，作駢序紀之，曰《滴翠樓遺稿》。樓在蕭邑署齋。憑高遠眺，幽境如畫。余入贅即居此樓，每流留風月，極唱酬之樂。今則一往尋思，夢同蕉鹿矣。外舅輓句云：「盡日支頤看山水，有時澆竹出簾櫳。」酷肖其生平。

余家牡丹最盛，朝天紫及玉樓春各種開時，不下數百蕊。丁卯春日，招同鍾午橋姑丈德增、查又白一騏、家研農兄榮樞、湘南弟炳璋宴賞。先以一律寄，又白代柬，云：「艷艷紅綃舞袖斜，主人意嬾負穠華。欲邀曠代神仙客，來看塵寰富貴花。祇願三人杯酒共，何須百寶錦欄遮。次公狂態吾知久，約法先申莫浪譁。」蓋又白夙有灌夫之癖，故末句戲之也。又白走筆和作，落句云：「主人情重醇醪比，醉後何妨笑語譁。」

說部有《紅樓夢》一書，膾炙人口，幾於家喻户曉，而鍾情者又恨不能煉補天之石。鍾箬溪大源有《紅樓曲》云：「紅樓縹緲春雲裏，百尺珠簾風綽起。幻境迷離似可凴，奇情蕩漾真難擬。通侯珂里本金陵，軼事流傳世艷稱。許史天親同赫奕，鄂褒勳業並崚嶒。北堂長喜金萱茂，綵舞宮袍時介壽。羯末封胡子弟行，臨風特訝孫枝秀。神眸秋水骨璠璵，玉貌生來玉不如。繡褓何誇迦葉送，金環曾說女媧餘。多情自是天人謫，大母呼來深護惜。愛逐瑶釵十二行，嬾親珠履三千客。閒乘春困發幽情，覗見紅樓近玉京。蝴蝶蘧蘧還栩栩，因緣世世復生生。覺來似夢還非夢，恍惚神仙邀與共。窈窕芳名縹帙看，玲瓏謎語芸編誦。慧心從此結纏綿，團扇詩成一笑嫣。石不能言渾是妄，花原解語最堪憐。月輪至竟星難替，珍重鴛盟思別締。詠雪多才屬外家，情親孰是深悰寄。就中林下擅高風，群羡仙姿出蕊宮。擲果拈花生小共，擘箋飛盞長時同。相親相近猜嫌少，意自端嚴情自好。莊語能令小婢驚，謔詞不怕郎君惱。兩心密印兩情癡，試問旁人可得知。春水文鴛難比翼，秋風紅豆最相思。怡紅院落瀟湘館，春去秋來歌纂纂。翠竹欄前夜雨寒，桃花簾外東風軟。工愁善病每閒吟，欲却閒愁病轉侵。不語潸誰通叩叩，無憀兀自太愔愔。傾城名士從來慕，怪底高堂佯不悟。玉鏡無端聘夜來，紅艷頓爾先朝露。他生未卜此生休，天上人間各自愁。焚却鴛箋雲未散，裂殘錦帕淚還留。争禁公子牽情哭，漫道眼前人是玉。懊惱無成種董節，淒涼作事逢張角。翻身別去自超超，銀榜功名遜紫霄。化鶴成虹雙不定，黄塵碧海兩難招。茫茫猶剩紅樓影，賈假甄真心自領。多少紅樓夢裏人，翻書不覺秋霄冷。」

《漁洋詩話》引越處女與勾踐論劍術曰：「妾非受於人也，而忽自有之。」司馬相如答盛覽曰：「賦家之心，得之於内，不可得而傳。」雲門禪師曰：「汝等不記己語，反記吾語，異日裨販我耶？」此三則足爲詩家要旨。余謂即聖賢「求其在我」者耳。

江寧隱仙庵羽士周明先有句云：「竹間樓小窗三面，山裏人稀樹四鄰。壁琴風過聞天籟，香椀灰深裊篆烟。」皆爲隨園所賞。

錢菊豪清漣《詠菊》句云：「骨任風姨妬，心惟青女知。」可稱東籬知己。

婺源洪某游蜀中，得古槍頭一，鐵花斑蝕，上鐫「趙雲」二字。事見王葑亭給諫《雙珮齋集》中。余賦七古一章紀異云：「子龍一身都是膽，割據三分功勇敢。卧龍躍馬已千秋，遺物摩挲重有感。平原曩昔風雲從，大小百戰爭摧鋒。緑沈入手力屈銕，寒光直逼曹瞞胸。漢室久無一抔土，此槍翻得傳今古。想見沙場得意時，春風疾捲梨花雨。梨花吹起風蕭蕭，千軍咄叱驊騮驕。左拜丞相劍，右揖壽亭刀。其餘吴都之鈎魏都戟，直是紛紛兒戲輕秋毫。至今寸鐵竟完好，神物呵護神功超。凝烟一片秋還在，漬血千年跡未消。縱使留鐵不留杆，已覺隱隱龍氣騰青霄。嗚呼！此間樂，不思蜀，半局殘碁收太促。未了英雄殺賊心，夜夜槍頭神鬼哭。」外舅評云：「慨當以慷，傳神處電光閃睒，千古如生。子龍有知，亦當淚下。」

詩有冷雋使人讀之生感者，如朱樞臣暄《祖龍引》云：「徐市樓船竟不還，祖龍旋已葬驪山。瓊田倘致長生藥，眼見諸侯盡入關。」徐龍友夔《秦淮雜詩》云：「半山堂屋草萋迷，介甫聲華認舊蹊。欲記元豐天子聖，天津橋上杜鵑啼。」黄莘田任《西湖雜詩》云：「珍重游人入畫圖，亭臺繡錯似茵鋪。宋家萬里中原土，換得錢塘十頃湖。」「珠襦玉匣出昭陵，杜宇斜陽不可聽。千樹桃花萬楊柳，六橋無地種冬青。」諸絶皆閒閒指點，使人自生慨嘆。

顧玉山文煌曾於王恭甫席上一晤，誦其《冬夜一絶》云：「得得霜蹄冷不驕，無風蘆葦亦蕭蕭。四山蒼莽鐘何處，月落前村人過橋。」景色如畫。

湘南大弟炳璋工舉業，而吟詠多警句。《送梅璵弟從學蕭山》云：「臨歧那忍聽驪歌，雁影分飛奈若何。遽别不堪相繾綣，欲留祗恐又蹉跎。長江風雪須珍重，旅館光陰莫易過。萬疊相思何處託，越王臺上夢魂多。」又句云：「無奈家貧爲客早，但求身健慰親思。」深情若揭，讀之深棣蕚之感。

武林女史陳拈花慶熊適應筠溪鴻度，有《歸寧舟中作》云：「寒風撲面畫船還，行過修川水一灣。忽聽侍兒傳好語，白雲深處見吳山。」《贈嫂》句云：「誦罷金經三百卷，日長還有繡工夫。」輕婉可誦。

蕭邑蔡陸士名衡《詠籐枕》句云：「三生蝴蝶夢，一片薜蘿心。」《竹簟》句云：「涼應添薤葉，夢祗伴梅花。」皆佳。

梅璵四弟昌彦年未弱冠，詩文並妙。從學蕭署，咸以遠到器之。己巳秋仲，余返寧，弟欲同歸，未果，送余句云：「此際同依青玉案，明朝獨泛木蘭舟。」未及一月，與奎兒同時痘殤。余哭之，詩云：「白浪無情成界限，黄泉有姪望提攜。」

余於壬申秋仲謁選赴都，感賦八章留别親友及叔兄弟，一時和者珠璣絡繹，滿貯行篋。漱園外舅句云：「捧檄轉添毛義淚，服官應珮吕虔刀。」卜蘭溪表丈謀和句云：「君親恩重宜圖報，匹馬關山漫黯然。」卜晴湖表丈詩和句云：「北嶺詩添關塞月，西湖夢繞芰荷烟。」沈鹿蘋鑛句云：「風塵漫説爲官易，先澤宜思負擔難。」梁花農後壬句云：「滄海偶經遺國士，湖山留不住斯人。」鍾又橋表弟錫田句云：「恩緣酬雨露，夢敢戀蓴鱸。」俞霞軒内弟興瑞和句云：「壯夫豈慣因人熱，造物何能不我憐。敢將一曲烏烏唱，暫挽雙輪鹿鹿忙。」鍾午橋姑丈德增賦五古一章，查又白一騏贈駢序千餘言，鍾鶴笙表弟錫元賦七律二章，花農又填《望湘人》詞一闋以寄，皆情深語摯，非泛作《陽關三疊》者已。彙録成帙，名《秋江折柳集》。

余甫抵燕臺，外舅寄以詩，云：「卑官何足戀，衹是爲飢軀。放眼山東道，關心膝下雛。雞聲催短夢，馬足倦長途。幸寄平安訊，書來及歲徂。」「少年知勞力，此去氣英英。鄉里驕貧賤，依棲仗老成。承先恩激越，感舊淚縱横。又值黄花發，西風句孰賡。」休戚關情，讀之淚下。

明瞿宗吉佑《歸田詩話》載張思兼作《縛虎行》云：「白門樓下兵合圍，白門樓上虎伏威。戟尖不掉丈二尾，袍花已脱斑斕衣。捽虎爪與眼，視虎如貓小。猛跳不越當塗高，血吻空腥千里草。養虎肉不飽，虎飢能噬人。縛虎繩不急，繩寬虎無親。坐中叵耐劉將軍，不縱猛虎食漢賊，反殺猛虎生賊臣，食原食卓何足嗔。」宗吉津津稱道之，以爲立論確當。余謂此説大謬。夫操賊奸雄，權術豈是丁、董可比。當時名將如徐晃、張遼、龐德、張郃輩，皆羅而致之，結以心腹，卒得其捍禦之用。倘一旦縱布入其彀中，則如虎添翼，操更難制。即使布翻覆無常，操亦必能先事防範，斷不致有反噬之慮。以先主之深沈大度，必早見及之。故「在座」云云，寧殺布以除操助，不生布以爲操害，英主卓見，豈後世淺儒所能窺測哉。

都中晤大興王心樹懋功就職鹽場大使，在部候銓。客邸中一見傾心，過承推許。出示其《感懷》詩云：「已糜歲月同羊胛，縱卜功名亦鼠肝。門外桃花三尺水，生涯悔不早魚竿。」自云《全唐詩》已讀數十過，可謂深於此道者矣。余《出都留别心樹》云：「把酒邀同明月醉，攜琴彈與百花聽。」可想見其人焉。

余於癸酉春仲捧檄楚南，復乞假言旋，秋間又由浙赴楚。勞人草草，啓處不遑。沈鹿蘋鐄《賦别》云：「羡君此去列朝簪，知己情懷感倍深。才子爲官休寫意，先人遺澤要關心。一篇循吏勤功苦，到處民風細訪尋。夙昔相期原不淺，置身須在最高岑。」又句云：「一日思君傾肺腑，十年遲我爲科名。」鍾桂岩太翁式丹贈句云：「山川森入目，風俗數從頭。」午橋姑丈德增喜余歸家話别云：「殷勤剪燭話離情，忽聽巴山夜雨聲。料得天公解人意，欲留君坐到深更。」「意外相逢分外歡，匆匆復欲跨征鞍。定知此去湘江畔，楓葉林中雁影寒。」鍾秋崖錫福、又橋錫田兩表弟，竹塘叔大成，師勃弟炳鏞，均有贈言，録入《秋江折柳集》，不並載。

嘐城女史程弱藻夫人慰良適武林汪秋御先生，早寡，撫嗣子小坡茂才照成立。年逾六旬，吟詩作畫，樂此不疲。當月明夜静，小樓琴韵泠然，可想見其風致欲仙矣。有句云：「事從悟後言皆物，詩到工時心更虚。」爲隨園太史所賞，選入《詩話》。庚午歲延余課其諸孫，賓禮有加。夫人有詩，必令其孫出以相證。後余將謁選赴都，夫人以手畫便面寄餽。畫中水竹蕭疎，雲山杳緲，有客鼓棹其間，韵致清絶，并題以絶句云：「山光掩映小橋東，無數脩篁兩岸中。好是湘江三月暮，鷓鴣聲裏雨濛濛。」蓋初不知余分發楚南，置之行篋，未有異焉。迄甲戌春暮赴任道州，扁舟於瀟湘九嶷之間，觸景如逢故識，忽憶夫人詩畫，竟若合符節，謂之詩讖，不其然乎？可作翰墨林中一則佳話也。

會稽楊劍樵少府珸候補長沙，有《盆松》句云：「百折任人盤屈力，一青還我後凋心。」曾爲余誦之。

省垣酬應碌碌，絶少談詩者。嘉定瞿木夫理問中溶爲錢竹汀宮詹大昕之壻，精審金石之學，有《古泉山館圖》，徵詩滿帙，翁覃溪學士方綱爲之題跋。木夫有謁選句云：「戰不百回非老將，肱須三折是良醫。」又《四十初度》云：「人爲多情處世苦，學因愛博讀書難。」皆名句也。

余分判春陵，掞庭、太岳、漱園外舅，均有寄懷之作。霞軒内弟興瑞賦五律三章云：「極目路三千，相思釀雪天。光陰驚歲晚，消息在春先。訪道濂溪近，題輿仲舉賢。梅花能寄否，隔斷洞庭烟。」「聞道長沙地，公卿解愛才。前緣證香火，真賞出塵埃。秀向三湘挹，箋應百幅裁。莫嫌官冷淡，指日薦章來。」「同根惟姊在，相隔意如何。雁影依山遠，潮聲入夢多。椿萱聞慰藉，眠食望調和。更喜丹山鳳，之無辨不訛。謂芳甥」

州尉龔南齋燧，金陵名士，屢薦不第。垂老勉就一官，非其本願也。其詩不假雕飾，時露精警。《和王春渠銓秋日感懷》云：「廿年前過武陵灘，咫尺平波漾月瀾。花落欲尋仙境易，帆開翻覺宦途難。民情較薄溪中水，律法誰鋤門外蘭。我值圜扉甘淡泊，楚囚相對淚先彈。」可謂仁人之言藹如矣。

永郡以上灘河最險，下灘遇風利水漲，瞬息百里，上灘則須待伴以行，互相牽挽，跋涉甚勞。余有

《竹枝詞》云：「飽趁風帆意自便，半由人事半由天。前程遲速皆難料，上水休誇下水船。」龔南齋和云：「篙師何處意安便，水急灘高浪接天。若使五丁能鑿削，停橈穩送木蘭船。」用意各別，而灘之險阻可見一斑。

湘潭張公九鉞曾賦七古一章，紀雲英之異云：「上馬莫歌《木蘭詩》，下馬莫讀《曹娥碑》。不見道州將軍雲英女，柔翰日操窮訓詁。息吹蘭蕙艷芙蓉，弱不勝衣纔一縷。父守危城憑險阻，斬將搴旗血戰苦。國步艱難可奈何，身委疆場目如炬。將軍怒馬提長刀，應聲奮呼闞虎虓，悲風滚滚從之號。手揮疾霆劃營入，刈賊不啻蓬與蒿。奪還父屍賊膽摇，鷹隼一擲秋蒼高。誓師再戰厲瓠齒，黄虎西奔氣披靡。夢中祇訝女天神，武岡夜夜營猶徙。朝廷襲職命叙裙，半壁西南倚大勛。真同晉室荀松女，不數唐家娘子軍。將軍有夫賈萬策，勇冠荆州號無敵。督師棄之以餧賊，頭顱手向岷江擲。報國復讎今已矣，草疏陳情歸故里。父喪夫櫬哭雙扶，指括臂韝無後理。漆室匿形朝復暮，貞媛經師静得語。誰識衝鋒折馘身，蓮花座湧潮迎去。道州人感全城功，麻灘祠宇撑晴空。明璫翠羽披龍衮，巾幗千秋無此雄。康熙年間山賊嘯，轟然巨礮騰神廟。搏空泥馬簇琱戈，兜鍪現出將軍貌。抱頭棄刃紛竄逃，靈旗歸閃鳴金鐃，萬人膜拜聲喧呶。此州司訓吾外弟，爲文再述全城事。長安把酒話英豪，月彩凝窗花様地。《芝龕》樂府記非訛，墓銘曾讀毛西河。筵前奇氣忽盪摩，方寸飛湧營溪波。爲君更倒金叵羅，淋漓横寫將軍歌。」

明沈昭武將軍名志緒，吾浙蕭山人。崇禎間武進士，任道州守備，禦流寇陣亡。女雲英年甫十四，力戰敗寇，奪父屍。旋詔贈公爲昭武將軍，女襲父職，加游擊銜，仍守道州。迨明没，其夫賈萬策任荆州都司，亦戰没。女扶櫬歸里，欲赴水殉難，因母老無依，力勸而止。授徒家塾，奉母終身。其顛末備詳毛西河太史所撰《雲英墓志銘》，事奇文古，足傳不朽。道郡自明代建祠，春秋致祀，至今罔替。惟祠廟歷久，上雨旁風，勢殊岌岌。嘉慶丙子，司馬徐薌坪先生鳳喈攝州篆，捐廉重建，焕然一新，屬余撰文泐碑以記，並考新舊志書證其同異，以備此邦文獻之徵焉。

濂溪後裔周雪筠範衍能承其家學，有《詠濂溪八景》，刻其「石橋晚釣」最佳，云：「漁釣芳蹤何處尋，小橋流水落花深。千秋風月自朝暮，一脈溪山成古今。鉤影細摇新月上，棹歌遥送夕陽沈。先生不是江湖客，後樂先憂共此心。」雪筠後因同邑波累，以罪戍邊，殊可惜也。

晉江陳楓階明府宸書，壬子孝廉，簡發楚南。簿書叢午，不廢嘯歌。考據最博，詩亦典麗。《和龔南齋燧論詩絶句》云：「羚羊香象妙難工，三昧誰能領箇中。我亦薑牙頻斂手，可憐臭味與君同。」「心力全抛衹自知，半生辛苦爲吟詩。黄河遠上雙鬟唱，自有旗亭畫壁時。」《題唐竹西鶴隱山房》句云：「買醉平原春草緑，敲詩小閣夜燈紅。」楓階注《李氏蒙求》，博引群書，已付刊劂。楓階又愛北平吴鏡庵跋《桃花扇》駢體文，典麗矞皇，淋漓感慨，復爲之詳注，計有四卷，極搜討之功。余亦爲之佐力，並題繫四絶句，有云：「他時高舉《春秋》筆，合藉君家百尺樓。」蓋《桃花扇傳奇》係曲阜孔東塘博士尚任所撰，至今膾炙人口焉。

青陽徐薌坪司馬鳳喈少貢成均，由學博歷任黔、楚，熱腸應物，律己愛民。曾誦其《黔中弔南將軍霽雲祠》云：「恨不生前滅賀蘭，浮屠一矢表忠肝。元戎在日身難死，使節歸來指已殘。破户孤軍喧甲馬，凌烟三像肅衣冠。英風颯颯高岡畔，留得奇男萬古看。」真詠古高手也。

徐香莊大綸世籍山陰，爲青藤先生之苗裔。少習儒，兼好兵法，足跡半天下。謁選得楚南五寨司巡檢。乾隆乙卯，上元苗匪倉促滋事，總戎明公戰殁。五寨當衝途，土城低可及肩，兵糧無所資藉。香莊倡率義勇，設守待援，時出戰以擾賊鋒。賊百計攻擊，隨機應禦。後賊焚西城樓垣，勢已岌岌。香莊令家人環侍，持鴆待死。復冒火登城，望北籲呼，額血如雨。忽風起揚塵，賊皆奔北。雲都福公相救至，城賴以全。奏賞六品銜，委帶鄉勇隨征，所向有功，奬賜荷包烟壺等物。嘉慶丁巳，大軍凱旋，轉鳳凰廳知事。癸酉擢零陵丞。所畫梅自成一家，不落前人科臼。詩亦書寫性靈，不假雕飾。賦七古一章以贈云：「卧龍山客人中豪，鬚髯如戟風飄騷。行年七十萬人敵，腰下猶懸殺賊刀。人生作官尋常耳，七尺微軀報恩死。絳灌能文隨陸武，功成纔識奇男子。有苗當日流欃槍，揭竿倡寨多横行。烽烟咫尺風驚鶴，燈月樓臺血洗兵。將星已落全軍覆，束手彈丸頓危蹙。是時君職居下僚，一髮千鈞仔重軸。百萬生靈斗大城，城勢安危寄一身。吮瘡揮涕收殘卒，酹酒臨風弔野燐。别成破釜沉舟計，版築丁丁高埤堄。矛頭淅米劍頭炊，兔逐鷹飛翻藉勢。半夜碉樓火突烟，創呼戰血流濺濺。此時大義相激勸，此際同聲但籲天。倉皇撒手揮妻子，呼吸死生竟彈指。一盌鴆醪半寸香，全家就此同歸矣。果然誠懇通蒼穹，援師千里來元戎。金湯完護六十日，籌盡慘淡經營中。上公動色勳先記，從此彤廷知姓字。轉覺書生消受難，九重親解荷囊賜。即今凱旋二十載，舊時部曲知誰在。屏樹寧論馮異功，哦松尚作藍田宲。興酣迅掃千枝梅，筆花争共春花開。平生磊落疎寒意，一展陽和造化回。吁嗟乎！千秋勳業誰傳者，况復區區論風雅。如君原是古之人，勁節清標堪並寫。見梅彷彿見君心，雖居朝市如山林。一腔熱血藉揮灑，漫勞尺幅酬兼金。我亦家聲傳細柳，論古雄談膽如斗。馳驅囊若赴戎行，請纓尚識終軍否？」香莊後擢城步令，以病乞休。

山陰王春渠銓久寓維揚，幾有杜牧三生之感。復游楚湘，余於薌坪司馬幕中識之。其詩風華倜儻，如其爲人。曾賦《秋日旅懷》八律，余依韵和之，春渠復叠韵見贈云：「憐君也爲桂花忙，緑鬢貪簪月裏妝。屈宋衙官千古例，文章甘苦十年嘗。家傳手澤曾先試，天錫頭銜敢暫忘？獨有壯懷消未得，揮毫時露次公狂。」「漂泊天涯路又叉，病餘祇賸一身痂。生憐風雨蕭疎柳，敢鬥神仙頃刻花。窮巷有時吹玉笛，哀絲無力和銅琶。如何上界拏雲手，尋到人間井底蟆。」《題鄧容容扁舟小照》二絶云：「山陰道上鑑湖東，我亦朝朝趁曉風。今日披圖重感慨，畫中光景略相同。」「波光雲影兩無邊，回首當年思渺然。春水桃花三萬頃，如何都讓鷺鷗眠？」

道州僻在邊隅，並少歌場舞榭。丙子秋，徐薌坪司馬攝州篆，招飲。有歌童彩鳳，頗嬛黠。時有贈其新鞋者，王春渠即席戲贈八絶，有句云：「是誰偷賦左風懷，羅韈盈盈露滿街。今日相逢齊注目，玉兒新换鳳頭鞋。」余亦走筆依韵和之，有句云：「花影迷離舞榭西，玉簫聲徹鳳嬌啼。臨風自愛雙飛翼，不是梧桐莫浪棲。」一詠其事，一指其名，皆游戲筆墨也。

安仁侯寅卿茂才襄朝，從其父樞垣學博虎拜於道州講席，英年俊肖偉，詩文華茂。見贈云：「長吟夜月螺杯淺,小立朝烟麈尾輕。」又有《喜雪》排律四十韵,極典雅,篇長不備録。

會稽宗滌樓續辰,藕船先生之孫,稼秋明府哲嗣。詩承家學,而意氣不可一世。丙子冬,辱贈五律兩章云:「書生舊面目,使相古頭銜。合繼濂溪子,重參太極巖。道心通静穆,詩味熟酸鹹。每憶春風座,塵襟頓一芟。」「人生有大幸,忠孝責千秋。慷慨終童子,悲涼定遠侯。朝衫餘涕淚,手版尚窮愁。余亦花園卒,蕭蕭卧釣鉤。」滌樓舉辛巳恩科孝廉,官中翰。

高山尊嶟,粤西桂平人。本富家子,後中落,以邑丞候補楚南,窮愁以卒。詩宗宋元,而風調絶佳。著有《貽穀堂詩鈔》。其《圍爐曲》云:「地爐獸炭猩猩紅,窗摇撼撼敲嚴風。古樹椏叉凍欲折,隔墻啼煞號寒蟲。氍毹貼地不知冷,低唱淺斟更漏永。銷金帳底酌羔羊,夢入華胥呼不醒。繁華公子妓爲衣,凝寒不透人膚肌。梅花香氣入簾幙,乾鵲自啅高低枝。銅瓶響迸虬龍滴,寒飈陣陣欺狐腋。朝來乘暖出華堂,階下雪花深一尺。」《題潘紫虚禪悦圖》云:「香雲花雨有深緣,玉局朝雲共破禪。怪得維摩常卧病,如花人在散花天。」《題鰲洲閣》句云:「池戲能言鴨,闌開解語花。」《山居》句云:「目隨青嶂遇,人與白雲交。屋小花常滿,人間月可招。緑水終朝静,晴嵐隔樹浮。」《閒居自遣》句云:「移花乘小雨,懷友託雙魚。」《無錢》句云:「榆筴徒延貯,苔紋欲盡收。」《春草》句云:「柳絮池塘詩夢暖,夕陽樓閣遠情綿。」《贈張涵亭》句云:「終日關心誰醒醉,秋風滿目幾滄桑。」山尊於丁丑冬於役春陵,余得見其詩,録數篇。嗣聞署湘鄉縣丞篆,即卒於任所,未知其詩稿沈没何所矣。

武陵楊海蘸孝廉大章掌教群玉書院,跌宕自喜,詩文不受羈勒,而意氣辟易千夫。余因公赴郡,得相傾蓋，見贈七古一章。如《天風海嘯復和宗滌樓寄贈》云：「天地兩吟癖，乾坤一醉侯。」未幾卒。

余於嘉慶己卯庖代祁陽月課書院，得申湘樓茂才榮道卷，喜其精腴，首拔之。及進謁，知爲延平太守鶴圃公文孫，故有家學。和余《入都留別》八章，走筆立成，歎爲不易才，時相款洽。迄卸篆，湘樓追送七古一章。

寧遠楊紫卿季鸞英才好學，詩極風華綿邈，著有《春星閣詩鈔》。己卯冬，於魏湘岩毓讓座見其詩，深加歎賞。次年，余攝永明篆，紫卿遠道過訪，款留數日，別後復寄詩見懷，殆深於情者。録其《廢書嘆》云：「年十一，年十五，五年廢書良太苦。鄰家兒，争延師，我獨無師群兒嗤。篋内有書不能讀，抱書惟向阿娘哭。阿娘呼兒汝弗哭，不見古來賢士多奇貧，穿壁偷光尚有人。」《江上晚歸過僧寺小憩》云：「江路通蕭寺，風前屐偶停。斷碑和蘚讀，疎磬隔花聽。遠樹排孤塔，寒燈漏一星。晚歸群動息，凝眺四山青。」《客程雜感》云：「綺年彈指夢忪惺，笛裏《關山》悵獨聽。陌上草痕雙屐緑，窗前人影一燈青。三春雲月裁花骨，五夜江湖滯客星。才可昇沈窮亦得，故園歸去好横經。」《詠白梅花》云：「藻繪休誇作賦才，豐神祇合住瑶臺。月明東閣香多冷，雪點西園蕾未開。古貌豈宜施粉黛，孤芳終不落塵埃。始知成實堪調鼎，原是冰雪鍊骨來。」《秋江小泛》云：「寥落茗具置篷窗，又向西風泛小艭。一片斜陽數行柳，亂鴉如墨點秋江。」《暮秋寄兄》云：「離情兄弟風前雁，別緒家園夢裏山。」《春草》句云：「別來南浦剛三月，借得東風又一年。」清才如此，惜至今尚困場屋。

詩有比喻得情，不煩詮解者。如吴枚庵翌鳳《以齋中碧桃花正盛恐其礙竹斫去數枝感賦》云：「畦角天桃開正繁，一枝斫去護龍孫。漢宫多少如花女，鈎弋從來未受恩。」俞漱園外舅《久困南宫纔官學博詠字紙簏》云：「硯北花南位置幽，文昌星近載筐浮。雖然面壁同匏繫，萬丈光芒射斗牛。」龔秋浦涯納寵，新人從余署出閣，余賀以絶句云：「莫道瑶琴久未調，恰宜三月賦桃夭。自慙不及天河鵲，也復雙飛代駕橋。」

武陵陳商巖學博濬司鐸祁陽，與余傾蓋如舊相識，誦其《出郊》句云：「漱石江空咽，呼風鳥自啼。」

俞霞軒内弟興瑞親承庭訓，契賞宗工，屢試必拔趙幟，古學時爲通省冠。雖境極坎坷，然終當破壁飛去。詩筆幽秀，喜效昌谷一派，而興酣落筆，時露豪雄，恐又非昌谷所能。寄示近作十餘章，並自述其讀少陵集頗有所得。余讀之，信然。其《吴越王射潮歌》云：「羅刹江頭潮夜奔，錢王怒掃波濤昏。胥耶種耶非我敵，按劍徑出通江門。雄心保障吴與越，峩峩石塘興復蹶。生民嗟與魚鱉鄰，丈夫誓勦龍蛇窟。黿赭八月長風號，潮頭直上青天高。三千鐵弩一呼集，快哉武肅真英豪。壯士彎弓作霹靂，星鏑雲濤怒相激。天吴驚竄海鰌藏，萬丈銀濤忽破折。直澋浩氣挽狂瀾，白馬紅旗到岸難。神靈拱手避三舍，仰天大笑星辰寒。潮既西趨塘乃固，半壁江山屹防護。自昔能迴造化心，至今安坐斜陽渡。西湖烟樹碧迷離，我來展拜表忠祠。松濤殿角戰風雨，猶似手柔弓燥時。」其擬古樂府《將進酒》云：「將進酒，君莫辭，日月昭昭寢已馳。三神山耶五斗印，不如左手持一卮。君不見勞勞觸熱塵中客，脣乾舌燥無人惜。」《君馬黄》云：「君馬黄，善騰驤，追風逐電不可望。君馬本具千里質，駑鈍凡材那能匹。雙瞳如鏡汗如血，牧者勿使東野畢。從來天骨貴昂藏，四座聽歌君馬黄。」《題咫園叔天涯行脚圖》句云：「風霜一彈指，湖海幾論心。」《夜讀》句云：「一磬静敲塵世夢，孤燈照見古人心。」《集賢堂夜集》句云：「一燈人影聚，萬瓦雪花摇。」《素心蘭》句云：「一笑情懷真坦白，幾人臭味不差池。」《詠團扇》句云：「入手乍驚風力軟，前身應是月輪寒。」《羽扇》句云：「游戲仙人驚畫水，風流名將正揮兵。」又《春雨寄懷調寄〈醉花陰〉》云：「小雨愔愔天欲暮，寂寞韶光度。遥望洞庭烟，春水如天，隔斷相思路。　相如空有凌雲賦，没箇周郎顧。忽憶舊時歡，酒榼一夢而今悟。」慨當以慷，使人之意也消。

江右熊曉岡盛梧少以文學知名，性落拓不羈。游蜀中返，寄寓楚南。著有《松濤軒吟草》。其詩恬淡如孟襄陽。受業者甚衆，遂家於道州，詩酒自適，以布衣終其身。余深嘆詩人少達而多窮焉。其《題湘中旅壁》云：「七年四度此間游，風景依稀滿目秋。江上青峰曾識面，夜深明月又當樓。尋詩有客思錢起，醉酒何人似馬周。未必紗籠珍異日，知音爲我拂塵留。」《泊夔府》句云：「燈火聯星斗，波濤撼客槎。」《樟樹》云：「蟬咽江頭柳，風摇浪底雲。」《書興》云：「家有桑麻貧亦樂，門無剥啄俗如仙。」

吴門湯小峿護寄籍長沙，昆仲皆名下士。余晤於魏湘岩毓讓幕中。讀其《游九疑山》詩，風致翛然。録其兩律云：「杖策過衡嶽，南游問九疑。横空二千里，忽聳萬峰奇。雲氣隨龍變，松年有鶴知。重華遺跡在，苔蝕歷朝碑。」「莽莽蒼梧野，斜陽自古今。乘輿終不返，帝子思何深。竹淚泣秋色，猿聲悲夜吟。猶疑湘瑟鼓，江上有遺音。」

衡陽何綬亭笙精申韓之學，詩筆精妙。有《重九》句云：「千山落葉烟涵碧，萬壑寒流霧鎖蒼。」聞其家藏書最富，惜未經見。

明建文帝出亡事，備見諸書，要非無因。乃竹垞、西河、歸愚諸前輩繁稱博引，力闢其僞，殊可不必。錢竹汀少詹大昕《弔姚廣孝》云：「空登北郭詩人社，難上西山老佛墳。」余《論史絶句》云：「從亡歷歷有遺蹤，論辯紛紛漫曲從。一掬燼灰堪自信，何須海外覓潛龍。」皆實證其事。倘使諸公見之，不知又將若何論難焉。

皖桐朱嘯崖彪游幕湘南，曾於趙脩梅少尉秉禮署見其《城南山寺晚步》云：「出郭約里許，延緣隔世譁。浮梁迎古寺，秋水浸蘆花。曲磴穿虛閣，寒峰插晚霞。何當凌絶頂，雲際望長沙。」語頗高超。嘯崖精篆隸學，能琴。

曾石友明府鈺屢膺繁劇，所蒞之處，興廢舉墜。署黔陽，建芙蓉樓，復唐龍標尉王少伯昌齡故跡。首唱四律，和者多至數百章，彙刊成集，余爲作駢序以紀，亦一時佳話也。

婺源程耕雲秉《郭公堤晚步》云：「湘烟如織亂飛鴉，積雪空林繫釣槎。城帶夕陽山一角，橋分流水路三叉。去來河上鷗相狎，指點壚頭酒任賒。恨不身騎驢子背，衝寒十里問梅花。」似明七子風調。又絶句云：「小艇如瓜泝夕流，蘋花新漲一篙秋。疎燈影落烟江裏，知是誰家賣酒樓。」

春陵洪萃山茂才廷拔少孤力學。余權課元峰書院，每試必拔冠童子軍。後在余幕中，朝夕與偕，詩學益進。和曾石友明府鈺《芙蓉樓》元韻四律，情文相生，其警句云：「五溪雲物望中迴，萬象都從檻外浮。此日謫仙無定局，他年勝地有名樓。帆歸遠浦三更雨，花滿澄江九月秋。欲向有聲尋畫譜，少文權作卧時游。」

唐元次山結刺道州得石，玲瓏奇崛。因石之窪，謂可貯酒，即以窪樽名之，並題銘刻。歷今數百載，其石久湮没無考。嘉慶己亥仲秋，飆風滂雨，雷震於州治，報恩寺西有古樹轟然傾仆，而此石遂於是乎出。一時寮寀往觀，訝爲異事，建亭以護。余代張學僑刺史元憲撰記，刊載志書。州孝廉黄藴山如穀題詩云：「空樽誰所愛？粲粲元道州。匪名之爲美，伊人不可留。土花貍古篆，山鬼嘯荒邱。俛仰已千載，長吟懷舊游。」余亦有五古一章紀異，均附鐫於石。

城步彭熙亭廣文璇，丙子孝廉，司鐸長沙。年逾八旬致仕歸里，倡《留别詩》六章，有句云：「千里雲山牽舊約，滿門桃李繫新思。」「雲烟到眼春無限，琴酒傾懷日正舒。」及門和者幾數百首，今令嗣蘭園宗棨已彙録成集，將付棗梨，讀之具見林泉恬退，前輩典型也。

永邑明經何午君孔渲爲林淳夫前輩所拔士，著大、小《山房吟鈔》，詩宗王、孟。垂老一經，然語無抑鬱，能自安其恬静之志。《芝城對月》絶句云：「客邸清光一鏡磨，故園風景定如何。不知今夜高堂髮，曾爲離人白幾多。」《送徐孔堂客游》云：「聞説君行處，沅州又靖州。鶯花三四月，風雨一孤舟。地有苗民雜，山多罨畫浮。前賢幾留寓，懷古定登樓。」《太平寺賞菊》句云：「人尋秋色來方外，風約花香到酒邊。」《晚興》句云：「樹深遲見日，僧定不聞鐘。」《落葉》句云：「去逐寒濤流上下，飛同倦鳥太支離。」「三徑曉陰憐舊雨，一年心事付西風。」《南莊》句云：「連村竹密多啼鳥，近粤山高易夕陽。」《夏日遣懷》句云：「事當快意常疑夢，人到無錢轉得閒。」《不倒翁》句云：「空洞衹容當面侮，孤危不怕立身難。」《蓮蓬人》句云：「多生自悔心全苦，老我猶憐貌似仙。」《瀧河舟行》句云：「日高猶霧氣，風静亦江聲。」《舟中九日》句云：「飄零風雨重陽日，落拓江湖一酒徒。」

寧遠李月舫廣文承膺以九嶷斑竹管製筆，首倡四律，傳誦一時。其嗣君茂才家雋遠索和章以紀，有句云：「剩有貞心懷二女，留將勁氣掃千軍。」其末首尤音節蒼凉，詩云：「袖裏年年客夢賒，林巖悵望夕陽斜。泣殘帝子棲無鳳，銜老書生兆有蛇。已覺九鋒同敝帚，豈能五色問奇花。聊凴一束供游具，檢點三湘紀物華。」又警句云：「毫擬上探蟾窟兔，硯應留取洞庭魚。」「斑痕誰辨英皇跡，衹合雙鉤姊妹花。」「層霄欲接龍髯杳，錦字空餘鳳尾多。」

曾石友鈺權篆零陵，卸任後，於邑之忠孝祠傍築寓室，題曰是舫居，賦一律以紀。有句云：「種樹有根皆作蔭，移山無石不飛來。」同人皆有和作，余題贈七古一章，石友鐫於檽壁。

檜楊李書源元滬有《詠明史》百律，《賦楊嗣昌》云：「樞議網張曾十面，相頭題購衹三錢。」讀之令人齒冷。《詠海剛峰》云：「嵇紹孤標如鶴立，包公一笑比河清。」亦雅切。書源官楚，多善政，余由陳楓階處得讀其詩。

道州月巖離城數十里，爲濂溪夫子故跡，異境天成，宋元以來題刻甚衆。余曾題七律一章，侯書垣學博虎拜亦有題作刻石。

余署篆永明，科歲試，焚疏誓神，力拔真才。丁巳科試得蒲生昂英，壬午歲試得蒲生伊漢，其前列諸人亦皆月課書院常時首拔者。郡尊吴菊畦先生玉堂試諸童，首以「吾從周」命題，學使者許少詹邦光、沈太史巍皆兩試永邑，其入泮者皆縣案前列名次，如聯珠然，一時稱爲得人。余《留别諸紳士》有句云：「憑闌笑指公堂月，曾照冰壺一片心。」亦紀實也。

壬午重九，朱同木表兄桐偕龔秋浦淮、王秋霞夢登（下闕）。

道州許華亭茂才英賢少受知於錢南園學使澧，屢困場屋，窮年兀兀。記誦絶佳，著有《律吕圖解》，參宋蔡西山先生論而變通之。嘗謂五十年心力畢萃於斯，乞弁言於余，余爲序其梗概。乙亥、丙子間，延課於衙齋。雖年髦目昏，猶手不釋卷。其植品甚方古，從未干與外事，余故深敬其人。惜窮愁以卒，後人亦不能振，殊堪憐惜耳。華亭偶託吟詠，亦天然俊逸。其《同人游清涼寺》云：「不速三人共，蒼然暮色中。古龕香影静，高澗水聲雄。屹峙雲横翠，迷離日落紅。棲鴉驚不定，牧笛嘯晴空。」繪景如畫。

永邑山高澤遠，田畝高低不一。所種禾又有早晚之分，入夏每苦旱愁霖，憂樂參半。閲蒲象山茂才學仁《芝香軒詩鈔·桃川竹枝詞》云：「膏腴繞宅萬疇平，水浥芳塍處處耕。入夏歡愁分咫尺，南呼雲雨北呼晴。」亦可想見此邦風土矣。

泳兒毓慶甫七齡，頗有成人風度。道光元年，爲庸醫所誤，殤於痢病。極困頓，猶力疾摹字呈閲，得加圈點，喜色可掬焉。同木表兄哭以詩云：「西土定然種慧業，南人何可向求醫。平時笑口難窺白，病裏銀鉤愛點朱。」繪影繪聲，曲有其生平。每一吟哦，不禁西河淚溢也。

永邑蒲星槎伊漢工舉業，尤精詩畫，人亦恬静風雅。屢試不遇。壬午歲試，余首拔之，遂入郡庠。以其所著《守拙齋稿》呈閲。録其《題畫》云：「茆屋兩三家，穩占雲山僻。四面緑陰濃，一帶寒江碧。時有素心人，來慰風雨夕。坐久日平西，板橋見歸客。」《西亭作》云：「遠嶺牛羊下，呼僮掩竹扃。僧敲蕭寺磬，人話夕陽亭。秋水一渠碧，流螢無數青。捲簾風細細，時送稻花馨。」《晚過清涼寺》句云：「紫閣千尋雙户鎖，緑陰深處一僧還。」《游裕春園》句云：「花茵貼地紅粘屐，山色窺人緑到帷。」《採茶曲》云：「一望茶山千里遥，野花沿路向人驕。兒家不是尋春女，不敢花前偶折腰。」「一春長是少閒時，郎賣新茶願早歸。换得木棉憑妾紡，替郎先製採茶衣。」其族姪秀圃汝傑著《琢石山房稿》，詩亦雅飭。《題鶴隱山房》句云：「路沿種竹陰常密，門爲迎風設不關。春暮客來三徑緑，宵深自課一燈紅。」《補竹》云：「翠竹書窗外，稀疎未滿叢。攜鋤剛過雨，薄醉恰當風。移自陰森處，栽從闕陷中。化龍方爾待，肯與衆芳同？」

何生燮堂統傑有《萬松山房詩稿》，頗雋雅。其《秧歌》云：「東皋南陌雨如絲，畫就《豳風》四月時。樹底一聲春去也，遠村都唱插秧詞。」「兒跨肥牛婦執筐，自騎秧馬返村莊。同聲唱出田家樂，回首山腰掛夕陽。」

嘉慶丙子，陳楓階宸書以永邑唐竹心茂才志汪《題鶴隱山房詩》索和，余心契其人。庚辰夏仲，權邑篆，竹心進謁，一見如舊相識。未匝月，物故，余深爲扼惋。癸未夏，余却篆，行有日矣，其家以山房唱和遺稿呈閲。原唱云：「不剪茅茨意自融，課耕人住草堂東。未妨霜鬢盈頭白，劇愛桃花繞檻紅。黍酒熟邀鄰叟醉，柴關閒把舊書攻。諸君若問棲遲處，十里寒山古木中。」方晴初學博應亮和句云：「樹掩雲氣全遮户，徑滿苔痕獨掩關。」趙立山明經克義句云：「幾叠林巒數茅屋，一窗烟雨滿床書。」周竹亭孝廉紹儀句云：「眼底烟霞真畫本，醉中詩酒小乾坤。」長沙屈仙露方本句云：「逍遥駕鶴棲真境，蹀躞騎牛渡故關。」其餘和者甚衆，余題五律一章以歸之。聞其兩子亦相繼而逝，未知此卷能存否。

朱同木表兄桐夙負神童之目，游武林，受知於盧抱經學士文弨，贅其家。文酒風流，傾重一時。後游粤東，寄寓南楚，倜儻詞場，絶無羈人抑鬱之概。壬午秋仲，下榻余署，朝夕唱和。因余近輯詩話，題贈云：「年年鈔録爲誰忙，片紙終當耀吉光。編史好添名士傳，憐才如替美人粧。莫邪埋地原悲感，靈魄升天賴激揚。寄語江東羅隱輩，莫愁蟾桂未攀香。」雖揄揚過分，然可想見落落之概矣。又於壬午秋仲同人酬唱，韵至十六叠，愈出愈妙，彙録成帙，名曰《嚶鳴集》。余作駢序，以紀一時興會，並誌雪泥鴻爪之感焉。

蒲生秀南業蕃，余書院首拔童生。詩甚清麗，《芝城道中》云：「船疑天上坐，人在鏡中行。」《書懷》句云：「風雨書千卷，雲烟筆一枝。」《偶作》云：「午夜秋聲料峭寒，西風陣陣攬林端。庭前葉落知多少，留待來朝次第看。」

涿郡張小燕汝説，科第世家，最工舉業。乙丑會試，已擬鼎元，得而復失。歷仕晉、楚。意氣豪邁，座滿賓客，而囊無一錢，致灑如焉。癸未春，來永邑接余任。交卸之暇，與其幕友何苕仙茂才夢梅、吴夔堂茂才洪勳及朱同木表兄桐，朝夕酬唱，送詩者疲於奔命。讀其《過靈石道中弔三英祠作祠設唐李衛公、虬髯客、紅拂女三像，蓋當時相過處也》云：「落落虬髯客，唐唐李衛公。如何一女子，能識兩英雄。驛路寒流外，空山夕照中。至今餘廟貌，猶是氣如虹。」嘗鼎一臠，可知其味也。

永明蒲北山國學致澤工書善畫，杜門不與外事。余深契其爲人，初不知其能詩也。余束裝將回道州任，北山追送畫卷一册，皆其生平得意之筆。每頁各繫以詩，誦之，風華藴藉，皆摩詰有聲之畫。苟非祖道殷拳，幾致交臂而失其人焉。録其《題竹》云：「清影無端月下分，烟梢裊裊已超群。干霄有志終須到，難得虚心是此君。」《題菊》云：「點綴秋容色半黄，籬邊月下幾枝香。陶韓吟詠分明在，一個山林一廟堂。」

余卸永明篆，寓居濂溪書院，傍山鄰水，畫意可掬。生童時以課業來謁，與之點筆談詩，病軀藉有起色。瀕行，以詩贈別者，彭蘭園學博宗棨、王渡川分司世楫、蔣碧山學博啓鎬、唐茂才夢蘭、蒲象山茂才學仁、何麗堂茂才振藻、蒲云翩明經書雁、何午君明經孔渲、周一之茂才兆恒、蒲北山國學致澤、蒲勗哉茂才學成、楊茂才致榮、蒲茂才際泉、李茂才挺之、蒲秀甫茂才汝傑、周茂才紹珊、楊茂才風、陳茂才澤桓、蒲諦欽茂才昂英、王培堂茂才澤流、蒲則書茂才伊洛、楊茂才朝魁、蒲星槎茂才伊漢、周竹成茂才嗣承、蒲生秀南業蕃、何生夔堂統傑、周茂才宣達，名篇絡繹，已彙録成帙，名《營浦贈言》。集中以何午君孔渲四律爲最佳，其詩云：「新詩竟唱餞行篇，萬户離情託雁箋。龐令豈宜羈百里，寇君曾許借三年。民無旱潦真蒙福，吏帶烟霞本是仙。我亦蒼生勞撫字，棠陰佇立重留連。」「瘠土真煩久代庖，戴星巡徧萬山凹。官廚酒熟延賓醉，印閣詩成課吏鈔。四野桑麻春雨足，比鄰絃誦夜鐙交。年來風景都堪畫，誰染丹青寫樂郊。」「候蟲時鳥祇微吟，敢向騷壇望賞音。謬荷昌黎稱賈島，幾蒙御史薦曹參。櫟材自問非文木，磁石無勞引曲鍼。此事至今兼感愧，不才唯有久銘心。向以拙稿呈正，蒙公題贈。時適奉詔舉孝廉，公欲以渲名上聞。後乞學博方晴初先生婉辭乃止。」「東門祖道各紛紛，次第稱觴勸使君。遺愛縱然留膏雨，部民原自戀慈雲。鶯遷恰喜鄰封近，鴻造終期廈庇分。想見營州諸子弟，蚤騎竹馬等江濱。」

陽湖楊秋穀少尉相印少歷名場，跌宕文翰，著作甚富。其《定遠途中宿包孝肅公祠題壁》云：「廬州故宅没蒿萊，昨訪龍圖舊俗來。千載黃沙常混混，知公笑口幾時開。」《游何氏別墅》云：「一拳花雨皺，百舌柳風柔。」《小車行》云：「兩人前後身傴僂，身皴目努腰力遒。車心中虛隻輪轉，咿咿啞啞鳴不休。下山倏如流水疾，上山直有登天愁。是日狂飈戰大野，我幾吹墮車輪下。恍若昆陽鼉鼓撾，逢逢虎豹犀象紛來者。」秋穀事太夫人極孝，藹然至性，時流露於篇章間。其閨閣中皆能詩，女弟芳友蘭詩頗雋永。《絶句》云：「霜風吹入小窗寒，黃菊叢叢人倚闌。又到擣衣舊時節，綈袍誰念客衣單。」《詠桂》云：「婆娑桂樹小秋前，金粟垂垂露顆圓。涼月一庭天似水，如來新授四香禪。」《夜景》句云：「螢出深篁裏，蛩吟瘦石傍。」芳友適名士許藺齋芬南，早卒。刻有《石軒遺草》。

鄞縣沈栗仲道寬寄籍順天，由甲榜銓授鄖邑。工琴善奕，書法尤震當代。性敦雅，而詩極英偉，其《題周節庵所藏李龍眠揭鉢圖》云：「龍眠畫手通仙靈，世間人物難逃形。耳目所及不足寫，欲以筆墨窮幽冥。揭鉢事圖鬼子母，逸聞遠溯《寶積經》。因心造意意造象，惟變所造無儀型。天魔鬼伯來颯沓，夔魖魍魎顔猙獰。擾龍馴象嘯虎豹，前兒後子難强名。疾雷破山山石裂，電光驅走陰風腥。穹然一鉢萬鈞挽，作力似聞邪許聲。爾時世尊自臨視，垂慈天眼憐獨惸。文殊師利盡合掌，大阿羅漢相隨行。長戈利鋋鋒刃勁，毛羽亂落隨飛霙。乃知世事難力取，巧偷豪奪空門爭。南楚粗官墮鬼趣，有如穉子遭長繃。强奪舊業半遺失，深宵讀畫鐙青熒。欲倩丹青寫羽化，羅刹黑海晦復明。鬼魔禪傳盡湔洗，歸飛好御風泠泠。」其《題永昌諸葛廟詩》云：「林木鬱蒼葱，軒楹赫宏敞。堂堂諸葛公，此地留遺像。零陵漢巖邑，王事勞塵鞅。足跡之所經，廟貌千載仰。指揮人力盡，禍福天心爽。愚智有明晦，陰陽互消長。中原勞擘畫，大星落蒼茫。名隨青史留，祚與炎運往。後儒漫置喙，先生一撫掌。爲語往來人，公論在天壤。」

湘潭何蒲田官麥，其尊人曙亭明府光晟歷任蒲圻，多善政。乾隆丁酉邑産瑞麥雙歧，楚撫入奏。適茂才生，遂以名焉。蒲田詩文並茂，惜所如不偶，其落託之概，一寓於詩。《昭陵灘》云：「暮宿昭陵渡，灘聲徹夜喧。驚濤連月走，急浪挾魚奔。峭壁虬枝掛，中流怪石蹲。草根蟲語切，秋思與誰論？」《夢悸》句云：「身勞塵世無佳況，魂繞華胥亦惡緣。遠訪落芳疑蝶幻，怕尋訟鹿把衣披。」《過友》云：「雨後無人除蔣徑，雪中有客扣袁扉。」《山市》云：「古寺圍高樹，危橋渡夕陽。」《春日漫興》云：「緑陰天氣幾分寒，梅子青黄雨未乾。細語一雙春燕子，東風十二玉闌干。泥香零落殘紅亂，池水新生軟碧寬。半卷《黄庭》剛讀徧，不知爐篆暮烟闌。」《清明》絶句云：「黄鶯百囀爲春催，喚醒東風節又來。□夜簾纖寒細雨，梨花如雪板橋開。」《暮秋》云：「斜風細雨净秋烟，老圃荒屋□數椽。一徑蒼苔留客處，半床黄葉讀書天。心當愁少頻謀醉，事到閒多便是仙。竟日紫扉無剥啄，桃笙涼趁北窗眠。」《除夕前一日作》云：「殘年紛紛臘月裏，阿爺愁絶癡兒喜。怕賒惡米貴比珠，儋典敝裘賤如紙。忽驚門外人聲喧，酒童漁叟來索錢。先生聞之耳若塞，終朝把卷梅花前。室人詈我此何時，來朝除夕知不知。」《宿山家》云：「人家四五不成村，一帶炊烟老樹根。風急泉鳴狐嘯雨，山圍月黑虎敲門。深宵借榻茅廬暖，寒夜圍爐活水温。樽酒殷勤留客醉，短檠相對話黄昏。」蒲田詩集極富，曾屬余爲之點勘。繼延課於黔陽幕中，晨夕唱和尤洽。惟境遇多舛，多愁善病，卒於壬辰冬，伉儷偕没。余欲邀其素識諸君，爲刻其遺集，有志未逮，殊恐負慙於死友焉。

武寧張磊庵富業令衡山，乞病歸。性坦率，歷任繁劇，寒素如諸生。詩亦自道其性情，不假雕飾。如《阻風》云：「盡日舟横烟水中，石尤何事苦相攻。似嫌游子輕離别，要肯回家更須風。」

越南貢使黎某《題岳陽樓》云：「秋霽湖光水接天，樓頭憑眺思悠然。重脩匠手歸滕子，三醉豪襟屬吕仙。帆影夕陽來不盡，荻花賓雁杳無邊。幾人到此能題句，范記蘇文已在前。」句頗卓犖。時張華封保如在岳州陳太守燧署中，親見題此。

裝成後重閲一過，知箇頁多爲手人錯亂，至不可卒讀。乃復爲整理而更定之，乃如其舊。醒虛又誌。

（李裕政、嚴程點校）

試律須知

試律須知提要

《試律須知》一卷，據道光二十七年刊黄秩模《遜敏堂叢書》(第五册)本點校。撰者翁昱，字旭升，江蘇吴縣人。廪貢生。官江西安仁、上猶縣丞。按黄秩模序謂與翁氏道光十四年甲午始相識，其後得見此册及所作試帖詩百餘首，抄而藏之篋中，則此册當作於此後不久之某年。凡十則，示以試帖詩之寫作入門也，故曰「須知」。黄序謂曾驗之其所作，確屬經驗之談也。

試律須知序

《試律須知》者，上猶縣丞翁君旭升所著也。翁君於甲午歲來攝予邑令，俾其長嗣嘯鶴從家壽泉伯遊，館於仙人石室，與予家仙屏書屋僅隔一垣。公暇輒來館，予因得悉其究心韵學，而於試律一道，講貫尤深。常出示向所著《試律須知》一册，及所作試帖百餘首。予讀再三，其議論固可與《今雨堂》、《我法集》並傳，而紀律嚴謹，雅韵鏗鏘，組織之工，燦然雲錦，其所作幾於無美不臻矣。苟非平日研練於此道者，安能議論若是耶？爰命小胥並鈔而藏之篋中。迄今夏六月，適捭印《登瀛寶筏》書成，即取其所著《試律須知》，亟付檢刷，公諸同好，凡夫有志之士當亦不無小補云爾。翁君名昱，旭升其字也。江蘇吳縣人。以廩貢生充文穎館謄録。議叙，銓授江西安仁丞，調上猶丞。卒於官。其子名傳桂，以從九品分發江西候補，併記之。時道光二十有七年，歲次丁未，孟秋月朔日，宜黄黄秩模正伯甫書於縣城西隅固始門内仙人石下鵠園東偏之咸齋。

試律須知

吴縣翁　昱旭升甫述
宜黄黄秩模子全氏校

何謂律詩？如行軍之有紀律，爲政之有律例。使行軍無律，則軍必不振；使爲政無律，則政必不成。使作詩無律，則詩亦必不佳。但何者謂律，却非一言可盡。不得已，將昔日所聞於諸前輩之牙慧，參以鄙見，録出十條。初學入門之始，苟能將此數條取證於從前諸名作，熟讀深思，詩學必大有進也。

一、點題之必在首、次聯也。無論六韵、八韵，首聯皆名破題，或直賦題事，或借端引起。若借端，則次聯即宜急轉到題；若出題太緩，恐使人不知爲何題也。次名承題。破題未盡之意，及全題字眼，至此當全見矣。亦有題字太多，不能一一盡出者，必擇其緊要字點明，務使題義了然。時下作六韵者，往往首聯點題；作八韵者，往往首、次兩聯點題，但亦不必拘定。

一、中權之必當切實發揮也。三聯譬如八股之起比，四、五聯譬如中比，六、七聯譬如後比。或實做正面，或補寫題面，或闡發題意，或用旁襯，或用開合，或從題外推開，或就本題映切，是在作者相題立局，變化從心。其法與八股大略相同，惟題中字至此不可露出。

一、結句之不可草率也。或勒住本題，或放開一步，要言有盡而意無窮，不促不泛，方爲合法。

至於頌揚貴合體制，祈請貴有身分，總須在本題上生情。若與題毫無干涉，反致閱者生厭。其專就本題結局者，此必本題難於附會耳，若稍可附會，正當於此見巧。亦有本題未點之字，至結句補點者。其擡頭字樣，有應單擡者，有應雙擡者，設一時不能了了，莫若用雙擡爲穩。

一、官韻之不可率押也。如題得某字爲韻，則此字即爲官韻。若得題中字，或換意押之，或用本意押之，藉以點題均可，但要安放穩愜。若題外得字，更須研鍊而出，斷不可率意輕押。

一、用韻之必須選擇也。作詩用韻，猶作室之立柱，一柱不堅，則害一室，一韻不穩，則害全章。除官韻不能更换外，其餘亦在各人之善選耳。押去有牽、凑、拙、滯等病者，亟當换韻重押，務使穩愜而後止。起句用韻，不特古人有之，即今人於窗課亦無不有之，但於場屋非宜。何也？小試功令限六韻，若起句用韻，則成七韻矣。春秋闈限八韻，若起句用韻，則成九韻矣。往往場屋以此爲違式被黜，豈不冤乎？慎之，慎之！

一、對仗之務求工穩也。凡一題到手，天然對偶絶少，無非經、史、子、集中用典。若調度得宜，信手拈來，都成佳偶。如不得宜，或則成一足之夔，或則驥左驂而駑右服，便不動目。又有一種流水對，兩句呼應合成一串者，偶用一聯亦可破板。至於假對，如以「子規」假「紫」字對顔色字；以「緑波」假「六」字對數目字等類，此亦古人必不得已而用之，應制勿學爲妙。如題本兩扇，上扇之典不可用於下句，下扇之典不可用於上句，儻一倒亂，便眩閲者之目。

一、措詞之務須檢點也。彼失粘、出韻、誤解題旨、字犯不祥、言涉違礙者，固在所必斥矣。但過涉干請則卑，過存身分則亢，用典奧僻則晦，用字旖旎則佻，出語粗俗則俚，皆有礙於場屋。此等字句，平日留心摒絶，風簷中自不致犯其筆端。

一、層次之不可紊亂也。律詩與八股同法，由淺入深，由虛及實，有開有合，有賓有主，皆當按步就班，一氣呼成，不可移掇。使室而先乎堂，冠而加之履，雖有名句，識者已詫其位置非宜。

一、平頭上尾之宜忌也。何謂平頭？四句上二字虛實相同，雖下三字變换，已犯平頭矣。何謂上尾？四句下三字虛實相同，雖上二字變换，已犯上尾矣。又四句中，兩出句末一字同上去入聲，亦上尾也。又如上聯韵押「東」字，下聯即宜押「中」、「同」、「崇」等字，再押音同者，亦上尾也。又兩聯每句之第三字同用虛字，或同用實字，亦在禁例。總歸於句法變换而已。

一、字音之當辨於平日也。詩論平仄，凡習見之字只此一義者，人人皆知。間有兩韵兼收，而音義迥别者。場屋韵無注釋，設或誤押，便於義不通。凡此皆當於平日究心，免致風簷遺誤。